HET
MATLOCK
DOCUMENT

Robert Ludlum

Het Matlock document

Roman van een
meedogenloze achtervolging

Uitgeverij Luitingh – Utrecht

Oorspronkelijke titel: *The Matlock Paper*
Vertaling: *Marleen Verhoef*
Omslagfoto: *Rein Heij*
Omslagontwerp: *P.A.H. van der Harst*

ISBN 90 245 1532 7
15e druk
© 1972 Robert Ludlum
© 1976, 1987 Nederlandse uitgave: Uitgeverij L.J. Veen B.V.,
Utrecht/Antwerpen

1

Loring liep door de zij-uitgang van het Departement van Justitie naar buiten en keek naar een taxi uit. Het was bij half zes, op een vrijdag in de lente, het verkeer in de straten van Washington zat hopeloos vast. Loring stond aan de rand van het trottoir met zijn linkerhand opgestoken en hoopte er maar het beste van. Hij wilde zijn pogingen net opgeven, toen er een taxi vlak voor hem stopte die een eindje terug een passagier had opgepikt.

'Richting oost, meneer? Stapt u dan maar in. Deze meneer zei dat u er nog wel bij kon.'

Loring wist nooit goed raad met zijn houding als dit soort dingen gebeurde. Onwillekeurig trok hij zijn rechter onderarm wat naar achteren, waardoor zijn mouw zover mogelijk over zijn hand schoof – om de dunne zwarte ketting om zijn pols te verbergen die aan het handvat van de aktentas vastzat.

'Nee, ik moet bij de volgende hoek richting zuid. Maar bedankt.' Hij wachtte tot de taxi zich weer in de verkeersstroom had gevoegd en ging toen verder met zijn uitzichtloze pogingen.

Gewoonlijk nam hij onder zulke omstandigheden niet zo'n afwachtende houding aan, maar flitsten zijn ogen van links naar rechts, op zoek naar taxi's die stopten om passagiers af te zetten, of naar die zwakke lichtjes op het dak die beduidden dat de wagen beschikbaar was, als je maar hard genoeg rende.

Maar vandaag was Ralph Loring allerminst in de stemming om hard te lopen. Op deze bijzondere vrijdag kon hij zijn gedachten niet losmaken van wat hij zojuist achter de rug had. Hij was erbij geweest dat een man ter dood was veroordeeld. Een man die hij nooit had gezien, maar van wie hij heel wat afwist. Een nietsvermoedende man van drieëndertig, die in een klein stadje in New England woonde en werkte en die geen flauw idee had van Lorings bestaan, laat staan van de belangstelling die het Departement van Justitie voor hem koesterde.

Lorings gedachten dwaalden steeds weer terug naar de grote vergaderzaal met de immense, rechthoekige tafel en eromheen de mannen die het vonnis hadden uitgesproken.

Hij had met kracht geprotesteerd. Dat was wel het minste wat hij kon doen voor die onbekende man, de man die met zoveel precisie in zo'n onhoudbare positie was gemanoeuvreerd.

'U moet niet vergeten, meneer Loring', had een assistent van het departementshoofd gezegd, die vroeger in het militair gerechtshof van de marine had gezeten, 'dat we bij elke gevechtssituatie rekening houden met elementaire risico's, met een percentage slachtoffers.'

'De omstandigheden zijn anders. Deze man is er niet voor opgeleid. Hij kán niet weten wie of waar de vijand is. Dat weten we zelf niet eens.'

'Precies.' De volgende spreker was een andere assistent van het departementshoofd, maar deze was afkomstig van een advocatenkantoor dat bedrijfszaken behartigde. Hij was dol op commissievergaderingen en Loring vermoedde dat dit kwam omdat hij niet in staat was zelfstandig beslissingen te nemen. 'In elk geval is hij buitengewoon flexibel. Kijk maar naar het psychologisch rapport. "Een aangetaste persoonlijkheid, maar uiterst flexibel." Dat staat er letterlijk in. Hij is er het meest geschikt voor.'

' "Aangetast maar flexibel." Wat betekent dat in vredesnaam? De commissie moet niet vergeten dat ik vijftien jaar veldwerk heb gedaan. Psychologische rapporten zijn niet meer dan schetsmatige richtlijnen, beoordelingen op goed geluk. Ik zou net zo min iemand die ik niet door en door kende een organisatie laten infiltreren als dat ik de verantwoordelijkheid voor wiskundeproblemen van de NASA op me zou nemen.'

De voorzitter van de commissie, een ouwe rot in het vak, had Loring antwoord gegeven.

'Ik begrijp uw bezwaren best en normaal gesproken zou ik het met u eens zijn. Maar de omstandigheden van nu zijn niet normaal. We hebben nog maar krap drie weken. De tijdsfactor belet ons om de gebruikelijke voorzorgsmaatregelen te treffen.'

'Dat is het risico dat we moeten nemen', zei de gewezen marineman gewichtig.

'Ú loopt geen enkel risico', antwoordde Loring.

'Wilt u liever dat iemand anders het contact legt?' De voorzitter meende zijn aanbod oprecht.

'Nee, dank u. Dat doe ik zelf. Maar onder protest. Dat wil ik in het verslag hebben.'

'Nog één ding voordat we verdagen.' De man van het advocatenkantoor leunde over de tafel. 'En dit komt rechtstreeks van bovenaf. We zijn het er allemaal over eens dat de man van onze keuze gemotiveerd is. Dat blijkt duidelijk uit het rapport. Wat we óók duidelijk moeten stellen, is dat zijn hulp aan deze commissie op absoluut vrijwillige basis wordt verleend. Wij zitten in een kwetsbare positie. We kunnen geen, ik herhaal: géén verantwoording op ons nemen. Het zou plezierig zijn als in het verslag vermeld zou kunnen worden dat hij bij *ons* is gekomen.'

Ralph Loring had zich met afkeer van de man afgewend.

Het verkeer leek nog wel drukker te worden. Loring had bijna het besluit genomen maar naar zijn flat te gaan lopen, toen er een witte Volvo voor hem stopte.

'Stap gauw in! Je maakt een rare indruk zo met je hand omhoog.'

'Oh, ben jíj het. Heel graag.' Loring trok het portier open en schoof op de smalle voorbank. De aktentas hield hij op zijn schoot. Het was niet nodig de dunne, zwarte ketting om zijn pols te verbergen. Cranston zat ook in het vak, hij was gespecialiseerd in overzeese aanvoerwegen. Cranston had het grootste deel van het achtergrondwerk gedaan voor de opdracht die nu onder Lorings verantwoordelijkheid viel.

'Dat was een lange vergadering, zeg. Is er iets uit gekomen?'

'Het groene licht.'

'Dat werd tijd ook.'

'Op aandringen van twee assistenten van het departementshoofd en door een bezorgde boodschap van het Witte Huis.'

'Mooi. Afdeling Buitenland heeft vanochtend kersverse berichten van de Middellandse Zee-mensen binnengekregen. De bronroutes zijn allemaal omgegooid. Dat is bevestigd. De velden in Ankara en Konya in het noorden, de ondernemingen in Sidi Barrani en Rashid, en zelfs het Algerijnse contingent, ze draaien allemaal systematisch de produktiekraan dicht. Dat maakt het er bepaald niet makkelijker op.'

'Maar wat wil je dán? Ik dacht dat het juist de bedoeling was ze uit te roken. Jullie zijn ook nooit tevreden.'

'Dat zou jij ook niet zijn. Op aanvoerwegen waarvan we weten dat ze bestaan, kunnen we tenminste controle uitoefenen. Maar wat moeten we beginnen met pak weg . . . Porto Belocruz, Pilcomayo, en een stuk of wat plaatsen in Paraguay, Brazilië en Guyana die ik niet kan uitspreken? Het begint weer van voren af aan, Ralph?'

'Haal de Zuid-Amerika-specialisten er dan bij. Daar heeft de CIA er toch meer dan genoeg van.'

'Geen schijn van kans. We mogen niet eens om landkaarten vragen.'

'Dat is volslagen belachelijk.'

'Zo gaat dat nu eenmaal in de spionage. Wij blijven erbuiten. We werken strikt volgens Interpol-Hoyle, dat is geen geintje. Ik dacht dat je dat wel wist.'

'Jawel', antwoordde Loring vermoeid. 'Maar daarom is het nog wel belachelijk.'

'Maak jij je nou maar druk over New England, hier in de States. Wij nemen de pampas wel voor onze rekening, of wat het ook zijn mogen – mag.'

'New England hier in de States is een vervloekte microkosmos. Dat is juist zo angstwekkend. Er is niets meer over van de poëtische beschrijvingen over de landelijke rust en de oude mentaliteit van New England en statige, met klimop begroeide gebouwen.'

'Als ik jou was, zou ik de poëzie maar vergeten en aan de slag gaan.'

'Bedankt voor je medeleven.'

'Je lijkt ontmoedigd.'

'We hebben niet genoeg tijd . . .'

'Dat is altijd zo.' Cranston schoof in een sneller rijdende file, die echter bij Nebraska en de Eighteenth bleek vast te zitten. Met een zucht zette hij de versnelling in z'n vrij en haalde zijn schouders op. Hij keek naar Loring, die uitdrukkingloos door de voorruit staarde.

'Je hebt nu in elk geval het sein op groen. Dat is alvast íets.'

'Ja, geweldig. Maar wel met de verkeerde man.'

'Oh . . . Ik snap het. Is dat hem?' Cranston gebaarde met zijn hoofd naar Lorings aktentas.

'Ja, dat is hem. Vanaf de dag dat hij geboren werd.'

'Hoe heet hij?'

'Matlock. James B. Matlock. De B staat voor Barbour, een heel oude familie – twee heel oude families. James Matlock, doctor in de letterkunde. Een autoriteit op het gebied van de maatschappelijke en politieke invloeden op de literatuur uit de tijd van Elizabeth. Wat vind je daarvan?'

'Jezus! Moet je daarmee werken? Waar moet hij met zijn vragenstellerij beginnen? Op faculteitsbijeenkomsten voor gepensioneerde hoogleraren?'

'Nee, dat zit wel goed. Hij is jong genoeg. De veiligheidsdienst vindt hem geschikt, omdat hij volgens hen weliswaar "aangetast" is, maar toch "buitengewoon flexibel". Is dat niet mooi uitgedrukt?'

'Fantastisch. Wat bedoelen ze er precies mee?'

'Dat is hun beschrijving van een man waar ze eigenlijk hun neus voor ophalen. Waarschijnlijk komt dat door wat hij in zijn diensttijd heeft uitgehaald, of door zijn echtscheiding – het zal de diensttijd wel zijn – maar ondanks die onoverkomelijke handicap wordt hij erg gewaardeerd.'

'Hij lijkt me nu al sympathiek.'

'Vind ik ook. Dat is juist mijn probleem.'

De twee mannen zwegen. Cranston omdat hij dit soort werk lang genoeg had gedaan om te beseffen dat zijn collega zelf moest verwerken wat híj had meegemaakt. Zelf tot bepaalde conclusies – of rationalisaties – moest komen. Meestal was het niet moeilijk zoiets aan te voelen.

Ralph Loring dacht aan de man van wiens leven hij alle details in zijn aktentas had zitten, samengesteld uit de gegevens van een twintigtal data-banken. Zijn naam was James Barbour Matlock, maar van de man achter de naam kon hij zich nog geen duidelijk beeld vormen. En dat zat Loring dwars. Matlocks leven was gevormd door verontrustende, zelfs schrille tegenstrijdigheden.

Hij was de enig overgebleven zoon van zijn al oudere, zeer welgestelde ouders, die teruggetrokken maar royaal leefden in Scarsdale in New York. Zijn opvoeding had hij, zoals dat welgestelde oostkust-bewoners betaamde, in Andover en Amherst genoten – met het gebruikelijke uitzicht op een keurige baan in Manhattan – bankier, makelaar of iets in de reclame. Niets in zijn schooltijd of tijdens zijn eerste studiejaren had erop gewezen dat hij van dit patroon zou afwijken. Zijn huwelijk met een rijk meisje uit Greenwich maakte die vooruitzichten eerder nog waarschijnlijker.

En toen gebeurde er van alles met James Barbour Matlock; Loring wilde dat hij er iets van begreep. Eerst kwam de dienst.

Het was in het begin van de zestiger jaren; had Matlock er slechts in toegestemd om zijn diensttijd met een half jaar te verlengen, dan had hij ergens comfortabel achter een bureau kunnen zitten – hoogstwaarschijnlijk, met de connecties van zijn ouders, in Washington of New York. Maar in plaats daarvan leek zijn staat van dienst wel een strafblad – met zoveel overtredingen, dat hij naar het gevreesde Vietnam werd gestuurd, waar de vijandelijkheden hand over hand toenamen. Tijdens zijn legering in de Mekongdelta moest hij door zijn wangedrag bovendien nog tweemaal voor de krijgsraad verschijnen.

Toch leek er geen ideologische motivatie achter zijn gedragingen te steken, hij paste zich gewoonweg erg moeilijk aan.

Zijn terugkeer in het normale leven werd gekenmerkt door voortdurende moeilijkheden, eerst met zijn ouders en toen met zijn vrouw. Zonder aanwijsbare reden betrok James Barbour Matlock, die in zijn studie nooit ver boven de middelmaat uit had gestoken, een kleine flat in Morningside Heights en zette zijn studie voort aan de Universiteit van Columbia.

Zijn huwelijk duurde drieëneenhalve maand, toen vroeg zijn vrouw scheiding aan en verdween geluidloos uit Matlocks leven. De volgende jaren verliepen zonder bijzonderheden. De onhandelbare Matlock veranderde geleidelijk in een serieuze student. Hij werkte als een paard en haalde veertien maanden later zijn doctoraal. Nog eens twee jaar later promoveerde hij. Hij verzoende zich met zijn ouders en kreeg een aanstelling als hoogleraar in de Engelse taal en letterkunde aan de Universiteit van Carlyle in Connecticut. Sindsdien had Matlock een aantal boeken en artikelen gepubliceerd en zich een benijdenswaardige reputatie in de academische wereld verworven. Hij was duidelijk populair – 'uiterst flexibele' (belachelijke term), verdiende redelijk goed en was kennelijk niet langer behept met het onaangepaste karakter dat hij in zijn moeilijke jaren aan de dag had gelegd. Maar hij had dan ook verdomd weinig reden om ontevreden te zijn, dacht Loring. James Barbour Matlock II had zijn leven aardig ingericht en alles wat hij hebben wilde. Ook een vriendin. Hij had een discrete verhouding met een studente die Patricia Ballantyne heette. Ze woonden niet samen, maar waren volgens de inlichtingen wel minnaars. Voorzover dat van buitenaf kon worden beoordeeld, was er echter geen huwelijk in het vooruitzicht. Het meisje werkte voor haar doctoraal archeologie en kon daarna zó een beurs krijgen, een beurs voor verre landen en onbekende dingen. Het zat er niet in dat Patricia Ballantyne zou trouwen, althans volgens de data-banken.

Maar wat maakten al deze gegevens hem wijzer over Matlock? vroeg Ralph Loring zich af. Hoe konden ze in vredesnaam de keus van de Veiligheidsdienst rechtvaardigen?

Dat deden ze niet. Konden ze niet. Alleen een getrainde agent kon voldoen aan de eisen die de huidige situatie stelde. De problemen waren veel te gecompliceerd, er waren te veel valstrikken.

De bittere ironie van het geval was, dat als deze Matlock fouten maakte en in valstrikken liep, hij misschien veel meer bereikte dan de beste agent, en nog sneller ook.

Ten koste van zijn eigen leven.

'Hoe komen jullie erbij dat hij mee zal doen?' Ze naderden Lorings flat en Cranstons nieuwsgierigheid was geprikkeld.

'Wat? Sorry, maar wat zei je?'

'Wat is het motief van die man om met jullie samen te werken?'

'Een jongere broer. Tien jaar jonger, om precies te zijn. De ouders zijn nogal oud. Erg rijk, erg gereserveerd. Daarom voelt Matlock zich er verantwoordelijk voor.'

'Waarvoor?'

'Voor zijn broer. Die is drie jaar geleden gestorven aan een overdosis heroïne.'

Ralph Loring reed langzaam in zijn huurauto over de brede weg met aan weerszijden bomen en grote, oude huizen met kortgeschoren gazons ervoor. Sommige herbergden nog studentenclubs, maar er waren er veel minder dan een jaar of tien terug. De sociale exclusiviteit van de vijftiger en begin zestiger jaren was aan het verdwijnen. Enkele van de reusachtige gebouwen hadden nu een andere bestemming. *The House, Aquarius* (natuurlijk), *Afro-Commons, Warwick, Lumumba Hall.*

De Carlyle Universiteit in Connecticut was een van de middelgrote statussymbolen die hier en daar het landschap van New England sieren. Het bestuur, onder leiding van de rector magnificus dr. Adrian Sealfont, probeerde de universiteit te herstructureren, aan te passen aan de tweede helft van de twintigste eeuw. Natuurlijk werd er geprotesteerd. Het aantal baarden groeide nog steeds en hippe Afrikanen vormden het tegenwicht voor de waardige rijkdom, de clubjasjes en de door oud-leerlingen gesponsorde roeiwedstrijden. Een oude en een nieuwe wereld zochten naar wegen om naast elkaar te bestaan.

Terwijl hij naar het vredige complex in de heldere voorjaarszon keek, bedacht Loring, dat het onvoorstelbaar was dat een dergelijke gemeenschap werkelijke problemen in zich kon bergen.

En vooral het probleem dat hem hierheen had gevoerd.

Toch was het er.

Carlyle was een tijdbom die, als hij tot ontploffing werd gebracht, een golf van slachtoffers zou eisen. Dát hij zou ontploffen, wist Loring, was onvermijdelijk. Niemand kon voorspellen wat er vóór die tijd zou gebeuren. Hij moest eruit zien te halen wat erin zat.

11

De sleutel was James Barbour Matlock, doctor in de Engelse taal en letterkunde.

Loring reed langs het fraaie faculteitshuis dat vier flats op twee verdiepingen herbergde, elk met een eigen ingang. Het was een van de betere faculteitshuizen en gewoonlijk woonden er begaafde jonge gezinnen in, totdat ze genoeg geld hadden om een eigen huis buiten het universiteitsterrein te kopen. Matlock woonde op de begane grond aan de westkant.

Loring reed om het gebouw heen en parkeerde de auto schuin tegenover Matlocks deur. Hij kon niet lang blijven. Bij elke passerende auto en zondagochtend-voetganger draaide hij zich om teneinde ze goed op te nemen, voldaan dat hij zelf niet werd gadegeslagen. Dat was belangrijk. Volgens het surveillance-rapport las de jonge hoogleraar gewoonlijk op zondagochtend tot een uur of twaalf de kranten en reed dan naar het noordelijke deel van Carlyle, waar Patricia Ballantyne in een van de appartementen woonde die voor ouderejaars waren gereserveerd. Dat wil zeggen, hij reed naar haar toe als ze niet de nacht bij hem had doorgebracht. Dan gingen ze meestal ergens buiten lunchen en kwamen daarna terug naar Matlocks flat of reden naar Hartford of New Haven. Niet altijd, natuurlijk. Vaak ook trokken Patricia Ballantyne en Matlock er in de weekends op uit, als meneer en mevrouw Matlock. Maar dit weekend niet. Dat had hij van de surveillance doorgekregen.

Loring keek op zijn horloge. Het was twintig voor één, maar Matlock was nog steeds binnen. Hij had niet veel tijd meer. Over een paar minuten moest hij in de Crescent Street zijn. Daar moest hij voor de tweede maal van auto wisselen.

Hij wist dat het niet absoluut nodig was Matlock echt te zien. Tenslotte had hij het dossier grondig gelezen, tientallen foto's bekeken en zelfs even met dr. Sealfont gesproken, de rector magnificus van Carlyle.

Maar toch – elke agent had zijn eigen manier van werken. Hij observeerde de mensen met wie hij contact moest leggen altijd een poosje. Enkele collega's van het Departement zeiden dan plagend dat het hem een machtsgevoel gaf. Loring wist alleen dat hij er een gevoel van vertrouwen door kreeg.

De voordeur van Matlocks flat ging open en er kwam een lange man naar buiten in het zonlicht. Hij droeg een kaki broek, sportschoenen en een bruine trui met een ronde hals. Loring vond dat hij er redelijk goed uitzag met zijn scherpe trekken en zijn tamelijk lange, blonde haar. Hij controleerde of zijn deur op slot zat, zette een zonnebril op en liep om het huis heen. Loring vermoedde dat er een kleine parkeerplaats was. Een paar minuten later reed James Matlock in een Triumph-sportwagen de oprit af.

Ralph Loring bedacht dat Matlock het maar goed geschoten had in het leven. Een ruim inkomen, geen verantwoording af te leggen, werk waar hij van hield en bovendien een aantrekkelijke vriendin. Hij vroeg zich af of dat over drie weken allemaal nóg zo zou zijn. Want Matlocks wereld balanceerde op de rand van de afgrond.

2

Matlock trapte het gaspedaal van de Triumph diep in en de sportwagen trilde terwijl de snelheidsmeter omhoog schoot naar de negentig. Het was niet omdat hij haast had – Pat Ballantyne zou heus niet weglopen – maar alleen omdat hij kwaad was. Hoewel, nee, niet echt kwaad, alleen geërgerd. Dat was hij bijna altijd na een telefoontje van zijn ouders. Daar zou de tijd nooit iets aan veranderen. Geld ook niet, gesteld dat hij ooit echt veel zou gaan verdienen – bedragen die zijn vader de moeite waard vond. Nee, het was die vervloekte neerbuigendheid, die erger werd naarmate zijn vader en moeder ouder werden. In plaats van zich bij de situatie neer te leggen, begonnen ze er steeds weer over. Ze wilden dat hij zijn paasvakantie in Scarsdale doorbracht, zodat hij en zijn vader elke dag banken en notarissen konden aflopen. Om voorbereid te zijn op het onvermijdelijke.

'. . . Het is geen kleinigheid, jongen', had zijn vader somber gezegd. 'Je kunt er maar beter een beetje op voorbereid zijn . . .'

'. . . Jij bent alles wat we nog hebben', had zijn moeder er met pijn in haar stem aan toegevoegd.

Matlock wist, dat ze als martelaars naar hun dood toe leefden en dat ze daarvan genoten. Ze hadden hun doel bereikt – of althans zijn vader. Het ironische ervan was, dat zijn ouders zo taai waren als pakezels, zo gezond als wilde paarden. Ze zouden hem ongetwijfeld tientallen jaren overleven.

De waarheid was, dat ze hem dolgraag bij zich wilden hebben. Dat was al drie jaar zo, sinds de dood van David op de Cape. Misschien, bedacht Matlock terwijl hij voor Pats huis stilhield, lag de oorzaak van zijn irritatie wel in zijn eigen schuldgevoel. Hij had de dood van David nooit echt verwerkt. Dat zou hij nooit kunnen.

Bovendien wilde hij gewoon niet naar Scarsdale met Pasen, wilde niet aan het verleden herinnerd worden. Hij had nu iemand die hem hielp de verschrikkelijke jaren te vergeten – de jaren zonder liefde, de jaren van dood, van besluiteloosheid. Hij had Pat beloofd met haar naar St. Thomas te gaan.

De naam van het café-restaurant buiten was de Cheshire Cat en, zoals de naam al zei, het was in de stijl van een landelijke Engelse pub. Maar het eten was goed en ze waren er gul met drank en die factoren maakten dat het een geliefde plek voor de uitgaanders van Connecticut was. Ze hadden twee Bloody Mary's gedronken en rosbief en Yorkshire-pudding besteld. Het was behoorlijk druk in de ruime eetzaal. In de hoek zat een man alleen de New York Times te lezen met de pagina's verticaal gevouwen, zoals forensen altijd deden.

'Waarschijnlijk een vertoornde vader die op zijn uit de band gesprongen zoon zit te wachten. Ik ken dat type. Ze zitten elke ochtend in de trein naar Scarsdale.'

'Daar is hij veel te ontspannen voor.'

'Ze leren hun spanning te verbergen. Met stapels kalmerende middelen.'

'Dat kun je altijd aan iemand zien. Maar aan hem niet. Hij ziet er veel te voldaan uit. Je hebt het mis.'

'Maar jij kent Scarsdale niet. Voldaanheid is een geregistreerd handelsmerk. Zonder die voldane trek bereik je niks.'

'Nu we het er toch over hebben: wat ben je van plan? Ik vind echt dat we St. Thomas moeten afzeggen.'

'Ik niet. Na die koude winter kunnen we best wat zon gebruiken. Ze zijn trouwens ook niet redelijk. Ik wil helemaal niets van die geldzaken afweten, zonde van de tijd. In het onwaarschijnlijke geval dat ze echt doodgaan, regelen anderen dat wel.'

'Ik dacht dat we het erover eens waren dat dat alleen een excuus was. Ze willen je een tijdje om zich heen hebben. Ik vind het aandoenlijk dat ze het op deze manier proberen.'

'Het is niet aandoenlijk, het is een doorzichtige poging tot omkoperij van mijn vader ... Kijk. Onze forens geeft het op.' De man alleen met de krant dronk zijn glas leeg en legde de ober uit dat hij niet bleef lunchen. 'Wedden dat hij er vandoor gaat omdat hij bang is dat zijn zoon met lang haar en een leren jasje – of wie weet op blote voeten – aan komt zetten?'

'Dat zou jij best leuk vinden, hè?'

'Ik niet. Die kinderen moesten eens weten wat ze hun ouders aandoen met hun opstandige gedrag. Als ik aan vroeger denk ...'

'Je bent een gekke vent, soldaat Matlock', zinspeelde Pat op Matlocks roemloze legercarrière. 'Zullen we na het eten naar Hartford gaan? Er draait een goeie film.'

'Oh, sorry, dat heb ik je nog niet verteld. We kunnen vandaag niet uit ... Sealfont belde vanochtend om te zeggen dat we vroeg in de avond een vergadering hebben. Zei dat het belangrijk was.'

'Waarover?'

'Weet ik niet. Misschien hebben de Afrikaanse hippies moeilijkheden. Die oom Tom die ik van Howard heb gehaald, dat is me er één. Volgens mij is-ie nog rechtser dan de Zonnekoning in eigen persoon.'

Ze glimlachte. 'Je bent verschrikkelijk.'

Matlock pakte haar hand.

Het huis van dr. Adrian Sealfont was van een toepasselijke indrukwekkendheid. Het was een groot, wit, koloniaal huis met een brede, marmeren trap naar zware, dubbele deuren met houtsnijwerk in reliëf. Langs de hele voorgevel stonden Ionische zuilen. Op het gazon waren schijnwerpers geplaatst die 's avonds aan gingen.

Matlock liep de trap op naar de deur en belde. Een halve minuut later werd hij binnengelaten door een dienstmeisje, dat hem door de gang naar de achterkant van het huis bracht, waar dr. Sealfonts immense bibliotheek was.

Adrian Sealfont stond met nog twee mannen in het midden van het vertrek. Zoals altijd werd Matlock getroffen door zijn verschijning. Hij was vrij lang, mager, had scherpe trekken en straalde een warmte uit die niemand onberoerd liet. Hij had een oprechte nederigheid, die zijn genialiteit verborg voor diegenen die hem niet kenden. Matlock mocht hem vreselijk graag.

'Hallo, James.' Sealfont stak zijn hand naar hem uit. 'Meneer Loring, mag ik u dr. Matlock voorstellen?'

'Hoe maakt u het? Hallo, Sam.' Dit laatste was tot de derde man gericht, Samuel Kressel, supervisor op Carlyle.

'Dag, Jim.'

'Hebben we elkaar al niet eens eerder ontmoet?', vroeg Matlock aan Loring. 'Daar staat me zoiets van bij.'

'Ik hoop maar van niet.'

'Nee, dat kan ik me voorstellen!', lachte Kressel met zijn sardonische, enigszins onaangename humor. Matlock was ook gesteld op Sam Kressel, maar meer omdat hij wist hoe zwaar Kressels baan was – waar hij genoegen mee moest nemen – dan om de man zelf.

'Wat bedoel je, Sam?'

'Dat zal ik je vertellen', kwam Adrian Sealfont tussenbeide. 'Meneer Loring werkt voor de regering, op het Departement van Justitie. Ik heb erin toegestemd jullie drieën samen te brengen, maar ik heb geen goed woord over voor datgene waar Sam en meneer Loring zojuist op zinspeelden. Kennelijk vond meneer Loring het nodig, jou – hoe noem je zoiets ook alweer – onder surveillance te stellen. Ik heb daar ernstige bezwaren tegen.' Sealfont keek Loring aan.

'Wát hebt u gedaan?', vroeg Matlock rustig.

'Het spijt me echt', zei Loring welgemeend. 'Het heeft niets met mijn opdracht te maken, maar het is een persoonlijk trekje van mij.'

'U bent de forens uit de Cheshire Cat'.

'De wat?', vroeg Sam Kressel.

'De man met de krant.'

'Inderdaad. Ik wist dat u me vanmiddag had opgemerkt. Ik dacht wel dat u me zou herkennen op het moment dat u me weer zag. Ik wist niet dat ik eruit zag als een forens.'

'Dat kwam door de krant. We vonden u een vertoornde vader.'

'Dat ben ik soms ook. Maar niet vaak, hoor! Mijn dochter is pas zeven.'

'Zullen we nu maar beginnen?', vroeg Sealfont. 'Tussen twee haakjes, James, ik ben blij dat je zo begrijpend reageert.'

'Ik ben alleen maar nieuwsgierig. En ook bang. Om jullie de waarheid te zeggen: ik ben doodsbang.' Matlock glimlachte aarzelend. 'Wat is er allemaal aan de hand?'

'Laten we iets drinken onder het praten.' Adrian Sealfont glimlachte terug en liep naar zijn met koperplaat bedekte huisbar in de hoek van het vertrek.

'Jij drinkt bourbon met water, hè, James? En Sam, voor jou toch een dubbele Scotch met ijs? Wat drinkt u, meneer Loring?'

'Scotch graag. Met wat water.'

'Hé, James, kom even helpen.' Matlock liep naar de bar en hielp met inschenken.

'Je verbaast me, Adrian', zei Kressel, die in een leren fauteuil ging zitten. 'Hoe komt het dat je de voorkeuren op het gebied van drank van je ondergeschikten zo goed kent?'

Sealfont lachte. 'Dat ligt nogal voor de hand. Ik weet dat trouwens niet alleen van mijn... collega's. Ik heb meer geld voor deze stichting bijeengebracht met alcohol dan met honderden verslagen door de knapste koppen op dat gebied.' Hier pauzeerde Adrian Sealfont even en grinnikte – evenzeer tegen zichzelf als tegen de anderen. 'Ik heb wel eens een redevoering gehouden voor de Organisatie van Universiteitsrectoren. Tijdens de discussie die daarop volgde, werd me gevraagd hoe het kwam dat Carlyle zoveel schenkingen kreeg... Ik antwoordde: "Die hebben we te danken aan de oude volkeren die de kunst van het alcohol maken hebben ontwikkeld..." Wijlen mijn vrouw brulde van het lachen, maar ze vertelde me later dat ik het fonds ontzettend veel kwaad had gedaan.'

De drie mannen lachten. Matlock zette de glazen neer.

'Op jullie gezondheid', zei Adrian Sealfont, terwijl hij zijn glas omhoog bracht. 'Luister, James... Sam, en schrik niet. Een week of wat geleden werd ik opgebeld door meneer Lorings baas. Hij vroeg me naar Washington te komen voor een uiterst belangrijke zaak die betrekking had op Carlyle. Dat heb ik gedaan. Ik werd toen op de hoogte gebracht van een situatie, die ik nog steeds niet kan geloven. Sommige dingen die meneer Loring jullie zal vertellen, lijken op het eerste gezicht onweerlegbaar. Maar je moet verder kijken; geruchten hoeven niets te betekenen, bewijsmateriaal kan opgebouwd zijn uit feiten en verklaringen die uit hun verband gerukt zijn. Aan de andere kant kan er best een kern van waarheid in zitten. Het is vanwege die mogelijkheid, dat ik in deze bijeenkomst heb toegestemd. Ik moet echter duidelijk stellen, dat ik erbuiten dien te blijven. Carlyle moet erbuiten blijven. Wat er in deze kamer gebeurt, gebeurt zonder mijn officiële toestemming. Jullie handelen als individuen, niet als leden van faculteit of staf van Carlyle. Dat wil zeggen, áls jullie besluiten te handelen . . . Nou, James, als dat je niet bang maakt, weet ik het ook niet meer.' Sealfont glimlachte weer, maar het was duidelijk wat hij bedoelde.

'Het maakt me wel degelijk bang', zei Matlock toonloos.

Kressel zette zijn glas neer en ging op de rand van zijn stoel zitten.

'Moeten we daaruit opmaken dat u het niet eens bent met meneer Lorings aanwezigheid hier? Of met wat hij komt doen?'

'Dat is moeilijk te zeggen. Als het waar is wat hij zegt, kan ik daar mijn ogen niet voor sluiten. Aan de andere kant zal geen enkele rector magnificus tegenwoordig zonder heel gegronde redenen openlijk samenwerken met een overheidsdienst. Neemt u me niet kwalijk, meneer Loring, maar er zijn te veel mensen in Washington die dergelijke situaties in academische gemeenschappen hebben uitgebuit. Ik denk speciaal aan Michigan, Columbia, Berkeley . . . om er maar enkele te noemen. Gewone politiezaken is één ding, maar infiltratie . . . nee, dat is iets heel anders.'

'Infiltratie? Dat is een nogal sterk woord', zei Matlock.

'Misschien wel té sterk. Laat meneer Loring jullie maar vertellen waar het om gaat.'

Kressel pakte zijn glas. 'Mag ik vragen waarom wij – Matlock en ik – uitgekozen zijn?'

'Dat wordt ook wel duidelijk in jullie gesprek met meneer Loring. Maar, Sam, omdat ik verantwoordelijk ben voor *jouw* aanwezigheid, zal ik je *mijn* redenen vertellen. Als supervisor sta jij veel dichter bij studentenaangelegenheden dan alle anderen . . . Het zal jou ook niet ontgaan, als meneer Loring of een van zijn medewerkers te ver mocht gaan . . . Dat is, geloof ik, alles wat ik te zeggen heb. Ik verdwijn nu naar de bijeenkomst. Die filmfiguur, Strauss, spreekt vanavond en ik moet even m'n gezicht laten zien.' Sealfont liep terug naar de bar en zette zijn glas neer. De drie anderen stonden op.

'Nog één ding', zei Kressel met gefronst voorhoofd. 'Stel nu dat wij – of één van ons – niets met de . . . opdracht van meneer Loring te maken willen hebben?'

'Dan doe je niet mee.' Adrian Sealfont liep terug naar de deur van de bibliotheek. 'Jullie zijn volledig vrij, laat dat je duidelijk zijn. Goedenavond, heren.'

Sealfont ging de kamer uit en deed de deur achter zich dicht.

3

De drie mannen bleven zwijgend staan. Ze konden de voordeur horen open- en dichtgaan. Kressel keek Loring aan.

'Nou, steekt u dan maar van wal.'

'Laat ik om te beginnen nader omschrijven wie ik ben, dat verklaart deze ontmoeting al gedeeltelijk. Ik werk wel voor het Ministerie van Justitie, maar op de afdeling *Narcotica*.'

Kressel ging weer zitten en nam een slok van zijn whisky. 'U bent hier toch niet helemaal naartoe gekomen om ons te vertellen dat veertig procent van de studenten aan de hasj of iets dergelijks is? Want dan vertelt u ons heus niets nieuws.'

'Nee. Ik ga ervan uit dat u dat soort dingen wel weet. Dat weet trouwens iedereen. Ik ben alleen niet zeker van het percentage. Het zou best eens hoger kunnen zijn.'

Matlock dronk zijn glas leeg en besloot er nog een te nemen. Terwijl hij naar de koperen huisbar liep, zei hij: 'Het is misschien iets te laag of iets te hoog, maar als we het met andere universiteiten vergelijken, hebben we hier geen reden tot paniek.'

'Nee, daar heeft u inderdaad geen reden toe. Niet daarover.'

'Is er iets anders aan de hand?'

'Nou en of.' Loring liep naar Sealfonts bureau en bukte zich om zijn aktentas van de grond op te pakken. Het was duidelijk dat hij en Sealfont een gesprek hadden gehad voordat Matlock en Kressel waren gekomen. Loring legde de aktentas op het bureau en maakte hem open. Matlock liep terug naar zijn stoel en ging zitten.

'Ik wil u graag iets laten zien.' Loring trok een dik, zilverkleurig stuk papier te voorschijn, dat diagonaal was afgeknipt als met een getande schaar. De zilveren laag op het papier was bezaaid met vingerafdrukken en zat onder de vlekken. Loring gaf het papier aan Matlock. Kressel stond op en kwam naast hem staan.

'Het is een brief of zo. Of een aankondiging. Met geta!len', zei Matlock. 'En het is Frans. Of nee, Italiaans, geloof ik. Maar ik weet het niet zeker.'

'Heel goed, professor', zei Loring. 'Van allebei ongeveer evenveel. Het is een Corsicaans dialect. Het heet Oltremontaans en wordt gesproken in het Zuidcorsicaanse heuvelland. Evenals

Etruskisch is het schrift niet helemaal te vertalen. Maar de codes die erin staan, zijn zo eenvoudig, dat je eigenlijk nauwelijks van codes kunt spreken. Ik denk ook niet dat ze als zodanig bedoeld waren, er zijn er niet zoveel van. Dus we kunnen hier genoeg uit te weten komen.'

'Wat dan?', vroeg Kressel, terwijl hij het vreemd uitziende document van Matlock overnam.

'Ik wil eerst graag uitleggen hoe we eraan gekomen zijn, dat is namelijk essentieel.'

'We luisteren.' Kressel gaf het smoezelige, zilverkleurige document terug aan Loring, die ermee naar het bureau liep en het zorgvuldig terugstopte in zijn aktentas.

'Zes weken geleden vertrok er een narcotica-koerier – een man die naar een bepaald brongebied wordt gestuurd met instructies, geld of boodschappen – naar Europa. Eigenlijk was hij meer dan een koerier, hij was een tamelijk hoge bons in het distributielichaam. Misschien combineerde hij een klusje met een Middellandse-Zeevakantie, of misschien ging hij investeringen na . . . Hoe het ook zij, hij werd vermoord door een paar bergbewoners uit de Toros Daglari – dat is een gebied in opkomst in Turkije. Volgens ingewijden zette hij daar de operatie stop en werd daarom gepakt. Dat is niet ongeloofwaardig, want de handel rondom de Middellandse Zee wordt overal stopgezet en naar Zuid-Amerika verplaatst . . . Het document droeg hij bij zich, in een gordel. Zoals u wel kon zien, is het door heel wat handen gegaan. Het is via Ankara uiteindelijk in Marrakesh terechtgekomen, waar een geheim agent van Interpol er de hand op kon leggen en het aan ons overdroeg.'

'Van Toros-Dag-weet-ik-veel naar Washington. Dat stuk papier heeft een hele reis achter de rug', zei Matlock.

'Een dure ook', voegde Loring eraan toe. 'Alleen is het nu niet in Washington, maar hier. Van Toros Daglari naar Carlyle in Connecticut.'

'Dat zal wel een diepere betekenis hebben.' Sam Kressel nam hem met een bezorgde uitdrukking op.

'Dat betekent, dat er in dat document gegevens over Carlyle staan', zei Loring rustig, tegen de rand van het bureau geleund. Hij had een leraar kunnen zijn, die voor een klas een droge, maar onmisbare wiskundetheorie stond uit te leggen. 'Volgens het document is er op 10 mei een samenkomst, dat is morgen over drie weken. De getallen geven de omgeving van Carlyle aan – de lengtegraad en de breedtegraad. Het document identificeert de drager ervan als een der genodigden. Elk document heeft of een bijpassende andere helft, of is afgeknipt op een manier die controleerbaar is – als extra veiligheidsmaatregel. Wat we niet weten, is de juiste plaats precies.'

'Wacht eens even.' Kressels stem klonk beheerst maar scherp; hij was geschokt. 'Ga je nu niet wat al te snel, Loring? U vertelt ons gegevens – kennelijk vertrouwelijk – voordat u onze rol daarbij duidelijk maakt. Het bestuur van onze universiteit heeft er geen behoefte aan de regering aan bepaalde gegevens te helpen. Voordat u verder uitweidt, kunt u dus maar beter vertellen wat u wilt.'

'Sorry, meneer Kressel. Ik pak het inderdaad niet zo best aan.'

'Nee, zeker niet. En dat terwijl u expert bent.'

'Wacht even, Sam.' Matlock hief zijn hand op van de armleuning van de stoel. Kressels plotselinge felheid leek hem misplaatst. 'Sealfont zei, dat we de vrijheid hadden hem alles te weigeren. Als we daar gebruik van maken – waarschijnlijk doen we dat ook – wil ik graag dat dat weloverwogen gebeurt en niet uit een schrikreactie.'

'Wees niet zo naïef, Jim. Er worden vertrouwelijke gegevens verstrekt en voordat je het weet, zit je er tot je nek in. Je kunt niet ontkennen dat je ingelicht bent, je kunt niet zeggen dat je er niets van afweet.'

Matlock keek op naar Loring. 'Is dat waar?'

'Tot op zekere hoogte wel, ja. Daar wil ik niet om liegen.'

'Waarom zouden we dan naar u luisteren?'

'Omdat de universiteit van Carlyle er al jaren tot z'n nek toe in zit. En omdat de situatie kritiek is. Zo kritiek, dat we nog maar drie weken hebben om in te grijpen met behulp van de inlichtingen die we hebben.'

Kressel stond op, ademde diep in en liet de lucht langzaam ontsnappen. 'Schep een crisis – zonder bewijs – en de universiteit raakt er vanzelf wel bij betrokken. De crisis lost weer op, maar wat je niet kunt uitwissen is, dat de universiteit een stille deelgenoot is geweest in een regeringsonderzoek. Dat was de taktiek die ze bij de universiteit van Wisconsin hebben toegepast.' Kressel wendde zich tot Matlock. 'Weet je dat nog, Jim? Zes dagen lang studentenopstanden. Een half semester naar de knoppen.'

'Daar was het Pentagon bij betrokken', zei Loring. 'De omstandigheden waren totaal anders.'

'Denkt u dat het Departement van Justitie het acceptabeler maakt? Lees dan maar eens een paar studentenbladen.'

'In Godsnaam, Sam, laat hem uitpraten. Als jij niet wilt luisteren, ga dan weg. Ik wil horen wat hij te zeggen heeft.'

Kressel keek neer op Matlock. 'Goed. Ik geloof dat ik het begrijp. Ga verder, Loring. Maar denk erom: geen verplichtingen. En we zijn niet verplicht tot wat voor geheimhouding dan ook.'

'Dan gok ik maar op het gezonde verstand.'

'Dat zou wel eens een vergissing kunnen zijn.' Kressel liep naar de bar en vulde zijn glas bij.

Loring ging op de rand van het bureau zitten. 'Laat ik beginnen met u te vragen of u ooit van het woord *Nimrod* hebt gehoord?'

'Nimrod is een Hebreeuwse naam', antwoordde Matlock. 'Uit het Oude Testament. Een nakomeling van Noach, heerser over Babylon en Nineve. Zijn moed als jager was legendarisch, wat het belangrijkere feit overschaduwt dat hij de bekendste steden in Assyrië en Mesopotamië stichtte, of liet bouwen.'

Loring glimlachte. 'Alweer m'n compliment, professor. Een *jager* en een *bouwer*. Maar ik bedoel eigenlijk het woord in de moderne betekenis.'

'Dan zou ik het niet weten. Jij wel, Sam?'

Kressel liep met zijn glas terug naar zijn stoel. 'Ik wist niet eens wat je zojuist vertelde. Ik dacht dat een nimrod een vlieg was die je bij het vissen gebruikte, vooral voor forel.'

'Dan zal ik er iets over vertellen . . . Ik wil u niet vervelen met statistieken over narcotica, daar wordt u ongetwijfeld voortdurend mee doodgegooid.'

'Voortdurend', beaamde Kressel.

'Maar er is een statistische bijzonderheid die u zich wellicht niet realiseert. De intensiviteit van de drugshandel in de staten van New England neemt veel sneller toe dan in welk ander deel van het land ook. Dat is schrikbarend. Sinds 1968 heeft er een systematische ondergraving van de wetsuitvoering plaatsgevonden . . . Laat ik wat concreter zijn: in Californië, Illinois en Louisiana hebben we de drugshandel nu zo goed onder controle, dat er in elk geval geen sprake is van uitbreiding. Dat is het beste resultaat dat we kunnen bereiken totdat de internationale overeenkomsten uit de kinderschoenen zijn. Maar in New England is dat niet zo. De handel heeft zich door het hele gebied waanzinnig uitgebreid. Vooral op de universiteiten.'

'Hoe weten jullie dat?', vroeg Matlock.

'Er zijn tientallen manieren om dat aan de weet te komen, maar helaas niet om tijdig in te grijpen. Verklikkers, gemerkte opgaven uit Noord-Afrika, Azië en Latijns-Amerika, naspeurbare deposito's in Zwitserland. Dit zijn overigens inderdaad vertrouwelijke inlichtingen.' Loring keek naar Kressel en glimlachte.

'Nu weet ik zeker dat jullie getikt zijn.' Kressel had een onaangename klank in zijn stem. 'Als jullie dat soort dingen kunnen aantonen, lijkt me zo, moeten jullie dat openbaar maken. Van de daken schreeuwen.'

'We hebben onze redenen om dat niet te doen.'

'Zeker ook vertrouwelijk', zei Kressel misprijzend.

'Er is nog iets', ging Loring verder, zonder notitie van hem te nemen. 'De bekendste universiteiten aan de oostkust – of ze nou groot of klein zijn – Princeton, Amherst, Harvard, Vassar, Williams, Carlyle – hebben een vrij hoog percentage VIP-kinderen ingeschreven staan. Zoons en dochters van uiterst belangrijke mensen, vooral uit regeringskringen en de industriesector. Dat schept mogelijkheden tot chantage, en we geloven dat die worden uitgebuit. Zulke mensen zijn erg kwetsbaar als het om drugsschandalen gaat.'

Kressel viel hem in de rede: 'Stel nou dat het waar is wat u zegt, en ik geloof er niets van, dan is het nog altijd zo dat we hier minder moeilijkheden hebben dan de meeste andere universiteiten in het noord-oosten.'

'Dat is ons niet ontgaan. We geloven zelfs dat we weten hoe dat komt.'

'Wat bedoelt u daarmee? Zeg alstublieft wat u te zeggen hebt.' Matlock hield niet van de spelletjes die sommige mensen speelden.

'Een distributienetwerk dat een vrij groot deel van het land systematisch van drugs voorziet en zich bovendien steeds uitbreidt, moet ergens een hoofdkwartier hebben. Een verzendhuis zou je kunnen zeggen, een commandopost. U kunt me geloven als ik u vertel dat dit hoofdkwartier, deze commandopost voor de drugshandel door alle staten van New England, de Uni-

versiteit van Carlyle is.'
Samuel Kressel, supervisor, liet zijn glas op Adrian Sealfonts parketvloer vallen.

Ralph Loring ging verder met zijn ongelooflijke verhaal. Matlock en Kressel zaten ontsteld in hun stoel. Meermalen tijdens zijn rustige, methodische uitleg wilde Kressel hem in de rede vallen, protesteren, maar Lorings verhaal zat te gedegen in elkaar. Er viel niets tegen in te brengen.

'Het onderzoek op de universiteit van Carlyle is anderhalf jaar geleden begonnen. De aanleiding ervan was een betalingslijst geweest, die de Franse Sureté bij een van haar vele onderzoeken naar drugs in de haven van Marseille had ontdekt. Toen vaststond dat de lijst uit Amerika afkomstig was, werd ze met goedkeuring van Interpol naar Washington gestuurd. Door de hele lijst heen trof men verwijzingen aan naar 'C-22°-59°', steeds gevolgd door de naam *Nimrod*. De graadaanduidingen bleken geografische aanduidingen te zijn voor plaatsen gelegen ergens in noordelijk Connecticut, maar waren niet in decimalen uitgewerkt. Nadat honderden mogelijke vrachtroutes van havens aan de Atlantische Oceaan en vliegvelden die met Marseille in verbinding stonden waren nagegaan, werd de omgeving van Carlyle onder maximumbewaking gesteld.

Als onderdeel daarvan werd afluisterapparatuur aangelegd bij mensen van wie bekend was dat ze handel dreven met New York, Hartford, Boston en New Haven. Telefoongesprekken van onderwereldfiguren werden opgenomen. Alle telefoongesprekken over verdovende middelen van en naar het Carlyle-gebied werden vanuit telefooncellen gevoerd. Daarom was het moeilijk ze te onderscheppen, maar niet onmogelijk. De gebruikte methodes waren – alweer – vertrouwelijk.

Naarmate de dossiers met gegevens groeiden, kwam er een schrikbarend feit aan het licht. De groep van Carlyle was onafhankelijk. Er waren geen formele banden met gestructureerde misdaadsorganisaties, er werd aan niemand verantwoording afgelegd. De groep *gebruikte* bekende misdadigers, werd niet *door* hen gebruikt. Het was een hechte eenheid, die tot in de meeste universiteiten van New England invloed uitoefende. En ze beperkten zich – kennelijk – niet tot drugs. Hun activiteiten strekten zich uit tot gokken, prostitutie en zelfs tot arbeidsbemiddeling voor afgestudeerden. Maar naast de winsten die voortvloeien uit de illegale activiteiten, schenen ze nog iets anders na te streven. Als ze rechtstreeks zaken zouden doen met bekende misdadigers, handelaars van buitenaf, zouden ze op een veel eenvoudiger manier veel meer winst kunnen maken. Maar in plaats daarvan werd de winst geïnvesteerd in de opbouw van een eigen organisatie. De groep was eigen baas, beschikte over zijn eigen bronnen, zijn eigen distributie-apparaat. Maar wat het uiteindelijke doel was, was niet duidelijk.

De groep was zo machtig geworden, dat de misdaadorganisaties in het noordoosten zich erdoor bedreigd voelden. Daarom wilden vooraanstaande onderwereldfiguren een bespreking met de leiding van de Carlyle-operatie. De sleutel daarvan was een groep, of één persoon, die met *Nimrod* werd aangeduid.

Het doel van de bespreking was, voor zover kon worden nagegaan, het treffen van een schikking tussen Nimrod en de koningen der misdaad, die zich bedreigd voelden door Nimrods snelle groei. De conferentie zou worden bijgewoond door tientallen bekende en onbekende misdadigers uit alle staten van New England.'

'Meneer Kressel', wendde Loring zich met een aarzeling tot Sam, 'u hebt misschien lijsten van mensen – studenten, faculteits- of stafleden – van wie u weet, of reden hebt om te vermoeden, dat ze iets met drugs te maken hebben. Ik weet het natuurlijk niet zeker, maar op de meeste universiteiten worden er zulke lijsten bijgehouden.'

'Daar geef ik geen antwoord op.'

'Dat is dan wel duidelijk', zei Loring kalm, zelfs met iets van sympathie in zijn stem.

'Helemaal niet! Jullie trekken gewoon de conclusies die jullie wíllen trekken!'

'Goed, goed, neem me niet kwalijk. Maar zelfs als u ja had gezegd, had ik er niet om willen vragen. Ik wilde u eigenlijk alleen laten weten, dat wij *wel* zo'n lijst hebben. Ik wilde dat u dat wist.'

Sam Kressel besefte dat hij in de val was gelopen en Lorings openhartigheid maakte hem alleen nog maar kwader. 'Ik twijfel er niet aan.'

'En het spreekt vanzelf dat u daar best een kopie van kunt krijgen.'

'Dat zal niet nodig zijn.'

'Wees niet zo koppig, Sam', zei Matlock. 'Waarom steek je je kop in het zand?'

Voordat Kressel kon antwoorden, zei Loring: 'Meneer Kressel weet dat hij alsnog van gedachten kan veranderen. Maar volgens hem is er hier geen sprake van een crisis. Het zou u verbazen, hoeveel mensen wachten tot het dak boven hun hoofd instort voordat ze om hulp vragen. Of hulp willen aannemen.'

'Maar uw organisatie weet van elke moeilijke situatie wel een ramp te maken, is het niet?', pareerde Sam Kressel fel.

'We hebben heus wel fouten gemaakt.'

'Als jullie namen hebben', ging Sam verder, 'waarom gaan jullie daar dan niet achteraan? Laat ons erbuiten, knap je eigen vuile zaakjes op. Jullie kunnen arrestaties verrichten, mensen voor 't gerecht slepen. Probeer niet jullie zaken door *ons* te laten opknappen.'

'Dat willen we ook niet ... Bovendien moet het grootste deel van ons bewijs geheim blijven.'

'Dat dacht ik al', wierp Kressel in het midden.

'En wat hebben we dan gewonnen? Wat hebt *u* gewonnen?'

Loring boog zich voorover en keek Sam recht aan. 'Dan hebben we een paar honderd hasjrokers bij de kop, een paar dozijn pepslikkers, wat spuiters en kleine handelaren. Begrijpt u dan niet, dat we daar niets mee *oplossen*?'

'En dat brengt ons tot wat u werkelijk wilt, nietwaar?' Matlock leunde achterover in zijn stoel en nam Loring vol spanning op.

'Ja', antwoordde Loring zacht. 'We willen Nimrod. We willen de plaats van die bespreking op 10 mei weten. Dat kan overal zijn binnen een straal van zo'n 100 tot 150 kilometer. We willen erop voorbereid zijn. We willen de Nimrod-operatie de nek breken, om redenen die veel verder strekken dan de universiteit van Carlyle. Ook verder dan verdovende middelen.'

'Hoe dan?', vroeg James Matlock.

'Dr. Sealfont heeft het al genoemd. Infiltratie ... Professor Matlock, u staat bekend als een uitermate flexibele persoonlijkheid hier, zoals ze dat bij ons noemen. U wordt overal geaccepteerd, zelfs door onderling tegenstrijdige partijen – binnen zowel de faculteit als de studentenverenigingen. Wij hebben de namen, u heeft de mobiliteit.' Loring trok het afgeknipte stuk beduimelde zilverpapier uit zijn aktentas te voorschijn. 'Ergens hier in

Carlyle zijn de inlichtingen te vinden die we nodig hebben. Ergens is er iemand die net zo'n document heeft als dit, iemand die weet wat we moeten weten.'

James Barbour Matlock bleef roerloos in zijn stoel naar hem zitten kijken. Loring en Kressel konden geen van beiden weten waaraan hij dacht, maar ze hadden er allebei een vermoeden van. Als gedachten hoorbaar waren, zou er op dat ogenblik volledige overeenstemming zijn geweest. James Matlock was in gedachten drie, bijna vier jaar teruggegaan. Hij dacht aan een blonde jongen van negentien. Misschien wat onvolwassen voor zijn leeftijd, maar aardig, goedhartig. Een jongen met problemen. Ze hadden hem gevonden zoals ze duizenden zoals hij vonden, in duizenden plaatsen door het hele land. Andere tijden, andere Nimrods. James Matlocks broer, David, had een injectienaald in zijn rechterarm gestoken en dertig milligram van een witte vloeistof ingespoten. In een zeilboot in de kalme wateren van een baai bij Cape Cod, die bij de kust in het riet was gedreven. Toen ze de boot hadden gevonden, was de broer van James Matlock dood.

Matlock nam zijn beslissing.

'Kan ik die namen krijgen?'

'Ik heb ze bij me.'

'Wacht even.' Kressel stond op, en er klonk geen woede in zijn stem, maar angst. 'Beseft u wat u van hem vraagt? Hij heeft geen ervaring in dit soort werk. Hij is er niet voor opgeleid. Neem een van jullie *eigen* mensen.'

'Er is niet genoeg tijd. Niet voor een van onze mensen. Hij wordt natuurlijk beschermd. U kunt ook helpen.'

'Ik kan u *tegenhouden!*'

'Nee, Sam, dat kun je niet', reageerde Matlock.

'Jim, in Godsnaam, weet je wel wat hij van je wil? Als er ook maar *iets* waar is van wat hij zegt, dan kom je in de beroerdste positie te zitten die je je maar kunt voorstellen. Een verklikker.'

'Jij hoeft er niet bij te blijven. Mijn beslissing geldt niet voor jou. Waarom ga je niet naar huis?' Matlock stond op, pakte zijn glas en liep langzaam naar de bar.

'Dat is nu onmogelijk', zei Kressel, terwijl hij zich tot Loring wendde. '*En dat weet hij best.*'

Loring voelde iets van droefheid. Deze Matlock was een fijne vent, die wilde meewerken omdat hij het gevoel had een schuld te moeten inlossen. En de dienst had koelbloedig ingecalculeerd, dat James Matlock het hoogstwaarschijnlijk niet zou overleven als hij de taak op zich nam. Maar het doel was het waard. De bespreking was het waard. Nimrod was het waard.

Dat was Lorings conclusie.

Het maakte zijn opdracht draaglijk.

4

Er mocht niets worden opgeschreven. Het doorgeven van de inlichtingen ging langzaam, omdat alles voortdurend herhaald moest worden. Maar Loring had ervaring; hij wist hoe belangrijk het was de spanning – door het te snel opnemen van te veel dingen – regelmatig te onderbreken. Dan probeerde hij Matlock aan de praat te krijgen, meer te weten te komen over de man met wiens leven zo lichtvaardig werd omgesprongen. Het was tegen middernacht; Sam Kressel was al vóór achten weggegaan. Het was niet noodzakelijk, en ook niet aan te bevelen, dat hij aanwezig was bij het uitwerken van de details. Hij zou alleen als verbindingsman optreden. Daar voelde hij zelf ook het meeste voor.

Ralph Loring ontdekte al snel, dat Matlock nogal gesloten was. Zijn antwoorden op de onschuldig geformuleerde vragen waren kort en nietszeggend en verschaften Loring geen inzicht in zijn manier van denken. Na een tijdje gaf Loring het op. Matlock wilde wel meewerken, maar niet zijn gedachten of motieven prijsgeven. Dat was ook niet nodig, Loring had er alle begrip voor. Misschien was het ook maar beter de man niet zo goed te kennen.

Op zijn beurt dacht Matlock – terwijl hij de ingewikkelde gegevens in zijn hoofd probeerde te krijgen – na over zijn eigen leven en vroeg zich af waarom ze hem hadden uitgekozen. Het intrigeerde hem, hoe ze ertoe waren gekomen hem *flexibel* te noemen in hun rapport. Wat een afschuwelijk woord!

Maar hij wist, dat de term hem wel degelijk nauwkeurig omschreef. Hij *was* flexibel. De professionele onderzoekers, of psychologen, of wat ze ook waren, hadden gelijk. Maar hij betwijfelde of ze de motieven achter zijn 'mobiliteit' begrepen.

De academische wereld was een toevluchtsoord geweest, een wijkplaats. Geen ambitieuze wensdroom. Hij was erin gevlucht om rust te krijgen, om orde te brengen in een leven dat aan het afbrokkelen was, om na te denken. De dingen *op een rij zetten*, zoals de studenten zeiden.

Hij had geprobeerd het zijn vrouw uit te leggen, zijn knappe, vrolijke, uitermate oppervlakkige vrouw, die dacht dat hij gek was geworden. Wat viel er meer te begrijpen dan een *ontzettend* goeie baan, een *ontzettend* fijn huis, een *ontzettend* leuke club en een *goed* leven in een wereld die maatschappelijk en financieel *ontzettend* de moeite waard was? Voor haar *was* er niets meer te begrijpen. En dat begreep hij best.

Maar voor hem had die wereld zijn betekenis verloren. Hij was al begonnen er afstand van te nemen toen hij nog maar net over de twintig was, in zijn laatste jaar op Amherst. De afscheiding werd compleet door zijn legerervaringen.

Zijn afwijzing was niet door een enkele gebeurtenis veroorzaakt en ging niet gepaard met geweld, hoewel hij in het begin van de ellendige tijd in Saigon wel degelijk gewelddadig was opgetreden. Het was al voor die tijd begonnen, tijdens een reeks van onplezierige confrontaties met zijn vader. De oude heer – te oud, te veel heer – vond dat hij het recht had meer prestaties van zijn oudste zoon te eisen. Een doelgerichtheid die hij helemaal niet aan de dag legde. De oude Matlock behoorde tot een ander tijdperk – misschien zelfs wel tot een andere eeuw – en vond een kloof tussen vaders en zoons juist wel gewenst. De jongeren waren misbaar totdat ze hadden getoond wat ze waard waren. Misbaar, maar natuurlijk wel kneedbaar. In verschillende opzichten was de vader als een welwillende heerser, die het, na generaties van macht, niet kon aanzien dat zijn wettige erfgenaam zich van de troon afwendde. De oude Matlock vond het onvoorstelbaar, dat zijn zoon de leiding van de familiezaak – zaken – niet op zich wilde nemen.

Maar voor de jonge Matlock was het allemaal té voorstelbaar. En te gemakkelijk. Niet alleen dacht hij niet graag aan een toekomst als *handelaar,* maar hij was ook bang. Hij schepte absoluut geen genoegen in de gedisciplineerde spanningen van het financiële leven, maar had juist een diepe angst om te falen, nog versterkt door zijn vaders grote – overweldigende – kundigheid. Hoe dichter hij dat leven naderde, des te groter werd zijn angst. En hij realiseerde zich, dat hij, als hij de beschutting en de overbodige luxe accepteerde, tevens een rechtvaardiging nodig had voor het feit dat hij deed wat er van hem verwacht werd. Maar hij kon die rechtvaardiging niet vinden. Liever wat minder beschutting en wat minder luxe dan het vooruitzicht altijd bang te zijn en het niet naar de zin te hebben.

Hij had geprobeerd dat aan zijn vader uit te leggen. Zijn vrouw dacht dat hij gek geworden was, en zijn vader verklaarde hem voor een mislukkeling.

Wat aardig overeenkwam met het oordeel van het leger.

Het leger.

Een ramp. Niet in de laatste plaats omdat hij wist dat hij zelf meewerkte aan het systeem. Hij verafschuwde die blinde fysieke discipline en die op niets berustende autoriteit. En hij was groot en sterk genoeg en bezat een voldoende ruime woordenschat om zijn onvolwassen bezwaren luidruchtig duidelijk te maken – tot zijn eigen nadeel.

De discreet aangewende invloed van een oom had als gevolg, dat hij, voor zijn tijd was uitgediend, uit dienst werd ontslagen. Daarvoor was hij zijn machtige familie wel degelijk dankbaar.

En op dat belangrijke ogenblik in zijn leven zat James Barbour Matlock II hopeloos in de knoei. Oneervol uit de dienst ontslagen, gescheiden, onterfd – in elk geval symbolisch – door zijn ouders, onderging hij het paniekgevoel van nergens thuis te horen en geen motief of doel te hebben. Daarom was hij gevlucht in de beschermende wereld van de universiteit, in de hoop een antwoord te vinden. En zoals een verhouding, begonnen op een seksuele basis, kan uitgroeien tot een diepere relatie, zo was hij vergroeid geraakt met die wereld. Hij had gevonden wat hij die vijf belangrijke jaren tevergeefs had gezocht. Voor het eerst in zijn leven was iets erg belangrijk voor hem.

Hij was vrij.

Vrij om te genieten van de opwinding van een zinvolle uitdaging, vrij om zich te verheugen in het vertrouwen dat hij die uitdaging aankon.

Hij had zich in zijn nieuwe wereld gestort met het vuur van een bekeerling, maar zonder diens oogkleppen. Hij koos een periode in de geschiedenis en de literatuur, die overliep van energie en conflictsituaties en tegenstrijdige waardeoordelen. De leerjaren gingen snel voorbij, hij ging erg in zijn studie op en was plezierig verrast door zijn eigen gaven. Toen hij zover was dat hij zelf colleges kon geven, liet hij een frisse wind door de uitgekauwde leerstof waaien. Hij bracht ingrijpende vernieuwingen in lang verouderde methoden van onderzoek. Zijn proefschrift over de invloed van het Engelse koningshuis op de renaissanceliteratuur – een nieuwe interpretatie van geschiedkundige gegevens – maakte korte metten met fervent aangehangen theorieën over een weldoenster met de naam Elisabeth.

Hij was van het nieuwe soort hoogleraren: rusteloos, sceptisch, onvoldaan, altijd dieper aan het graven, terwijl hij zijn kennis aan anderen overdroeg. Twee-en-een-half jaar na zijn doctoraal werd hij benoemd tot assistent-hoogleraar, de jongste docent op Carlyle wie die eer te beurt viel.

James Barbour Matlock II haalde de verloren jaren in, de afschuwelijke jaren. Misschien genoot hij nog het meest van de wetenschap, dat hij zijn opwinding met anderen kon delen. Hij was jong genoeg om dat fijn te vinden en oud genoeg om leiding te geven.

Ja, hij was inderdaad *flexibel*. Hij kón en wílde niemand buitensluiten vanwege een verschil van mening – zelfs niet als hij iemand niet mocht. Zijn dankbaarheid was zo groot en hij genoot zo intens, dat hij zichzelf onbewust beloofde altijd rekening te houden met andere mensen.

'Wat dacht u ervan?' Loring had hem dat gedeelte van de stof laten doorwerken dat zich bezighield met de aanvoer van verdovende middelen.

'Het is wel duidelijk', antwoordde Matlock. 'De gevestigde studentenclubs – meestal blank en rijk – betrekken hun stuff uit Hartford. De zwarte clubs zoals Lumumba Hall gaan naar New Haven. Verschillende bronnen dus.'

'Precies, dat is de kern van de informatie. Het feit dat ze geen van allen van de Carlyle-leveranciers kopen. Van Nimrod.'

'Ik heb begrepen, dat dat komt doordat de mensen van Nimrod zich liever gedekt houden.'

'Maar ze zitten hier. En ze worden ook wel gebruikt.'

'Door wie?'

'Faculteit en staf', antwoordde Loring kalm, terwijl hij een bladzij omsloeg. 'Ik hoop niet dat u hiervan schrikt. Meneer en mevrouw Archer Beeson . . .'

Matlock zag de jonge geschiedenisdocent en zijn vrouw voor zich. Het waren modieuze conformisten, kwasi-arrogant en overdreven gesteld op goede smaak. Archer Beeson was een carrièremaker en zijn vrouw, een koket kindvrouwtje, zorgeloos sexy, keek tegen iedereen op.

'Ze zijn op LSD en methedrines. Acid en speed.'

'Goeie God! Dat had ik nooit achter ze gezocht. Hoe weet u dat?'

'Dat is te uitgebreid om uit te leggen, en bovendien vertrouwelijk. Om het heel eenvoudig te stellen: hij kocht altijd erg veel van een handelaar in Bridgeport. Toen dat contact was afgelopen, maakte hij volgens onze gegevens geen nieuw, terwijl hij nog steeds tript. We denken dat hij van de Carlyle-groep betrekt, maar we hebben geen bewijs . . . Hier heb ik er nog één.'

Het was de trainer van het studenten-rugby-elftal, een leraar in lichamelijke opvoeding. Hij stond op de lijst voor marihuana en amfetamines, die hij vroeger uit Hartford haalde. Hij verkocht alleen door en was zelf geen gebruiker. Hoewel Hartford niet meer leverde, groeiden de geheime bankrekeningen van de man nog steeds. Dus: Nimrod.

En nog iemand. Daar schrok Matlock wel van. De adjunct-directeur van de administratie. Een oud-leerling van Carlyle, die na een korte carrière in de zakenwereld was teruggekomen. Een zwierige, gulle man, die zich erg voor Carlyle inzette. Een man die populair was door zijn geestdrift in deze cynische tijd. Ook hij was volgens de gegevens handelaar, geen gebruiker. Hij had zich zelf veilig gesteld door niet rechtstreeks aan de studenten te verkopen.

'We geloven, dat hij hier door de Nimrod-organisatie is teruggekomen. Niet gek bekeken van Nimrod.'

'Angstaanjagend eigenlijk. Die smeerlap wekt bij de ouders de indruk dat hij als een engel over hun kinderen waakt.'

'Niet gek bekeken, zoals ik al zei. Weet u nog wat ik tegen u en Kressel heb gezegd? De mensen van Nimrod hebben belangen, die verder gaan dan drugs.'

'Maar u weet niet wat die belangen zijn.'

'Dat moeten we te weten zien te komen . . . Hier zijn de namen van de jongens en meisjes.'

De lijst scheen Matlock eindeloos toe. Het waren er 563, op een totaal inschrijvingscijfer van boven de 1200. Loring gaf toe, dat er verscheidene studenten bij stonden niet omdat ze zelf drugs gebruikten, maar omdat ze wel in die kringen verkeerden. Het was bekend, dat studentenverenigingen en clubs centra waren van de verkoop van verdovende middelen.

'We hebben niet genoeg tijd om elke naam te checken. We zoeken naar relaties, het doet er niet toe hoe vaag. We moeten elk middel aangrijpen. . . . En er is nog iets met deze lijst. Ik weet niet of u het ziet of niet.'

'Zeker wel. Tenminste, ik geloof van wel. Zo'n twintig of dertig namen spelen een belangrijke rol in hoge kringen. Zeer invloedrijke ouders. Industrie, regering. Daar', wees Matlock, 'iemand in het Kabinet, als ik me niet vergis. Nee, ik vergis me niet.'

'Nu ziet u het zelf.' Loring glimlachte.

'Heeft dit al gevolgen gehad?'

'Dat weten we niet. Misschien. Nimrods tentakels grijpen snel om zich heen. Daarom speelt tijd nu zo'n belangrijke rol. Maar inderdaad zou dit gevolgen kunnen hebben die niemand overziet . . . Chantage op defensiemensen en vakbondsleiders, benoemingen op hoge posten. Ga zo maar door. Dat *zou* ervan kunnen komen.'

'Mijn hemel', zei Matlock zacht.

'Ja, precies.'

De beide mannen hoorden de voordeur van Sealfonts huis open- en dichtgaan. Als in een reflex trok Loring de vellen papier uit Matlocks hand en stopte ze snel terug in zijn aktetas. Hij sloot de tas en deed toen iets heel onverwachts. Zwijgend, met een onopvallend gebaar, sloeg hij zijn jasje terug en sloot zijn vingers om de loop van een revolver in een schouderholster. Matlock schrok ervan. Hij staarde naar de verborgen hand.

De deur van de bibliotheek ging open en Adrian Sealfont kwam binnenlopen. Loring bracht als terloops zijn hand weer te voorschijn.

'Ik probeer het écht. Eerlijk', zei Sealfont gemoedelijk. 'Ik begrijp best wat ze met hun films bedoelen en het kan me niet schelen dat ze met gevlochten haar rondlopen. Maar wat me aan het schrikken maakt is hun vijandigheid. Iedereen die ouder is dan dertig is de natuurlijke vijand van die jongens.'

'Dat was Strauss toch, hè?', vroeg Matlock.

'Ja. Iemand wilde weten wat de invloed van de New Wave was geweest. Hij antwoordde dat de New Wave ouwe koek was.

Prehistorisch, dat zei hij . . . Ik wil jullie niet onderbreken, maar eigenlijk wil ik wel weten wat Kressel heeft gedaan, meneer Loring. Kennelijk heeft James geaccepteerd.'

'Meneer Kressel ook. Hij zal optreden als contactman tussen ons.'

'Juist, ja.' Sealfont keek naar Matlock. Er lag een uitdrukking van opluchting in zijn ogen. 'James, ik kan het je nu wel zeggen. Ik ben ontzettend dankbaar dat je hebt besloten te helpen.'

'Ik geloof niet dat ik een alternatief heb.'

'Nee, inderdaad. Maar de mogelijkheid dat je er tot je nek in komt te zitten, is een beetje beangstigend. Meneer Loring, op het moment dat u op iets concreets stuit, wil ik graag geraadpleegd worden. Als u zover bent, zal ik doen wat u maar wilt en uw instructies blindelings opvolgen. Het enige dat ik nodig heb is bewijs. Als ik dat heb, kunt u rekenen op mijn volledige en officiële medewerking.'

'Dat begrijp ik. U hebt al veel voor ons gedaan. Meer dan we van u mochten verwachten. Dat stellen we zeer op prijs.'

'Zoals James al zei: er is geen alternatief. Maar ik moet grenzen trekken, ik moet allereerst aan de universiteit denken. Misschien lijkt het niet zo, maar er gebeurt van alles op de universiteiten tegenwoordig . . . Goed. Jullie moeten verder en ik wil nog wat lezen. Welterusten, meneer Loring. James.'

Matlock en Loring beantwoordden zijn groet en Adrian Sealfont trok de deur van de bibliotheek achter zich dicht.

Tegen één uur kon Matlock niets meer opnemen. De belangrijkste elementen – namen, bronnen en vermoedens – had hij goed in zijn hoofd zitten, die zou hij nooit meer vergeten. Niet dat hij alles zo direct zou kunnen opzeggen; dat was ook niet nodig. Maar als hij een van de gevallen van de lijst tegen het lijf zou lopen, zou hij zich herinneren wat ermee aan de hand was. Hij wist dat Loring dat goed had gezien. Daarom had deze erop gestaan dat hij de namen hardop voorlas en ze verscheidene malen herhaalde. Dat zou genoeg zijn.

Wat hij nu het meest nodig had was nachtrust, als hij tenminste kon slapen. Alle gegevens moesten zich ordenen in zijn hoofd. Dan zou hij de volgende ochtend kunnen beslissen waar hij moest beginnen, wie hij het best kon benaderen zonder dat ze elkaar direct onderling zouden waarschuwen. En dat betekende dat hij op goede voet moest zien te komen met iemand van de lijst, een docent of student, en dat hij nog veel meer inlichtingen moest zien te krijgen dan Loring al had verschaft. Daarbij konden Kressels dossiers – die hij zogenaamd niet had – hem helpen. Eenmaal in gesprek, zou hij heel voorzichtig te werk moeten gaan – met toespelingen, steken onder water, op zoek naar tekenen, veelzeggende blikken. Op de een of andere manier zou er, vroeg of laat, iets uitkomen.

'Ik wil graag nog even ergens op terugkomen', zei Loring. 'Achtergrondinformatie.'

'We hebben al zo waanzinnig veel doorgenomen. Het lijkt me beter dat eerst wat te laten bezinken.'

'Dit is maar een kleinigheid. Maar heel belangrijk.' Loring pakte het beduimelde, afgeknipte document uit zijn aktentas. 'Alstublieft, dit is voor u.'

'Nou, bedankt.' Matlock nam het dof geworden zilverpapier aan en keek naar het vreemde schrift.

'Ik zei u al dat het is geschreven in Oltremontaans-Corsicaans. Dat klopt, met uitzondering van twee woorden. Onderaan, in een aparte regel, ziet u de woorden *Venerare Omerta*. Dat is geen Corsicaans, maar Siciliaans. Of, om precies te zijn, een Siciliaanse samentrekking.'

'Ik heb het vast weleens eerder gezien.'

'Daar twijfel ik niet aan. Je komt het overal tegen, in kranten, films, verhalen. Maar dat maakt de invloed ervan op degenen die erbij betrokken zijn niet minder. Het is erg echt.'

'Wat betekent het?'

'Ruwweg vertaald: Respecteer de wet van Omerta. Omerta is een eed van trouw *en* stilzwijgen. Niet gehoorzamen aan één van beide betekent een wisse dood.'

'Mafia?'

'Onder andere. Vergeet niet, dat deze aankondiging werd rondgestuurd door twee partijen, die probeerden tot een schikking te komen. "Omerta" is niet aan een der partijen gebonden, maar wordt door beide stilzwijgend erkend.'

'Ik zal het niet vergeten, maar ik weet niet goed wat ik ermee aan moet.'

'Niets. Maar je moet het weten.'

'Goed.'

'Nog één ding. Alles wat we hier vanavond hebben besproken,

heeft met verdovende middelen te maken. Maar als onze inlichtingen juist zijn, werken de mensen van Nimrod ook op andere terreinen. Woeker, prostitutie, gokken... en misschien, maar dat berust alleen op veronderstelling, ook in gemeentebesturen, de staten, de regering zelfs... De ervaring leert ons, dat in verdovende middelen de meeste zwakke plekken zitten, en daarom hebben we ons daarop geconcentreerd. Met andere woorden: concentreert u zich op de drugs, maar vergeet niet dat dat niet het enige terrein is.'

'Dat is geen geheim.'

'Voor u misschien niet. Maar u hoort inmiddels bij de ingewijden.'

'Moet u me geen nummer geven waar ik u kan bereiken?'

'Nee. Dat gaat via Kressel. We zullen meerdere malen per dag contact met hem opnemen. Als u eenmaal begint met vragen stellen, wordt u waarschijnlijk zorgvuldig in de gaten gehouden. Bel niet naar Washington. En verlies onze Corsicaanse uitnodiging vooral niet. Uiteindelijk draait alles daarom. Probeer er nog een te vinden.'

'Ik zal m'n best doen.'

Matlock keek toe terwijl Loring zijn aktentas afsloot, de dunne, zwarte ketting om zijn pols deed en het slot dichtklikte.

'Maakt een mooie melodramatische indruk, hè?', lachte Loring.

'Ik ben diep onder de indruk.'

'Hoeft niet, hoor! Het is een gewoonte die begon met diplomatieke koeriers, die hun buidels zelfs meenamen de hel in, maar tegenwoordig is het gewoon een voorziening tegen tassendiefstal... we doen tenminste ons best die indruk te wekken.'

'Ik geloof er niets van. Dit is vast zo'n ding dat rookgordijnen kan maken, radiosignalen uitzenden en bommen laten ontploffen.'

'U hebt gelijk. En dit ding doet nog wel meer ook. Het heeft geheime vakken voor lunchpakketjes, vuile was en nog meer.' Loring zwaaide de aktentas van het bureau af. 'Het lijkt me een goed idee gescheiden weg te gaan. Liefst één door de voordeur en één achteruit. Met tien minuten ertussen.'

'Denkt u dat dat nodig is?'

'Eerlijk gezegd: nee, maar mijn superieuren willen het zo.'

'Best. Ik ken het huis wel. Ik zal tien minuten na u weggaan, via de keuken.'

'Mooi zo.' Loring stak zijn rechterhand uit en hield met zijn linker zijn aktentas in evenwicht. 'Ik hoef u niet te vertellen hoe we uw hulp waarderen.'

'U zult wel weten waarom ik het doe.'

'Ja, dat weten we. Eerlijk gezegd hadden we erop gerekend.'

Loring liep de bibliotheek uit en Matlock wachtte tot hij de buitendeur open en dicht had horen gaan. Toen keek hij op zijn horloge. Hij zou nog één glaasje nemen voordat hij wegging.

Om twintig over één had Matlock het huis al een heel eind achter zich gelaten. Hij liep langzaam in de richting van zijn flat, twijfelend of hij een eind om zou lopen. Wandelen hielp hem vaak een probleem op te lossen en waarschijnlijk zou hij toch niet in slaap kunnen komen. Hij passeerde een stel studenten en enkele faculteitsleden en groette degenen die hij kende met de gebruikelijke gelatenheid van na het vrije weekend. Bijna had hij besloten High Street in te slaan, niet in de richting van zijn huis, toen hij de voetstappen achter zich hoorde. Eerst de voetstappen, toen de fluisterende stem.

'Matlock! Kijk niet om. Ik ben het, Loring. Loop gewoon door en luister naar me.'

'Wat is er?'

'Iemand weet dat ik hier ben. Mijn auto is doorzocht . . .'

'Hoe weet u dat?'

'De auto was "verzegeld", zoals dat heet. Het waren vaklui, ze hebben niets overgeslagen, voor, achter, kofferruimte.'

'Weet u het zeker?'

'Zo zeker, dat ik niet van plan ben de motor te starten!'

Matlock bleef bijna staan.

'Loop door! Voor het geval dat iemand me schaduwde — en je kunt er donder op zeggen dat dat zo was — heb ik gedaan alsof ik m'n contactsleutel verloren had. Heb voorbijgangers gevraagd of er een telefooncel in de buurt was en wachtte tot ik zag dat u ver genoeg uit de buurt was.'

'Wat moet ik doen? Op de volgende hoek is een cel . . .'

'Weet ik. Ik geloof niet dat u iets hoeft te doen. Dat hoop ik tenminste, voor ons allebei. Ik geef u een duw als ik langs u loop — een flinke harde. U moet vallen en ik roep dat het me spijt. Doe alsof u een enkel hebt verstuikt, of uw pols, of wat u maar wilt, maar *rek tijd!* Hou me in de gaten totdat ik word opgepikt

37

en ik *knik* dat het *in orde* is. Oké? Ik ga naar de cel.'

'En als u nog aan het bellen bent als ik u inhaal?'

'Loop gewoon door, maar *hou me in de gaten!* Die auto is er zo.'

'Waar gaat het om?'

'De aktentas. Er is maar één ding waar Nimrod – als het Nimrod *is* – nog meer op gebrand is dan op deze aktentas. En dat is het document in uw jaszak. Dus kijk uit!'

Zonder waarschuwing kwam hij naast Matlock lopen en duwde hem in het voorbijgaan van het trottoir af.

'Oh, sorry, zeg! Ik heb ontzettende haast!'

Matlock keek op van de grond en bedacht dat hij niet had hoeven te doen alsof hij viel. Daarvoor was Lorings duw veel te hard. Hij vloekte en kwam moeizaam overeind. Hij hinkte langzaam naar de telefooncel een paar honderd meter verderop en gebruikte bijna een minuut om een sigaret op te steken. Loring zat voorovergebogen op de plastic kruk in de cel. Matlock verwachtte elk ogenblik Lorings auto de straat in te zien rijden. Maar er kwam niets.

Hij hoorde wel een geluid dat zijn aandacht trok. Was het een windvlaag door het voorjaarsgroen? Of een voetstap op een steen, of een twijgje dat bezweek onder het gewicht van de jonge bladeren? Of was het zijn verbeelding? Hij wist het niet.

Hij kwam bij de telefooncel en bedacht wat Loring had gezegd. *Loop gewoon langs.* Loring zat er nog steeds, ineengedoken, met zijn aktentas op de grond. Matlock kon de ketting zien. Maar hij kon de man daarbinnen niet horen praten, zag hem niet bewegen. Nu hoorde hij wel iets: de kiestoon uit de telefoonhoorn.

Ondanks zijn instructies liep Matlock naar de cel en trok de deur open. Hij moest wel. Loring had zelfs nog geen nummer gedraaid. Het duurde maar heel kort, voordat hij begreep waarom.

Loring was tegen het glimmende, grijze staal van de telefoon aan gevallen. Hij was dood. Zijn ogen waren open en er druppelde bloed uit zijn voorhoofd. Een klein, rond gaatje, niet groter dan een overhemdsknoop in een waaier van gebarsten glas, toonde overduidelijk aan wat er was gebeurd.

Matlock staarde naar de man, die hem urenlang instructies had gegeven en hem nog maar zo kort geleden had achtergelaten. De dode man die hem had bedankt, grapjes had gemaakt en hem tenslotte had gewaarschuwd. Hij stond als versteend, niet wetend wat hij moest doen, *kon* doen.

Langzaam liep hij achteruit naar de stoep van het dichtstbijzijnde huis. Zijn instinct zei hem niet bij de cel te blijven, maar ook niet weg te rennen. Er was iemand in de straat. Iemand met een geweer.

Toen hij zijn eigen stem hoorde, besefte hij dat hij riep, maar het ging vanzelf, de woorden ontglipten hem.

'Help . . . *Help!* Er is hier een man doodgeschoten!'

Matlock vloog de stoeptreden van het hoekhuis op en begon uit alle macht op de deur te bonzen. In enkele huizen gingen lichten aan. Matlock ging door met schreeuwen.

'In Godsnaam, laat iemand de *politie* bellen. *Er zit een dode man in de cel!'*

Plotseling, uit de beschaduwde plekken onder de dichte bomen tussen de huizen in, hoorde Matlock een auto starten en het piepen van de banden terwijl de wagen met vol gas de weg op draaide. Hij keek om de hoek van het portiek. Een lange, zwarte auto kwam de duisternis uit en schoot naar de hoek. Matlock probeerde het nummerbord te zien en beseffend dat hij dat niet kon, stapte hij een trede af om te kunnen zien wat voor auto het was. Plotseling werd hij verblind. De straal van een zoeklicht doorboorde de donkere voorjaarsnacht en streek op hem neer. Hij schermde zijn ogen met zijn handen af en hoorde toen het geluid dat hij enkele minuten geleden ook had gehoord. En weer die plotselinge windvlaag.

Er werd op hem geschoten. Uit een geweer met een geluiddemper. Hij dook de stoep af, de struiken in. De zwarte auto jakkerde weg.

5

Hij wachtte alleen. De kamer was klein en in de kozijnen zat draadglas. Het politiebureau van Carlyle was vol met agenten in uniform en agenten in burger die op hun post waren teruggeroepen; je wist maar nooit wat de moord voor gevolgen had. Niemand sloot de mogelijkheid uit dat er meer zouden volgen.

Waakzaam. Het syndroom van Amerika in de tweede helft van de twintigste eeuw, dacht Matlock.

Het geweer.

Hij had de tegenwoordigheid van geest gehad, Sam Kressel te bellen nadat de politie was gewaarschuwd. Kressel, geschokt, beloofde hem dat hij op een of andere manier de betrokken personen in Washington zou zien te bereiken en dat hij daarna naar het bureau zou komen. Ze spraken af, dat Matlock tot nader order zou verklaren dat hij het lijk had gevonden en de auto had gezien. Hij had een nachtwandeling gemaakt, dat was alles. Niets méér.

Zijn verklaring werd uitgetypt. Vragen met betrekking tot het tijdstip, waarom hij daar aanwezig was, beschrijvingen van het 'voertuig van de vermoedelijke dader', de vluchtrichting en geschatte snelheid – waren slechts een routinekwestie en werden zonder commentaar geaccepteerd.

Toch zat zijn ondubbelzinnige, ontkennende antwoord op een van de vragen hem niet lekker.

'Hebt u de overledene wel eens eerder gezien?'

'Nee.'

Dat deed pijn. Loring verdiende meer dan een weloverwogen, opzettelijke leugen. Matlock herinnerde zich, dat de agent had verteld dat hij een dochter van zeven had. Een vrouw en een kind – hun man en vader was vermoord en Matlock kon niet eens toegeven dat hij zijn naam kende.

Hij wist niet precies waarom het hem niet lekker zat. Misschien, dacht hij, omdat hij wist dat dit het begin was van een web van leugens.

Hij tekende de korte verklaring en stond op het punt om weg te gaan, toen hij in een kantoortje aan de andere kant van de balie een telefoon hoorde overgaan. Even later stak een geüniformeerde politieman zijn hoofd om de hoek van de deur en riep luid zijn naam, als om er zeker van te zijn dat hij het gebouw niet verlaten had.

'Ja, agent?'

'We moeten u verzoeken nog even te wachten. Wilt u met me meegaan, alstublieft?'

Matlock had bijna een uur in het kleine kamertje gezeten. Het was kwart voor drie 's nachts en zijn sigaretten waren op. Een slecht tijdstip om zonder sigaretten te zitten.

De deur ging open en een lange, magere man met grote, ernstige ogen kwam binnen. Hij droeg Lorings aktentas. 'Sorry dat we u zo ophouden, dr. Matlock. Het is toch "doctor", hè?'

'Noem me maar liever gewoon "meneer".'

'Hier is mijn identificatie. De naam is Greenberg, Jason Greenberg, F.B.I. Ik moest eerst een heleboel dingen regelen... Een hele soesah, hè?'

' "Een hele soesah"? Is dat uw enige commentaar?'

Hij keek Matlock met een fijn glimlachje aan. 'Het enige wat ik erover wíl zeggen, ja', zei hij rustig. 'Als Ralph Loring had kunnen opbellen, had hij mij aan de lijn gekregen.'

'Sorry voor mijn opmerking.'

'Vergeet het maar. Mijn gegevens zijn nogal beperkt, dat wil zeggen: ik weet wel iets, maar niet veel over het geval Nimrod. Straks word ik uitvoerig ingelicht. Tussen twee haakjes: die Kressel is op weg hierheen. Hij weet dat ik hier ben.'

'Verandert hier iets door? ... Dat klinkt nogal stom, ben ik bang. Er is een man vermoord en ik vraag u of daar iets door verandert. Ik bied weer mijn excuses aan.'

'Hoeft niet, u hebt niet bepaald een prettige avond achter de rug... Het ligt aan u zelf of er iets verandert. We hebben er begrip voor, als u door Ralphs dood op uw beslissing van vanavond terugkomt. We vragen u alleen of u datgene wat u is verteld voor u wilt houden.'

'Dus ik heb de mogelijkheid mijn beslissing te herroepen?'

'Natuurlijk. U hebt geen enkele verplichting tegenover ons.'

Matlock liep naar het kleine, rechthoekige raam met het draadglas. Het politiebureau lag in het zuidelijke deel van Carlyle, een kleine kilometer van de universiteit af, in het geïndustrialiseerde deel van de stad. Desondanks stonden er bomen langs de straten. Carlyle was een keurig, net stadje. De bomen bij het politiebureau waren keurig in de vorm gesnoeid.

En Carlyle was ook iets anders geworden.

'Laat ik u eerst iets vragen', zei hij. 'Brengt het feit dat ik Lorings lijk heb gevonden me met hem in verband? Ik bedoel, zou ik nu in verband worden gebracht met wat hij hier kwam doen?'

'Dat geloven we niet. Niet nu u zich zo gedragen heeft.'

'Wat bedoelt u daarmee?' Matlock draaide zich om, keek hem aan.

'Eerlijk gezegd: u was in paniek. U sloeg niet op de vlucht, probeerde niet van het toneel te verdwijnen, maar u begon als een gek te schreeuwen. Iemand die op een bepaalde taak is voorbereid, reageert niet zo.'

'Maar *hier* was ik niet op voorbereid.'

'Dat maakt geen verschil. U hebt hem gevonden en raakte in paniek. Als die Nimrod zelfs maar *vermoedt* dat wij erbij betrokken zijn . . . '

'Vermoedt!' viel Matlock hem in de rede. 'Ze hebben hem *vermoord!*'

'*Iemand* heeft hem vermoord. Het is niet waarschijnlijk dat Nimrod hier iets mee te maken heeft. Geen enkele dekmantel is absoluut onfeilbaar, zelfs die van Ralph niet. Maar die van hem was het veiligst.'

'Ik begrijp u niet.'

Greenberg leunde tegen de muur en sloeg zijn armen over elkaar. Hij had een peinzende uitdrukking in zijn grote, droevige ogen. 'Ralphs dekmantel was de beste op Justitie. Bijna vijftien jaar lang.' Hij staarde naar de grond en had een bittere klank in zijn stem. 'Een dekmantel die het beste werkt als de man zelf er niets meer aan heeft. Als er dan eindelijk gebruik van wordt gemaakt, komt iedereen erdoor in moeilijkheden. Om nog maar niet over z'n gezin te spreken.'

Greenberg keek op en probeerde te glimlachen, maar zijn poging mislukte.

'Ik begrijp u nog steeds niet.'

'Dat hoeft ook niet. Waar het om gaat, is dat u er eigenlijk zomaar inrolde, in paniek raakte en de schrik van uw leven kreeg. U hoeft niet mee te doen, meneer Matlock . . . Nou?'

Voordat Matlock antwoord kon geven, zwaaide de deur open en kwam Sam Kressel binnen, met een zenuwachtig en angstig gezicht.

'Oh! Dit is afgrijselijk. Gewoon afgrijselijk. Bent u Greenberg?'

'En u bent meneer Kressel.'

'Ja. Wat gaat er nu gebeuren?' Kressel wendde zich tot Matlock en ging in één adem verder: 'Alles goed met je, Jim?'

'Ja, hoor!'

'Nou, Greenberg, wat *gebeurt* er nu? Ze zeiden in Washington dat u dat ons zou vertellen.'

'Ik heb met meneer Matlock gepraat en . . . '

'Luister naar me', viel Kressel plotseling in de rede. 'Ik heb Sealfont gebeld en die is het met me eens. Het is afschuwelijk, wat er gebeurd is ... tragisch. We leven erg mee met z'n vrouw en kinderen, maar we willen de naam van Carlyle graag overal buiten houden. We nemen aan dat alles nu in een ander licht komt te staan en daarom moeten we met klem verzoeken dat u ons erbuiten laat. Dat lijkt me nogal logisch.'

Greenbergs gezicht verried zijn misprijzen. 'U komt hier binnenrennen, vraagt me wat er gaat gebeuren en voordat u me de kans geeft om te antwoorden, vertelt u me wat er *moet* gebeuren. Wat wilt u nu eigenlijk? Moet ik Washington bellen en *uw* versie doorgeven of wilt u eerst luisteren? Voor mij maakt het geen enkel verschil.'

'U hoeft niet zo cynisch te doen. Wij hebben er niet om gevraagd hierin betrokken te worden.'

'Dat doet niemand.' Greenberg glimlachte. 'Laat me alstublieft alleen even uitpraten. Ik heb Matlock gezegd, dat hij eruit kan stappen. Hij heeft me nog geen antwoord gegeven, dus daar kan ik u nog niets over zeggen. Maar als hij reageert zoals ik denk dat hij zal reageren, zal Lorings dekmantel onmiddellijk in werking worden gesteld. Dat gebeurt in elk geval, maar als Matlock meedoet, zetten we er spoed achter.'

'Waar hebt u het in 's hemelsnaam over?' Kressel staarde hem aan.

'Jarenlang is Ralph deelgenoot geweest in een van de meest beruchte advocatenkantoren in Washington. De lijst van cliënten lijkt wel een index van Mafia-leden ... Heel vroeg vanochtend vond de eerste van twee auto-overdrachten plaats. In een voorstadje van Hartford, Elmwood. Lorings auto met het D.C.-nummerbord werd achtergelaten bij het huis van een bekende *capo*. Een paar straten verder stond een huurauto op Ralph te wachten. Daarmee reed hij naar Carlyle en parkeerde die voor Crescent Street no. 217, niet zover van Sealfonts huis. Op Crescent 217 woont een zekere dr. Ralston ... '

'Die heb ik wel eens ontmoet', viel Matlock hem in de rede. 'Ik heb gehoord dat hij ... '

' ... een aborteur is', maakte Greenberg af.

'Hij heeft absoluut niets met deze universiteit te maken', zei Kressel nadrukkelijk.

'U heeft wel slechtere figuren in dienst gehad', pareerde Greenberg rustig. 'En dr. Ralston verkeert nog steeds in Mafia-kringen. In elk geval zette Ralph daar de auto neer en ging lopend de stad in voor de volgende overstap. Ik dekte hem; deze aktentas is namelijk van het hoogste belang. Hij werd opgepikt door een Bell Telephone-vrachtwagen, die nog verschillende adressen aandeed – waaronder een restaurant dat de Cheshire Cat heet – en hem uiteindelijk bij Sealfont afzette. Niemand kon geweten hebben dat hij daar was. Als dat wel zo was, zouden ze hem buiten hebben gepakt, maar ze hielden de auto op Crescent in de gaten.

'Dat was wat hij mij vertelde', zei Matlock.

'Hij wist dat de mogelijkheid bestond, want het spoor naar Crescent was met opzet opengelaten. Toen hij het constateerde, tot zijn voldoening, handelde hij snel. Ik weet niet wat hij gedaan heeft, maar waarschijnlijk heeft hij zich in allerlei bochten gewrongen totdat hij u bereikt had.'

'Inderdaad.'

'Hij was niet snel genoeg.'

'Wat heeft dit met *ons* te maken? Wat kan het voor *gevolgen* hebben?' Kressel schreeuwde bijna.

'Als meneer Matlock door wil gaan, zal de dood van Loring bekend worden gemaakt als een onderwereldmoord. Een slecht bekend staand advocaat, louche zaakjes, Mafia-cliënten. We zullen de *capo* en dr. Ralston erbij slepen, die hebben we toch verder niet nodig. Dan is het rookgordijn zo dik, dat we iedereen ermee om de tuin leiden. Zelfs de moordenaars. En Matlock is vergeten. U zult zien dat het werkt, zo gaat het zo vaak.'

Kressel leek verbijsterd door Greenbergs welbespraaktheid, zijn zelfvertrouwen en zijn kalme vakmanschap. 'U kunt aardig kletsen, hè?'

'Ik ben ook erg intelligent.'

Matlock moest glimlachen. Hij vond Greenberg aardig, zelfs in – of misschien juist wel door – de tragische omstandigheden. De agent had een goed woordgebruik en snelwerkende hersens. Hij was inderdaad intelligent.

'En als Jim zegt dat hij er verder buiten wil blijven?'

Greenberg trok zijn schouders op. 'Ik houd er niet van woorden te verspillen. Laat hij het zelf zeggen.'

De beide mannen keken naar Matlock.

'Ik geloof niet dat ik dat zal doen, Sam. Ik ga ermee door.'

'Dat kun je niet menen! Die man is vermoord!'

'Dat weet ik. Ik heb hem gevonden.'

Kressel legde zijn hand op Matlocks arm. Het was een vriendschappelijk gebaar. 'Ik ben heus geen hysterische schaapherder die over zijn kudde waakt. Maar ik maak me zorgen. Ik ben *bang*. Ik kan het niet aanzien als iemand in een situatie wordt gemanoeuvreerd die hij niet aan kan.'

'U bent niet objectief', kwam Greenberg rustig tussenbeide. 'Wij maken ons ook zorgen, maar als we niet geloofden dat hij het aan kon, zouden we nooit contact met hem hebben gezocht.'

'Daar geloof ik niets van', zei Kressel. 'Jullie laten je heus door een dergelijke overweging niet tegenhouden. Jullie springen veel te gemakkelijk met mensenlevens om, meneer Greenberg.'

'Het spijt me dat u dat denkt. Want dat doe ik niet. Dat doen wíj niet ... Ik heb nog geen gedetailleerde instructies, meneer Kressel, maar zou u niet als tussenpersoon optreden? Want als dat zo is, stel ik voor dat u zich terugtrekt. We zullen daar iemand anders voor zien te vinden.'

'Iemand die jullie de vrije hand laat? Die jullie hier op de universiteit de boel op stelten laat zetten? Zet dat maar uit uw hoofd.'

'Dan werken we dus samen. Hoe onaangenaam dat voor ons allebei ook mag zijn ... U bent vijandig, misschien is dat wel goed. U zult me geen rust gunnen. U protesteert te veel.'

Matlock schrok van die opmerking. Het was al moeilijk genoeg een gedwongen coalitie te vormen, maar om dan ook nog bedekte beschuldigingen te uiten!

'Die opmerking behoeft nadere uitleg', zei Kressel, zijn gezicht rood aangelopen van boosheid.

Toen Greenberg antwoordde, klonk zijn stem zacht en redelijk, absoluut niet in overeenstemming met zijn woorden. 'Schei toch uit, man. Ik heb vannacht een heel goede vriend verloren. Twintig minuten geleden praatte ik nog met zijn vrouw. Onder die omstandigheden geef ik geen uitleg. Laten we er nu maar over ophouden, dan kan ik de contacttijden opschrijven en u de telefoonnummers voor noodgevallen geven. Als u die niet wilt hebben, maak dan dat u als de bliksem wegkomt.'

Greenberg legde de aktentas op een kleine tafel en knipte hem open. Sam Kressel deed zwijgend een paar passen in zijn richting, sprakeloos. Matlock staarde naar de verweerde, leren aktentas, die nog maar een paar uur geleden aan de pols van een dode man had vastgezeten. Hij wist dat de dodendans was begonnen. Bij de eerste passen had de dood al toegeslagen. Er moesten beslissingen genomen worden, mensen worden uitgehoord.

6

Onder de deurbel op het tweegezinshuis, eigendom van de faculteit, stond: *Mr. & Mrs. Archer Beeson*. De uitnodiging om te komen eten had Matlock niet de minste moeite gekost. Geschiedenisdocent Beeson was gevleid door zijn voorstel een gezamenlijke studiegroep voor twee van hun colleges te organiseren. Maar Beeson zou al gevleid zijn geweest als een faculteitslid van Matlocks status hem had gevraagd hoe zijn vrouw in bed was (en de meesten vroegen zich dat ook af). En omdat Matlock een zeer mannelijke indruk maakte, had Archer Beeson het gevoel, dat 'drankjes en hapjes' met zijn heupwiegende vrouw in een kort rokje een goed begin konden zijn voor een vriendschap met de zeer gerespecteerde hoogleraar Engelse literatuur. Matlock hoorde de ademloze kreet van de overloop van de eerste verdieping. 'Ik kóóm!'
Dat was Beesons vrouw. Haar sterke accent, dat ze met veel zorg had aangeleerd, klonk zwaar overdreven. Matlock stelde zich haar voor terwijl ze nog éénmaal langs de schalen met kaas en zoutjes rende – heel aparte kaas en zoutjes, werkelijk buitengewoon – terwijl haar man de laatste hand legde aan de visuele aspecten van zijn boekenkasten – en waarschijnlijk zorgvuldig achteloos op tafels neergelegde boeken, die een bezoeker onmogelijk over het hoofd kon zien.
Matlock vroeg zich af of ze ook nog gauw kleine tabletjes LSD of capsules methedrine wegstopten.
De deur ging open en Beesons tengere vrouwtje, gekleed in de verwachte korte rok en een doorzichtige blouse die wijd over haar grote borsten viel, schonk hem een brede glimlach.
'Hai! Ik ben Ginny Beeson. We hebben elkaar al eens eerder gezien, geloof ik. Op een paar *mieterse* cocktailparties. *Gewel-*

dig dat je er bent. Archie is bijna klaar met het schrijven van een voordracht. Kom boven.' Ze ging Matlock voor de trap op. Hij kreeg nauwelijks de kans iets terug te zeggen.

'Sorry, maar dit is een *afgrijselijke* trap! Nou ja, dat is nou eenmaal de prijs die je betaalt als je onderaan begint.'

'Het duurt vast niet lang', zei Matlock.

'Dat zegt Archie ook alsmaar. Ik hoop maar dat hij gelijk heeft, want anders worden m'n benen één en al spier!'

'Hij heeft vast gelijk', zei Matlock, met een blik op de zachte, vlezige benen voor hem.

Binnen viel zijn oog direct op de kaas en de zoutjes, die waren uitgestald op een koffietafel met een merkwaardige vorm, en het achteloos neergelegde boek was er een van Matlock zelf. Het was getiteld *Interpolations in Richard II* en lag op een tafeltje onder een schemerlamp met franje. Onmogelijk voor een bezoeker het over het hoofd te zien.

Op hetzelfde moment dat Ginny de deur dichtdeed, kwam Archie de kleine woonkamer binnenlopen uit zijn werkkamer, naar Matlock aannam, die eveneens klein was. Hij had een bundel papieren in zijn linkerhand en stak zijn rechterhand naar Matlock uit.

'Hallo! Leuk dat je er bent, kerel! ... Ga zitten, ga zitten. Ik snak naar een borrel...! Ben drie uur lang bezig geweest met het lezen van twintig versies over de Dertigjarige Oorlog!'

'Stakker. Gisteren kreeg ik een scriptie over *Volpone* met het vreemdste einde dat ik ooit heb gehoord. Bleek dat het meisje het helemaal niet gelezen heeft, maar dat de film in Hartford heeft gedraaid.'

'Met een nieuw eind?'

'Helemaal nieuw.'

'Wat goed, zeg!', was Ginny's commentaar. 'Wat drink je het liefst, Jim? Ik mag je toch wel Jim noemen, doctor?'

'Bourbon met een klein beetje water, en ja graag, Ginny. Ik heb nooit aan die titel kunnen wennen. Mijn vader vindt dat het nergens op slaat. Doktoren lopen met stethoscopen rond, niet met boeken.' Matlock ging zitten in een gemakkelijke stoel waar een Indiaanse serape overheen lag.

'Over die titel gesproken: ik ben met mijn dissertatie bezig. Daarna nog twee jaar in dit gekkenhuis en dan heb ik hem ook.' Beeson nam het ijsemmertje van zijn vrouw over en liep naar een langwerpige tafel onder een raam, waar flessen en glazen waren klaargezet.

'Het is het waard', zei Ginny Beeson met nadruk. 'Vind je ook niet, Jim?'

'Ja, zeker. Je moeite wordt heus wel beloond.'

'Plus het feit dat je kunt *publiceren*.' Ginny Beeson pakte de schaal met kaas en crackers en liep ermee naar Matlock. 'Deze Ierse *fromage* is beslist de moeite waard, "Blarney"* heet-ie, leuk, hè? Heb ik twee weken geleden in een klein winkeltje in New York gevonden.'

'Ziet er goed uit. Ik heb er nooit eerder van gehoord.'

'Zeg, over publiceren gesproken: ik heb laatst je *Interpolations* gelezen. Boeiend, kerel. Verdomd boeiend!'

'Ik ben het alweer bijna vergeten. Vier jaar geleden heb ik het geschreven.'

'Het zou verplichte literatuur moeten zijn! Dat zei Archie tenminste, nietwaar, Archie?'

'Oh ja, beslist! Alsjeblieft, ouwe jongen', zei Beeson, terwijl hij Matlock zijn whisky gaf. 'Werk jij met een literair agent, Jim? Niet dat ik al zover ben, hoor! Dat duurt nog jaren.'

'Dat is niet waar en dat weet je best', zei Ginny verongelijkt.

'Ja, inderdaad. Irving Block in Boston. Als je ergens aan bezig bent, zou ik het hem misschien ter inzage kunnen sturen.'

'Nee, zeg, ben je mal ... dat zou wel ontzettend opschepperig zijn ...' Met voorgewende nederigheid trok Beeson zich met zijn borrel op de bank terug. Hij ging naast zijn vrouw zitten en ze wierpen elkaar – onwillekeurig, dacht Matlock – een voldane blik toe.

'Ach, welnee, Archie. Jij bent een intelligente knaap met een goeie toekomst hier. Waarom dacht je dat ik anders bij jou kwam voor die studiegroep? Misschien bewijs *jij* er *mij* wel een gunst mee. Wie weet ben je een goudmijn voor Block, dat zou een hele eer voor me zijn.'

Beesons gezicht had een oprecht dankbare uitdrukking. Het bracht Matlock in verlegenheid zijn blik te beantwoorden, maar toen zag hij iets anders in Beesons ogen. Hij kon niet precies zeggen wat het was, maar het was er. Iets van verwildering, een spoor van paniek. De blik van een man wiens lichaam en

---

* vleierij *(vert.)*

geest aan drugs gewend waren.

'Dat is jofel van je, Jim. Ik ben je vreselijk dankbaar, werkelijk waar.'

Op een of andere manier kwam hij door de kaas, de glazen whisky en het eten heen. Er waren ogenblikken, dat hij het gevoel had dat hij buiten zichzelf was getreden, dat hij drie personen een scène uit een oude film zag spelen. Aan boord van een schip of in een ouderwets chique huis in New York, en zij drieën in gelegenheidskleding met een dure coupe. Hij vroeg zich af waarom hij dat beeld voor zich zag – en toen wist hij het. De Beesons hoorden in de dertiger jaren thuis. De dertiger jaren zoals hij die had gezien in laat uitgezonden televisiefilms. Op een of andere manier waren ze een anachronisme, pasten ze niet echt in deze tijd. Het was of té opgelegd, of juist niet, daar was hij niet zeker van. Ze waren op zichzelf niet kunstmatig, maar er was iets onechts en overdrevens aan hun conversatie. Hun uitdrukkingen waren uit de tijd. Maar toch waren zij het *nu* van de huidige generatie.

LSD en methedrine.

Trippers. Pepslikkers.

Op een of andere manier voelden ze zich gedwongen zich voor te doen alsof ze deel uitmaakten van een zorgeloos tijdperk uit het verleden. Misschien omdat ze de tijd en de omstandigheden waarin ze leefden eigenlijk niet aankonden.

Archie Beeson en zijn vrouw waren angstaanjagend.

Tegen elven, na flink wat wijn bij het 'kalfsvleesschoteltje-naar-een-recept-uit-een-verrukkelijk-Ouditaliaans-kookboek', zaten ze weer in de woonkamer. De laatste moeilijkheid in verband met de voorgestelde studiegroep was uit de weg geruimd. Matlock wist, dat het tijd was van wal te steken, het afschuwelijke, moeilijke ogenblik was aangebroken. Hij wist niet goed hoe, het leek hem het beste maar volgens zijn instinct te werk te gaan.

'Hoor eens, mensen... Ik hoop dat ik jullie niet al te erg aan het schrikken maak, maar ik heb al die tijd geen stick kunnen roken.' Hij trok een dunne sigarettenkoker uit zijn zak en knipte die open. Hij voelde zich belachelijk, klungelachtig, maar hij wist dat hij dat niet mocht laten merken. 'Voordat jullie oordelen, kan ik jullie beter maar gelijk vertellen, dat ik het belachelijk vind dat ze pot onder de wet op de verdovende middelen laten vallen. Heb ik altijd gevonden.'

Matlock nam een shagje uit de sigarettenkoker en liet de koker open op tafel liggen. Was dat de gewoonte? Hij wist het niet. Archie en zijn vrouw keken elkaar aan. Door het vlammetje van zijn aansteker sloeg Matlock hun reactie gade. Die was voorzichtig, maar niet negatief. Misschien kwam het door de alcohol, maar Ginny glimlachte aarzelend, alsof ze opgelucht was een vriend te vinden. Haar man was voorzichtiger.

'Ga je gang maar, ouwe jongen', zei hij een beetje minzaam. 'Wij zullen je heus niet aangeven.'

'Nee, bepaald niet', giechelde zijn vrouw.

'De wetten zijn verouderd', ging Matlock verder, terwijl hij diep inhaleerde. 'Overal. Beheersing en beperking – zelfbeperking – daar gaat het om. Ons die belevenis ontzeggen, dat is pas echt misdadig. Om een weldenkend mens het recht tot bewustzijnsverruiming te verbieden, dat vind ik . . ., dat is onderdrukking.'

'Nou, ik vind het woord *weldenkend* essentieel, Jim. Gebruik in het wilde weg door de *on*intelligenten leidt tot een *chaos*.'

'Filosofisch gezien heb je maar half gelijk. Even belangrijk is *beheersing*. Door effectief toezicht op het *ijzer* en *brons* komt het *goud* vrij – om *De Republiek* te citeren. Als de hoogintellectuelen niet de kans zouden krijgen zich te ontwikkelen en te experimenteren, omdat hun denken het begrip van hun medeburgers te boven zou gaan, zouden er geen grote dingen tot stand kunnen komen – op artistiek, technisch of politiek gebied. Dan zouden we nog in de middeleeuwen leven.'

Matlock inhaleerde diep en sloot zijn ogen. Waren zijn argumenten te krachtig, te nadrukkelijk geweest? Had hij te veel een valse bekeerling geleken. Hij zweeg, maar Archie liet hem niet lang wachten. Zijn stem was kalm, maar toch ook indringend.

'We gaan elke dag een stapje vooruit, ouwe jongen. Geloof dat maar.'

Opgelucht deed Matlock zijn ogen half open en keek door de rook van zijn sigaret naar Beeson. Hij bleef hem recht aankijken, zonder te knipperen, en richtte toen zijn blik op Beesons vrouw. Hij zei maar drie woorden.

'Jullie zijn kinderen.'

'Dat is onder deze omstandigheden een nogal relatieve veronderstelling', antwoordde Beeson, nog steeds met zachte stem en nauwkeurig articulerend.

'Och, het is kletspraat.'

'Oh nee, daar zou ik maar niet zo zeker van zijn!' Ginny Beeson had genoeg gedronken om zorgeloos te zijn. Haar man legde zijn hand op haar arm. Dat was een waarschuwing. Toen zei hij, terwijl hij zijn blik van Matlock afwendde en in de verte staarde: 'Ik weet helemaal niet of we wel op dezelfde golflengte zitten ... '

'Nee, waarschijnlijk niet. Vergeet het maar ... Ik rook deze even op en dan smeer ik 'm. Ik spreek je nog wel over de studiegroep.' Met opzet liet hij zijn opmerking over de studiegroep heel terloops klinken, bijna ongeïnteresseerd.

Archie Beeson, de carrièremaker, verdroeg die ongeïnteresseerdheid niet.

'Mag ik er eentje van je pakken?'

'Als het je eerste is, dan liever niet ... Probeer maar niet indruk op me te maken. Het maakt me echt niets uit.'

'M'n eerste ... wat?' Beeson stond op en liep naar de tafel, waar Matlock de sigarettenkoker open had neergelegd. Hij pakte er een uit en hield die onder zijn neus. 'Dat is geen slecht spul. Niet erg slecht, in elk geval. Ik zal er eentje proberen ... om te beginnen.'

'Wat bedoel je?'

'Je maakt een oprechte indruk, maar – neem me niet kwalijk – je snapt er geen flikker van.'

'Waarvan?'

'Waar het om gaat.' Beeson pakte twee sigaretten uit de koker en stak ze aan. Hij inhaleerde diep, knikkend en schouderophalend om zijn goedkeuring te kennen te geven, en gaf er één aan zijn vrouw. 'Laten we dit een hors-d'oeuvre noemen. Om in de stemming te komen.'

Hij liep naar zijn werkkamer en kwam terug met een Chinees lakdoosje. Hij liet Matlock een palletje zien, waardoor je, als je erop drukte, de bodem van het doosje kon oplichten. Onder de valse bodem lagen een stuk of dertig witte tabletten in cellofaan.

'Dit is de hoofdmaaltijd ... als je die tenminste aandurft.'

Matlock was dankbaar voor de kennis die hij bezat en de intensieve voorbereiding waar hij de afgelopen achtenveertig uur aan had gewerkt. Hij glimlachte, maar zijn stem klonk vastberaden.

'Ik neem alleen witte trips onder twee voorwaarden. De e(
is bij *mij* thuis met heel goeie, heel ouwe vrienden. De tw(__
is met heel goeie, heel ouwe vrienden in *hun* huis. Ik ken jullie
niet goed genoeg, Archie . . . Maar ik heb best zin in een rood
tripje. Ik heb ze alleen niet meegenomen.'
'Laat maar. Misschien heb ik nog.' Beeson nam het Chinese
doosje mee terug naar zijn studeerkamer en kwam terug met een
leren buideltje, zoals pijprokers voor hun tabak gebruiken. Hij
ging naast Matlocks stoel staan. Ginny Beeson sperde haar ogen
open, deed nog een knoop van haar halfdichte blouse los en
strekte haar benen.
'Dunhill is het beste.' Beeson trok de buidel open en liet Matlock erin kijken. Weer tabletten met cellofaan eromheen. Alleen
waren deze diep rood en iets groter dan de witte pillen in het
lakdoosje. Het waren minstens vijftig of zestig Seconal-tabletten.
Ginny sprong op en riep opgewonden: 'Oh, goddelijk! Die rooie
zijn absoluut het einde!'
'Veel beter dan drank', voegde Matlock eraan toe.
'Oké. We nemen een trip. Niet te veel, ouwe jongen. Niet meer
dan vijf. Dat is een huisregel voor nieuwe ouwe vrienden.'

De volgende twee uren waren nogal wazig voor James Matlock,
maar niet zo erg als voor de Beesons. De geschiedenisdocent en
zijn vrouw waren al gauw helemaal 'high' met de vijf pillen –
en dat zou Matlock ook geweest zijn, als hij de laatste drie niet
stiekem in zijn zak had laten glijden. Maar na de eerste twee
was het niet moeilijk voor hem zijn metgezellen te imiteren en
daarna Beeson over te halen nog een dosis te nemen.
'Waar is die geweldige zelfdiscipline van je nou, professor?',
vroeg Beeson grijnzend. Hij zat op de grond voor de bank en
streelde zo nu en dan een van Ginny's benen.
'Jullie zijn betere vrienden dan ik gedacht had.'
'En dit is nog maar het begin van een heerlijke, *heerlijke* vriendschap.' Ginny ging languit op de bank liggen en giechelde. Ze
maakte golvende heupbewegingen, legde haar rechterhand op
Archies hoofd en streek zijn haar naar voren.
Beeson lachte minder beheerst dan hij zich eerder op de avond
had getoond en stond op. 'Dan zal ik nog maar wat pakken.'
Terwijl Beeson naar zijn studeerkamer liep, keek Matlock naar
Ginny. Haar gebaren waren niet mis te verstaan. Ze keek naar

hem, deed haar lippen langzaam vaneen en stak haar tong naar buiten. Matlock besefte dat één van de bijwerkingen van Seconal zichtbaar werd. Evenals het grootste deel van Ginny Beeson zelf.

Ze zouden er nog drie nemen, en Matlock had nu niet meer de minste moeite om te doen alsof. Beeson zette zijn stereo-grammofoon aan en draaide 'Carmina Burana'. Binnen een kwartier zat Ginny Beeson bij Matlock op schoot en wreef voortdurend haar lichaam tegen hem aan. Haar man lag languit voor de speakers, die aan weerszijden van de grammofoon stonden.

Matlock sprak terwijl hij tegelijk uitademde, net hard genoeg om boven de muziek uit gehoord te worden.

'Dit zijn de beste die ik ooit heb gehad, Archie . . . Waar? Waar haal je ze vandaan?'

'Waarschijnlijk hetzelfde adres als jij, ouwe jongen.' Beeson draaide zich om en keek naar Matlock en zijn vrouw. Hij lachte. 'Wat bedoel je eigenlijk, professor? De trip of dat meisje op je schoot? Pas maar op, ze deinst nergens voor terug.'

'Nee, ik meen het. Jouw pillen zijn veel beter dan de mijne. Waar? Dat kun je een goeie vriend toch wel vertellen?'

'Je bent een rare kerel. Stelt maar vragen. Doe ik toch ook niet? . . . Dat is niet netjes . . . Speel maar wat met Ginny en laat mij luisteren.' Beeson rolde terug op zijn buik.

Het meisje op Matlocks schoot sloeg opeens haar armen om zijn nek en drukte haar borsten tegen zijn borst. Ze bracht haar hoofd naast zijn gezicht en begon zijn oren te kussen. Matlock vroeg zich af wat er zou gebeuren als hij haar optilde en naar de slaapkamer droeg. Maar hij had geen behoefte het uit te vinden. Niet op dat moment. Ralph Loring was niet vermoord om Matlocks seksleven wat afwisselender te maken.

'Laat me dan eens een spuit van je proberen. Ik wil weleens zien hoe modern jouw smaak is. Misschien heb je alleen maar zitten opscheppen.' Plotseling ging Beeson overeind zitten en staarde Matlock aan. Het ging niet om wat zijn vrouw deed. Iets in Matlocks stem scheen een intuïtieve twijfel in hem te wekken. Of kwam het door zijn woorden? Of was zijn taalgebruik te normaal? Terwijl hij over Ginny's schouder Beesons blik beantwoordde, schoten die vragen door zijn hoofd. Archie Beeson was opeens op zijn hoede en Matlock begreep niet goed waarom. Beesons antwoord klonk aarzelend.

'Natuurlijk, ouwe jongen... Ginny, val Jim niet lastig.' Hij begon op te staan.

'Helemaal het einde...'

'Ik heb wat in de keuken liggen... Ik weet niet precies waar, maar ik zal even kijken. Ginny, ik zei dat je Jim niet moest lastigvallen... Wees aardig voor hem, hè?' Hij bleef naar Matlock staren, met wijdopen ogen van de Seconal, met open mond en volledig ontspannen gezichtsspieren. Hij liep achterstevoren naar de keukendeur, die open stond. Toen deed hij iets vreemds. Dat vond Matlock tenminste.

Hij deed langzaam de klapdeur achter zich dicht.

Matlock schoof snel het wazige meisje van zijn schoot. Ze ging rustig op de grond liggen, met een engelachtige glimlach en naar hem uitgestrekte armen. Hij glimlachte terug, terwijl hij over haar heen stapte.

'Ben zo terug', fluisterde hij. 'Ik wil Archie even iets vragen.' Ginny rolde op haar buik en Matlock liep voorzichtig naar de keukendeur. Hij maakte zijn haar door de war en deed alsof hij niet meer op zijn benen kon staan en zich aan de eettafel moest vasthouden, terwijl hij zo stil mogelijk naar de keukendeur liep. Hij wilde zich niet laten betrappen.

De muziek uit de speakers was aangezwollen, maar erdoorheen kon Matlock Archies stem tegelijk beheerst en opgewonden in de keukentelefoon horen. Hij leunde tegen de aangrenzende muur en probeerde te doorgronden, waarom Archie Beeson in paniek was geraakt, waarom hij zo dringend iemand moest opbellen.

Waarom? Waardoor?

Was zijn toneelspel zo doorzichtig geweest? Had hij het direct de eerste keer al verknoeid?

Als dat zo was, moest hij toch minstens te weten zien te komen wie er aan de andere kant van de lijn was, bij wie Beeson in zijn paniek zijn toevlucht zocht.

Eén ding leek duidelijk: het moest iemand zijn die belangrijker was dan Archer Beeson. Iemand in paniek – zelfs iemand die aan drugs verslaafd was – zocht niet zijn heil bij iemand die lager op de ladder stond.

Misschien was de avond toch niet zo'n mislukking, of was de mislukking juist wel noodzakelijk. In zijn wanhoop zou Beeson misschien iets loslaten wat hij anders nooit zou hebben losgelaten. Matlock kon de bange, niet normaal functionerende man

54

daar best toe dwingen. Aan de andere kant was dat de minst wenselijke manier. Als dat ook mislukte, had hij al zijn kansen verspeeld voordat hij zelfs maar was begonnen. Lorings nauwkeurige instructies zouden voor niets zijn geweest, zijn dood een macabere grap, evenals zijn dekmantel – die voor zijn gezin erg pijnlijk en vernederend moest zijn – en dat alleen door een blunderende amateur.

Het enige wat hij kon doen, dacht Matlock, was te weten zien te komen wie Beeson had gebeld, maar *ook* zijn vergissing goedmaken, zodat Beeson hem weer zou accepteren. Om de een of andere idiote reden zag hij Lorings aktentas voor zich en de dunne, zwarte ketting die aan het handvat bungelde. En om een nog idiotere reden gaf dat hem vertrouwen, niet veel, maar wel iets.

Hij deed alsof hij op het punt stond ineen te zakken, bracht zijn hoofd naar de deur en duwde die langzaam, centimeter voor centimeter, naar binnen. Hij hield er rekening mee, dat hij elk ogenblik Beesons blik op zich gevestigd kon voelen, maar die stond met zijn rug naar hem toe, met gekromde rug als een kind dat zijn plas staat op te houden, de telefoonhoorn tussen zijn nek en schouder geklemd en zijn hoofd opzij gebogen. Het was duidelijk, dat Beeson dacht dat hij gedempt praatte en dat zijn stem niet te horen was onder de aanzwellende climaxen in Carmina Burana. Maar de Seconal speelde hem parten. Zijn gehoor en zijn spraak waren niet meer op elkaar afgestemd. Zijn woorden waren duidelijk te verstaan, werden zelfs extra benadrukt en telkens herhaald.

'. . . Je begrijpt er *niets* van. Je moet het begrijpen. Begrijp het *alsjeblieft*. Hij blijft maar vragen stellen. Hij is er niet *bij*. Hij is er *niet bij*. Ik durf te zweren dat hij een verklikker is. Zorg dat je Herron te pakken krijgt. Laat Herron hem in Godsnaam bellen. Anders verspeel ik misschien alles! . . . Nee. Nee, ik *weet* het. Ik heb toch *ogen* in m'n hoofd, man! Als dat wijf d'r handen niet thuis kan houden zit *ik* met de gebakken peren. Bel Lucas. Zorg in Godsnaam dat je hem te pakken krijgt. Ik zit in de *puree* en ik kan niet . . .'

Matlock liet de deur langzaam terugveren. Hij was zo geschokt, dat hij zich helemaal als verdoofd voelde. Hij zag dat zijn hand nog tegen de keukendeur rustte, maar voelde niet het hout tegen zijn vingers. Wat hij zojuist had gehoord, was niet minder verschrikkelijk dan de aanblik van Ralph Lorings levenloze lichaam in de telefooncel.

Herron. *Lucas Herron!*

Een zeventigjarige legende. Een bedaarde wetenschapsman, die niet minder werd bewonderd om zijn begrip en mensenkennis dan om zijn capaciteiten. Een fantastische man. Het kon niet waar zijn.

Hij had geen tijd een verklaring te zoeken.

Archer Beeson geloofde dat hij een 'verklikker' was. En nu geloofde nog iemand anders dat ook. Dat mocht niet. Hij moest nadenken, zich zelf dwingen iets te *doen*.

Plotseling begreep hij het. Beeson zelf had hem op het idee gebracht. Geen enkele verklikker − of iemand die niet 'stoned' was − zou dat in zijn hoofd halen.

Matlock wierp een blik op Ginny, die op haar buik op de grond lag. Snel liep hij om de eettafel heen naar haar toe en gespte intussen zijn riem los. Met snelle bewegingen trok hij zijn broek uit en draaide haar op haar rug. Hij ging naast haar liggen en maakte de laatste twee knopen van haar blouse los. Het haakje van haar b.h. begaf het onder zijn plukkende vingers. Ze kreunde en giechelde en toen hij haar borsten streelde, kreunde ze weer en sloeg haar been om Matlocks heup.

'Mmmm . . . helemaal het einde . . .' Ze begon door haar mond te ademen en drukte haar onderbuik tegen Matlocks kruis, terwijl ze met geloken ogen zijn been streelde en haar vingers in zijn huid klauwden.

Matlock hield zijn blik op de keukendeur gericht en bad dat die open zou gaan.

En toen ging de keukendeur open en hij sloot zijn ogen.

Archie Beeson stond bij de eettafel op zijn vrouw en zijn gast neer te kijken. Bij het geluid van Beesons voetstappen trok Matlock met een ruk zijn hoofd op en wendde grote verwarring voor. Hij greep zijn broek en hield die tegen zich aan, terwijl hij zwaaiend probeerde overeind te komen en uiteindelijk languit op de bank viel.

'Oh, lieve hemel, Archie! God nog aan toe, ouwe jongen! Ik wist niet dat ik zover weg was! . . . Jezus, wat ben ik stoned! Wat heb ik gedaan? Sorry, man! Dat spijt me ontzettend!'

Beeson liep naar de bank, waar zijn halfnaakte vrouw op de grond lag. Van zijn gezicht viel niet af te lezen wat hij dacht. Of hoe kwaad hij was. Maar was hij wel kwaad?

Zijn reactie was totaal onverwacht: hij begon te lachen. Eerst zachtjes, toen steeds harder, tot hij er bijna in stikte.

'Oh, ouwe jongen. Ik zei het toch? Ik zei al dat ze niet te stuiten is! ... Trek het je niet aan. Mij breken ze de bek niet open. Maar onze *studiegroep* zal er komen. Reken maar! En wat voor één! En jij vertelt ze dat je *mij* hebt gekozen. Ja toch zeker? Oh, ja! Dat zul je ze toch vertellen, hè?'

Matlock keek in de verwilderde ogen van de verslaafde boven hem.

'Tuurlijk. Tuurlijk, Archie. Wat je maar wilt.'

'Als je dat maar doet, ouwe jongen! En geen excuses, hè? Hoeft niet. Jij zeker niet!' Archer Beeson zakte door zijn knieën van het lachen. Hij stak zijn hand uit en tilde Ginny's linkerborst op. Ze kreunde en giechelde met haar hoge, sexy lachje.

En Matlock wist dat hij gewonnen had.

7

Hij was uitgeput, zowel door het late uur als de doorstane spanningen. Het was tien over drie en de koorliederen uit Carmina Burana hamerden nog in zijn oren. En als hij terugdacht aan de halfnaakte vrouw en haar vergevensgezinde echtgenoot – samen kronkelend op de vloer voor de bank – werd de vieze smaak in zijn mond nog weerzinwekkender.

Maar wat hem het meest dwarszat, was dat tijdens de gebeurtenissen van de afgelopen avond de naam van Lucas Herron was gevallen.

Het was onvoorstelbaar.

Lucas Herron. De 'ouwe rots', zoals hij werd genoemd. Die terughoudende figuur, die niet van de universiteit van Carlyle viel weg te denken. De voorzitter van de faculteit voor Romaanse talen en het sprekende voorbeeld van een teruggetrokken wijsgeer, die echter altijd intens met alles meeleefde. Hij had altijd een schittering in zijn ogen, een blik die zowel verbazing als tolerantie uitdrukte.

Om hem – zelfs maar in de verste verten – met verdovende middelen in verband te brengen, was ondenkbaar. Dat hij opgebeld werd door een verslaafde hystericus – want in wezen *was* Archer Beeson verslaafd, al was zijn verslaving dan misschien niet lichamelijk – alsof Lucas onder die omstandigheden iets voor hem had kunnen doen, dat ging alle begrip te boven.

De verklaring moest bij Lucas Herrons immense medegevoel gezocht worden. Hij was voor veel mensen een vriend in nood, iemand waar je van op aan kon als je moeilijkheden had, ook heel ernstige. En achter Herrons vreedzame, gerimpelde uiterlijk ging een sterke man schuil, een leider. Een kwarteeuw geleden had hij vele maanden in de verschrikking van de Salomons Eilanden doorgebracht als infanterieofficier. Een mensenleeftijd geleden was Lucas Herron een echte held geweest tijdens een barbaarse oorlog in de Stille Oceaan. Nu, over de zeventig, was hij niet meer weg te denken van de universiteit.

Matlock sloeg de hoek om en zag zijn huis een half blok verderop. Alles was donker; afgezien van de straatlantaarns scheen er alleen licht in een van zijn kamers. Had hij een lamp aan gelaten? Hij kon het zich niet herinneren.

Hij liep de stoep op naar zijn deur en stak zijn sleutel in het slot. Tegelijkertijd met het klikken van het slot klonk er een luid gerinkel van binnen. Hoewel hij ervan schrok, was zijn eerste reactie een glimlach. Zijn onhandige, langharige huiskat had natuurlijk een niet opgeruimd glas omgegooid, of een van de pottenbakkerscreaties waarmee Patricia Ballantyne hem had opgescheept. Toen besefte hij dat dat een belachelijke gedachte was, voortgekomen uit een uitgeputte geest. Het gerinkel was te luid voor aardewerk, veel meer dan het breken van een glaasje.

Hij vloog naar binnen, en wat hij toen zag verdreef alle vermoeidheid uit zijn hersenen. Hij bleef stokstijf staan van verbijstering.

De hele kamer was één puinhoop. Tafels lagen ondersteboven, boeken waren van de planken getrokken en uit hun band gescheurd, zijn stereo-installatie kapotgesmeten. Kussens van zijn bank en uit de stoelen waren opengesneden, de hele kamer zat onder de kapok en de stukjes schuimrubber, de vloerkleden waren ondersteboven op een hoop gegooid, de gordijnen van de rails getrokken en over de omgegooide meubels gesmeten.

Hij zag nu de oorzaak van het gerinkel. Het grote, openslaande raam rechts van de voorgevel was één massa verbogen lood en gebroken glas. Het bestond uit twee delen en hij herinnerde zich duidelijk, dat hij ze allebei had opengezet voordat hij naar de Beesons ging. Hij hield van de voorjaarslucht en het was te vroeg in het seizoen voor horren. Dus er was geen reden het raam in te slaan, het was hoog genoeg boven de grond om pottenkijkers weg te houden, maar laag genoeg voor een op heterdaad betrapte inbreker om zich snel uit de voeten te maken.

Nee, het raam was niet ingeslagen om erdoor te ontsnappen. Het was doelbewust gebeurd.

Ze hadden hem een teken gegeven.

Het was een waarschuwing.

En Matlock wist dat hij die waarschuwing niet ter harte kon nemen. Want dat betekende, dat hij wist dat dit meer was dan een inbraak, en dat mocht hij niet laten merken.

Hij liep vlug naar de slaapkamerdeur en keek naar binnen. De slaapkamer was zo mogelijk nog erger toegetakeld dan de woonkamer. De matras was tegen de muur gesmeten en aan flarden gesneden. De laden van zijn bureau lagen op de vloer, de inhoud overal verspreid. Met zijn kast was het hetzelfde gesteld: pakken en jasjes van de haken getrokken, schoenen rondgeslingerd.

Hij hoefde niet eens te kijken om te weten dat zijn keuken er niet beter uit zou zien. Zijn etensvoorraad, in potten en dozen, was niet op de grond gesmeten, alleen maar verplaatst, maar alle zachte dingen waren kapotgescheurd. Matlock begreep waarom. Wat herrie uit de andere vertrekken zou niet als abnormaal worden beschouwd, maar een voortzetting van het lawaai in zijn keuken zou een van de andere gezinnen in het huis kunnen alarmeren. Het was gehorig genoeg om het gedempte geluid van voetstappen boven hem te kunnen horen. Het brekende glas van het raam had iemand gewekt.

De waarschuwing was duidelijk, maar er was meer: ze hadden ergens naar gezocht. Hij wist wel wat dat was, maar opnieuw besefte hij, dat hij dat niet mocht laten blijken. Wat hij moest doen, was – net zoals hij bij de Beesons had gedaan – een zo goed mogelijke draai aan de situatie geven. Dat voelde hij instinctief aan.

Maar voordat hij daarmee begon, moest hij eerst weten of ze hadden gevonden wat ze zochten. Hij schudde het gevoel van verdoving van zich af en nam de situatie in zijn woonkamer nog eens goed in zich op. Alle gordijnen waren open en er was genoeg licht voor iemand die met een goeie verrekijker in een van de huizen in de buurt zat of op het glooiende grasveld aan de overkant van de straat stond om elke beweging te zien die hij maakte. En als hij de lichten uitdraaide, wat een zeer onnatuurlijke reactie was, kon hij dan nog doen alsof zijn neus bloedde? Geen sprake van. Het was idioot om lichten te gaan uitdoen als je net in zo'n puinhoop was thuisgekomen.

Toch moest hij in zijn badkamer zien te komen, het belangrijkste vertrek van het huis op dat moment. Aan minder dan een halve minuut had hij voldoende om vast te stellen of het zoeken succes had gehad of niet, maar hij mocht niet laten merken wat hij deed, voor het geval iemand hem in de gaten hield.

Het was een kwestie van doen alsof, van gebaren, dacht hij. Hij zag dat de stereo-pick-up vlak naast de badkamerdeur lag. Hij liep erheen en raapte verschillende onderdelen op, waaronder de metalen arm. Hij keek ernaar, liet de arm toen plotseling vallen en bracht zijn vinger naar zijn mond, alsof hij zich geprikt had. Vlug liep hij naar de badkamer. Daar deed hij het medicijnkastje open en pakte het doosje pleisters van de glazen plaat. Vervolgens bukte hij zich over de gele plastic kattenbak die links van de wastafel stond en tilde een hoek van het stuk krantenpapier op, dat onder de kattebakvulling lag. Daaronder voelde hij de ruwe structuur van de twee lagen canvas die hij daar had neergelegd en hij tilde er een hoek van op.

Het scheef afgeknipte document was er nog. Het zilveren, Corsicaanse document waarop onderaan de dodelijke woorden *Venerare Omerta* stonden, was niet gevonden.

Hij legde de krant terug, schudde de kattebak heen en weer en stond op. Toen zag hij dat het matglazen raampje boven het toilet een stukje openstond en hij vloekte.

Maar er was geen tijd om daarbij stil te staan. Hij liep terug naar de woonkamer en trok het plastic van de pleister af. Ze hadden het niet gevonden. Nu moest de waarschuwing genegeerd worden, moest hij doen alsof hij nergens iets van wist. Hij pakte de telefoon en belde de politie.

'Kunt u me een lijst geven van wat er weg is?' Een agent in uniform stond midden in de puinhoop. Een tweede agent liep rond en maakte aantekeningen.

'Ik weet het nog niet. Ik heb er nog niet echt naar gekeken.'
'Nee, dat snap ik. Het is een bende. Toch kunt u beter even kijken. Hoe eerder we een lijst krijgen, hoe beter.'
'Ik geloof eigenlijk niet dat er iets weg *is,* agent. Ik bedoel, ik heb niets dat voor een ander waardevol zou kunnen zijn. Behalve misschien m'n installatie . . . en die is kapotgesmeten. Ik heb een televisie in de slaapkamer, die is nog heel. En tussen mijn boeken zitten een paar kostbare, maar kijk ze eens.'
'Geen geld, juwelen, horloges?'
'Mijn geld staat op de bank, behalve wat ik bij me heb. Mijn horloge heb ik om en ik heb geen juwelen.'
'En examenopgaven? Dat komt regelmatig voor.'
'In mijn werkkamer. In het faculteitsgebouw.'
De agent schreef iets in een klein, zwart boekje en riep naar zijn collega, die naar de slaapkamer was gegaan. 'Hé, Lou, komt de vingerafdrukkenman nog hiernaartoe?'
'Ze trommelen hem z'n bed uit. Hij komt zo.'
'Hebt u iets aangeraakt, meneer Matlock?'
'Dat weet ik niet. Misschien wel. Ik was nogal geschrokken.'
'Die grammofoon misschien? Het is altijd fijn als de vingerafdrukkenman weet wat iemand niet heeft aangeraakt.'
'Ik heb de arm opgepakt, verder niet.'
'Mooi zo. Dan kan hij daar beginnen.'

De politie bleef anderhalf uur. De vingerafdrukexpert kwam, deed zijn werk en vertrok weer. Matlock dacht erover Sam Kressel te bellen, maar kwam tot de conclusie dat er niets was wat Kressel op dat moment kon doen. En als iemand buiten zijn huis inderdaad in het oog hield, kon Kressel beter wegblijven. Mensen uit de andere flats waren wakker geworden en waren hem hun medeleven, hulp en koffie komen aanbieden.
Toen de politie wegging, kwam een lange patrouilleagent in de deuropening staan. 'Sorry dat het zoveel tijd heeft gekost, meneer Matlock. Gewoonlijk nemen we geen vingerafdrukken in geval van huisvredebreuk, tenzij er iets gestolen is of iemand gewond, maar het gebeurt op 't ogenblik zo vaak. Persoonlijk geloof ik dat het die engerds zijn met van dat haar en die kralen. Of de nikkers. We hebben dit soort dingen hier nooit gehad toen de hippies en de nikkers er nog niet waren.'
Matlock keek naar de agent die het allemaal zo goed wist. Het

was zinloos hem tegen te spreken, en hij was er ook te moe voor.

'Bedankt voor het helpen opruimen.'

'Niks te danken.' De agent liep naar buiten, maar draaide zich toen om.

'Oh ja, meneer Matlock.'

'Ja?' Matlock deed de deur weer open.

'We kregen de indruk dat iemand misschien ergens naar gezocht heeft. Door al die kapotte spullen en boeken en alles . . . begrijpt u wat ik bedoel?'

'Inderdaad.'

'Als dat zo was, zou u het ons toch wel vertellen, hè?'

'Natuurlijk.'

'Oké. Het zou stom zijn om zoiets niet te vertellen.'

'Ik ben niet stom.'

'Daar zei ik het niet om. Alleen maar omdat een man als u soms zo in z'n werk opgaat, dat hij sommige dingen vergeet.'

'Ik ben niet vergeetachtig. Dat zijn maar heel weinig van ons.'

'Oké dan.' Hij lachte een beetje spottend. 'Ik dacht, ik zeg het maar even. Ik bedoel, we kunnen ons werk niet doen als we niet alles weten, begrijpt u?'

'Ja, dat snap ik.'

'Oké. Goed dan.'

'Welterusten.'

'Welterusten, doctor.'

Hij deed de deur dicht en ging naar zijn woonkamer. Zou de verzekering de betwistbare waarde van de zeldzame uitgaven die hij had wel vergoeden? Hij ging op de vernielde bank zitten en keek de kamer rond. Het was nog steeds een bende; de slachting was grondig geweest. Er zou heel wat meer gedaan moeten worden dan alleen opruimen en meubilair op z'n plek zetten. Het was geen zachtzinnige waarschuwing geweest.

Maar het ergste was het feit op zichzelf dat hij een waarschuwing had gekregen.

Waarom? Van wie?

Het hysterische telefoongesprek van Archer Beeson? Dat was mogelijk, en misschien zelfs te prefereren. Want dat zou kunnen betekenen, dat Nimrod er niets mee te maken had, maar dat Beesons connecties van gebruikers en handelaars hem dusdanig wilden afschrikken, dat hij Archie met rust zou laten. Dat hij hen allemaal met rust liet. Loring had nadrukkelijk gezegd, dat er geen bewijs was dat de Beesons iets met Nimrod te maken hadden.

Maar er was ook geen bewijs dat ze er niets mee te maken hadden.

Maar als het inderdaad door Beeson kwam, zou het sein na zijn misdragingen – vieze ouwe kerel die z'n handen niet kan thuishouden – weer op veilig worden gezet. Hij was Beesons middel om hogerop te komen.

Aan de andere kant, en veel minder te prefereren, was er de mogelijkheid dat de waarschuwing *en* de huiszoeking wel degelijk om het Corsicaanse document gingen. Wat had Loring hem daar op het trottoir ook weer toegefluisterd?

'... Er is maar één ding waar ze nog meer op gebrand zijn dan op deze aktentas, dat is het document in uw zak.'

In dat geval brachten ze hem dus wel met Ralph Loring in verband. Washingtons veronderstelling, dat dit niet zo was omdat hij zo paniekerig had gereageerd, was een misser en het vertrouwen van Jason Greenberg misplaatst.

Maar het zou ook kunnen, wat Greenberg had gesuggereerd, dat ze hem op de proef stelden. Het zekere voor het onzekere namen.

Enerzijds, anderzijds zou kunnen, misschien ...

Vermoedens.

Hij moest zijn hoofd koel houden, hij mocht niet overhaast reageren. Als hij van enig nut wilde zijn, moest hij zich van den domme houden.

Het was mogelijk, wie weet, in dat geval ...

Zijn lichaam deed pijn. Zijn oogleden waren gezwollen en hij proefde nog steeds de afschuwelijke nasmaak van de Seconal, de wijn en de marihuana. Hij was uitgeput, maar kon zich niet ontspannen, omdat hij geen afdoende verklaring kon bedenken. In gedachten dwaalde hij terug naar de begintijd in Vietnam en hij herinnerde zich het beste advies dat hij in die weken van onverwachte aanvallen had gekregen. Dat was te rusten wanneer hij maar kon, al was het nog zo kort. Of nog beter: te slapen. Het advies was afkomstig van een sergeant, die volgens de verhalen meer aanvallen had overleefd dan wie ook in de Mekongdelta. Die, nog steeds volgens de verhalen, zelfs niet wakker was geworden toen het grootste deel van zijn compagnie bij een verrassingsaanval was omgekomen.

Matlock strekte zich uit op de nauwelijks herkenbare bank. Hij kon net zo goed hier blijven – zijn matras was aan flarden. Hij gespte zijn riem los en schopte zijn schoenen uit. Hij kon een paar uur slapen, daarna zou hij met Kressel praten. Hij zou Kressel en Greenberg vragen een verklaring te bedenken voor de vernielingen in zijn huis. Een verklaring waar Washington achter kon staan en de politie van Carlyle misschien ook.

De politie.

Hij schoot overeind. Hij had er daarnet niet bij stilgestaan. De botte, maar aanmatigend beleefde agent, die met zijn primitieve speurzin niet verder kwam dan de 'hippies' en de 'nikkers', had hem al die tijd met 'meneer' aangesproken. Behalve toen hij bij zijn vertrek had gezinspeeld op de mogelijkheid dat Matlock gegevens achterhield, toen had hij hem 'doctor' genoemd. Dat was heel ongewoon. Niemand buiten – en bijna niemand in – de universiteitsgemeenschap noemde hem ooit 'doctor'. Het was gewoon een idiote aanspreektitel en alleen idioten wilden zo aangesproken worden.

Waarom had de agent het gebruikt? Matlock kende hem niet, had hem bij zijn weten nooit gezien. Hoe kon de man weten dat hij die titel had?

Zouden de spanningen en inspanningen van de laatste uren hun tol eisen? vroeg hij zich af. Zocht hij nu overal iets achter? Was het niet mogelijk dat de politie van Carlyle een lijst had van de campusbewoners en dat de dienstdoende agent zijn naam op de lijst had opgezocht en hem zomaar met zijn titel had aangesproken? Zocht hij niet te veel achter de woorden van de patrouilleagent, omdat hij zijn vooroordelen verafschuwde?

Er waren vele, verontrustende mogelijkheden.

Matlock liet zich achteroverzakken en sloot zijn ogen.

Eerst bereikte het geluid hem als een zwakke echo uit het einde van een lange, smalle tunnel. Toen drong het tot hem door, dat er aanhoudend op de deur werd geklopt. Almaar vlugger, almaar harder.

Matlock deed zijn ogen open en zag het wazige licht van twee schemerlampen aan de andere kant van de kamer. Hij had zijn voeten onder zich opgetrokken en voelde de ribbels van de corduroy-bekleding van de bank in zijn nek. Hij transpireerde, hoewel er een koele wind door het kapotte raam naar binnen kwam.

Het kloppen hield niet op, het geluid van knokkels tegen hout. Het kwam uit de gang, van de voordeur. Hij zwaaide zijn benen naar de grond. Het kloppen werd nog luider. Toen hoorde hij de stem. 'Jamie! Jamie!

Hij strompelde naar de deur.

'Ik kom!' Hij zwaaide de deur open. Patricia Ballantyne, in een regenjas met een zijden pyama eronder, rende bijna naar binnen. 'Jamie, in 's hemels naam. Ik heb je almaar gebeld.'

'Ik was hier, maar ik heb niets gehoord.'

'Nee, dat weet ik. Ik kreeg uiteindelijk iemand van de telefoondienst en die zei dat je toestel defect was. Toen heb ik een auto geleend en ben zo hard als ik kon hierheen gereden en . . .'

'De telefoon is niet defect, Pat. De politie – die is hier geweest en je zult zo wel zien waarom – heeft diverse keren gebeld.'

Ze liep langs hem heen de kamer in. Matlock ging naar de telefoon en pakte de hoorn van de haak. Toen de harde ingesprektoon in zijn oor klonk, hield hij snel de hoorn een eind van zijn oor vandaan.

'De slaapkamer', zei hij, terwijl hij de hoorn op de haak legde. Op zijn bed, op de overblijfselen van zijn vernielde matras, stond zijn slaapkamertelefoon. De hoorn was van de haak en lag onder het kussen, zodat de ingesprektoon niet te horen was. Iemand had ervoor gezorgd dat hij niet bereikbaar was.

Hij probeerde zich te herinneren wie er allemaal waren geweest. Alles bij elkaar een man of tien. Vijf of zes agenten – al dan niet in uniform, buren en een paar nachtelijke voorbijgangers, die de politiewagens hadden gezien en even waren komen kijken. Het was steeds onoverzichtelijker geworden en hij kon zich zelfs niet alle gezichten herinneren.

Hij zette de telefoon terug op het nachtkastje en zag toen dat Pat in de deuropening stond. Hij hoopte maar, dat ze hem het kussen niet had zien wegpakken.

'Iemand moet er tegenaan zijn gelopen bij het opruimen', zei hij met voorgewende ergernis. 'Dat is lullig, ik bedoel, dat je een auto hebt moeten lenen . . . Waarom eigenlijk? Wat is er?'

Ze gaf geen antwoord, maar draaide zich om en staarde naar de woonkamer.

'Wat is er gebeurd?'

Matlock herinnerde zich de woorden van de patrouilleagent. 'Ze noemen het huisvredebreuk. Een nogal veelomvattende term, geloof ik ... Inbraak. Ik ben voor het eerst in m'n leven beroofd. Een hele ervaring, hoor! Ik denk dat die stumperds boos waren omdat er niets waardevols te vinden was en daarom zijn ze natuurlijk zo tekeergegaan ... Waarom ben je gekomen?'

Haar stem klonk zacht, maar door de intensiteit ervan besefte Matlock dat ze bijna in paniek was. Zoals altijd beheerste ze zich tot het uiterste als ze emotioneel werd. Dat was een essentiële trek.

'Een paar uur geleden – om precies te zijn om kwart voor vier – ging mijn telefoon. Een man vroeg naar jou. Ik sliep, en waarschijnlijk reageerde ik nogal slaperig, maar ik deed alsof ik heel verbaasd was dat iemand kon denken dat je bij mij was ... Ik wist niet wat ik doen moest. Ik was zo in de war ...'

'Natuurlijk, dat snap ik. En toen?'

'Hij zei dat hij me niet geloofde. Dat ik loog. Ik ... ik was zo verrast dat iemand om die tijd belde – om kwart voor vier – en zei dat ik loog ... Ik snapte er niks van ...'

'Wat heb je gezegd?'

'Het gaat niet om wat *ik* gezegd heb, maar *hij*. Ik moest tegen je zeggen ... niet "achter de aardbol" te blijven of "de onderwereld te beschijnen". Dat zei hij *tweemaal!* Hij zei dat het een afschuwelijke grap was, maar dat je het zou begrijpen. Het was zo griezelig! ... Begrijp je het echt?'

Matlock liep langs haar heen de woonkamer in, pakte zijn sigaretten en probeerde kalm te blijven. Ze kwam hem achterna.

'Wat bedoelde hij?'

'Dat weet ik niet zeker.'

'Heeft het ... hier iets mee te maken?' Ze gebaarde naar de vernielingen.

'Dat geloof ik niet.' Hij stak zijn sigaret aan en bedacht wat hij haar moest vertellen. De mensen van Nimrod hadden geen gras laten groeien over het leggen van verbanden. Als het Nimrod *was.*

'Wat bedoelde hij met "achter de aardbol blijven"? Het klinkt als een raadsel.'

'Het is een citaat, denk ik.' Maar hij hoefde er niet over te denken. Hij wist het zo ook wel. Hij kende Shakespeares woorden uit zijn hoofd: *Weet gij dan niet dat als het zoekende oog des hemels schuilgaat achter de aardbol en de onderwereld beschijnt ... dan dolen dieven en rovers ongezien rond ... in moord en in bloedig geweld alhier.*

'Wat betekent het?'

'Ik *weet* het niet! Ik ben het vergeten ... Iemand houdt me voor iemand anders. Dat is het enige wat ik kan bedenken ... Hoe klonk zijn stem?'

'Gewoon. Hij was boos, maar hij schreeuwde niet of zo.'

'Herkende je hem niet? Ik bedoel, heb je zijn stem weleens eerder gehoord?'

'Ik weet het niet. Ik geloof het niet, nee, maar ...'

'Maar wat?'

'Nou, het was een ... beschaafde stem. Een beetje toneelmatig, geloof ik.'

'Een man die gewend is les te geven.' Het was een constatering, geen vraag. Zijn sigaret smaakte hem deze keer niet, dus drukte hij hem uit.

'Ja, dat zou best kunnen.'

'En waarschijnlijk in literatuur of zoiets ... Dat beperkt de mogelijkheden tot zo'n tachtig mensen hier op de universiteit.'

'Je zit gissingen te maken die ik niet begrijp. Dus dat telefoontje had *wel* iets te maken met wat er hier is gebeurd.'

Hij wist dat hij te veel praatte. Hij wilde Pat erbuiten laten, *moest* haar erbuiten laten. Maar iemand anders had haar erbij betrokken – en dat maakte de zaak veel ingewikkelder.

'Misschien. Volgens betrouwbare bronnen – en ik bedoel natuurlijk de helden van de televisie – overtuigen dieven zich er eerst van dat de mensen niet thuis zijn, voordat ze inbreken. Waarschijnlijk wilden ze zeker weten dat ik er niet was.'

Het meisje hield zijn onvaste blik gevangen.

'Was je dan niet thuis? Om kwart voor vier? ... Ik vraag het niet uit bemoeizucht, lieve schat, maar alleen omdat ik een oplossing zoek.'

Hij vloekte inwendig. Het kwam door de uitputting, de avond bij de Beesons, de schrik van de ravage. Natuurlijk vroeg ze het niet uit bemoeizucht. Hij kon doen en laten wat hij wilde. En natuurlijk was hij om kwart voor vier wel thuis geweest.

'Ik weet het niet precies. Ik heb niet zo op de tijd gelet. De avond duurde afschuwelijk lang.' Hij lachte zwakjes. 'Ik was bij Archie Beeson. Een voorstel over een studiegroep met een jonge docent brengt een heleboel drank op tafel.'

Ze glimlachte. 'Ik geloof niet dat je me begrijpt. Het kan me echt niet schelen wat Pappie Beer deed ... Het interesseert me

natuurlijk wel, maar waar het om gaat, is dat ik niet snap waarom je tegen me liegt . . . Je was *hier* twee uur geleden, en dat telefoontje was *niet* van een inbreker die wilde weten waar je zat,
en dat weet je *best.*'
'Mammie Beer zit te vissen. Ze houdt zich niet aan de afspraak.'
Matlock was grof. En dat paste niet bij hem, evenmin als het lie-
gen. Hoe hard hij zich soms ook kon voordoen, in wezen had hij
een zacht karakter en dat wist ze.
'Oké. Neem me niet kwalijk. Ik wil nog één vraag stellen en dan
ga ik weer . . . Wat betekent *Omerta?*'
Matlock verstijfde. 'Wat zeg je?'
'De man aan de telefoon. Hij gebruikte het woord *Omerta.*'
'In welk verband?'
'Zomaar. Als geheugensteuntje, zei hij.'

8

Jason Greenberg liep door de randloze deur van de squashbaan.
'U raakt hier heel wat kwijt, dr. Matlock.'
''t Is maar goed dat ik niet precies weet wat . . . In elk geval was
het uw idee. Ik zou me in het kantoor van Kressel wel zo plezierig hebben gevoeld, of zelfs ergens in de stad.'
'Dit is beter . . . hoewel we toch vlug moeten praten. Ik ben hier
officieel als verzekeringsinspecteur. Ik moet de brandblussers in
de gangen controleren.'
'Dat is vast geen overbodige luxe.' Matlock liep naar een hoek
waar een sweater lag, gewikkeld in een handdoek. Hij rolde hem
uit en liet hem over zijn hoofd glijden. 'Wat heeft u voor nieuws?
Het was niet bepaald leuk gisteravond.'
'Als u onze verwarring niet meerekent, hebben we inderdaad
niets nieuws. Tenminste niets speciaals. Een paar theorieën,
dat is alles . . . We vinden dat u de situatie erg goed hebt opgevangen.'
'Bedankt. Ik was nogal in de war. Wat zijn de theorieën? U
lijkt koel, en dat bevalt me geloof ik niet zo.'

Greenberg draaide met een ruk zijn hoofd om. Tegen de rechtermuur klonk een dof gebons. 'Is daar nóg een baan?'
'Ja. Er zijn er zes aan deze kant. Het zijn oefenbanen, zonder ruimte voor publiek. Maar dat weet u.'
Greenberg pakte de bal op en gooide die hard tegen de muur aan de voorkant. Matlock begreep het en ving hem toen hij terugkaatste. Hij gooide hem terug, en Greenberg weer naar hem. Ze gooiden in een traag ritme, zonder ver van hun plaats te komen, en namen de tijd om te richten.
Met zachte, monotone stem zei Greenberg: 'We geloven dat ze u op de proef hebben gesteld. Dat is de meest voor de hand liggende verklaring. Tenslotte was u het die Ralph vond. U legde een verklaring af over de auto. U had erg weinig redenen om daar in de buurt te zijn, zo weinig dat wij ze juist weer wel aannemelijk vonden. Ze willen zeker zijn van hun zaak, daarom hebben ze het meisje erbij gehaald. Ze pakken het gewoon grondig aan.'
'Oké. Theorie nummer één. Wat is nummer twee?'
'Ik zei dat dit de meest voor de hand liggende was ... Eerlijk gezegd is het ook de enige.'
'En Beeson?'
'Hoezo? Dat weet u zelf het beste.'
Matlock hield de squashbal even in zijn hand, voordat hij hem hoog tegen de zijmuur gooide. De muur waar Greenberg niet naar keek.
'Kan Beeson toch slimmer zijn geweest dan ik dacht en iemand hebben gealarmeerd?'
'Misschien wel. Wij betwijfelen het ... Na uw beschrijving van de avond.'
Maar Matlock had geen volledige beschrijving gegeven. Hij had niemand, ook Greenberg niet, over Beesons telefoontje verteld. Daar had hij geen verstandelijke redenen voor, maar gevoelsmatige. Lucas Herron was een oude man, een goede man. Zijn sympathie voor studenten in moeilijkheden was legendarisch, zijn bezorgdheid voor jonge, onervaren, vaak arrogante nieuwe docenten een gewaardeerde troost in crisissituaties met studenten. Matlock twijfelde er niet meer aan, dat 'de ouwe rots' een wanhopige jongeman de helpende hand toestak in een wanhopige situatie. Hij had niet het recht Herrons naam door het slijk te halen alleen omdat een geflipte druggebruiker hem had opge-

69

beld. Er waren te veel mogelijke verklaringen. Hij zou Herron te spreken zien te krijgen, misschien in de mensa, of op de tribune bij het baseball – Herron was dol op baseball – om met hem te praten, hem te vertellen dat hij zich beter niet met Archer Beeson kon inlaten.

'– over Beeson?

'Wat?' Matlock had Greenberg niet gehoord.

'Ik vroeg of u van gedachten veranderd was over Beeson.'

'Nee. Nee. Hij is niet belangrijk. Waarschijnlijk gooit hij zelfs z'n hasj en z'n pillen weg – behalve om aan mij te geven als hij denkt dat hij me gebruiken kan.'

'Ik zal niet proberen dat te snappen.'

'Hoeft niet. Ik voelde alleen iets van twijfel opkomen... Ik kan me niet voorstellen dat jullie maar één theorie hebben bedacht. Vertel eens iets meer.'

'Goed dan. We hebben er nog twee, maar die zijn allebei even onzinnig. De eerste is dat er een lek in Washington zou zijn. De tweede – een lek hier in Carlyle.'

'Waarom zou dat zo onzinnig zijn?'

'Ten eerste Washington. Nog geen tien man weet van deze operatie af, met inbegrip van Justitie, Financiën en het Witte Huis. En dat zijn topfunctionarissen die ook geheime contacten met het Kremlin onderhouden. Nee, onmogelijk.'

'En in Carlyle?'

'U, Adrian Sealfont en die afschuwelijke Samuel Kressel. ... Ik zou niets liever willen dan Kressel de schuld geven – het is een rare kerel – maar, nee, onmogelijk. Ik zou er ook een satanisch genoegen in scheppen die aanbeden Sealfont van zijn voetstuk te zien vallen, maar ook daar: geen schijn van kans. Dan blijft u over. Bent u soms het lek?'

'U bent geschift.' Matlock moest rennen om de bal te vangen die Greenberg in de hoek gooide. Hij hield hem in zijn hand en keek Greenberg aan.

'Begrijp me niet verkeerd – ik mag Sam graag, dat geloof ik tenminste wel – maar waarom is hij "onmogelijk"?'

'Hetzelfde als Sealfont... Bij een operatie als deze beginnen we bij het begin. En dan *bedoel* ik ook het *begin*. We geven geen flikker om iemands positie of status of reputatie – of die nou goed is of slecht. We gebruiken elk trucje uit de boeken om te bewijzen dat iemand schuldig is, niet onschuldig. We gebruiken zelfs de lulligste reden, als we die tenminste kunnen vinden. Maar Kressel is net zo vlekkeloos als Johannes de Doper. Een klootzak, maar niks op aan te merken. Sealfont is nog erger. Hij is alles wat ze over hem zeggen. Een vervloekte heilige – heiliger dan de paus zelf. Dus, nogmaals: blijft alleen u over.'

Matlock zwiepte de bal in een wervelende beweging omhoog naar de linkerhoek van het plafond. Greenberg stapte achteruit en maaide hem uit de lucht tegen de rechtermuur. Hij stuitte terug tussen Matlocks benen.

'U hebt het vast vaker gedaan', zei Matlock met een verlegen grijns.

'Ik was vroeger de beste van Brandeis. Waar is het meisje nu?'

'In mijn huis. Ik heb haar laten beloven niet weg te gaan voordat ik terug ben. Afgezien van de veiligheid, is het een goeie manier om het huis opgeruimd te krijgen.'

'Ik zal haar laten schaduwen. Niet dat ik denk dat het nodig is, maar u zult zich er beter door voelen.' Greenberg keek op zijn horloge.

'Inderdaad. Bedankt.'

'We moeten opschieten ... Luister goed. We laten alles z'n normale loop nemen. Politieregister, kranten, alles. Geen dekmantels, geen smoesjes, niets om normale nieuwsgierigheid te onderdrukken, alleen doodnormale reacties van u. Iemand heeft bij u ingebroken en alles kapotgesmeten. Dat is alles wat u ervan afweet ... En er is nog iets. Misschien vindt u het niet leuk, maar het lijkt ons het beste – en het veiligst.'

'Wat dan?'

'We vinden dat juffrouw Ballantyne dat telefoongesprek aan de politie moet doorgeven.'

'Zeg, kom nou! Die man verwachtte dat ik daar om vier uur 's ochtends zat. Dat soort dingen zeg je niet hardop. Niet als je je met een beurs in leven moet houden en je door een museum wilt laten uitzenden. Ze leven hier nog in de negentiende eeuw wat dat betreft.'

'Ach, het is maar hoe je het bekijkt ... Ze werd gewoon opgebeld. Een of andere man vroeg naar u, citeerde Shakespeare en maakte een onbegrijpelijke verwijzing naar een vreemd woord of een plaats. Ze was natuurlijk razend. Het zou niet meer dàn vijf regels krijgen in de krant, maar omdat er bij u is ingebroken, is het logisch dat ze het doorgeeft.'

Matlock zweeg. Hij liep naar de hoek van de squashbaan waar de bal was blijven liggen en raapte hem op. 'We zijn een stelletje sufferds die het hebben moeten ontgelden. We weten niet waarom, maar wel dat we het niet leuk vinden.'

'Ja, precies. Niets is zo overtuigend als een slachtoffer dat er niets van snapt en dat aan iedereen vertelt. Probeer die ouwe boeken van u vergoed te krijgen . . . Ik moet weg. Zoveel brandblussers zijn er nou ook weer niet in het pand. Nog iets? Wat gaat u verder doen?'

Matlock liet de bal op de grond stuiteren. 'Ik heb een uitnodiging. Heel toevallig, na een paar biertjes in het clubhuis van de Afrikanen. Ik mag komen kijken naar een opvoering van de oorspronkelijke puberteitsrituelen van de Mau-Mau's. Vanavond om tien uur in de kelder van Lumumba Hall . . . Dat was vroeger het clubhuis van de Alpha Delt. Ik kan u wel vertellen dat heel wat vrome blanken zich daarover in hun graf zouden omkeren.'

'Ik begrijp het weer niet helemaal, doctor.'

'Dan hebt u uw huiswerk niet goed gedaan . . . Lumumba Hall staat levensgroot op die lijst van jullie.'

'Sorry. Belt u me morgenochtend op?'

'Doe ik.'

'Als je mij Jason wilt noemen, zeg ik Jim tegen jou.'

'Mij best.'

'Goed dan. Oefen nog maar wat. Als dit achter de rug is, wil ik wel een keer met je spelen.'

'Ik zal het onthouden.'

Greenberg liep de baan af. Hij wierp een blik in de smalle gang, tevreden dat er niemand was. Niemand had hem de baan op zien komen of zien weggaan. Er was een onafgebroken gebons tegen de muren te horen. Alle banen waren in gebruik. Greenberg vroeg zich af, terwijl hij bij de hoek naar de centrale gang kwam, waarom het er zo druk was om elf uur 's ochtends. Dat was in Brandeis nooit zo, vijftien jaar geleden zeker niet. Elf uur 's ochtends was collegetijd.

Hij hoorde een vreemd geluid, dat niet de bons van een harde bal tegen dik hout was en draaide zich snel om.

Niemand.

Hij liep de centrale hal in en draaide zich nog eens om. Niemand.

Hij liep vlug weg.

Het vreemde geluid was dat van een weerspannige schuif. Die

zat op de deur naast die van Matlocks baan. Door die deur kwam een man naar buiten. Evenals Greenberg minder dan een minuut tevoren had gedaan, wierp hij een blik in de smalle gang. Maar hij was niet tevreden dat er niemand was, hij was er kwaad om. Door dat vastzittende schuifje had hij de man die met James Matlock had gepraat niet kunnen zien.

Nu ging de deur van baan vier open en Matlock zelf kwam de gang in. De man schrok, trok zijn handdoek voor zijn gezicht en liep hoestend weg. Maar hij was niet snel genoeg. Matlock kende dat gezicht.

Het was de politieagent die die ochtend om vier uur in zijn huis was geweest.

De agent die hem 'doctor' had genoemd. De agent in uniform die er absoluut zeker van was dat de moeilijkheden op de universiteit werden veroorzaakt door de 'hippies en de nikkers'.

Matlock staarde hem na.

9

Boven de hoge, ronde deuren kon je – als je heel goed keek of als de zon uit een bepaalde hoek scheen – in vervaagd basreliëf de Griekse letters $A\Delta\Phi$ zien. Die zaten daar al tientallen jaren en niets of niemand was erin geslaagd ze helemaal weg te krijgen. Het clubhuis Alpha Delta Phi was dezelfde weg gegaan als andere dergelijke gebouwen in Carlyle. De heren rectoren hadden het onvermijdelijke niet kunnen accepteren. Het gebouw was verkocht – zo slecht als het was en ook nog met een niet bepaald gunstige hypotheek – aan de negers.

Die hadden goed werk gedaan, zelfs uitzonderlijk goed, met de mogelijkheden die ze hadden. Het vervallen, oude huis was van binnen en van buiten totaal opgeknapt. Alle herinneringen aan de vroegere eigenaars waren zoveel mogelijk uitgewist. De tientallen verbleekte foto's van vereerde oud-leerlingen waren vervangen door zeer theatrale portretten van de nieuwe revolutionairen – Afrikaanse, Latijns-Amerikaanse, Black Panther. In de oude gangen hingen nieuwe spreuken op opvallende posters en met psychedelische effecten: *Dood aan de Republikeinen! Blanke, word wakker! Malcolm leeft! Lumumba, de Zwarte Christus!*

Temidden van deze kreten om erkenning hingen replica's van primitieve Afrikaanse kunstvoorwerpen – vruchtbaarheidsmaskers, speren, schilden, dierehuiden in rode verf gedoopt, verschrompelde doodskoppen met onmiskenbaar blanke kenmerken.

Lumumba Hall speelde geen mooi weer. Het weerspiegelde woede. Het weerspiegelde haat.

Matlock hoefde geen gebruik te maken van de koperen klopper naast het groteske, ijzeren masker aan de rand van de deur. De hoge deur ging vanzelf open en een student begroette hem met een stralende lach.

'Ik hoopte al dat u kon komen! Het wordt verschrikkelijk goed vanavond!'

'Dank je, Johnny. Ik wou het niet missen.' Matlock stapte naar binnen, en keek verbaasd naar de overvloed van brandende kaarsen in de gang en aangrenzende kamers. 't Lijkt wel of er iemand dood is. Waar is de kist?'

'Dat komt nog wel. Wacht maar af!'

Er kwam een neger naar hen toe, die Matlock herkende als een van de extremisten van de campus. Adam Williams had lang haar – Afrikaanse stijl en geknipt in een volmaakte halve cirkel boven zijn voorhoofd. Zijn trekken waren scherp en intelligent.

'Goedenavond', zei Williams met een aanstekelijke grijns. 'Welkom in het broeinest van de revolutie.'

'Wel bedankt.' Ze schudden elkaar de hand. 'Eigenlijk zie je er meer begrafenisachtig uit dan revolutionair. Ik vroeg Johnny al waar de kist stond.'

Williams lachte. Hij had een open, plezierige glimlach, zonder een spoor van arrogantie. In zijn gewone doen had de negerradicaal weinig van de vlammende felheid die hij op het podium voor juichende supporters ten toon spreidde. Maar dat verraste Matlock niet. Zijn collega's die Williams college gaven, maakten vaak opmerkingen over zijn rustige, gelijkmatige gedrag. Zo verschillend van het beeld dat hij in de studentenbeweging – die zich al niet meer tot de universiteit beperkte – gaf.

'Oh, hemel! Dan wekken we dus een totaal verkeerde indruk! Dit is een blije gebeurtenis. Wel een beetje griezelig, misschien, maar in wezen vreugdevol.'

'Ik geloof niet dat ik het begrijp', glimlachte Matlock.

'Een jongen van de stam bereikt de volwassenheid, de drempel naar een actief leven vol verantwoordelijkheden. Een oerwoudbelijdenis. Het is een feestelijk ritueel. Geen lijkkisten en geen rouwsluiers.'

'Nee, precies. Goed gezegd, Adam!' zei de jongen die Johnny heette geestdriftig.

'Ga jij eens iets te drinken halen voor meneer Matlock, broeder.' Hij wendde zich tot Matlock. 'We drinken allemaal hetzelfde tot na de ceremonie – Swahili-punch, heet het. Is dat goed?'

'Natuurlijk.'

'Goed.' Johnny verdween in de menigte naar de eetzaal, waar de schaal met punch stond. Adam zei glimlachend: 'Het is een licht drankje met rum, citroenlimonade en bosbessesap. Helemaal niet gek . . . Fijn dat u gekomen bent. Dat meen ik.'

'Ik was nogal verrast door de uitnodiging. Dacht dat dit iets heel "ins" was. Alleen voor stamleden . . . Dat klinkt anders dan ik het bedoel.'

Williams lachte. 'Geeft niet. Ik heb het woord zelf ook gebruikt. Het is eigenlijk best een goed woord.'

'Ja, ik denk dat het . . .'

'Een collectieve, beschermende maatschappelijke groep. Met een geheel eigen identiteit.'

'Als dat het doel ervan is – als jullie dat nastreven – dan kan ik het alleen maar aanbevelen.'

'Oh, maar dat is het. Stammen in het wild voeren niet altijd onderling oorlog, ziet u. Het is heus niet allemaal stelen, plunderen en vrouwen roven wat de klok slaat. Dat is sensatiekranten-fantasie. Ze drijven handel, delen hun jachtbuit en landbouwgronden samen en leven waarschijnlijk vreedzamer naast elkaar dan westerse landen of zelfs dan politieke groeperingen.'

Nu moest Matlock lachen. 'Dank u, professor. Ik zal *na* de lezing aantekeningen maken.'

'Sorry. Dat is het risico van het vak.'

'Vak of tijdverdrijf?'

'De tijd zal het leren, nietwaar? . . . Maar laat ik één ding duidelijk stellen: we hebben uw aanbeveling niet nodig.'

Johnny kwam terug met Matlocks kopje Swahili-punch. 'Hé,

moet u nou eens horen! Broeder Davis, dat is Bill Davis, zei dat u tegen hem gezegd had dat u hem zou laten zakken en dat u hem toen heel goed voor z'n tentamen liet slagen!'

'Broeder Davis had al die tijd op z'n luie gat gezeten, maar stak toen eindelijk z'n handen uit de mouwen.' Matlock keek naar Adam Williams. 'Tegen dat soort aanbeveling heb je toch geen bezwaar?'

Williams grijnsde breed en legde zijn hand op Matlocks arm. 'Nee, meneer, bwana ... Op dat gebied bent u de Onbetwiste Meester. Broeder Davis is hier om zo hard te werken als hij kan en om het zover mogelijk te schoppen. Dus dat zit wel goed. Zet u broeder Davis maar flink aan 't werk.'

'Griezelig, hoor!' zei Matlock met een luchtigheid die hij niet voelde.

'Helemaal niet. Alleen maar pragmatisch ... ik moet nog even een paar dingen controleren. Ik zie u nog wel.' Williams groette een langskomende student en liep door de menigte naar de trap.

'Ga mee, meneer Matlock. Dan zal ik u de nieuwste veranderingen laten zien.' Johnny bracht Matlock naar wat vroeger de gemeenschappelijke ruimte van Alpha Delt was.

In de stroom van donkere gezichten zag Matlock maar heel weinig afwerende, vijandige blikken. Hij werd misschien wat minder openlijk begroet dan buiten op de campus, maar over het algemeen werd zijn aanwezigheid wel geaccepteerd. Het schoot door hem heen, dat als de broeders wisten waarom hij was gekomen, de inwoners van Lumumba Hall zich misschien woedend tegen hem zouden keren. Hij was de enige blanke.

De gemeenschapsruimte was drastisch gewijzigd. Weg waren de brede kroonlijsten, de zware, eikehouten vensterbanken onder de immense, spits toelopende ramen, de degelijke kolossale stoelen met het donkerrode leer. De ruimte was totaal anders geworden. De ramen waren nu van boven ook rechthoekig en omzoomd door gitzwarte pennen met een diameter van een centimeter of vijf, die net lange, rechthoekige gleuven leken. Overgaand van de ramen in de muren was een patroon van kleine, houten bamboestroken aangebracht, die met lak glimmend waren gemaakt. Dezelfde muurversiering kwam terug in het plafond, duizenden stukjes hoogglanzend riet, die in het midden samenkwamen bij een cirkelvormig paneel, misschien een meter of tien in doorsnee, van geribbeld glas. Achter het glas scheen

een helder geelachtig-wit licht, dat in verspreide stroken in de zaal viel. Het meubilair dat hij tussen de menigte lichamen door kon onderscheiden, was eigenlijk helemaal geen meubilair. Hij zag dikke schijven hout in uiteenlopende vormen op korte poten – waarvan hij vermoedde dat het tafels waren. In plaats van stoelen lagen er tientallen kussens in felle kleuren tegen de muren aan. Matlock had niet veel tijd nodig om het effect tot zich door te laten dringen.

De gemeenschapsruimte van Alpha Delta Phi was op briljante wijze herschapen in een evenbeeld van een grote, rieten Afrikaanse hut. Met inbegrip van de gloeiende, tropische zon die door het luchtgat van de besloten ruimte naar binnen scheen. Nee maar! Ongelooflijk. Dat moet maanden gekost hebben.'

'Bijna anderhalf jaar', zei Johnny. 'Het is erg gezellig, erg rustgevend. Wist u dat een heleboel topontwerpers tegenwoordig ook dit soort dingen maken? Ik bedoel de terug-naar-de-natuur-look. Het is heel functioneel en gemakkelijk te onderhouden.'

'Dat ligt gevaarlijk dicht bij een excuus. Dat hoeft niet. Het is erg goed.'

'Oh nee, dat is geen excuus', zei Johnny nadrukkelijk. 'Volgens Adam heeft het primitieve iets koninklijks. Waar we trots op kunnen zijn.'

'Adam heeft gelijk. Maar hij is heus niet de eerste die dat inziet.'

'Toe, meneer Matlock, kleineer ons nou niet . . .'

Over de rand van zijn kop Swahili-punch keek Matlock naar Johnny. Hoe meer de dingen veranderen, hoe meer ze hetzelfde blijven, dacht hij.

De hoge sociëteitszaal van Alpha Delta Phi bevond zich in de kelders van het clubhuis, helemaal achteraan. De zaal was kort na de eeuwwisseling gebouwd, in de tijd dat indrukwekkende oud-leerlingen al even indrukwekkende sommen geld hadden uitgegeven aan hobbies als geheime genootschappen en thé-dansants met meisjes van goede families. Propaganda voor een levenswijze, die desalniettemin zorgvuldig tot de ingewijden beperkt bleef. Duizenden deftige jongemannen waren in deze kapelachtige ruimte ingewijd. Ze hadden fluisterend de geheime eden gezworen, de plechtige handdrukken gewisseld, waarover door ernstig kijkende oudere kinderen uitleg werd gegeven, gezworen dat ze het gekozen geloof tot hun dood trouw zouden blijven. Om vervolgens dronken te worden en stiekem ergens over te geven.

Matlock liet zijn gedachten hiernaar terugdwalen terwijl het Mau-Mau-ritueel zich voor hem ontvouwde. Het was niet minder kinderlijk en niet minder absurd dan wat er vroeger was gebeurd, bedacht hij. Misschien deed het allemaal – opzettelijk – wat ruwer en harder aan, maar het was dan ook geen ceremonie met stijve danspasjes. Dit waren dierlijke smeekbeden aan primitieve goden. Smeekbeden om kracht en om in leven te blijven. Niet om toch vooral exclusief te mogen blijven.

Het stamritueel zelf bestond uit een aantal onbegrijpelijke, monotone gezangen, steeds opzwepender, om het lichaam van een negerstudent – kennelijk de jongste broeder in Lumumba Hall – dat lag uitgestrekt op de betonnen vloer en dat, afgezien van een rode lendedoek die om zijn middel en benen was gewikkeld en zijn geslachtsdelen bedekte, naakt was. Bij het slot van elk gezang, dat het einde van het voorgaande betekende en tevens het begin van een nieuw, werd het lichaam van de jongen omhoog getild door vier buitengewoon lange studenten, die zelf ook tot op hun middel naakt waren. Ze droegen gitzwarte dansgordels en hun benen waren omwikkeld met stroken ongelooid leer. De zaal werd verlicht door tientallen dikke kaarsen op standaards, die dansende schaduwen wierpen bovenaan de muren en op het plafond. Wat het theatrale effect nog vergrootte, was het feit dat de vijf deelnemers aan het ritueel hun huid hadden ingesmeerd met olie, met strepen op hun gezicht in diabolische patronen. Naarmate het zingen opzwepender werd, werd het uitgestrekte jongenslichaam steeds hoger opgegooid, totdat het vrij in de lucht zweefde, om onderdelen van seconden later weer op de uitgestrekte handen terecht te komen. Steeds als het zwarte lichaam met de rode lendedoek in de lucht werd gezwaaid, reageerde de menigte met aanzwellende, rauwe kreten.

En opeens merkte Matlock, die maar matig geïnteresseerd had staan kijken, dat hij bang was. Bang voor de jonge neger met wiens onbeweeglijke, geöliede lichaam zo achteloos werd omgesprongen. Want twee andere negers, net zo gekleed als de anderen, hadden zich bij de vier in het midden van de zaal gevoegd. Maar in plaats van dat ze het nu ver omhoog vliegende lichaam mee hielpen opvangen, gingen ze op hun hurken tussen de vier anderen in – onder het lichaam – zitten en trokken messen met lange lemmeten, één in elke hand. Ze strekten hun armen uit, zodat de lemmeten omhoog wezen, net zo bewegingloos als het lichaam boven hen. Elke keer als de jonge neger neerkwam, kwamen de vier messen iets dichter bij het neerdalende vlees. Eén vergissing, één misrekening van maar één van de vier dragers en het ritueel zou de dood van de jonge student ten gevolge hebben. Dood door schuld.

Matlock, die vond dat de maat nu vol was, zocht in de menigte naar Adam Williams. Hij ontdekte hem vooraan, aan de rand van de cirkel, en probeerde zich naar hem toe te wringen. Hij werd tegengehouden – kalm maar krachtig – door de negers om hem heen. Woedend keek hij naar de jongen die zijn arm vasthield, maar die zág hem niet eens. Die was gehypnotiseerd door wat er nu in het midden van de ruimte gebeurde.

Matlock zag direct waarom. Want het lichaam van de jongen werd nu rondgedraaid, werd beurtelings met zijn gezicht naar boven en naar beneden opgegooid. Het risico was nu nog tienmaal zo groot. Matlock greep de hand op zijn arm, draaide hem naar binnen en duwde hem met kracht van zich af. Toen keek hij weer naar Adam Williams.

Die was er niet meer. Hij was nergens te zien! Besluiteloos bleef Matlock staan. Als hij tussen het gebrul van de menigte door de aandacht probeerde te trekken, was het best mogelijk dat hij de jongens die het lichaam opvingen uit hun concentratie haalde. Dat kon hij niet riskeren, maar hij kon evenmin toestaan, dat deze gevaarlijke idiotie werd voortgezet.

Plotseling voelde Matlock weer een hand, ditmaal op zijn schouder. Hij draaide zich om en zag het gezicht van Adam Williams achter zich. Hij schrok. Was er een of ander primitief signaal aan Williams gegeven?

De negerradicaal gebaarde met zijn hoofd dat Matlock hem door de schreeuwende menigte heen naar achteren moest volgen.

Tussen het gebrul door zei Williams: 'U kijkt zo zorgelijk. Dat hoeft heus niet.'

'Zijn jullie helemaal belazerd! Het is nou wel mooi geweest met die onzin! Dit kan die jongen z'n dood zijn!'

'Welnee. De broeders hebben maandenlang geoefend ... Eigenlijk is het de meest simplistische van de Mau-Mau-rites. De symbolen zijn fundamenteel ... Ziet u wel? De jongen houdt zijn ogen open. Eerst omhoog gericht, dan op de messen. Hij

79

beseft onafgebroken – elke seconde – dat zijn leven in de handen van zijn medekrijgers rust. Hij kan, hij mág geen angst tonen. Dat zou verraad tegenover hen zijn. Verraad van het vertrouwen dat hij hun moet geven – zoals zij misschien op een dag hun leven in zijn handen zullen geven.'

'Het is kinderlijke, *gevaarlijke idiotie,* en dat *weet* je best!', was Matlocks reactie. 'Nu moet je eens goed luisteren, Williams, als jij er geen eind aan maakt, doe ík het!'

'Natuurlijk', ging de negerradicaal verder alsof Matlock niets had gezegd, 'zijn er ook antropologen, die volhouden dat het in wezen een vruchtbaarheidsceremonie is. De getrokken messen symboliseren penissen in erectie en de vier beschermers begeleiden het kind door zijn vormingsjaren. Eerlijk gezegd vind ik dat nogal ver gezocht. Bovendien is het enigszins tegenstrijdig, zelfs voor een primitieve geest . . .'

Matlock greep Williams bij zijn shirt. Onmiddellijk kwamen er andere negers om hem heen staan.

Plotseling viel er een doodse stilte in de spookachtig verlichte zaal, een stilte die maar heel even duurde. Direct daarna weerklonk een reeks angstwekkende kreten uit de monden van de vier negers in het midden van de menigte, die het leven van de jonge student in hun handen hadden. Matlock draaide zich bliksemsnel om en zag het glimmende, zwarte lichaam neerkomen van een ongelooflijke hoogte boven de uitgestrekte handen.

Het kon niet waar zijn. Dit bestond niet! En toch was het zo. Plotseling lieten de vier negers zich gelijktijdig op hun knieën zakken en schoven *achteruit,* met hun armen langs hun lichaam. De jonge student suisde neer, *zijn gezicht op de messen gericht.* Er klonken nog twee kreten. In een fractie van een seconde zwaaiden de twee studenten met de lange messen hun wapens naar elkaar toe en – in een ongelooflijk vertoon van armspierbeheersing – *vingen* het lichaam op de vlakke lemmeten.

De menigte negers werd hysterisch.

De ceremonie was afgelopen.

'Gelooft u me nu?', vroeg Williams, die Matlock had meegetrokken naar een hoek.

'Of ik je geloof of niet dat verandert niets aan wat ik zei. Zoiets kun je niet *doen*! Het is vervloekt gevaarlijk!'

'U overdrijft . . . Wacht, ik wil graag even een andere gast aan

80

u voorstellen.' Williams zwaaide en een lange, slanke neger met heel kortgeknipt haar en een bril en in een duur uitziend donker pak kwam naar hen toe. 'Dit is Julian Dunois, meneer Matlock. Broeder Julian is onze expert. Onze choreograaf, als u wilt.'

'Prettig kennis met u te maken.' Dunois stak zijn hand uit. Hij sprak met een licht accent.

'Broeder Julian komt uit Haïti ... En toch heeft hij in Harvard rechten gestudeerd. Dat komt nog niet zo vaak voor, dat zult u met me eens zijn.'

'Nee, inderdaad ...'

'Heel wat Haïtianen, zelfs de Ton Ton Macoute, raken nog steeds de kluts kwijt als ze zijn naam horen.'

'Je overdrijft, Adam', zei Julian Dunois met een glimlach. 'Dat heb ik daarnet ook tegen meneer Matlock gezegd. *Hij* overdrijft. Over het gevaar van de ceremonie.'

'Oh, het is wel riskant – net zo goed als wanneer je geblinddoekt een drukke straat oversteekt. Waar het om draait, meneer Matlock, is dat degenen die de messen ophouden ontzettend goed opletten. Bij de training wordt er de nadruk op gelegd, dat het net zo belangrijk is dat je de messen onmiddellijk kunt laten vallen, als ze vast te houden.'

'Dat mag dan wel waar zijn', gaf Matlock toe, 'maar de kans op een vergissing maakt me doodsbenauwd.'

'Die kans is niet zo groot als u denkt.' De zangerige stem van Dunois was even geruststellend als aantrekkelijk. 'Tussen twee haakjes: ik ben een bewonderaar van u. Ik heb genoten van uw studies over de Elizabethaanse periode. Eerlijk gezegd bent u wel wat anders dan ik me u had voorgesteld. Ik bedoel, u bent veel en veel jonger.'

'U vleit me. Ik had niet gedacht, dat ik ook bekend was bij studenten in de rechten.'

'Engelse literatuur was mijn bijvak voor 't kandidaats.'

Adam kwam beleefd tussenbeide: 'Jullie vermaken je wel, hè? Over een paar minuten staan boven de drankjes klaar, volg de menigte maar. Ik moet nog het een en ander doen ... Leuk dat jullie elkaar ontmoet hebben. Allebei vreemdelingen, in zekere zin. Mensen zouden altijd op onbekend terrein, kennis met elkaar moeten maken. Dat geeft troost.'

Hij wierp Dunois een raadselachtige blik toe en liep snel de menigte in.

'Waarom zou Adam het toch nodig vinden, zich zo raadselachtig uit te drukken?', vroeg Matlock.
'Hij is erg jong. Hij slooft zich uit om indruk te maken. Heel intelligent, maar heel jong.'
'Neem me niet kwalijk, maar zelf bent u ook niet één van de oudsten. Vast niet meer dan één of twee jaar ouder dan Adam.'
De neger in het duur uitziende donkere pak keek Matlock aan en lachte zachtjes.
'Nu vleit u *mij*', zei hij. 'Als de waarheid bekend was – en wat is daartegen? – en mijn tropische huidskleur de stijgende leeftijd niet zo goed verborg, zou u weten dat ik precies één jaar, vier maanden en zestien dagen *ouder* ben dan u.'
Matlock staarde hem aan, sprakeloos. Hij had bijna een volle minuut nodig om de woorden van Dunois en de betekenis achter die woorden te verwerken. Dunois vertrok geen spier, terwijl hij Matlocks blik beantwoordde. Eindelijk hervond Matlock zijn stem.
'Ik geloof niet dat ik dit spelletje leuk vind.'
'Ach, kom. We zijn hier allebei om dezelfde reden, nietwaar? U vanuit uw gezichtspunt, ik vanuit het mijne ... Laten we naar boven gaan om iets te drinken ... Bourbon met soda toch, hè? U liever dan ik. Ik hoop dat het er is.'
Dunois ging Matlock voor door de menigte en Matlock had geen andere keus dan hem te volgen.

Dunois leunde tegen de stenen muur.
'Oké', zei Matlock, 'laten we de franje er nu verder maar af laten. Iedereen heeft uw vertoning beneden gezien en er is nu niemand meer op wie ik met mijn blanke huid indruk kan maken. Ik vind dat het tijd is voor wat uitleg.'
Ze waren alleen, buiten op de binnenplaats. Allebei met een glas.
'Lieve help, wat zijn we professioneel, hè? Wil je een sigaar? Het is een echte havanna.'
'Nee, dank je. Ik wil alleen praten. Ik ben hier vanavond gekomen omdat dit mijn vrienden zijn. Ik vond het een voorrecht dat ik uitgenodigd was ... Nu zinspeel jij op iets anders en dat vind ik niet zo leuk.'
'Bravo! Bravo!', zei Dunois, terwijl hij zijn glas hief. 'Dat doe je erg goed ... Maak je niet ongerust, ze weten nergens van.

Misschien vermoeden ze wel iets, maar meer dan vage vermoedens kunnen het niet zijn.'

'Waar heb je het in godsnaam over?'

'Drink je glas leeg en loop even mee de tuin in.' Dunois dronk zijn rum op en onwillekeurig goot Matlock eveneens de rest van zijn whisky naar binnen. De beide mannen gingen de trap van Lumumba Hall af en Matlock liep achter de ander aan naar de voet van een hoge iep. Daar draaide Dunois zich plotseling om en greep Matlock bij de schouders.

'Hou je handen thuis!'

'Luister naar me! Ik moet dat document hebben. *Absoluut*. En jij moet me vertellen *waar het is!*'

Matlock zwaaide zijn handen omhoog om zich van Dunois' greep te bevrijden. Maar zijn armen reageerden niet. Ze waren opeens ontzettend zwaar. En er klonk een fluittoon. Een fluittoon in zijn hoofd die steeds scheller en doordringender werd.

'Wat? Wat? . . . Document? Ik heb geen document . . .'

'Werk nou niet tegen! We krijgen het toch wel! . . . Vertel me nou maar waar het is!'

Matlock voelde dat zijn benen het begaven. Het silhouet van de hoge boom boven hem begon rond te draaien en het gefluit in zijn hoofd werd hoe langer hoe harder. Het was niet uit te houden. Hij vocht om zich zelf onder controle te krijgen.

'Wat doe je? Wat doe je met me?'

'Het document, Matlock! Waar is het Corsicaanse *document?*'

'Ga van me af!', probeerde Matlock te roepen. Maar er kwam geen geluid over zijn lippen.

'Het zilveren document, verdomme nog aan toe!'

'Nee . . . geen document. Heb 't niet! Nee!'

'Luister naar me. Je hebt net whisky gedronken, weet je nog? Je hebt net de laatste slok genomen . . . Je kunt nu niet alleen blijven! Dat is *levensgevaarlijk!*'

'Wat? . . . Wat? Ga van me af. Je drukt me fijn!'

'Ik raak je niet eens *aan*. Dat doet de whisky! Daar zaten drie *LSD*-tabletten in! Je zit in moeilijkheden, man! . . . *Dus vertel me nou onmiddellijk waar dat document is!'*

Vanuit het diepste van zijn geest vond hij een moment van helderheid. Tussen de draaiende, wervelende spiralen in gekmakende kleuren onderscheidde hij de omtrekken van een man boven zich, en hij haalde uit. Hij graaide naar het witte overhemd onder het donkere jasje en trok het met alle kracht waarover hij beschikte naar zich toe. Toen bracht hij zijn vuist omhoog en raakte het neerkomende gezicht zo hard als hij kon. Daarna begon hij er genadeloos op te hameren. Hij voelde de bril aan stukken gaan en wist dat zijn vuist de ogen had gevonden en hij timmerde op de scherven op het heen en weer tollende gezicht.

Hij kon later niet zeggen hoelang het geduurd had. Dunois lag naast hem, bewusteloos.

En hij wist dat hij moest vluchten. Weg, zo snel hij kon! Wat had Dunois ook weer gezegd? ... Je kunt niet alleen zijn. *Levensgevaarlijk!* Hij moest naar Pat toe! Pat zou wel weten wat ze moesten doen. Hij moest naar haar toe! Het chemische middel in zijn lichaam zou al gauw volledig werkzaam zijn, dat wist hij. Rennen, rennen!

Maar waarheen? Welke kant op? Hij wist de *weg* niet! Die vervloekte weg! De straat was daar, hij rende door de straat, maar was het de *goeie weg* wel? Was het de *goeie straat?!*

Toen hoorde hij een auto. Het wás een auto, die vlak langs het trottoir reed en waarvan de bestuurder naar hem keek. Naar hem keek, dus rende hij nog harder. Hij struikelde over de trottoirband, viel op de straat en krabbelde weer overeind. Rennen, in godsnaam, rennen tot hij geen lucht meer in zijn longen had en hij geen controle meer had over de beweging van zijn voeten. Hij voelde dat hij wankelde, onweerstaanbaar, naar de vlakte van de straat, die plotseling een rivier werd, een zwarte, stinkende rivier die hem zou verzwelgen.

Vaag hoorde hij het snerpen van de remmen. De koplampen verblindden hem en een man boog zich voorover en tastte naar zijn ogen. Het deed hem allemaal niets meer. Hij lachte. Lachte door het bloed heen dat in zijn mond en langs zijn gezicht stroomde.

Hij lachte hysterisch terwijl Jason Greenberg hem naar de auto droeg.

En toen werden de aarde, de wereld, de planeet, de melkweg en het hele zonnestelsel één immense heksenketel.

10

De nacht was een hel.

Pas in de ochtend keerde er iets van de werkelijkheid terug, tot grote opluchting van de twee mensen die naast hem zaten, aan weerszijden van het bed. Jason Greenberg, zijn grote, droevige ogen zwaar van de slaap en zijn handen in zijn schoot gevouwen, leunde voorover. Patricia Ballantyne hield een koel washandje tegen Matlocks voorhoofd.

'Die schoften hebben je flink te pakken gehad, vriend.'

'Sstt!', fluisterde het meisje. 'Laat hem met rust.'

Matlocks ogen dwaalden onvast door de kamer. Hij was bij Pat, in haar slaapkamer, haar bed.

'Ze hebben me LSD gegeven.'

'Dat hoef je *ons* niet te vertellen ... We hebben een dokter uit Litchfield laten komen. Dat was die aardige meneer die je almaar z'n ogen wilde uitklauwen ... Maak je maar niet ongerust, hij werkt voor ons. Geen namen op zwarte lijsten.'

'Pat? Hoe komt ...'

'Je bent een heel lieve tripper, Jamie. Je riep aan één stuk door mijn naam.'

'Het was ook het verstandigste om hierheen te gaan', kwam Greenberg tussenbeide. 'Geen ziekenhuizen of poliklinieken. Rustig thuis, dat was het beste. Bovendien ben je erg overtuigend als je eenmaal bloed ziet. Je bent heel wat sterker dan ik gedacht had. Vooral voor zo'n miserabele handballer.'

'Je had me niet hier moeten brengen. Verdomme nog aan toe, Greenberg, je had me niet *hier* moeten brengen!'

'Als we even vergeten dat het jouw idee was ...'

'Ik zat onder de drugs!'

'Het was gewoon een *goed* idee. Wat had je dan gewild? Een ziekenhuis voor ongevallen? ... "Wie is dat op die brancard, dokter? Die man die zo te keer gaat?" ... "Oh, dat is professor Matlock, zuster. Hij is aan het trippen".'

'Je weet best wat ik bedoel! Je had me thuis kunnen brengen, desnoods vastgebonden.'

'Het valt me van je mee dat je zo weinig van LSD afweet', zei Greenberg.

'Hij bedoelt ...' Pat nam zijn hand, ' ... dat als je flipt, Jamie, dan moet er iemand bij je zijn die je ontzettend goed kent, die je gerust kan stellen. Dat is nodig.'

Matlock keek naar haar. En vervolgens naar Greenberg. 'Wat heb je haar verteld?'

'Dat je ons vrijwillig je hulp hebt aangeboden, dat we daar dankbaar voor zijn. Met jouw hulp kunnen we misschien voorkomen dat een ernstige situatie nog veel ernstiger wordt.' Greenbergs stem klonk monotoon, het was duidelijk dat hij niet wilde uitweiden.

'Het was een zeer cryptische uitleg', zei Pat. 'Die ik alleen uit hem heb gekregen door hem onder pressie te zetten.'

'Ze wilde de politie bellen.' Greenberg zuchtte, zijn blik nog droeviger dan gewoonlijk. 'En zeggen dat ik je had volgepompt. Ik had geen keus.'

Matlock glimlachte.

'Waarom doe je dit, Jamie?' Pat bleef ernstig.

'Net wat hij al zei: de situatie is ernstig.'

'Maar waarom juist *jij?*'

'Omdat ik het kan doen.'

'Wat? Jonge mensen aangeven?'

'Ik heb al gezegd', zei Jason, 'dat we niet geïnteresseerd zijn in studenten . . .'

'Wat is Lumumba Hall dan? Een filiaal van General Motors soms?'

'Het is één van de vele contactpunten. Eerlijk gezegd mengen we ons liever niet in dat gezelschap, dat is riskant. Maar jammer genoeg is de keuze niet aan ons.'

'Dat is discriminerend.'

'Ik denk niet, dat ik veel zou kunnen zeggen zonder dat u het discriminerend zou vinden, juffrouw Ballantyne.'

'Misschien niet, nee. Ik dacht namelijk dat de FBI belangrijker werk te doen had dan jonge negers dwarszitten. Maar kennelijk is dat niet zo.'

'Hé, wat krijgen we nou?' Matlock drukte haar hand, maar ze trok hem los.

'Nee, dat meen ik, Jamie! Oprecht. Bijna iedereen hier gebruikt drugs. Soms loopt het uit de hand, maar over 't algemeen valt het wel mee. Dat weet jij net zo goed als ik. Waarom vormen de jongens in Lumumba Hall dan nu opeens een uitzondering?'

'We krenken ze geen háár! We willen alleen maar helpen.'

Greenberg was moe van de lange nacht. Zijn ergernis was zichtbaar.

'Ik heb weinig waardering voor de manier waarop jullie mensen helpen en nog minder voor wat er met Jamie is gebeurd! Waarom hebt u hem daarheen gestuurd?'

'Hij heeft me niet *gestuurd*. Daar heb ik zelf voor gezorgd.'

'Waarom?'

'Dat is te ingewikkeld om uit te leggen, Pat, zeker nu.'

'Oh, maar meneer Greenberg heeft al een heleboel uitgelegd. Ze hebben je een penning gegeven, hè? Ze kunnen het zelf niet en daarom zoeken ze een aardige, geschikte kerel op om het voor ze op te knappen. Jij neemt al de risico's en als het voorbij is, is er niemand meer op deze campus die je ooit nog vertrouwt. Jamie, in godsnaam, dit is je *thuis,* je *werk!'*

Matlock hield haar blik vast, in een poging haar te kalmeren.

'Dat weet ik beter dan jij. Maar mijn thuis moet geholpen worden – en dat meen ik oprecht, Pat. Ik geloof dat het de risico's waard is.'

'Dat begrijp ik werkelijk absoluut niet.'

'Dat kunt u ook niet, juffrouw Ballantyne, omdat we u niet genoeg kunnen vertellen om het aanvaardbaar te maken. U moet het maar gewoon geloven.'

'Oh ja?'

'Ik zou het graag willen', zei Matlock. 'Hij heeft mijn leven gered.'

'Dat is wel wat sterk uitgedrukt.' Greenberg haalde zijn schouders op.

Pat stond op. 'Hij heeft je eerst overboord gegooid, maar je bij nader inzien toch maar een touw toegeworpen ... Ben je weer in orde?'

'Ja', antwoordde Matlock.

'Ik moet weg, maar als je wilt dat ik blijf, ga ik niet.'

'Nee, ga maar. Ik bel je nog wel. Dank je voor je bijstand.'

Pat wierp een korte blik op Greenberg – geen prettige – en liep naar haar toilettafel. Ze pakte een borstel, borstelde vlug haar haar en deed een oranje haarband om. Via de spiegel keek ze naar Greenberg, die haar blik beantwoordde.

'De man die me steeds gevolgd heeft, meneer Greenberg, is dat één van uw mannen?'

'Ja.'

'Ik houd er niet van.'

'Het spijt me.'

Ze draaide zich om. 'Wilt u hem er alstublieft mee laten ophouden?'

'Dat kan ik niet doen. Ik zal hem zeggen dat-ie wat minder in de gaten moet lopen.'

'Oh.' Ze pakte haar portemonnaie van de toilettafel en bukte om haar tas op te rapen. Zonder verder nog iets te zeggen liep ze de slaapkamer uit. Even later hoorden de beide mannen de voordeur open- en dichtgaan.

'Dat is een jongedame die precies weet wat ze wil', zei Jason.

'Daar heeft ze een goede reden voor.'

'Wat bedoel je?'

'Ik dacht dat jullie alles wisten over de mensen waar jullie mee te maken hebben . . .'

'Ik ben nog niet volledig ingelicht. Ik ben maar een invaller.'

'Dan zal ik je voor zijn. Aan het eind van de vijftiger jaren is haar vader door de McCarthy-kliek oneervol bij Buitenlandse Zaken ontslagen. Omdat hij een zéér grote bedreiging vormde. Hij was talenexpert. Hij werd aan de kant gezet omdat hij krantenartikels vertaalde.'

'Godsamme.'

'Precies, man. Hij kon nergens meer aan de slag komen. Ze heeft haar hele opleiding met beurzen moeten werken, ze waren straatarm thuis. Ze is een beetje overgevoelig voor mannen als jij.'

'Had je niet wat anders uit kunnen zoeken?'

'Jullie hebben *mij* uitgezocht, weet je nog?'

Matlock deed zijn huisdeur open en liep de gang in. Pat had goed werk gedaan — zoals hij wel had geweten. Zelfs de gordijnen hingen weer. Het was even na drieën — het grootste deel van de dag verknoeid. Greenberg had erop gestaan samen naar Litchfield te rijden voor nog een doktersonderzoek. Een gevoelige knauw, maar niet onherstelbaar, was de diagnose. Ze lunchten in de Cheshire Cat. Tijdens het eten kon Matlock zijn ogen niet afhouden van het kleine tafeltje waar vier dagen geleden Ralph Loring had gezeten met zijn opgevouwen krant. De lunch verliep rustig. Zonder spanningen — de mannen voelden zich op hun gemak in elkaars gezelschap — rustig, alsof ze allebei genoeg hadden aan hun eigen gedachten.

Op de terugweg naar Carlyle droeg Greenberg hem op in zijn huis te blijven totdat hij weer contact opnam. Washington was nog niet met nieuwe instructies gekomen. Ze waren de jongste ontwikkelingen nog aan het verwerken en Matlock moest zolang 'ONA' blijven – een afkorting die Matlock aan het lachen maakte omdat het hem aan gewichtigdoende kinderen deed denken: *op non-actief.*

Het kwam wel goed uit, dacht hij. Hij moest nadenken over wat hem te doen stond met betrekking tot Lucas Herron. De 'ouwe rots', de oudste en wijste man van de universiteit. Het werd tijd hem te waarschuwen. De oude man was niet in dat soort dingen thuis en hoe sneller hij zich eruit terugtrok, hoe beter voor iedereen – ook voor Carlyle. Matlock wilde hem echter niet opbellen, hij wilde niet officieel een afspraak maken – hij moest het subtieler aanpakken. Hij wilde de oude Lucas niet aan het schrikken maken, zodat hij misschien met de verkeerde mensen contact zou zoeken.

Matlock bedacht, dat hij als een soort beschermer voor Herron optrad, dat hij ervan uitging dat Lucas er niet werkelijk bij betrokken was. Hij vroeg zich af of hij het recht had dat te doen. Maar aan de andere kant had hij ook weer niet het recht iets anders te vermoeden.

De telefoon ging. Greenberg kon het niet zijn, dacht hij. Die had hem juist voor de deur afgezet. Hij hoopte dat het Pat niet was; hij was nog niet klaar om met haar te praten. Met tegenzin nam hij de hoorn van de haak. 'Hallo!'

'Jim! Waar heb *jij* gezeten?! Ik ben al sinds acht uur vanmorgen aan het bellen! Ik was zo vervloekt ongerust, dat ik twee keer bij je ben geweest. De concierge gaf me je sleutel.' Het was Sam Kressel. Zijn stem klonk alsof er minstens een bom was ontploft.

'Ik wil je er nu liever nog niets over vertellen, Sam. We spreken elkaar nog wel. Ik kom vanavond wel bij je langs.'

'Ik weet niet of het wel zolang kan wachten. Wat *bezielde* je in vredesnaam?'

'Wat bedoel je?'

'Gisteravond in Lumumba Hall!'

'Waar heb je het over? Wat heb je dan gehoord?'

'Die zwarte klootzak, Adam Williams, heeft een klacht ingediend waarin je wel zo ongeveer overal van beschuldigd wordt.

Het enige wat er nog aan ontbreekt is, dat je propaganda maakt voor de slavenhandel! De enige reden waarom hij geen klacht bij de politie indient, zegt-ie, is dat je stomdronken was! Door de alcohol heb je je remmingen laten varen en duidelijk laten zien wat een rassenhater je eigenlijk bent!'

'Wat?!'

'Je hebt meubilair kapotgetimmerd, studenten in mekaar geslagen, ramen ingegooid . . .'

'Je weet verdomd goed dat dat lulkoek is!'

'Dat dacht ik ook al.' Kressel ging zachter praten. Hij werd rustiger. 'Maar daar ben je niet mee geholpen, begrijp je dat niet? Dit soort dingen moeten we nou juist *vermijden*. Polarisatie! De regering bemoeit zich met onze zaken, en het gevolg is polarisatie.'

'Luister naar me. De verklaring van Williams is een afleidingsmanoeuvre, camouflage. Ze hebben me gisteravond drugs gevoerd. Als Greenberg er niet was geweest, zou ik nu niet rustig thuis zitten.'

'Oh, God! . . . Lumumba staat op je lijst, hè? Ook *dat* nog! De negers zullen moord en brand schreeuwen. God weet wat de gevolgen zijn.'

Matlock probeerde rustig te blijven. 'Ik kom om een uur of zeven naar je toe. Doe niets, zeg niets. Ik moet nu ophangen. Greenberg kan elk moment bellen.'

'Wacht even, Jim! Eén ding. Die Greenberg . . . Ik vertrouw hem niet. Ik vertrouw ze geen van allen. Denk eraan dat Carlyle vóór moet gaan . . .' Kressel brak af, maar hij had niet alles gezegd. Matlock besefte dat hij niet wist hoe hij verder moest gaan.

'Dat is een vreemde opmerking.'

'Je weet wel wat ik bedoel.'

'Dat weet ik nog niet zo zeker. Ik dacht dat je mee zou werken . . .'

'*Niet ten koste van de ondergang van de universiteit!*' Kressels stem klonk bijna hysterisch.

'Maak je geen zorgen', zei Matlock. 'Zo'n vaart zal het niet lopen. Tot vanavond.' Hij hing op voordat Kressel kon reageren. Hij had behoefte aan rust en Kressel liet niemand met rust als het om zijn terrein ging. Sam Kressel was op zijn eigen manier net zo militant als een extremist en was zelf altijd een van de eersten om moord en brand te schreeuwen.

Dat deed hem ergens anders aan denken – aan twee dingen. Vier dagen geleden had hij tegen Pat gezegd, dat hij hun plannen voor St. Thomas niet wilde veranderen. De paasvakantie van Carlyle, tien dagen in de tweede helft van april, zou zaterdagmiddag ingaan. Dat was over drie dagen. Maar ze konden nu niet naar St. Thomas – tenzij Washington besloot hem ermee te laten stoppen, en dat betwijfelde hij. Hij zou zijn ouders als excuus gebruiken. Dat zou Pat zeker begrijpen, zelfs aanmoedigen. De andere gedachte gold zijn lessen. Hij was achter geraakt. Zijn bureau lag boordevol met correctiewerk, grotendeels scripties en essays. Bovendien had hij die dag twee colleges gemist. Niet dat hij zich zo ongerust maakte over zijn studenten – zijn methode was, in het najaar en de winter flink aan te pakken en in het voorjaar wat rustiger aan te doen – maar hij wilde geen kolen gooien op vuren als de valse aanklacht van Williams. Een hoogleraar die niet kwam opdagen, dat vroeg om roddelpraatjes. De komende drie dagen had hij maar weinig colleges – drie, twee en twee. Hij zou het werk later wel organiseren. Maar nu eerst, voor zeven uur, moest hij Lucas Herron zien te vinden. Als Greenberg hem niet thuis trof, zou hij zeggen dat hij een vergadering vergeten was.

Hij zou een douche nemen, zich scheren en verkleden. In de badkamer controleerde hij de kattebak. Het Corsicaanse document was er nog – waar hij overigens niet aan getwijfeld had.

Na het scheren en douchen liep hij de slaapkamer in om kleren uit te zoeken. Hoe zou hij te werk gaan? Hij wist niet hoe Herrons dagindeling was, hoewel hij gemakkelijk te weten kon komen of Lucas middagcolleges had of studiegroepen. Als hij thuis was, kon Matlock er met de auto ongeveer in een kwartier zijn. Herron woonde twaalf kilometer van de universiteit af, aan een heel stille weg in een deel van Carlyle dat vroeger bij het oude landgoed had behoord. Hij woonde in het oude koetshuis. Het was niet naast de deur, maar Lucas zei altijd: 'Als je er eenmaal bent, is het dik de moeite waard.'

De snelle roffel op de deur haalde hem uit zijn gedachten, maakte hem aan het schrikken – hij hapte zelfs naar adem, merkte hij tot zijn eigen ongenoegen.

'Kom eraan', riep hij, terwijl hij een wit sporthemd over zijn hoofd liet glijden. Hij liep op blote voeten naar de voordeur en deed open. Geschokt staarde hij naar zijn bezoeker. In de deur-opening stond Adam Williams – alleen.'

'Goeiemiddag.'

'Mijn god . . . Ik weet niet of ik je meteen op je gezicht zal slaan of eerst de politie bellen! Wat moet jij hier in godsnaam? Kressel heeft me al opgebeld, als het dat soms is wat je wilde weten.'

'Ik wil graag even met u praten. Ik zal u niet lang ophouden.' Het klonk dringend en hij probeerde, dacht Matlock, zijn angst te verbergen.

'Kom maar binnen. Maar niet lang.' Matlock smeet de deur dicht, terwijl Williams langs hem de gang in liep. De student draaide zich om en probeerde te glimlachen, maar zijn ogen stonden niet vrolijk.

'Het spijt me van die klacht. Echt waar. Maar ik kon niet anders.'

'Die nonsens hoef je mij niet aan te smeren! Wat moest Kressel voor je doen? Me voor de raad laten verschijnen en me eruit laten smijten? Dacht je heus dat ik me als voetveeg zou laten gebruiken? Je bent een vervloekte maniak!'

'We dachten dat er *niets* zou gebeuren. Daarom hebben we het juist gedaan . . . We wisten niet waar u gebleven was. U verdween zomaar, ziet u. We moesten wel hoog van de toren blazen, dan konden we eventueel later toegeven dat het een betreurenswaardig misverstand was geweest . . . Dat is geen nieuwe tactiek. Ik zal Kressel een nieuw verslag sturen, wat verzwakt. Dan is het binnen een paar weken vergeten.'

Matlock was razend, zowel door Williams' houding als door zijn gewetenloze zakelijkheid. Maar hij verhief niet zijn stem, toen hij zei: 'Verdwijn. Ik walg van je.'

'Ach man, hou toch op! Je hebt *altijd* al van ons gewalgd!' Matlock had een snaar geraakt en daar reageerde Williams fel op. Maar direct daarna beheerste hij zich weer. 'Het is zinloos over dat soort dingen te bekvechten. Ik zal u zeggen wat ik te zeggen heb en dan weggaan.'

'Dolgraag.'

'Goed dan. Luister naar me. Ik weet niet wát Dunois van u wilde, maar *geef* het hem! . . . Dat wil zeggen: geef het aan mij, dan zorg ik dat hij het krijgt. Ik méén het: dit is een laatste, uiterste noodkreet!'

'Tjongejonge. Nou, vergeet het maar. Waarom zou ik iets hebben dat broeder Julian wil? Heeft hij dat gezegd? Waarom komt hij dan zelf niet?'

'Broeder Julian blijft nooit lang op één plaats. Er is veel vraag naar zijn talenten.'

'Zoals het regisseren van Mau-Mau-puberteitsrituelen?'

'Dat doet hij echt, weet u. Het is een hobby van hem.'

'Laat hem maar hierheen komen.' Matlock liep voor Williams heen naar de tafel en pakte een halfleeg pakje sigaretten. 'Dan kunnen we gegevens uitwisselen over kenmerkende lichaamsbewegingen. Ik heb een uitgelezen collectie zestiende-eeuwse volksdansen.'

'Hou op met die flauwekul. Er is geen *tijd* meer!'

Matlock stak een sigaret op. 'Ik heb alle tijd van de wereld. Ik wil broeder Julian graag terugzien, dan kan ik ervoor zorgen dat hij in de gevangenis komt.'

'Hou toch op! Ik ben hier voor *uw* bestwil. Als ik hier zonder wegga, kan ik het niet langer in de hand houden.'

'Wat bedoel je met "het"? Dat geheimzinnige ding dat je wilt meenemen?'

'U maakt het werkelijk te gek! Weet u wel wie Julian Dunois *is*?'

'Iemand van de Borgia-familie soms? Ethiopische tak?'

'*Hou op, Matlock!* Doe wat hij zegt. Anders vallen er misschien slachtoffers. Dat wil niemand graag.'

'Ik weet *niet* wie Dunois is en het kan me geen moer schelen ook. Ik weet alleen dat hij me volstopte met drugs en me aanviel, en dat hij een gevaarlijke invloed uitoefent op een stel kinderen. Afgezien daarvan verdenk ik hem ervan dat hij opdracht heeft gegeven hier in te breken en een heleboel van mijn persoonlijke bezittingen te vernielen. Ik wil dat hij opgeborgen wordt. Zowel voor *jullie* als voor *mijn* bestwil.'

'Wees *alstublieft* redelijk!'

Matlock liep snel naar de gordijnen voor zijn ingegooide raam en zwaaide ze open, zodat het gebroken glas en verbogen lood zichtbaar werden.

'Is dit soms een van broeder Julians visitekaartjes?'

Zichtbaar geschokt staarde Adam Williams naar de ravage.

'Nee. Absoluut niet. Dat is Julians stijl niet. . . . Dat is zelfs mijn stijl niet. Daar zit iemand anders achter.'

11

De weg naar het huis van Lucas Herron zat vol met gaten en kuilen na de winter. Matlock betwijfelde of de gemeente Carlyle ze zou laten effenen; er waren te veel andere wegen die wel druk in gebruik waren, maar desondanks ook nog steeds de sporen van de vorst droegen. Toen hij het oude koetshuis naderde, minderde hij snelheid tot niet meer dan vijftien kilometer. Het hotsen was onaangenaam en hij wilde zo weinig mogelijk geluid maken als hij bij Herrons huis kwam.

Omdat hij dacht dat Jason Greenberg hem misschien liet schaduwen, had Matlock het zekere voor het onzekere genomen en was op een parallelweg zes kilometer naar het noorden gereden en toen terug naar Herrons huis. Hij werd niet gevolgd.

Herrons naaste buren woonden aan beide zijden een paar honderd meter verderop en overburen had hij niet. Er was sprake van geweest aan die kant van Carlyle een nieuwe woonwijk te bouwen, trouwens ook dat de universiteit zou worden uitgebreid, maar van geen van beide projecten was iets gekomen. Het eerste was ook in feite afhankelijk van het tweede, en er was sterke weerstand bij oud-leerlingen tegen ingrijpende structurele wijzigingen in Carlyle. De oud-leerlingen waren nagels aan de doodkist van Adrian Sealfont.

Matlock was getroffen door de sereniteit van Herrons huis. Hij had er nog nooit eerder echt naar gekeken. Hij had Lucas meermalen na faculteitsvergaderingen naar huis gebracht, maar had dan altijd haast. Hij had nooit Lucas' uitnodigingen voor een drankje aangenomen en daarom was hij nooit in het huis geweest. Hij stapte uit en liep naar het oude stenen gebouw. Het was hoog en smal; de verbleekte muren, begroeid met duizenden klimopranken, versterkten het gevoel van eenzaamheid nog. Voor het huis, op het grote grasveld, stonden twee Japanse wilgebomen in volle bloei, de paarse bloesems reikten in grote bogen naar de aarde. Het gras was gemaaid, de haag gesnoeid en de witte kiezelstenen op de paden glommen. Het was te zien dat de bewoner van het huis en de tuin hield en er goed voor zorgde, maar ook dat het het werk van en voor één persoon was, geen twee, of een gezin. En toen schoot het Matlock te binnen, dat Lucas Herron vrijgezel was. De onvermijdelijke verhalen deden de ronde over een verloren liefde, een tragisch sterfgeval, zelfs over een weggelopen verloofde, maar als Lucas Herron van die romantische jeugdverhalen hoorde, grinnikte hij alleen maar en zei, dat hij 'veel te egoïstisch' was voor het huwelijk.

Matlock liep de stoep naar de voordeur op en belde. Hij probeerde alvast een warme glimlach om zijn lippen te krijgen, maar verder dan een vertrokken mond kwam hij niet. Hij was bang.

De deur zwaaide open en de lange Lucas Herron met zijn witte haar, gekleed in een gekreukte broek en een halfopen, donkerblauw overhemd, staarde hem aan.

Het duurde nog geen seconde voordat Herron iets zei, maar in dat korte ogenblik besefte Matlock, dat hij zich had vergist. Lucas Herron wist wel degelijk waarom hij gekomen was.

'Hé, hallo, Jim! Kom binnen, kom binnen, m'n jongen. Wat een leuke verrassing.'

'Graag, Lucas, dank je. Ik hoop dat ik niet ongelegen kom?'

'Helemaal niet. Juist integendeel. Ik was een cocktail aan het klaarmaken. Een gin Collins met vers fruit. Nou hoef ik hem niet alleen te keuren.'

'Klinkt goed.'

Binnen was Herrons huis precies zoals Matlock het zich had voorgesteld – zoals zijn eigen huis er over een jaar of dertig ook uit zou zien, als hij tenminste al die tijd alleen bleef. Het was een verzameling van alles en nog wat overal vandaan, dingen die zich in de loop van vijftig jaar hadden opgestapeld. Stijl en periode speelden geen rol, evenmin als de vraag of alles wel bij elkaar paste, maar toch was het er gezellig. Enkele van de muren stonden vol met boeken, en de andere waren volgehangen met vergrote foto's van plaatsen in het buitenland, die Herron vermoedelijk tijdens studievakanties had bezocht. De leunstoelen waren gemakkelijk, de tafeltjes binnen handbereik – vrijgezellenervaring, dacht Matlock.

'Je bent hier nooit geweest, hè? Binnen, bedoel ik.'

'Nee, nog nooit. Het is hier fijn. Erg gezellig.'

'Ja, dat vind ik zelf ook. Zo, ga zitten. Ik zal m'n cocktail afmaken en inschenken.' Herron liep door de woonkamer naar de deur van wat waarschijnlijk de keuken was, bleef toen staan en draaide zich om.

'Ik weet best dat je niet helemaal hierheen bent gekomen om

het borreluurtje van een oude man wat op te vrolijken. Maar ik heb een huisregel: minstens één borrel – als godsdienst of strenge principes dat tenminste toestaan – voordat er ernstig gepraat wordt.'

Hij glimlachte en de talloze rimpeltjes bij zijn ogen en slapen verdiepten zich. Hij was *echt* een heel oude man.

'Je ziet er trouwens griezelig ernstig uit. Maar dat kan mijn gin Collins misschien wel verhelpen.'

Voordat Matlock kon reageren, verdween hij snel door de keukendeur. In plaats van te gaan zitten, liep Matlock naar de muur het dichtst bij hem. Er stond een klein schrijfbureau tegenaan met erboven een stuk of wat willekeurig opgehangen foto's. Een paar waren van Stonehenge, van hetzelfde punt genomen, met de ondergaande zon in verschillende stadia. Een andere was van een rotsachtige kust, met bergen in de verte en dicht onder de kust gemeerde vissersboten. Het moest de Middellandse Zee zijn, Griekenland misschien of de Thracische eilanden. En er was een foto die Matlock verraste. Die hing rechts onderaan de muur, vlak boven het bureau, en liet een lange, slanke legerofficier zien die bij een boomstam stond. De achtergrond bestond uit dicht struikgewas, zoals in de jungle, en aan weerszijden waren de schaduwen van andere figuren zichtbaar. De officier droeg geen helm, zijn hemd was doordrenkt met zweet en in zijn rechterhand hield hij de loop van een machinegeweer. In zijn linkerhand had hij een opgevouwen stuk papier – een kaart waarschijnlijk – en hij had kennelijk juist een besluit genomen. Hij keek naar boven, als naar een punt tegen een berghelling. Zijn gezicht stond strak, maar wel kalm. Het was een goed gezicht, een sterk gezicht. Het was de donkerharige Lucas Herron van vijfentwintig jaar geleden.

'Ik heb die oude foto bewaard om me eraan te herinneren dat het leven niet altijd zo'n lolletje was.'

Matlock schoot geschrokken overeind. Lucas was ongemerkt teruggekomen uit de keuken.

'Het is een goede foto. Nu weet ik wie die oorlog werkelijk gewonnen hebben.'

'Geen twijfel aan. Jammer genoeg heb ik daarna – en voor die tijd trouwens ook niet – nooit meer iets over dat speciale eiland gehoord. Ik heb iemand wel eens horen zeggen, dat het een van de Salomons Eilanden was. Ik geloof, dat ze het in de jaren vijftig hebben opgeblazen. Was niet veel voor nodig. Zou je met een paar voetzoekers al kunnen. Hier.' Herron gaf Matlock zijn cocktail.

'Dank je wel. Je bent te bescheiden. Ik heb er wel andere verhalen over gehoord.'

'Ik ook. Daar waren mooie bij, hoor! Ze worden nu nog steeds beter . . . Wat vind je ervan om achter te gaan zitten? Veel te lekker om binnen te blijven.' Zonder een antwoord af te wachten liep Herron naar buiten. Matlock volgde hem.

Evenals aan de voorkant van het huis was de tuin achter goed onderhouden. Op een terras van flagstones stonden gemakkelijke ligstoelen, elk met een bijzettafeltje ernaast. Een grote, smeedijzeren tafel met een parasol stond in het midden van het terras. Het gras was pas gemaaid en zonder kale plekken. Er stonden hier en daar rode kornoeljes in, elk met een kringetje zwarte aarde om de stam, en twee bloemperken – meest rozen – strekten zich aan weerszijden van het gras uit tot het eind van de tuin, die een meter of dertig diep was. Maar achterin zag de tuin er opeens niet zo vredig en netjes meer uit. Hoge bomen staken boven dicht struikgewas uit, dat er woest en ondoordringbaar uitzag. De zijkanten waren net zo. De keurige tuin was omgeven door een dicht, verwilderd bos. Lucas Herron had een ondoordringbare muur van groen om zich heen opgetrokken.

'Je zult moeten toegeven dat het een lekker drankje is.' De beide mannen waren gaan zitten.

'Ja, nou en of. Ik ga door jou nog van gin houden.'

'Alleen in het voorjaar en de zomer. De rest van het jaar moet je geen gin drinken . . . Maar goed, jongeman, we hebben ons aan de huisregel gehouden. Wat voert je naar Herrons Nest?'

'Ik denk dat je dat wel weet.'

'Oh ja?'

'Archie Beeson.' Matlock nam de oude man op, maar Herron staarde naar zijn glas en toonde geen reactie.

'Die jonge geschiedenisman?'

'Ja.'

'Die heeft alles mee om een goeie docent te worden. Ook een leuk, vlot vrouwtje.'

'Leuk . . . en zonder seksuele remmingen, als je het mij vraagt.'

'*Uiterlijkheden*, Jim.' Herron grijnsde. 'Nooit gedacht dat jij preuts was . . . Als je ouder wordt, word je heel wat toleranter

wat dat soort dingen aangaat. Wacht maar af.'
'Is dat de sleutel? Het tolereren van begeertes?'
'Sleutel tot wat?'
'Dat weet je best. Hij probeerde je laatst te bereiken.'
'Ja, inderdaad. Toen jij er was ... Ik heb begrepen dat jouw gedrag nogal te wensen overliet.'
'Ik heb m'n best gedaan die indruk te wekken.' Voor het eerst was er iets van een reactie bij Herron te bespeuren. Hij knipperde een paar maal achtereen snel met zijn ogen.
'Dat is dan niet zo mooi.' Herron sprak zachtjes en keek op naar zijn indrukwekkende muur van groen. De zon zakte achter de rij hoge bomen en wierp lange schaduwen over het grasveld en het terras.
'Ik moest wel.' Matlock zag een trek van pijn op het gezicht van de oude man. En toen dacht hij terug aan zijn eigen reactie op Adam Williams' excuus voor de klacht bij Sam Kressel over zijn gedrag in Lumumba Hall. De parallel deed pijn.
'Die jongen zit in moeilijkheden. Hij is ziek. Het is een ziekte en hij probeert eraf te komen. Daar is moed voor nodig . . . De tijden zijn voorbij, dat je Gestapo-tactieken kunt toepassen.' Herron nam een lange teug uit zijn glas, terwijl zijn vrije hand de leuning van zijn stoel omklemde.
'Hoe wist jij ervan?'
'Dat beschouw ik als vertrouwelijk. Laten we zeggen dat ik het van een gerespecteerde medewerker van ons heb gehoord — een medicus — die de symptomen herkende en zich zorgen maakte. Maar wat maakt het uit? Ik heb geprobeerd de jongen te helpen en dat zou ik weer doen.'
'Dat zou ik graag willen geloven. Dat is wat ik wilde geloven.'
'Waarom valt dat je moeilijk?'
'Ik weet het niet ... Iets bij de voordeur toen ik kwam. Misschien dit huis. Ik kan het niet onder woorden brengen ... Ik ben nu honderd procent eerlijk tegen je.'
Herron lachte, maar ontweek nog steeds Matlocks blik. 'Je verdiept je te veel in de intriges van de Elizabethaanse tijd. Listen en lagen uit de Spaanse tragedie . . . Jullie maatschappijhervormers moeten ophouden met voor amateur-detective te spelen. Dat soort dingen is een tijdsverschijnsel, dat verdwijnt heus wel weer. Je moet de zaken niet zo opblazen.'
'Dat doe ik niet. Ik ben ook geen maatschappijhervormer. Je

weet best dat ik niet tot dat type behoor.'

'Waarom? Persoonlijke belangstelling? In de jongen? Of zijn vrouw? . . . Sorry, dat had ik niet moeten zeggen.'

'Ik ben blij dat je het wel zei. Ik ben niet geïnteresseerd in Virginia Beeson – noch seksueel, noch anderszins. Hoewel ik me niet kan voorstellen dat ze andere interessante facetten heeft.'

'Dan heb je aardig toneel gespeeld.'

'Nou en of. Ik heb alles gedaan om te voorkomen, dat Beeson te weten zou komen waarom ik daar was. Zo belangrijk was het.'

'Voor wie?' Herron zette met zijn rechterhand langzaam zijn glas neer, zijn linker nog steeds om de stoelleuning geklemd.

'Voor mensen buiten deze universiteit. Mensen uit Washington. De federale autoriteiten . . .'

Lucas Herron haalde plotseling diep en hoorbaar door zijn neus adem. Matlock zag dat alle kleur uit zijn gezicht wegtrok en zijn stem was nauwelijks meer dan een gefluister, toen hij zei: 'Wát vertel je me daar?'

'Dat ik benaderd werd door iemand van het Ministerie van Justitie. De gegevens die hij me liet zien waren beangstigend. Het waren nuchtere feiten, absoluut niet overtrokken. Ik kon kiezen of ik mee wilde werken of niet.'

'En heb je ja gezegd?' Herrons woorden waren nauwelijks verstaanbaar van ongeloof.

'Ik vond dat ik geen alternatief had. Mijn jongere broer . . .'

'Vond je dat je geen *alternatief* had?' Herron stond op uit zijn stoel. Zijn handen begonnen te trillen en zijn stem klonk steeds heftiger. 'Vond *jij* dat je geen *alternatief* had?!'

'Inderdaad.' Matlock bleef kalm. 'Daarom ben ik hierheen gekomen. Om je te waarschuwen, ouwe vriend. Het is veel verstrekkender – veel gevaarlijker . . .'

'Ben *jij* hierheen gekomen om *mij* te waarschuwen? Wat heb je *gedaan*? Wat heb je in vredesnaam *gedaan*? . . . Luister goed en laat dit goed tot je doordringen!' Herron deed een pas achteruit, stootte tegen het bijzettafeltje. Met een zwaai van zijn linkerarm gooide hij het omver. 'Je houdt je erbuiten, hoor je me! Je gaat terug en vertelt ze *niets! Er is niets!* Alleen . . . alleen in hun fantasie! *Blijf eraf! Hou je erbuiten!*'

'Dat kan ik niet', zei Matlock zacht, plotseling bang voor de oude man. 'Dat zal zelfs Sealfont met me eens zijn. Hij kan het niet langer bestrijden. Het is er wel degelijk, Lucas ...'

'Adrian! Weet Adrian ervan? .... Oh, mijn God, weet je wel wat je aanricht? *Je zult zoveel kapotmaken.* Zo ontzettend veel mensen ... Maak dat je wegkomt! *Ga weg!* Ik wil niets met je te maken hebben!'

'Lucas, wat is er toch?' Matlock stond ook op en deed een paar passen in zijn richting. Herron deinsde achteruit, een oude man in paniek.

'Blijf daar! *Raak me niet aan!*'

Hij draaide zich om en rende weg over het grasveld, zo hard als zijn oude benen hem konden dragen. Hij struikelde, viel en krabbelde overeind. Hij keek niet om, maar rende zo hard hij kon naar het eind van de tuin, naar het struikgewas. En toen verdween hij door zijn dichte muur van groen.

'Lucas! In godsnaam!' Matlock rende hem achterna en kwam slechts seconden later bij de rand van het bos. Toch was hij nergens te zien. Matlock duwde de takken voor hem opzij en drong de verwarde massa's struikgewas binnen. Takken zwiepten in zijn gezicht en zijn voeten raakten verstrikt in lange onkruidslingers, terwijl hij zich een weg door de dichte struiken baande. Herron was weg.

'Lucas! Waar ben je?'

Er kwam geen antwoord, alleen het ritselen van de terugzwaaiende takken achter hem. Matlock drong dieper de struiken in, voorovergebogen, op handen en knieën, zijdelings door de groene barrière voor hem. Er was niets van Lucas Herron te zien of te horen.

'Lucas! In godsnaam, Lucas, geef antwoord!'

Nog steeds niets, helemaal niets.

Matlock keek zoekend om zich heen naar iets, dat op een pad zou kunnen duiden. Er was niets te zien. Het was alsof Lucas van het ene op het andere moment in rook was opgegaan.

En toen hoorde hij het. Onduidelijk, rondom hem heen, een zwakke echo afkomstig van een niet te bepalen plaats. Het was een diep gekreun, een jammerklacht. Dichtbij en toch verweg in het dichte struikgewas. En toen ging het gejammer over in een klaaglijke snik. Eén enkele snik, gevolgd door één enkel woord – duidelijk en vol haat uitgesproken.

Het woord was –

'Nimrod ...'

12

'Welverdomme, Matlock! Ik had tegen je gezegd dat je thuis moest blijven totdat ik je belde!'

'Welverdomme, Greenberg! Hoe ben je mijn huis binnengekomen?'

'Je hebt je raam nog niet laten maken.'

'Jij hebt niet aangeboden de reparatiekosten voor me te betalen.'

'Oké, we zijn quitte. Waar ben je geweest?'

Matlock gooide zijn autosleutels op tafel en keek naar zijn kapotte stereo-installatie in de hoek. 'Dat is een ingewikkeld verhaal, en bovendien . . . nogal emotioneel, vrees ik. Ik zal het je helemaal vertellen als ik een borrel heb gehad. M'n vorige moest ik laten staan.'

'Geef mij er ook maar een. Ik heb ook een verhaal, en dat is méér dan emotioneel.'

'Wat wil je drinken?'

'Ik drink nooit veel, dus het doet er niet zoveel toe.'

Matlock keek naar buiten. De gordijnen van het kapotte raam lagen nog op de grond waar hij ze in het bijzijn van Adam Williams van de rails had getrokken. De zon was nu bijna onder. De voorjaarsdag was voorbij.

'Ik zal een paar citroenen uitpersen en een Tom Collins met vers fruit maken.'

'Volgens je dossier drink je altijd bourbon. Dat je dat lust.'

'Oh ja?' Matlock keek naar Greenberg. Deze liep achter hem de keuken in en keek zwijgend toe, terwijl Matlock hun drankjes klaarmaakte. Matlock reikte hem zijn glas aan.

'Ziet er chic uit.'

'Valt wel mee . . . Wie komt er het eerst met z'n emotionele verhaal?'

'Ik ben natuurlijk erg nieuwsgierig naar het jouwe, maar toch heeft het mijne momenteel voorrang.'

'Dat klinkt dreigend.'

'Dat is het niet. Maar wel emotioneel . . . Laat ik je eerst vragen of het je interesseert waar ik geweest ben sinds ik je afzette.'

Greenberg leunde tegen het aanrecht.

'Niet speciaal, maar je vertelt het me natuurlijk toch.'

'Ja, het hoort er nou eenmaal bij. Ik zat op jullie plaatselijke vliegveld – Bradley Field – op een toestel te wachten dat een paar uur geleden van Dulles vertrok in opdracht van Justitie. Er zat een man in met twee verzegelde enveloppen waar ik voor moest tekenen. Hier zijn ze.'

Greenberg trok twee langwerpige enveloppen uit zijn zak. Een legde hij op het aanrecht en de andere begon hij open te maken.

'Ze zien er erg officieel uit', zei Matlock, die zich op het aanrechtkastje hees en zijn lange benen naar beneden liet bungelen.

'Officiëler kan het ook niet . . . In deze envelop zit de samenvatting van onze conclusies, gebaseerd op gegevens die jij ons – mij – gegeven hebt. Aan het eind ervan staat een bijzondere passage. Ik mag deze gegevens in mijn eigen woorden vertellen, op voorwaarde dat ik niets oversla . . .'

'Bravo voor Jason Greenberg.'

'Wat er in de tweede envelop staat', ging Greenberg verder, Matlocks opmerking negerend, 'moet echter letterlijk worden overgebracht. Je moet het grondig doorlezen en als je ermee akkoord kunt gaan, moet je dat met je handtekening bekrachtigen.'

'Het wordt hoe langer hoe mooier. Willen ze me soms kandidaat maken voor de Senaat?'

'Stil nou en luister.' Greenberg wierp een blik op het verslag en keek toen naar Matlock. 'De man in Lumumba Hall die Julian Dunois heette – alias Jacques Devereaux, Jésus Dambert en vast nog wel een paar namen die we niet kennen – is juridisch strateeg voor de Linkse Zwarte Militanten. Onder de term *juridisch strateeg* valt alles van behandeling van rechtzaken tot agent-provocateur toe. Als hij rechtszaken behandelt, gebruikt hij de naam Dunois, als hij als agent-provocateur optreedt een van zijn vele schuilnamen. Hij opereert vanuit nogal ongebruikelijke plaatsen. Algiers, Marseille, de Caraïbische Eilanden – waaronder Cuba – en vermoedelijk Hanoi en waarschijnlijk ook Moskou. Misschien ook Peking. Hier in Amerika heeft hij een officieel, bona-fide advocatenkantoor in Harlem met een onderafdeling aan de westkust in San Francisco . . . Gewoonlijk houdt hij zich op de achtergrond, maar als hij van zich laat horen, volgt er meestal slecht nieuws. Het spreekt vanzelf dat hij bij het Ministerie op de lijst van ongewenste elementen staat, en dat is tegenwoordig niet zo respectabel meer . . .'

'Tegenwoordig', onderbrak Matlock hem, 'valt bijna iedereen daaronder die maar enigszins links georiënteerd is.'

'Geen commentaar. We gaan verder. Het opduiken van Dunois in deze operatie is een onverwachte extra dimensie – een nieuw, onvoorzien aspect. Het beperkt zich niet tot binnenlandse wetsovertreders, maar bevindt zich op het terrein van internationale misdaad en/of gezagsondermijning. Of een combinatie van allebei. Gezien het feit dat je werd volgestopt met drugs, dat je huis bijna helemaal is vernield en dat je vriendin, Miss Ballantyne, indirect werd bedreigd – want dat was het wel degelijk – in het licht van al deze dingen luidt de passage als volgt: jij moet afzien van iedere verdere deelname aan dit onderzoek, aangezien anders de risico's onredelijk en onnodig groot zouden worden.'

Greenberg liet het verslag op het aanrechtblad vallen en nam een paar slokken van zijn borrel. Matlock liet zijn benen zachtjes heen en weer zwaaien. 'Wat is hierop uw antwoord?', vroeg Greenberg.

'Dat weet ik niet. Ik heb het gevoel dat je nog niet klaar bent.'

'Ik wou dat ik het wel was. Maar goed. Het rapport is juist en ik vind dat je het advies zou moeten opvolgen. Stap eruit, Jim.'

'Ga eerst maar eens verder. Wat staat er in de andere brief? Degene die ik letterlijk te horen moet krijgen?'

'Die hoef je alleen maar te lezen als je het advies niet opvolgt. Maar ik hoop dat je dat wel doet, Jim. Ik heb geen instructies je te beïnvloeden, dus dat is niet officieel.'

'Je weet verdomd goed dat ik het niet opvolg, dus waarom zou je tijd verspillen?'

'Dat weet ik *niet*. Ik wil het ook niet geloven.'

'Ik kan er niet meer uitstappen.'

'We kunnen genoeg verklaringen bedenken en uitwerken, waardoor jij van het toneel kunt verdwijnen.'

'Nu niet meer.'

'Wat? Waarom niet?'

'Dat is *mijn* emotionele verhaal. Dus ga maar verder.'

Greenberg keek Matlock onderzoekend aan, kon uit diens gezichtsuitdrukking niets opmaken en pakte daarom de tweede envelop en maakte die open.

'In het onwaarschijnlijke en onverstandige geval dat je onze raad je terug te trekken niet opvolgt, moet je begrijpen dat je tegen de uitdrukkelijke wensen van het Ministerie van Justitie ingaat. Hoewel we je zo goed mogelijk zullen beschermen – net als iedere andere burger – komt je handelwijze voor je eigen verantwoordelijkheid. Wij kunnen niet verantwoordelijk worden gesteld voor eventuele verwondingen of overlast van enigerlei aard.'

'Staat dat erin?'

'Nee, maar het komt er wel op neer', zei Greenberg, terwijl hij het schrijven uitvouwde. 'Alleen drukken zij zich wat doeltreffender uit. Hier.' Hij gaf de brief aan Matlock.

Het was een verklaring, ondertekend door een assistent van het departementshoofd, met linksonder een stippellijntje voor Matlocks handtekening.

Een onderzoekscommissie van het Departement van Justitie heeft het aanbod van James B. Matlock geaccepteerd om inlichtingen in te winnen van ondergeschikte aard met betrekking tot bepaalde illegale activiteiten die in de onmiddellijke omgeving van de universiteit van Carlyle schijnen te hebben plaatsgevonden. Het Departement van Justitie is van mening dat de situatie nu echter een professionele aanpak vereist en verdere bemoeienissen in deze van de kant van professor Matlock worden als onwettig en tegen de gedragslijnen van het Departement beschouwd. Dientengevolge verzoekt het Departement van Justitie James B. Matlock hierbij – hoezeer zijn medewerking tot nu toe ook werd gewaardeerd – zich van enige verdere inmenging te onthouden, zulks in het belang van de veiligheid en de voortgang van het onderzoek. Het Departement is van mening dat verdere bemoeienissen van de kant van professor Matlock in strijd zouden kunnen zijn met de oogmerken van het Onderzoek in Carlyle en omstreken. De Heer Matlock tekent hieronder voor de ontvangst van het origineel van dit schrijven.

'Wat zit jij te kletsen? Hier staat dat ik ermee akkoord ga me terug te trekken.'

'Je zou een bar slechte advocaat zijn. Pas jij in het vervolg maar goed op voor de kleine lettertjes.'

'Wat?'

'Nergens staat er in dit stukje vuiligheid, dat je *toestemt* om je terug te trekken als je tekent. Alleen dat Justitie je daarom heeft *verzocht*.'

'Oh, is het dat!' Matlock liet zich van de rand van het aanrecht afglijden en gooide de brief naar Greenberg. 'Misschien weet ik niet veel van wettelijke toestanden, maar van de taal wel. Jij spreekt jezelf tegen!'

'Alleen als je niet verder denkt . . . Laat me je een vraag stellen. Stel dat je doorgaat met geheim agent te spelen. Is het denkbaar dat je dan hulp zult willen inroepen? In geval van nood bijvoorbeeld?'

'Natuurlijk. Onvermijdelijk zelfs.'

'Nou, daar kun je naar fluiten, als die brief niet getekend teruggaat . . . Kijk niet zo naar *mij*! Ik word met een dag of wat vervangen. Ik ben hier al te lang geweest.'

'Nogal hypocriet, hè? De enige manier waarop ik hulp – bescherming – kan krijgen, is, een verklaring te tekenen waarin staat dat ik geen hulp nodig heb.'

'Zo hypocriet, dat ik erdoor buiten m'n boekje ga . . . Er is tegenwoordig een nieuwe term voor dat soort dingen. Dat is 'voortgaan zonder risico's'. Gebruik wat – *wie* – je maar kan. Maar trek je handen ervan af als het uit de hand dreigt te lopen. Neem vooral geen verantwoordelijkheid op je.'

'En ik ben er al geweest als ik niet teken.'

'Dat zei ik toch al? Ik zal je een advies geven. Gratis. Ik weet veel van rechtskundige zaken. Hou ermee op. Vergeet het. Zet het *helemaal uit je hoofd*.'

'En ik heb al tegen je gezegd dat ik dat niet kan.'

Greenberg pakte zijn glas en zei zacht: 'Wat je ook doet, je krijgt je broer er heus niet mee terug.'

'Daar gaat het niet om.' Matlock was getroffen, maar zijn antwoord klonk vastberaden.

'Misschien kun je er een paar andere jongere broers mee redden, maar dat is niet waarschijnlijk. In beide gevallen kan iemand anders – een vakman – de zaak beter overnemen. Ik heb gruwelijk de pest in dat ik het toe moet geven, maar Kressel had gelijk. En als we het niet redden vóór deze bijeenkomst – die vergadering van handelaren over een paar weken – ach, er komen er nog wel meer.'

'Ik ben het eens met alles wat je zegt.'

'Waarom aarzel je dan? Stap eruit.'

'Waarom? . . . Ik heb je *mijn* emotionele verhaaltje nog niet verteld, daarom. Weet je nog wel? Jij had voorrang, maar mijn beurt komt nog.'

'Vertel op dan.'

En Matlock vertelde het hem. Alles wat hij van Lucas Herron afwist – de legendarische reus, de 'ouwe rots' van Carlyle. De oude, afgeleefde man, die in volslagen paniek de struiken in was gevlucht. De jammerklacht van dat ene woord: 'Nimrod'. Greenberg luisterde, en hoe langer Matlock praatte, des te droeviger werden zijn ogen. Toen Matlock uitgepraat was, dronk hij de laatste slok uit zijn glas en knikte langzaam en somber met zijn hoofd.

'Je hebt het allemaal voor hem uitgekauwd, hè? Dat je niet bij *mij* kwam, maar uitgerekend naar *hem* moest gaan. Jullie campusheilige met een emmer bloed in zijn handen ... Loring had gelijk. We moesten er zo nodig een gewetensbezwaarde amateur bijhalen ... Eigen schuld. Eén ding moet ik je nageven: je hebt tenminste een geweten. Dat is meer dan ik van de ambtenaren kan zeggen.'

'Wat moet ik doen?'

'Teken dit dan maar in godsnaam.' Greenberg pakte de brief van Justitie van het aanrecht en gaf die aan Matlock. 'Je zult hulp nodig hebben.'

Patricia Ballantyne liep voor Matlock uit naar het kleine zijtafeltje achterin de Cheshire Cat. Het autotochtje was gespannen verlopen. Het meisje had hem – kalm maar scherp – doorgezaagd over zijn samenwerking met de regering, speciaal met de FBI. Ze hield vol dat haar reactie niet was ingegeven door een kunstmatige progressiviteit, maar dat er eenvoudig te overstelpend veel bewijs voor bestond dat dergelijke organisaties het land gevaarlijk dicht bij een politiestaat brachten.

Zij kon dat weten. Ze was getuige geweest van de afschuwelijke gevolgen van een FBI-optreden en wist dat dat geen uitzondering was.

Matlock hield haar stoel voor haar bij en drukte even haar schouders terwijl ze ging zitten. Om haar pijn te verzachten, haar te troosten en gerust te stellen. Het kleine tafeltje stond naast een raam op enkele meters afstand van een terras dat binnenkort al – achterin mei – in gebruik zou worden genomen. Hij ging tegenover haar zitten en pakte haar hand.

'Ik wil me niet excuseren voor wat ik doe. Ik vind dat het gedaan moet worden. Ik ben geen held en ook geen verklikker. Heldendaden worden ook niet van me gevraagd en de gegevens die ze van me willen hebben, zullen uiteindelijk een heleboel mensen ten goede komen. Mensen die hulp nodig hebben – hard nodig.'

'Maar krijgen ze die dan ook? Of worden ze alleen maar vervolgd? Komen ze niet in gevangenissen terecht . . . in plaats van in ziekenhuizen en klinieken?'

'Ze zijn niet in zieke kinderen geïnteresseerd. Ze willen de mensen die hen ziek maken. Ik ook.'

'Maar daarbij vallen er slachtoffers onder de kinderen.' Een constatering.

'Misschien wel. Maar zo weinig mogelijk.'

'Hoe kún je?' Ze trok haar hand uit die van Matlock. 'Het is zo paternalistisch. Wie neemt die beslissingen? Jij soms?'

'Je vervalt in herhalingen.'

'Ik ben *erbij* geweest. Het is geen lolletje.'

'Dit is iets heel anders. Ik heb net twee mannen leren kennen. De ene . . . is weg. De andere is Greenberg. Zij hebben niets te maken met jouw nachtmerries van vroeger. Geloof me nou maar.'

'Ik zou niets liever doen.'

De gerant van de Cheshire Cat kwam naar hun tafeltje toe. 'Er is telefoon voor u, meneer Matlock.'

Matlock voelde een steek in zijn maag. Van angst. Er was maar één man die wist waar hij was – Jason Greenberg.

'Dank je, Harry.'

'U kunt hem bij de balie nemen. De hoorn ligt van de haak.'

Matlock stond op en wierp een korte blik op Pat. In de maanden en maanden dat ze samen uitgingen, naar restaurants, naar feestjes, naar etentjes, was er nooit voor hem opgebeld, had nooit iemand hem gestoord. Hij zag aan haar ogen dat zij daar ook aan dacht. Snel liep hij van het tafeltje naar de balie.

'Hallo?'

'Jim?' Het *was* Greenberg, natuurlijk.

'Jason?'

'Sorry dat ik je lastigval, maar ik moet wel.'

'Wat is er, in godsnaam?'

'Lucas Herron is dood. Hij heeft ongeveer een uur geleden zelfmoord gepleegd.'

De steek in Matlocks maag was er opeens weer, nu alleen zo hevig, dat hij even geen adem kon halen. Hij zag de doodsbange oude man weer over het gemaaide grasveld rennen en in het dichte struikgewas verdwijnen dat zijn tuin omgaf. En hoorde weer het jammerlijke snikken en de naam van Nimrod, met zoveel haat uitgesproken.

'Ben je daar nog?'

'Ja. Ja, ik ben er nog.' Om de een of andere onbegrijpelijke reden moest Matlock opeens terugdenken aan een foto in een zwart lijstje. Het was een vergrote opname van een donkerharige infanterie-officier van middelbare leeftijd met in de ene hand een geweer, in de andere een kaart, en met een mager, sterk gezicht dat naar boven was gericht.

Een kwarteeuw geleden.

'Het lijkt me beter dat je teruggaat naar huis . . .' Dat was een bevel, maar Greenberg was zo tactisch het niet zo te laten klinken.

'Wie heeft hem gevonden?'

'Mijn collega. Niemand anders weet er nog van.'

'Jouw collega?'

'Na ons gesprek heb ik iemand naar Herron toegestuurd. Dat leek me geen overbodige luxe. Hij is het huis binnengedrongen en vond hem.'

'Hoe?'

'Hij had z'n polsen doorgesneden, in de douche.'

'Oh, Christus! Wat heb ik gedaan?'

'Onzin! Kom terug. We moeten aan de slag . . . Toe, Jim.'

'Wat kan ik tegen Pat zeggen?' Matlock probeerde zich op de realiteit te concentreren, maar zijn gedachten bleven terugdwalen naar een hulpeloze, bange, oude man.

'Zo weinig mogelijk. Maar kom vlug.'

Matlock hing op en haalde een paar maal diep adem. Hij zocht in zijn zakken naar sigaretten en bedacht dat hij die op het tafeltje had laten liggen.

Het tafeltje. Pat. Hij moest terug naar Pat en bedenken wat hij zeggen moest.

De waarheid. Welverdomme, de *waarheid*.

Hij liep om de twee fraaie pilaren heen naar het eind van de zaal en het kleine zijtafeltje bij het raam. Ondanks zijn geschoktheid voelde hij iets van opluchting en hij wist dat dat kwam omdat hij had besloten eerlijk tegen Pat te zijn. God wist dat hij niet genoeg had aan Greenberg en Kressel om mee te praten.

Kressel! Hij had om zeven uur met Kressel afgesproken. Dat was hij helemaal vergeten!

Maar een ogenblik later dacht hij al niet meer aan Kressel. Hij zag het kleine zijtafeltje bij het raam, en er zat niemand.

Pat was weg.

13

'Heeft niemand haar zien weggaan?' Greenberg liep achter de nerveuze Matlock aan de woonkamer in. Uit de slaapkamer klonk de stem van Sam Kressel, die een opgewonden telefoongesprek voerde. Het feit dat Kressel er was verbaasde Matlock niet eens, hij was te veel met andere dingen bezig.

'Dat is Sam, hè?', vroeg hij. 'Weet hij van Herron af?'

'Ja. Ik heb hem opgebeld nadat ik jou had gesproken ... Heb je bij de serveersters navraag gedaan?'

'Natuurlijk. Ze wisten het geen van allen zeker. Het was druk. Eentje dacht dat ze misschien naar het damestoilet was gegaan. Een andere zinspeelde erop, dat Pat misschien het meisje was dat met een stel van een andere tafel was weggegaan.'

'Moesten ze dan niet langs jou komen op weg naar buiten? Zou je haar dan niet gezien hebben?'

'Hoeft niet. We zaten achterin. Er zijn twee of drie deuren naar het terras. 's Zomers, vooral als het druk is, zetten ze buiten ook tafels.'

'Zijn jullie er in jouw auto heengegaan?'

'Natuurlijk.'

'En heb je haar buiten ook niet gezien, bij het restaurant of op de weg?'

'Nee.'

'Waren er mensen in het restaurant die je kende?'

'Daar heb ik niet echt op gelet. Ik was ... met andere dingen bezig.' Matlock stak een sigaret op. De hand die de lucifer vasthield trilde.

'Als je 't mij vraagt, kwam ze een bekende tegen en is ze daarmee teruggereden. Een meisje als zij gaat nergens tegen haar zin heen zonder zich te verzetten.'
'Dat is zo, ja. Daar heb ik ook al aan gedacht.'
'Hadden jullie ruzie?'
'Gehad, ja, maar over was het nog niet. Waarschijnlijk werd ze opnieuw kwaad door het telefoontje. Het komt maar zelden voor dat ik word opgebeld als ik ergens een hapje ga eten.'
'Het spijt me.'
'Het is jouw schuld niet. Ik vertelde je al, ze kan de gedachte aan haar vader niet van zich afzetten. Ik zal haar huis bellen als Sam klaar is.'
'Een rare man is dat toch. Ik vertel hem over Herron – en natuurlijk is-ie in alle staten. Zegt dat-ie vertrouwelijk met Sealfont moet praten en gaat naar de slaapkamer, en dan zet hij zo'n stem op dat je hem mijlenver kunt horen.'
Matlock dacht weer aan Herron. 'Zijn dood – *zelfmoord* – is de grootste klap die deze universiteit in twintig jaar heeft gehad. Mannen als Lucas mogen gewoon niet dood. Zeker niet op zo'n manier . . . Weet Sam dat ik bij hem ben geweest?'
'Ja. Dat kon ik niet verzwijgen. Ik heb hem zo ongeveer verteld wat jij mij hebt verteld – een kortere versie natuurlijk. Maar hij weigert het te geloven. De gevolgtrekkingen, bedoel ik.'
'Dat kan ik hem ook niet kwalijk nemen. Die zijn ook niet gemakkelijk te geloven. Wat doen we nou?'
'Wachten. Ik heb verslag uitgebracht. Er zijn nu twee mannen van het bureau in Hartford met onderzoekingen bezig. De plaatselijke politie is ingeschakeld.'
Bij het noemen van de politie moest Matlock opeens weer aan de agent in burger in de gang van de squashbaan denken, die bij het zien van Matlock vlug was weggelopen. Hij had het Greenberg verteld en Greenberg had hem er nog geen uitleg voor gegeven. Maar misschien was die er ook niet. Hij vroeg opnieuw:
'Weet je al iets meer over die agent in de sporthal?'
'Daar is een aannemelijke verklaring voor. Tot nu toe tenminste. De politie van Carlyle is drie ochtenden per week voor beperkt gebruik toegewezen aan de universiteit. Goeie relatie met de gemeente. Toeval.'
'Neem je daar genoegen mee?'
'Ik zei: "tot nu toe". De man wordt uitgebreid onder de loep

genomen, maar de inlichtingen over hem zijn uitstekend.'
'Hij is een fascist, een schoft.'
'Het zal je misschien verbazen, maar dat is geen misdaad. Er is geen wet tegen schoften.'
Sam Kressel kwam snel, druk bewegend, de kamer binnen. Matlock dacht dat hij nog nooit eerder iemand zo dicht bij echte paniek had gezien. Er was een griezelige overeenkomst tussen Sams gezicht en de bloedeloze uitdrukking op dat van Lucas Herron, voordat de oude man het struikgewas in was gerend.
'Ik hoorde je binnenkomen', zei Kressel. 'Wat moeten we *doen*? Wat moeten we in vredesnaam doen? . . . Adrian kan dat waanzinnige verhaal al evenmin geloven als ik! *Lucas Herron! Het is krankzinnig!*'
'Misschien wel. Maar het is waar.'
'Omdat *jij* het zegt? Hoe weet je dat zo zeker? Je bent niet getraind in dit soort dingen. Wat ik ervan begrijp, is dat Lucas toegaf dat hij een student door een drugprobleem heen hielp.'
'Hij . . . het zijn geen studenten.'
'Oh.' Kressel zweeg abrupt en liet zijn blik van Matlock naar Greenberg dwalen. 'In dat geval wil ik absoluut weten wie het zijn.'
'Komt voor elkaar', zei Greenberg rustig. 'Ga verder. Ik wil wel eens horen waarom Matlock ongelijk heeft, waarom het verhaal zo waanzinnig is.'
'Omdat Lucas Herron niet het enige staflid is . . . was die zich daarmee bezighield. Tientallen van ons proberen te helpen waar we maar kunnen!
'Ik kan u niet volgen.' Greenberg staarde Kressel aan. 'U helpt dus ook. Maar u zult geen zelfmoord plegen, wanneer een collega daar achter komt.'
Sam Kressel zette zijn bril af en keek even peinzend, droevig voor zich uit. 'Er is nog niets, waar jullie geen van tweeën iets van afweten. Ik wist er al een tijdje iets van, maar niet zo precies als Adrian Sealfont . . . Lucas Herron was ernstig ziek. Afgelopen zomer is er een nier weggenomen. De andere nier was ook aangetast, en dat wist hij. De pijn moet ondraaglijk voor hem zijn geweest. Hij had niet lang meer te leven.'
Greenberg nam hem gespannen op, terwijl hij zijn bril weer opzette. Matlock boog zich voorover en drukte zijn sigaret in een asbak op de lage tafel uit. Na een tijdje zei Greenberg: 'Sugge-

reert u dat er geen verband bestaat tussen Herrons zelfmoord en Matlocks bezoek van vanmiddag?'

'Ik suggereer niets. Ik weet zeker dat er wel degelijk een verband is ... Maar u kende Lucas niet. Zijn hele leven, bijna vijftig jaar, behalve dan de oorlogsjaren, heeft hij aan de universiteit van Carlyle gegeven. Dit was zijn bestaan. Hij hield er meer van dan een man van een vrouw kan houden, of ouders van een kind. Dat heeft Jim u vast wel verteld. Als hij maar één ogenblik dacht dat zijn wereld hier bezoedeld, uiteengereten zou worden – dan zou dat veel ondraaglijker zijn dan de pijn die hij door zijn ziekte moest verduren. Was er een geschikter moment om zijn eigen leven te nemen?'

'*Verdomme!*', zei Matlock hard. 'Weet je wel wat je zegt? *Dat ik hem vermoord heb!*'

'Ja, misschien heb je gelijk', zei Kressel kalm. 'Ik had het zo niet bezien. Adrian beslist ook niet.'

'Maar dat is wat je *zegt!* Je zegt dat ik door mijn onbezonnenheid net zoveel schuld heb aan zijn dood als wanneer ik eigenhandig zijn polsen had doorgesneden! ... Nou, jij was er niet bij. *Ik wel!*'

Kressel zei op vriendelijke toon: 'Ik zei niet dat je onbezonnen was. Ik zei dat je een amateur bent. Een amateur met ontzettend goeie bedoelingen. Greenberg begrijpt vast wel wat ik bedoel.'

Jason Greenberg keek naar Matlock. 'Er is een oud Slovaaks gezegde, dat zegt: "Als de oude mannen zich van het leven beroven, zijn de steden ten dode opgeschreven".'

De bel van de telefoon verscheurde plotseling de stilte en de drie mannen schrokken op. Matlock nam op en draaide zich om naar Greenberg. 'Het is voor jou.'

'Dank je.' De agent nam de hoorn van Matlock over. 'Greenberg ... Goed. Ja, ik snap het. Wanneer weet je het? ... Dan ben ik waarschijnlijk al onderweg. Ik zal je wel terugbellen.' Hij hing op en bleef met zijn rug naar Matlock en Kressel bij het bureau staan. Kressel kon zich niet inhouden.

'Wat was dat? Wat is er gebeurd?'

Greenberg draaide zich om en keek hen aan. Matlock vond dat zijn ogen droeviger stonden dan normaal en hij wist inmiddels uit ervaring, dat dat betekende dat er moeilijkheden waren.'

'Er wordt een verzoek ingediend voor autopsie.'

'*Waarom?*', schreeuwde Kressel, terwijl hij een paar passen in

Greenbergs richting deed. '*Waarom* in godsnaam? De man heeft zelfmoord gepleegd! Hij kon het niet meer aan! . . . Dat kun je niet doen! Als het uitlekt . . .'
'We zullen er geen ruchtbaarheid aan geven.'
'Het mag niet gebeuren en dat weet u best! Als het uitlekt, breekt hier de hel los. Ik sta het niet toe!'
'U kunt het niet tegenhouden. Dat zou ik zelfs niet kunnen. Er is voldoende bewijs voor dat Herron geen zelfmoord heeft gepleegd. Dat hij is vermoord.' Greenberg glimlachte wrang naar Matlock. 'En niet door woorden.'

Kressel smeekte, dreigde, belde opnieuw met Sealfont en verliet eindelijk, toen hij duidelijk geen stap verder kwam, woedend Matlocks huis.
De deur was nog maar net met een klap achter hem in het slot gevallen, toen de telefoon weer ging. Greenberg zag dat het geluid ervan Matlock stoorde – niet alleen maar ergerde, maar aan het schrikken maakte, beangstigde misschien.
'Het spijt me, Jim . . . Ik vrees dat jouw huis tijdelijk als een soort basis moet fungeren. Maar niet lang . . . Misschien is het het meisje.'
Matlock nam de hoorn op, luisterde, maar zei niets. Hij draaide zich om naar Greenberg en zei alleen: 'Voor jou.'
Greenberg nam de hoorn over, zei zachtjes zijn naam en staarde de volgende minuut alleen maar zwijgend voor zich uit. Matlock sloeg hem even gade en ging toen naar de keuken. Hij vond het vervelend erbij te staan als Greenberg naar de instructies van een superieur luisterde.
Toen hij de hoorn van de haak nam, had de stem aan de andere kant van de lijn gezegd: 'Telefoon uit Washington.'
Op het aanrechtkastje lag de lege envelop, waarin die ontzettend hypocriete verklaring van het Ministerie van Justitie had gezeten. Dat was nog een teken geweest dat zijn ergste fantasieën geleidelijk aan werkelijkheid begonnen te worden. Vanuit dat oneindig kleine hoekje in de menselijke geest dat zich met het ondenkbare bezighoudt, was Matlock beginnen in te zien, dat het land waarin hij was opgegroeid in iets lelijks en vernietigends aan het veranderen was. Het was veel meer dan een politieke manifestatie, het was een verschuiving van het morele besef. De moraal werd steeds meer beheerst door strategie, werd steeds

corrupter. Diepe gevoelens maakten plaats voor oppervlakkige, geveinsde overtuigingen en compromissen. Het land maakte zijn belofte niet waar. De graal bleek een leeggelopen vat verschaalde wijn te zijn, alleen indrukwekkend omdat men meende haar te bezitten.

'Ik ben uitgetelefoneerd. Wil je nu juffrouw Ballantyne bellen?' Matlock keek op naar Greenberg die in de deuropening stond. Greenberg, de wandelende tegenstrijdigheid, de agent die spreekwoorden aanhaalde, die in wezen wantrouwen koesterde tegen het systeem waarvoor hij werkte.

'Ja. Ja, graag.' Hij liep de woonkamer in en Greenberg stapte opzij om hem langs te laten. Matlock bleef midden in de kamer staan. 'Een gek spreekwoord, eigenlijk. Hoe was het ook alweer? "Als de oude mannen zich van het leven beroven, zijn de steden ten dode opgeschreven".'

Hij draaide zich om en keek Greenberg aan. 'Ik geloof dat dat het droevigste spreekwoord is dat ik ooit heb gehoord.'

'Jij bent niet Chassidisch. Ik natuurlijk ook niet, maar de chassidim vinden het absoluut niet droevig... Een echte filosoof waarschijnlijk ook niet, nu ik erover nadenk.'

'Waarom niet? Het *is* droevig.'

'Het is *waar*. Waarheid is niet verblijdend of droevig, niet goed of slecht. Het is gewoon *waar*.'

'Daar moeten we een andere keer over verder praten, Jason.' Matlock nam de hoorn van de haak, draaide het nummer van Pat en liet de telefoon een keer of tien overgaan. Toen liet hij verschillende van haar vrienden de revue passeren en vroeg zich af of hij hen zou bellen. Als Pat boos was of van streek, deed ze gewoonlijk twee dingen. Of ze verdween in haar eentje voor een uur of zo, of ze zocht een paar vriendinnen of vrienden uit en ging in Hartford naar een film of een nieuw café. Ze was nu iets langer dan een uur weg. Hij zou haar nog een kwartier geven, en dan zou hij overal gaan informeren. Natuurlijk was het bij hem opgekomen dat ze misschien onvrijwillig was meegegaan – dat was zijn eerste gedachte geweest. Maar het lag niet voor de hand. De Cheshire Cat was vol met mensen en de tafeltjes stonden dicht bij elkaar. Greenberg had gelijk. Waar ze ook heen was, ze was uit vrije wil gegaan.

Greenberg stond bij de keukendeur. Hij had zich niet verroerd. Hij had naar Matlock staan kijken.

'Ik probeer het over een kwartier nog eens. Als ze er dan nog niet is, ga ik een paar kennissen bellen. Ze is inderdaad iemand die verdomd goed weet wat ze wil.'

'Ik hoop maar dat jij anders bent.'

'Wat betekent dat nou weer?'

Greenberg liep de woonkamer in en keek Matlock recht in de ogen, toen hij zei: 'Jouw taak is afgelopen. Uit. Vergeet de brief, vergeet Loring, vergeet mij . . . Dat is de enige manier. We hebben begrepen dat je reserveringen voor St. Thomas hebt, voor zaterdag met de PanAm. Nou, veel plezier dan maar, want je vakantie gaat door. En dat is maar goed ook.'

Matlock beantwoordde zijn blik. 'Ik ben de enige die over zo iets beslist. Ik heb een aardige oude man op m'n geweten, en jij hebt die hypocriete brief in je zak. Die heb ik getekend, weet je nog?'

'Die telt niet meer mee. D.C. wil je eruit hebben. Je gaat met vakantie.'

'Waarom?'

'Vanwege die aardige oude man. Als hij inderdaad vermoord is, kun jij ook vermoord worden. Als dat zou gebeuren, zou er openbaarheid in bepaalde zaken geëist kunnen worden; bepaalde mensen die er niet zo voor waren om jou erbij te halen, zouden dat aan de pers kunnen vertellen. Jij werd gemanipuleerd. Dat hoef ik je niet te vertellen.'

'Nou, en?'

'De bonzen op Justitie voelen er niets voor als beulen te worden bestempeld.'

'Oh, is dat het.' Matlock wendde zijn blik van Greenberg af en liep langzaam naar de lage tafel. 'En stel dat ik weiger?'

'Dan zal ik ervoor zorgen dat je van 't toneel verdwijnt.'

'Hoe wou je dat doen?'

'Dan laat ik je arresteren wegens moord met voorbedachten rade.'

'*Wat?*'

'Jij bent officieel de laatste die Lucas Herron in leven heeft gezien. Je hebt zelf toegegeven dat je naar hem toe bent gegaan om hem onder druk te zetten.'

'Om hem te *waarschuwen!*'

Dat kun je op verschillende manieren opvatten, niet waar?'

Toen de knal kwam, was die zo oorverdovend, dat de beide

mannen zich op de grond lieten vallen. Het leek alsof de hele muur van het gebouw naar beneden kwam. Het stof stoof in het rond, meubels vielen om, ramen kletterden kapot, stukken hout en kalk vlogen door de lucht en de afschuwelijke stank van brandend sulfaat verspreidde zich in de kamer. Matlock kende de reuk van dat soort bom en hij wist als bij reflex hoe hij erop moest reageren. Hij klemde zich aan de onderkant van de bank vast en wachtte op de tweede explosie – door een vertraagde afstelling – die degenen die in paniek overeindschoten zou doden. Door het waas van stof zag hij Greenberg overeind komen. Hij dook naar zijn knieën.

'Liggen! Blijf . . .'

De tweede explosie volgde. Hele stukken van het plafond werden zwartgeblakerd. Maar Matlock wist dat het geen dodelijk explosief was. Het was iets anders, en hij kon er niet direct opkomen. Het was een afleidingsmanoeuvre, een camouflage – niet dodelijk, maar bedoeld om verwarring en paniek te zaaien. Een immense voetzoeker.

Uit alle hoeken van het gebouw drong aanzwellend gegil tot hen door. Rennende voeten op de vloer boven zijn kamer.

En toen één enkele gil van afgrijzen die van buiten kwam en die maar niet ophield. Door het ijzingwekkende ervan kwamen Matlock en Greenberg met moeite op de been en renden erheen. Matlock trok de deur open en aanschouwde toen een tafereel dat zijn leven lang in zijn geheugen gegrift zou blijven. Op de stoep stond Patricia Ballantyne, gehuld in een met bloed doordrenkt laken, waarin ter hoogte van de ontblote borsten gaten waren geknipt. Er stroomde bloed uit wonden onder de tepels. De voorkant van haar hoofd was kaalgeschoren, het bloed stroomde uit sneden waar het zachte, bruine haar had gezeten. Er kwam ook bloed uit haar halfopen mond, haar lippen waren gespleten en gezwollen. De ogen waren niet meer dan diepe spleten in gezwollen vlees – maar ze bewogen! De ogen bewogen!

Aan de hoeken van haar lippen vormde zich speeksel. Ze probeerde waarachtig iets te zeggen.

'Jamie . . .' was het enige wat ze kon uitbrengen, en toen zakte haar hoofd opzij.

Greenberg wierp zich met zijn hele gewicht tegen Matlock aan, zodat hij languit tegen de samendrommende nieuwsgierigen aanviel. Hij brulde net zolang 'Politie!' en 'Ziekenauto!' totdat hij genoeg mensen zag wegrennen om zijn orders uit te voeren. Toen drukte hij zijn lippen op de mond van het meisje om haar ademhaling aan de gang te houden, maar hij wist dat dat niet noodzakelijk was. Patricia Ballantyne was niet dood. Ze was gemarteld door experts, experts die precies wisten wat ze deden. Elke snee, elke slag en elke zwelling betekende vreselijke pijn, maar niet de dood.

Hij wilde het meisje optillen, maar Matlock hield hem tegen. Zijn ogen waren gezwollen van tranen van haat. Zachtjes duwde hij Greenbergs handen opzij en trok Pat in zijn armen. Hij droeg haar naar binnen en legde haar op de halfvernielde bank. Greenberg liep naar de slaapkamer en kwam terug met een deken. Daarna bracht hij een kom warm water uit de keuken en een stel handdoeken. Hij trok de deken weg en hield een handdoek tegen de bloedende borsten. Matlock staarde met afgrijzen naar het wreed toegetakelde gezicht, maar pakte toen de punt van een andere handdoek en begon het bloed rondom het kaalgeschoren hoofd en de mond af te deppen.

''t Komt wel weer goed, Jim. Ik heb dit weleens meer gezien. 't Komt wel weer in orde.'

Maar terwijl Greenberg het geloei van de sirenes dichterbij hoorde komen, vroeg hij zich af of dit meisje echt ooit weer helemaal de oude zou zijn.

Matlock, hulpeloos, ging door met haar gezicht te deppen, terwijl de tranen nu ongehinderd over zijn wangen stroomden. Hij sprak tussen zijn ingehouden snikken door.

'Je snapt wel wat dit betekent, hè? Niemand krijgt me er nu nog uit. Als ze 't proberen, vermoord ik ze.'

'Ik zal ze de kans niet geven', zei Greenberg eenvoudig.

Buiten klonk het piepen van remmen en de zwaailichten van de politiewagens en de ambulances zwiepten door de ramen.

Matlocks gezicht viel in het kussen naast het bewusteloze meisje en hij huilde.

14

Matlock werd wakker in de steriele witheid van een ziekenhuiskamer. De zonwering was omhoog en het zonlicht werd felschitterend weerkaatst door de drie muren die hij kon zien. Aan zijn voeteneind zat een zuster aantekeningen te maken op een klembord dat met een dun kettinkje aan het bed was bevestigd. Hij strekte zijn armen, maar trok zijn linkerarm snel terug omdat hij een felle pijn voelde.

'Ja, die zijn de volgende ochtend goed te voelen, meneer Matlock', zei de zuster lijzig, zonder van het klembord op te kijken. 'Zware intraveneuze kalmeringsmiddelen zijn geen grapje, dat kan ik u wel vertellen. Niet dat ik ooit zo'n injectie heb gehad, maar ik heb genoeg mensen gezien die erover mee kunnen praten.'

'Is Pat . . . juffrouw Ballantyne hier?'

'Nee zeg, niet in dezelfde *kamer!* Wat denkt u wel?'

'Maar is ze wel hier?'

'Natuurlijk. Kamer hiernaast. En die blijft op *slot!* Wij zijn niet van die gemakkelijke types! . . . Zo. Alles staat erop.' De zuster liet het klembord los, dat tegen het voeteneind klapte. 'Zal ik u eens wat verklappen? U bent hier een uitzondering. U krijgt een ontbijt, hoewel de ontbijtboel al is weggeruimd – allang! Waarschijnlijk omdat ze willen dat u uw rekening betaalt . . . Na twaalf uur kunt u hier weg wanneer u wilt.'

'Hoe laat is het? Iemand heeft m'n horloge weggepakt.'

'Het is acht voor negen', zei de zuster met een blik op haar pols. 'En niemand heeft uw horloge weggepakt. Alle waardevolle voorwerpen worden bij binnenkomst weggeborgen.'

'Hoe is het met juffrouw Ballantyne?'

'We praten nooit over andere patiënten, meneer Matlock.'

'Waar is haar arts?'

'Zij heeft dezelfde als u, heb ik begrepen. Niet een van *onze* artsen.' Dat was duidelijk geen compliment. 'Op uw kaart staat dat hij om halftien hier is, tenzij er iets aan de hand is en we hem bellen.'

'Bel hem maar. Ik wil hem zo snel mogelijk hier hebben.'

'Ja maar, hoor eens. Er is geen enkele reden . . .'

'Welverdomme, bel hem op!'

Toen Matlock zijn stem verhief, ging de kamerdeur open. Jason Greenberg kwam vlug binnenlopen. 'Ik kon je in de gang horen. Dat is een goed teken.'

'Hoe is het met Pat?'

'Wacht eens even, mijnheer. Onze voorschriften . . .'

Greenberg liet zijn identificatie aan de zuster zien. 'Ik heb deze man onder mijn hoede, juffrouw. Dat mag u controleren, als u wilt, als u ons dan maar alleen laat.'

De zuster liet zich niet intimideren. Ze bestudeerde de identificatie grondig en liep toen snel de deur uit.

'Hoe is het met Pat?'

'Slecht, maar ze is uit de coma. Ze heeft een beroerde nacht achter de rug, maar ze krijgt het nog veel moeilijker, als ze om een spiegel vraagt.'

'Dat doet er geen moer toe! Is ze *in orde?*'

'Zevenentwintig hechtingen – in lichaam, hoofd, mond en voor de afwisseling een op haar linkervoet. Maar het komt allemaal weer goed. Er zijn foto's gemaakt en ze heeft alleen kneuzingen. Geen fracturen, geen inwendige bloedingen. De schoften hebben het weer eens deskundig aangepakt.'

'Kon ze praten?'

'Eigenlijk niet. En de dokter vond het beter van niet. Ze heeft eigenlijk alleen maar slaap nodig . . . Jij trouwens ook. Daarom hebben we je gisteravond hier gebracht.'

'Niemand gewond in het huis?'

'Nee. Het was zo maar een geintje. We hebben niet de indruk dat ze er iemand mee wilden doden. De eerste explosie kwam van een staafje van een centimeter of vijf, aan de onderkant van het kozijn geplakt, en de tweede – door de eerste in werking gesteld – was niet veel meer dan een vuurpijl. Jij verwachtte de tweede klap, hè?'

'Ja. Dat geloof ik wel . . . Terreurtactieken, hè?'

'Die indruk hebben we wel, ja.'

'Mag ik naar Pat toe?'

'Kan beter wachten. Volgens de dokter slaapt ze wel tot vanmiddag. Er zit een zuster bij haar met ijsblokjes en dingen voor als ze pijn heeft. Laat haar maar slapen.'

Matlock ging voorzichtig op de rand van het bed zitten. Hij probeerde de spieren van zijn benen, armen, nek en handen en merkte dat alles vrij normaal functioneerde. 'Ik voel me alsof ik een kater heb, maar zonder de hoofdpijn.'

'De dokter heeft je een zware dosis gegeven. Je was nogal . . . logisch natuurlijk . . . nogal emotioneel.'

'Ik herinner me alles. Ik ben nu rustiger, maar ik neem niet één vervloekt woord terug . . . Ik heb vandaag twee colleges. Een om tien uur en de andere om twee uur. Ik wil ze geven.'

'Je hoeft niet. Sealfont wil je spreken.'

'Ik zal na mijn laatste college naar hem toegaan . . . Daarna ga ik naar Pat.' Matlock liet zich op zijn voeten zakken en liep langzaam naar het grote ziekenhuisraam. Het was een heldere, zonnige ochtend; het was al dagen mooi weer in Connecticut. Terwijl hij naar buiten staarde, bedacht Matlock dat hij vijf dagen geleden ook naar buiten had staan kijken, door een ander raam, toen hij Jason Greenberg voor het eerst had ontmoet. Evenals toen nam hij nu een beslissing. 'Je zei gisteravond dat je ze niet de kans zou geven om me ermee te laten stoppen. Ik hoop niet dat je er nu anders over denkt. Ik zit morgen *niet* in dat PanAmtoestel.'

'Je wordt niet gearresteerd. Dat heb ik je beloofd.'

'Kun je dat voorkomen? Je zei ook dat je vervangen zou worden.'

'Jawel . . . Ik kan morele bezwaren aanvoeren, dat wil zeggen dat ik het ze flink lastig kan maken. Maar ik wil je niet voor de gek houden. Als jij problemen schept, kunnen ze je altijd in voorlopige hechtenis nemen.'

'Alleen als ze me kunnen vinden.'

'Dat is een voorwaarde die me niks bevalt.'

'Dan heb ik niets gezegd. Waar zijn mijn kleren?' Matlock liep naar de kast en deed hem open. Zijn broek, jasje en overhemd waren op haakjes gehangen en zijn schoenen stonden op de grond met de sokken erin. Op de plank lag zijn ondergoed en een door het ziekenhuis verstrekte tandenborstel. 'Wil jij de verantwoordelijke persoon opzoeken en zorgen dat ik hier weg kan? Ik moet ook mijn portemonnaie, portefeuille en m'n horloge terughebben. Wil jij daar alsjeblieft voor zorgen?'

'Wat bedoelde je eigenlijk – alleen als ze je kunnen vinden? Wat ga je doen?' Greenberg maakte geen aanstalten om weg te gaan.

'Oh, niks bijzonders. Gewoon doorgaan met inlichtingen inwinnen . . . van ondergeschikt belang. Dat was toch de uitdrukking in de verklaring van jouw werkgevers, hè? Loring zei het al: ergens hier in Carlyle is de andere helft van dat document. Dat zal ik vinden.'

'Luister eerst eens even! Ik ontken niet dat je een zeker recht hebt . . .'

'*Ontken* je dat niet!' Matlock draaide zich naar hem om. Zijn stem klonk beheerst, maar scherp. 'Dat druk je toch werkelijk erg zwak uit. Een zeker recht! Een broertje in een zeilboot, een zwarte smeerlap die Dunois heet of hoe jullie hem ook willen noemen, een zekere Lucas Herring en dan nog dat meisje hiernaast. Ik vermoed dat jij en de dokter weten wat er gisteravond nog meer met haar is gebeurd. Ik kan het wel ráden! Heb dan niet het lef om tegen mij over "een zeker recht" te beginnen!'

'Dat zijn we in principe ook wel met je eens. Ik wil alleen niet dat je door je "rechten" naast je broer belandt. Dit is een klus voor beroeps, niet voor een amateur! En als je er toch mee door wilt gaan, moet je dat samen doen met degene die mijn plaats inneemt. Dat is belangrijk. Daar wil ik je woord op hebben.'

Matlock trok zijn pyamajasje uit en lachte wat verlegen naar Greenberg. 'Dat kun je krijgen. Ik hoef eerlijk gezegd ook niet zo nodig een one-manshow op te voeren. Weet je wie jou vervangt?'

'Nog niet. Waarschijnlijk iemand uit D.C. Ze zullen het niet riskeren iemand uit Hartford of New Haven te nemen . . . Want weet je . . . ze weten niet wie er omgekocht kunnen zijn . . . Hij neemt wel contact op. Ik moet hem persoonlijk alles overdragen, dat kan niemand anders. Ik zal hem zeggen dat hij zich moet identificeren met . . . ja, met wat?'

'Laat hij jouw spreekwoord gebruiken. "Als de oude mannen zich van het leven beroven, zijn de steden ten dode opgeschreven".'

'Dat vind je geloof ik wel mooi, he?'

'Niet mooi, maar ook niet lelijk. Het is gewoon de waarheid. Is dat niet zoals het moet zijn?'

'En heel toepasselijk. Ik snap wat je bedoelt.'

'Goed.'

'Jim, voordat ik vanmiddag wegga, zal ik een telefoonnummer voor je opschrijven. Het is een nummer in de Bronx – van mijn ouders. Ze kunnen je niet vertellen waar ik zit, maar ik bel ze elke dag. Gebruik dat als het nodig is.'

'Dank je, dat zal ik doen.'
'Beloof het me.'
'Ik beloof het.'
'Natuurlijk is het onder de gegeven omstandigheden niet onmogelijk dat je mij zelf treft, als je belt.'
'Wou je eruit stappen?'
'Die kans zit er dikker in dan je denkt.'

15

Tussen zijn twee colleges in reed Matlock naar het kleine makelaarskantoor in het centrum van Carlyle en kwam terug met een cheque voor 7312,– dollar. Dat was de opbrengst van zijn aandelen, die hij grotendeels van zijn royalties had gekocht. De makelaar had het hem afgeraden; het was een slechte tijd om te verkopen. Maar Matlocks besluit stond al vast. De kassier had de cheque met tegenzin uitgeschreven.

Vandaar ging Matlock naar zijn bank en liet al zijn spaargeld op zijn rekening-courant zetten. Als hij daar de 7312,– dollar bij telde, kwam hij op een totaal van $ 11501,72.

Minutenlang staarde hij naar dat cijfer. Hij had er gemengde gevoelens over. Enerzijds was het een flink bedrag, maar anderzijds was het een beetje beangstigend, dat hij na een negenendertigjarig bestaan zo nauwkeurig kon bepalen wat hij financieel waard was. Hij had geen huis, geen grond en nergens geheime investeringen. Alleen een oude auto, enkele weinig waardevolle bezittingen en een paar gepubliceerde geschriften, die zo gespecialiseerd waren, dat ze weinig commerciële waarde hadden.

En toch was het naar veel maatstaven een heleboel geld.

Alleen op geen stukken na genoeg. Dat wist hij. Daarom stond Scarsdale, New York, op zijn dagprogramma.

Het gesprek met Sealfont was ontmoedigend geweest en Matlock vroeg zich af hoeveel zijn geschokte zenuwen nog zouden kunnen verdragen. De ijzige woede van Carlyles rector magnificus werd alleen geëvenaard door zijn intense afschuw.

Tegen de verbijsterende schaduwwereld van geweld en corruptie zou hij het nooit kunnen opnemen, zei hij, omdat die begrippen zijn bevattingsvermogen ver te boven gingen. Het had Matlock doen schrikken, toen Sealfont zei, terwijl hij in zijn stoel door het erkerraam naar buiten zat te staren naar het mooiste gazon van de hele campus, dat het er dik in zat dat hij ontslag zou nemen. 'Als deze hele smerige, ongelooflijke toestand werkelijk waar is – en daar kan niemand meer aan twijfelen – heb ik niet het recht in deze stoel te zitten.'

'Dat is niet waar', had Matlock geantwoord. 'Als het werkelijk waar is, heeft Carlyle u nu juist meer nodig dan ooit.'

'Een blinde? Niemand heeft een blinde nodig. Zeker niet in dit ambt.'

'Geen blinde. Iemand die overal buiten staat.'

En toen had Sealfont zijn stoel rondgedraaid en met zijn vuist keihard op zijn bureau geslagen.

'Waarom *hier?! Waarom uitgerekend hier?!'*

Aan de andere kant van het bureau keek Matlock naar het gepijnigde gezicht van Sealfont. En heel even dacht hij, dat de man in tranen zou uitbarsten.

Hij reed met vol gas over de Merritt Parkway. Hij móést hard rijden, dat was een noodzaak voor hem. Het hielp hem de aanblik van Pat Ballantyne van zich af te zetten, zoals hij haar enkele ogenblikken voordat hij wegging had gezien. Hij was van Sealfonts huis naar het ziekenhuis gegaan, maar hij had nog niet met haar kunnen praten. Dat had nog niemand.

Ze was tussen de middag wakker geworden, hadden ze hem verteld, en had een hevige aanval van hysterie gehad. De dokter uit Litchfield had haar opnieuw verdovende middelen gegeven. De dokter maakte zich zorgen, en Matlock wist dat dat om Pats psychische toestand was. De gruwelijke nachtmerrie van de marteling kon haar geest niet onaangetast laten.

De eerste ogenblikken met zijn ouders in het immense huis in Scarsdale verliepen moeizaam. Zijn vader, Jonathan Munro Matlock, had tientallen jaren een belangrijke rol in het zakenleven gespeeld en voelde instinctief wanneer hij te maken had met iemand die krachteloos was.

En hulpbehoevend.

Matlock vertelde zijn vader zo eenvoudig en feitelijk mogelijk, dat hij een grote som gelds wilde lenen en dat hij niet kon garanderen dat hij zou terugbetalen. Het geld zou gebruikt worden om – indirect – jonge mensen zoals zijn overleden broer te helpen.

De overleden zoon.

'Hoe dan?', vroeg Jonathan Matlock zacht.

'Dat kan ik u niet vertellen.' Hij keek zijn vader in de ogen en de onherroepelijke waarheid van zijn woorden werd door zijn vader geaccepteerd.

'Goed. Kun jij deze onderneming aan?'

'Ja, dat kan ik.'

'Zijn er anderen bij betrokken?'

'Ja, dat moet wel.'

'Vertrouw je hen?'

'Ja.'

'Hebben zij om dit geld gevraagd?'

'Nee. Ze weten er niets van.'

'Kunnen zij er ook gebruik van maken?'

'Nee. Niet voorzover ik het kan bekijken ... Nog sterker: ze kunnen er beter niets van afweten.'

'Ik wil je geen beperkingen opleggen, ik wil het alleen weten.'

'Dan weet u het nu.'

'En je gelooft dat je, met wat je wilt doen, op de een of andere manier jongens zoals David zou kunnen helpen? Praktische hulp, bedoel ik, geen theoretische hulp. Geen idealistische of liefdadige onzin.'

'Nee. Praktische hulp.'

'Hoeveel heb je nodig?'

Matlock haalde onhoorbaar diep adem. 'Vijftienduizend dollar.'

'Wacht hier.'

Een minuut of wat later kwam hij terug uit zijn studeerkamer en overhandigde zijn zoon een envelop.

Matlock maakte hem niet open, hij wist wel beter.

Tien minuten na de ruil – want Matlock wist dat het een ruil *was* – vertrok hij weer. Hij voelde de ogen van zijn ouders op zich gevestigd, terwijl ze hem in het enorme voorportaal stonden na te kijken.

Matlock stopte op de oprit naast zijn huis, zette de lichten en de motor af en stapte vermoeid uit. Terwijl hij naar het oude Tudorhuis toe liep, zag hij dat alle lampen in zijn flat aan waren.

Jason Greenberg nam geen enkel risico, en Matlock nam aan dat een deel van Greenbergs stille, onzichtbare leger zijn huis vanaf verschillende plaatsen – geen van alle te ver weg – in de gaten hield.

Hij deed de deur open en stapte naar binnen. Er was niemand. Tenminste, niet zichtbaar. Zelfs zijn kat niet.

'Hallo? Jason? . . . Is er iemand?'

Er kwam geen antwoord en daar was Matlock blij mee. Het enige wat hij wilde, was in bed kruipen en slapen. Hij was nog langs het ziekenhuis gereden om Pat even te zien, maar hij was niet toegelaten. In elk geval wist hij nu dat ' . . . ze slaapt en haar toestand wordt redelijk geacht'. Dat was een stap in de goede richting. Die middag had ze nog op de kritieke lijst gestaan. Hij kon om negen uur de volgende ochtend naar haar toe.

Nu moest hij slapen – zo mogelijk ongestoord. Slapen, tot elke prijs. Er was morgen een heleboel te doen.

Hij ging zijn slaapkamer in, langs de nog niet gerepareerde muren en ramen. Er stonden timmermans- en stucadoorsgereedschappen netjes in de hoeken opgestapeld. Hij trok zijn jasje en overhemd uit en bedacht toen, met een zekere zelfspot, dat hij veel te onvoorzichtig begon te worden. Snel liep hij de badkamer in, deed de deur dicht, bukte zich en tilde de krant boven de canvashoes in de kattebak op. Het Corsicaanse document lag er. Het dofzilveren papier weerkaatste het licht.

Terug in de slaapkamer pakte Matlock zijn portefeuille, geld en autosleuteltjes uit de zak van zijn jasje en legde ze op zijn bureau. Opeens dacht hij weer aan de envelop.

Het was precies zoals hij had gedacht. Hij kende zijn vader, misschien zelfs beter dan deze zich realiseerde. Hij vermoedde dat er een briefje bij de cheque zou zitten om hem te vertellen dat het geld een gift was, geen lening, en dat hij het niet hoefde terug te betalen.

Het briefje was er inderdaad, opgevouwen in de envelop, maar er stond iets anders in dan Matlock had verwacht.

Ik geloof in je. Heb ik altijd gedaan.
Groet,
Vader

Aan de bovenkant, achterop, zat de cheque, vastgemaakt met

een paperclip. Matlock schoof de paperclip eraf en las het bedrag.

Het was een cheque voor vijftigduizend dollar.

16

De zwelling op haar gezicht en om haar ogen was al flink geslonken. Hij pakte haar hand en hield die stevig vast, terwijl hij zijn gezicht dicht naast het hare bracht.

'Jij komt weer piekfijn in orde', waren de woorden die hij steeds weer herhaalde. Hij moest zich vreselijk beheersen om het niet uit te schreeuwen van woede en schuldgevoel. Dat menselijke wezens dit een ander mens konden aandoen, was onverdraaglijk. En het was zijn schuld.

Toen ze sprak, was haar stem nauwelijks hoorbaar, als die van een klein kind. Door de onbeweeglijke lippen kon ze de woorden maar gedeeltelijk vormen.

'Jamie . . . Jamie?'

'Ssst . . . Niet praten als het pijn doet.'

'Waarom?'

'Ik weet het niet. Maar we komen er wel achter.'

'Nee! . . . Nee, niet doen! Ze . . . ze . . .' Ze moest slikken, maar slaagde daar bijna niet in. Ze wees naar een glas water op het nachtkastje. Matlock pakte het vlug voor haar en hield het aan haar lippen. Zijn andere hand legde hij om haar schouders.

'Hoe is het gebeurd? Kun je dat vertellen?'

'Heb al . . . Greenberg verteld. Man en vrouw . . . kwamen bij me. Zeiden dat jij . . . buiten . . . stond te wachten.'

'Ik zal de rest wel aan Jason vragen.'

'Ik . . . voel me beter. Doet nog pijn, maar . . . voel me beter, echt . . . Komt het weer helemaal goed?'

'Ja, natuurlijk. Ik heb de dokter gesproken. Je hebt kneuzingen, maar er is niets gebroken. Volgens hem kun je over een dag of wat al je bed weer uit.'

Patricia Ballantynes ogen verhelderden zich en Matlock zag de moeizame poging om een glimlach om haar gehechte lippen te brengen. 'Ik heb gevochten... en gevochten... totdat... ik niets meer wist.'

Het kostte Matlock bovenaardse inspanning om niet in tranen uit te barsten.

'Dat is een ding dat zeker is. Nu niet meer praten, hoor! Doe maar kalm aan en rust zoveel mogelijk. We praten gewoon met onze ogen. Weet je nog? Jij zei altijd dat we met onze ogen contact met elkaar hebben ... Ik zal je een vieze mop vertellen.' De glimlach kwam écht uit haar ogen.

Hij bleef totdat een zuster hem wegstuurde. Toen kuste hij haar zachtjes op de lippen en ging de kamer uit. Hij was tegelijkertijd opgelucht en verbitterd.

'Meneer Matlock?' Een jonge arts, waarschijnlijk een inwonend assistent, kwam bij de lift naar hem toe.

'Ja?'

'Er is telefoon voor u. U kunt hem bij de receptie op de tweede verdieping nemen. Ik zal u even wijzen.'

De stem aan de telefoon was onbekend. 'Meneer Matlock, ik ben Houston, een vriend van Jason Greenberg. Ik moest contact met u opnemen.'

'Oh! Hoe is het met Jason?'

'Prima. Ik wil u graag zo gauw mogelijk ontmoeten.'

Matlock stond op het punt om een ontmoetingsplaats te noemen, onverschillig welke, na zijn eerste college. Maar toen vroeg hij: 'Heeft Jason een boodschap achtergelaten ... waar hij nu is, of zo?'

'Nee. Alleen dat ik snel contact moest opnemen.'

'Oh.' Waarom zei de man het niet? Waarom identificeerde Houston zich zelf niet? 'Greenberg had me stellig beloofd dat hij een boodschap zou doorgeven ... waar hij zat. Dat weet ik zeker.'

'Dat is tegen de voorschriften van het departement, meneer Matlock. Dat mag hij helemaal niet.'

'Oh ... Dus hij heeft echt niets doorgegeven?'

De stem aan de andere kant van de lijn aarzelde bijna onmerkbaar. 'Nee ... misschien is-ie het vergeten ... Eerlijk gezegd heb ik hem zelf niet gesproken. Ik heb mijn orders rechtstreeks uit Washington ontvangen. Waar zullen we elkaar ontmoeten?'

Matlock hoorde de ongerustheid van de man. Toen hij het over Washington had, klonk zijn stem duidelijk heel even nerveus.

'Ik bel u wel terug. Waar kan ik u bereiken?'
'Luister nou eens, Matlock. Ik sta in een cel en moet een afspraak maken. Ik heb mijn orders!'
'Oh, maar daar twijfel ik niet aan ...'
'Wat?'
'Laat maar. Bent u hier in Carlyle?'
De man aarzelde weer. 'Ik ben hier in de buurt.'
'Zeg eens, meneer Houston ... is de stad ten dode opgeschreven?'
'Wat? Waar hebt u het over?'
'Ik moet voortmaken voor m'n college. Volgende keer beter. U zult me vast wel weten te bereiken.' Matlock hing op. Zijn linkerhand trilde en het zweet stond op zijn voorhoofd.
Meneer Houston was de vijand.
De vijand kwam steeds dichterbij.

Die zaterdag had hij zijn eerste college om elf uur, waardoor hij net een uur de tijd had om datgene met het geld te doen wat hij nodig achtte. Hij wilde niet met het gevoel rondlopen dat hij maandagmorgen naar de bank van Carlyle moest – omdat hij niet zeker wist dat dat mogelijk zou zijn. Hij kon niet weten waar hij maandag zou wezen.
Aangezien Carlyle, althans uiterlijk, een typisch New-Englands universiteitsstadje was, hadden de mensen er een levenswijze die zulke stadjes eigen is. Ze stonden in het algemeen op goede voet met iedereen, die uit hoofde van zijn beroep zijn leven van alledag maakte tot wat het was: een comfortabel, ongehaast bestaan. De monteur uit de garage was 'Joe' of 'Mac', de tandarts 'John' of 'Warren', het meisje van de stomerij 'Edith'. In Matlocks geval heette de bankier 'Alex'. Alex Anderson, veertig jaar, geboren en getogen en afgestudeerd in Carlyle. Matlock belde hem thuis op en legde zijn probleem uit. Hij liep met een hoge cheque van zijn vader rond. Hij wilde onder zijn eigen naam familie-investeringen doen die vertrouwelijk waren. Omdat er bij hem was ingebroken, wilde hij zo gauw mogelijk van de cheque af. Had Alex misschien een idee? Moest hij hem op de post doen? Wat was de beste manier om het geld op zijn bankrekening te krijgen? Hij wist namelijk niet zeker of hij maandag in Carlyle zou zijn en hij wilde het geld graag tot zijn beschikking hebben. Alex Anderson stelde de meest logische

oplossing voor. Matlock moest de cheque aftekenen, in een envelop stoppen ter attentie van Anderson en de envelop in de nachtkluis van de bank doen. Alex zou dan maandagmorgen direct voor de rest zorgen. Alex Anderson vroeg hoe hoog het bedrag was en Matlock vertelde het hem.

Nu het geldprobleem was opgelost, hield Matlock zich bezig met wat hij als zijn startpunt begon te beschouwen. Er was geen ander woord voor – en hij had er behoefte aan alles een naam te geven. Hij moest zoveel mogelijk volgens regels te werk gaan. Nu kon dat nog, straks zat hij misschien zonder houvast, zonder vaststaand plan. Want hij had een besluit genomen. Hij had besloten de wereld van Nimrod binnen te gaan. De man die Babylon en Ninive had gebouwd, de jager op groot wild, de moordenaar van jonge mensen en oude mannen, de man die vrouwen mishandelde.

Hij had besloten Nimrod te vinden.

Zoals de meeste volwassenen, die er niet van overtuigd zijn dat alle plezierige dingen meteen ook onzedelijk zijn, was Matlock zich ervan bewust dat er in de staat Connecticut, evenals in de aangrenzende staten in het noorden, zuiden en westen, een netwerk van mensen te vinden was, die maar al te graag zorgden voor die vormen van vermaak, die de toorn op zich plachten te laden van kerk en rechtbank. Welke hooggeklasseerde verzekeringsman uit Hartford had er nog nooit gehoord van die keten van 'Antique Boutiques' op de New Britain Avenue, waar het lichaam van een lenig jong meisje voor een redelijk bedrag te koop was? Welke forens uit Old Greenwich wist niets van de grote landhuizen ten noorden van Green Farms, waar dikwijls grover gegokt werd dan in Las Vegas? Hoeveel vermoeide vrouwen van zakenlieden uit New Haven of Westport waren écht niet op de hoogte van de verschillende gezelschapsservices, die vanuit Hamden en Fairfield opereerden? En dan in het 'oude land', de Norfolks? Waar de verspreid staande landhuizen een vaag soort bekroning vormden voor de echte geldbezitters, de oude geslachten die een eindje naar het westen waren getrokken om de nieuw-rijken te vermijden? Het gerucht ging, dat het 'oude land' over het vreemdste amusement beschikte. Huizen in schaduwen, verlicht door kaarsen, waar opwindende voorstellingen werden gehouden. Waar de meest perverse dingen werden vertoond. Door vrouwen, mannen, dieren – in alle gewenste combinaties.

Matlock wist, dat Nimrod in die wereld te vinden was. Dat kon niet anders. Want hoewel verdovende middelen maar één aspect waren van de diensten die binnen dit netwerk werden verleend, waren ze er wel te koop – zoals trouwens alles.

En van al deze uitspattingen was er geen zo aantrekkelijk, zo vol mogelijkheden en verrassingen, als de goktenten. Voor al die duizenden die geen tijd konden vrijmaken voor uitstapjes naar San Juan, Londen of Paradise Island, was er de tijdelijke vlucht in de ogenblikken waarop de dagelijkse sleur kon worden vergeten – op een steenworp afstand van huis. Reputaties werden al snel gevestigd boven de groenvilten tafels – met het rollen van de dobbelstenen of het openleggen van een kaart. Daar moest Matlock zijn startpunt zoeken. Daar wilde een jongeman van drieëndertig desnoods duizenden verliezen – totdat iemand hem vroeg wie hij was.

Om halféén liep Matlock van het parkeerpleintje naar zijn huis. De tijd was gekomen om zijn eerste stap te doen. Een vaag plan begon zich voor zijn ogen af te tekenen.

Hij had de voetstappen moeten horen, maar dat deed hij niet. Hij hoorde alleen het kuchen, een rokershoestje, het kuchen van een man die hard had gelopen.

'Meneer Matlock?'

Matlock draaide zich om en zag een man van midden dertig, zoals hij zelf, misschien iets ouder, en duidelijk buiten adem.

'Ja?'

'Eindelijk. Ik kwam net na u in het ziekenhuis en heb na uw college in het verkeerde gebouw op u zitten wachten. Er is een verstrooide biologiedocent met ongeveer net zo'n naam als u. Lijkt zelfs ook een beetje op u. Zelfde lengte, lichaamsbouw, haarkleur . . .'

'Dat is Murdock. Elliot Murdock. Maar wat kan ik voor u doen?'

'Hij begreep er niets van, dat ik steeds maar zei dat de steden ten dode opgeschreven zijn, als de oude mannen zich van het leven beroven!'

'Greenberg heeft u gestuurd!'

'Inderdaad. Geen vrolijk wachtwoord als ik 't zeggen mag. Loop maar gewoon door. Aan het eind van de oprit ga ik de andere

130

kant op. Ik ben over twintig minuten in Bill's Bar & Grill bij de goederenopslag. Dat is een paar honderd meter ten zuiden van het station. Kunt u daar ook heen komen?'

'Ik heb er nog nooit van gehoord.'

'Misschien moest u uw das maar afdoen. Ik zal een leren jacket dragen.'

'Mooie plekjes zoekt u uit.'

'Doe ik al heel lang. Dan kan ik de onkostenrekening matsen.'

'Greenberg zei dat ik met u moest samenwerken.'

'Nou en of! Hij zit tot z'n nek in de puree voor u. Best kans dat ze hem een klusje in Caïro laten opknappen ... Het is een geweldige kerel. Wij mogen hem allemaal verdomd graag. Geen kwaad woord over hem.'

'Ik wilde alleen maar uw naam vragen. Ik verwachtte allerminst een preek.'

'Houston. Fred Houston. Tot over twintig minuten. Doe uw das af.'

17

Bill's Bar & Grill lag in een deel van Carlyle dat Matlock nog nooit eerder had gezien. De voornaamste bezoekers waren spoorarbeiders en mensen die op de goederenopslag rondzworven. Matlock keek zoekend rond, Houston zat in een hoek achterin.

'Het is cocktailtijd, Matlock. Een beetje vroeg naar universiteitsmaatstaven, maar het effect is ongeveer hetzelfde. De kleren die ze tegenwoordig dragen trouwens ook.'

'Een fraaie gelegenheid, hoor!'

'Heel geschikt voor ons. Ga naar de bar en haal iets te drinken. Ze bedienen hier alleen 's avonds.'

Matlock deed wat Houston hem opdroeg en kwam terug met de beste whisky die ze hadden, een merk dat hij na zijn studietijd nooit meer gedronken had.

'Het lijkt me beter u gelijk maar te vertellen, dat iemand me onder uw naam in het ziekenhuis heeft opgebeld.'

Houston reageerde alsof hij een stomp in zijn maag kreeg. 'Goeie God', zei hij ingehouden. 'Wat zei hij? Hoe hebt u gereageerd?'
'Ik wachtte totdat hij zich zou identificeren... met het spreekwoord van Greenberg. Ik gaf hem een paar maal de kans, maar hij deed het niet... Ik zei dat hij nog maar eens terug moest bellen en hing op.'
'Met *mijn* naam?! *Houston.* Weet u het zeker?'
'Absoluut.'
'Ik snap er niks van. Dat *kan* helemaal niet!'
'Toch is het echt zo.'
'Niemand wist dat ik Greenberg zou gaan vervangen... Ik zelf wist het pas om drie uur vanochtend.'
'Toch is iemand het te weten gekomen.'
Houston nam een paar slokken van zijn bier. 'Als het waar is wat u zegt, ben ik hier over een paar uur weer vandaan. Tussen twee haakjes: goed dat u het ontdekte... Ik zal u trouwens nog een tip geven: laat nooit iemand telefonisch contact opnemen.'
'Waarom niet?'
'Als ik het inderdaad geweest was – hoe had ik dan geweten dat ik werkelijk met *u* sprak?'
'Ja, ja. Ik snap wat u bedoelt...'
'Kwestie van nadenken. Daar komt het in ons werk ook op neer. ... We houden hetzelfde wachtwoord maar aan. De "oude mannen" en "de steden". De nieuwe man neemt vanavond contact met u op.'
'Gaat u echt weg?'
'Ze hebben me in de smiezen. Ik peins er niet over hier te blijven. Denk maar aan Ralph Loring... Dat was een hele klap voor ons allemaal.'
'Hebt u Jason gesproken? Heeft hij u ingelicht?'
'Twee uur lang. Vanaf vier tot vanochtend zes uur. Volgens mijn vrouw heeft hij dertien koppen koffie gedronken.'
'Wat kunt u me over Pat vertellen? Patricia Ballantyne? Wat is er met haar gebeurd?'
'U bent op de hoogte van de medische gegevens...'
'Niet helemaal.'
'Ik weet ze ook niet allemaal.'
'U liegt.
Houston keek Matlock recht aan en er klonk medeleven in zijn stem, toen hij antwoordde: 'Goed dan. Er waren sporen van

verkrachting. Dat wilde u toch weten?'

Matlock omklemde zijn glas. 'Ja', zei hij zacht.

'Maar dan moet ik u ook vertellen, dat zij zelf het zich niet her-innert. Niet in dit herstelstadium. Ik heb me laten vertellen dat de menselijke geest allerlei foefjes gebruikt. Een mens verdringt bepaalde dingen totdat hij sterk genoeg is om ze te verwerken.'

'Bedankt voor de psychologieles... Beesten. Smerige schof-ten...' Matlock duwde zijn glas weg. Hij moest nu niet aan al-cohol denken. Hij moest tot elke prijs volledig bij zijn positieven blijven.

'Ik ben maar een amateur op dit gebied, dus ik bied bij voorbaat mijn excuses aan als ik me misschien wat onhandig uitdruk... Zorg dat u bij haar bent als de stukjes van de puzzel op hun plaats vallen. Ze zal u nodig hebben.'

Matlock keek op van de tafel, weg van zijn gebalde vuisten. 'Was het zo erg?', vroeg hij bijna onhoorbaar.

'Voorlopige laboratoriumonderzoeken – vingernagels, haar en dat soort dingen – wijzen erop dat ze door meer dan één persoon is aangerand.'

Matlocks haat vond maar één uitweg. Hij sloot zijn ogen en zwiepte het glas van de tafel. Voor de bar viel het kapot op de grond. De barkeeper liet zijn vieze doekje vallen en wilde achter de bar vandaan komen, zijn blik gericht op de man die het glas had gegooid. Toen bleef hij staan. Want Houston stak vlug een bankbiljet omhoog en gebaarde de man weg te blijven.

'Beheers u!' zei Houston. 'Daar doet u niemand goed mee. U trekt alleen de aandacht... Luister goed. U kunt doorgaan met inlichtingen inwinnen, maar onder twee voorwaarden. De eerste is dat u het onze man vertelt – dat zou ik zijn – voordat u iemand benadert. De tweede – beperk u tot studenten, uitsluitend studen-ten. Niet de docenten, niet de staf, niemand van buitenaf – alleen studenten... Breng elke avond tussen tien en elf verslag uit. Uw contactman zal u elke dag vertellen waar en hoe. Is dat duide-lijk?'

Matlock staarde de agent ongelovig aan. Hij begreep wel wat de man zei – zelfs ook waarom hij het zei – maar hij kon niet gelo-ven dat iemand die door Jason Greenberg op de hoogte was ge-bracht, deze instructies kon overbrengen. 'Dat meent u toch niet?'

'De orders zijn zeer uitdrukkelijk. Daar kan niet van afgeweken worden. Met geen mogelijkheid.'

Daar was het dan weer. Weer een teken, weer een compromis. Weer een plastic order van de onzichtbare plastic leiders.

'Ik mag voor spek en bonen meedoen, hè? Dan hebben jullie je toch aan de afspraak gehouden.'

'Doe nou maar gewoon wat u gezegd wordt', zei de agent. 'Geloof me, dat is het allerbeste. Oh ja, nog iets. Ik moet het document dat Loring u heeft gegeven mee terugnemen. Dat is order nummer één.'

'Ach, is dat zo?' Matlock liet zich langzaam van de vuile, kunstleren kruk afglijden en stond op. 'Nou, ik denk daar toevallig anders over. Ga jij maar terug naar Washington om ze te vertellen dat ze dood kunnen vallen. En pas goed op jezelf, slaaf nummer één.'

'U speelt met vuur, denk daar goed om!'

'We zullen wel zien wie met wat speelt', zei Matlock, terwijl hij de tafel scheef zette en naar de deur liep. Hij kon het piepen van de tafelpoten horen, toen Houston hem terugschoof om erachter vandaan te kunnen komen. Hij hoorde Houston zacht, maar dringend zijn naam roepen, alsof hij niet goed raad wist. Hij wilde dat Matlock terugkwam, maar was bang zijn naam hardop te zeggen. Matlock stapte de deur uit, sloeg rechtsaf en rende zo hard als hij kon weg. Hij kwam bij een heel smal steegje en besefte, dat dat een mogelijkheid kon zijn. Hij schoot erin, bleef staan en drukte zich plat tegen een deur. Bij de ingang van de steeg, op de weg naar de vrachtopslag, zag hij Houston met grote passen langs de arbeiders lopen, die net op hun gemak hun lunchpauze hielden. Houston zag er zeer opgewonden uit, en Matlock wist dat hij niet terug kon gaan naar zijn huis.

Dat was een vreemde reactie, bedacht hij, toen hij weer in de box in Bill's Bar & Grill zat. Teruggaan naar de plaats waar hij twintig minuten tevoren nog had zitten popelen om weg te gaan. Maar toch was dat nog het beste wat hij op dat moment kon doen. Hij moest alleen zijn om na te denken. En hij kon niet het risico nemen ergens op straat door iemand van het onzichtbare leger van Greenberg-Houston te worden gezien. Ironisch genoeg leek de bar het veiligst.

Hij had de achterdochtige barkeeper zijn excuses aangeboden en gezegd dat hij het gebroken glas wilde betalen. Hij had erop gezinspeeld dat de man met wie hij even tevoren ruzie had gehad, een schoft was – die een hoop geld probeerde los te krijgen zonder dat hij kon betalen. Die uitleg, gegeven door een zeer kalme klant, werd niet alleen geaccepteerd, maar bezorgde hem bovendien een status die zeldzaam was in Bill's Bar & Grill.

Hij moest zijn gedachten zien te ordenen. Er waren nog een heleboel dingen die hij moest uitwerken voordat hij zijn reis naar Nimrod begon. Daar was nu nog iets bij gekomen. Door Houston, al zou die het nooit weten. Pat moest volledig veilig zijn. Daar moest hij zich geen zorgen over hoeven te maken. Alle andere dingen waren daaraan ondergeschikt. De kleren, het geld dat hij op zak moest hebben, de andere auto, dat moest allemaal wachten. Misschien moest hij nu zijn strategie wel veranderen, dacht Matlock. Nimrods mogelijke bondgenoten werden natuurlijk in de gaten gehouden, zijn huis ook, en alle mensen en gebouwen op de lijst van Justitie stonden natuurlijk onder bewaking.

Maar eerst: Pat. Hij zou haar dag en nacht laten bewaken, onafgebroken. Openlijk bewaken, zonder enige poging om dat te verbergen. Dusdanig bewaken, dat het een boodschap voor beide onzichtbare legers inhield, een waarschuwing dat Pat erbuiten diende te blijven. Geld was geen probleem meer, absoluut niet. En er waren beroepsmensen in Hartford die aan zijn eisen voldeden. Dat wist hij. De reusachtige verzekeringsmaatschappijen maakten daar onophoudelijk gebruik van. Matlock herinnerde zich een ex-docent aan de faculteit voor wiskunde, die het winstgevende beroep van verzekeringsdeskundige boven Carlyle had verkozen. Hij werkte voor Aetna.

Matlock keek het smoezelige café rond naar een telefoon. Elf minuten later kwam hij terug naar zijn box. De zaak was rond met Blackstone Bewakingsdienst N.V., Bond Street in Hartford. De bewaking zou om de acht uur worden afgewisseld en de kosten bedroegen driehonderd dollar voor elke vierentwintig uur dat Blackstone Inc. voor bewaking zorgde. Natuurlijk kwamen daar de onkosten nog bij en een extra bedrag voor het gebruik van een 'Tel-electronic' als die nodig was. De Tel-electronic was een klein apparaatje, dat de drager ervan door middel van korte geluidssignalen duidelijk maakte dat hij op een speciaal telefoonnummer werd opgebeld. Blackstone zei, dat dat vanzelfsprekend een ander nummer moest zijn dan het eigen nummer

– dat het, vanzelfsprekend, binnen twaalf uur beschikbaar kon zijn en dat er, vanzelfsprekend, extra kosten voor werden berekend.

Matlock vond alles goed, was overal dankbaar voor en sprak af dat hij later in de middag naar Hartford zou komen om de contracten te ondertekenen. Hij wilde meneer Blackstone spreken – nu om een andere reden. Maar Blackstone maakte duidelijk, dat hij geen haast had met de formaliteiten, aangezien het hoofd van Aetna's actuarische afdeling hem persoonlijk met meneer Matlock in contact had gebracht. Binnen het uur zouden zijn mensen op weg zijn naar het ziekenhuis van Carlyle. Tussen twee haakjes, was meneer Matlock misschien toevallig familie van Jonathan Munro Matlock . . .? Het hoofd van de actuarische afdeling van Aetna had gezegd . . .

Matlock was opgelucht. Blackstone *kon* nuttig zijn. De ex-docent bij Aetna had hem verzekerd, dat er geen betere was dan Blackstone. Duur, maar de beste. De mensen die voor Blackstone werkten, kwamen voornamelijk uit inlichtingendiensten van het leger. Dat was meer dan alleen maar reclame. Ze waren intelligent, vindingrijk en voor geen kleintje vervaard. Ze hadden een vergunning en werden gerespecteerd door de staats- en plaatselijke politie.

Zijn volgende programmapunt was kleding. Hij had naar zijn huis willen gaan om een pak, een stel broeken en een paar jasjes in te pakken, maar dat was nu onmogelijk. Voorlopig tenminste. Hij zou maar kleren kopen – wat hij nodig had – op het moment dát hij ze nodig had. Het geld dat hij bij zich wilde hebben, zou waarschijnlijk een groter probleem opleveren, gezien de gewenste hoeveelheid. Het was zaterdag – en hij wilde geen zaterdagavond verspillen. De banken waren dicht, er was geen manier om aan een heleboel geld te komen.

Alex Anderson zou dat probleem moeten oplossen. Hij zou tegen Alex Anderson liegen, zeggen dat Jonathan Munro Matlock het zeer zou waarderen – financieel wel te verstaan – als hij op zaterdagmiddag een groot bedrag aan contant geld zou willen vrijmaken. Natuurlijk zou deze transactie door beide partijen als vertrouwelijk worden beschouwd. In ruil voor de dienstverlening op de vrije zaterdagmiddag zou een gift worden overgemaakt. Niets dat ook maar in de verste verten als onfatsoenlijk kon worden uitgelegd. En natuurlijk, nogmaals, strikt vertrouwelijk.

Matlock stond op van de gescheurde, vuile kunstleren kruk en liep weer naar de telefoon.

Anderson had niet meer dan vluchtige twijfels over de dienstverlening aan de zoon van Jonathan Munro Matlock, en die betroffen niet de transactie zelf, maar de vertrouwelijkheid ervan. Toen die twijfels eenmaal waren weggewerkt, maakte Matlock hem duidelijk dat Anderson volgens de beste tradities van het bankwezen hulp verschafte. Het was voor elke bank belangrijk de betere cliënt van dienst te zijn, en als een cliënt zijn dankbaarheid wilde betonen . . . nou, dan was dat zijn zaak. Alex Anderson zou die zaterdagmiddag vijfduizend dollar vrijmaken voor James Matlock. Hij zou het hem om drie uur voor het Plaza Movie Theatre overhandigen, waar al voor de tweede keer *Een Mes in het Water* draaide.

Een auto zou de minste van zijn problemen zijn. Er waren twee autoverhuurbedrijven in de stad, Budget National en Luxor-Elite. De eerste was voor studenten en de tweede voor rijke ouders. Hij zou bij Luxor een Cadillac of een Lincoln huren, naar het nevenbedrijf in Hartford rijden en daar een andere auto nemen. Van Hartford zou hij naar een filiaal in New Haven gaan en hetzelfde doen. Met geld zouden er weinig vragen worden gesteld, met redelijke fooien zou hij misschien zelfs medewerking kunnen krijgen.

Hij kon nu zo langzamerhand van start gaan.

'Zeg, eh, meneer. Heet u soms Matlock?' De behaarde barkeeper boog zich over de tafel, met het vuile sopdoekje nog in zijn rechterhand.

'Ja', antwoordde Matlock, terwijl hij zijn adem inhield.

'D'r kwam net een kerel langs. Zei dat ik tegen u moest zeggen dat er buiten nog iets van u ligt. Op de stoep, zei hij. Dat u maar gauw moest gaan kijken.'

Matlock staarde de man aan. De pijn in zijn maagstreek was weer een uiting van angst, van paniek. Hij trok een paar biljetten uit zijn zak, zocht er vijf dollar tussenuit en hield die omhoog voor de barkeeper. 'Loop even met me mee naar de deur. Of tot het raam. Ik wil graag weten of hij nog buiten staat.'

'Best . . . Naar het raam.' De barkeeper nam het doekje in zijn linkerhand en pakte het geld aan. Matlock kwam de box uit en liep naast hem naar het smoezelige raam met de gordijnen halfdicht aan de voorkant van het café. 'Nee, hij is weg. Er is niemand. ... Er ligt alleen een dooie ...'

'Ja, dat zie ik', viel Matlock hem in de rede. Hij hoefde niet naar buiten te gaan, dat was niet nodig.

Op de stoeprand, met het lijfje half in de goot, lag Matlocks kat. De kop, die was afgehouwen, hing nog aan een klein strookje vlees aan het lijf. Het bloed maakte donkere vlekken op het trottoir.

18

Matlock kon de gedachte aan de dode kat maar niet van zich afzetten, terwijl hij de westkant van Hartford naderde. Was het weer een waarschuwing, of hadden ze het document gevonden? Als dat zo was, werd de waarschuwing er alleen nog maar sterker door. Hij vroeg zich af of hij iemand van het team van Blackstone naar zijn huis zou sturen om de kattebak te controleren. Waarom zou een Blackstone-detective dat niet kunnen doen? Waarom aarzelde hij eigenlijk nog? Voor driehonderd dollar per dag plus onkosten was zo'n kleinigheid nauwelijks te veel gevraagd. Hij was van plan Blackstone N.V. nog veel meer te vragen, maar dat wisten ze nog niet. Toch was het misschien niet zo'n goed idee. Als het document er wel was, zou de bergplaats verraden kunnen worden doordat er iemand ging kijken.

Hij had bijna besloten het risico maar te nemen, toen hij de bruine sedan zag in zijn achteruitkijkspiegel. Alweer. Matlock had de auto al enige malen gezien, nadat hij een halfuur geleden snelweg 72 op was gekomen. Terwijl andere auto's afsloegen, passeerden of achterbleven, had deze bruine sedan eigenlijk al die tijd zo'n drie of vier auto's achter hem gezeten. Er was een manier om erachter te komen of dat toeval was. Even na de volgende afslag naar Hartford West was een nauw straatje, eigenlijk alleen maar een met keien geplaveide steeg, die uitsluitend voor leveranties werd gebruikt. Hij en Pat hadden er op een drukke middag vijf minuten vastgezeten, omdat ze dachten dat het een kortere weg was.

Hij zwenkte de afslag op en reed in de richting van de steeg.

Daar maakte hij een scherpe bocht naar links en sloeg het nauwe straatje in. Omdat het zaterdagmiddag was, waren er geen vrachtwagens aan het uitladen en was het leeg. Hij reed er zo hard hij kon doorheen en kwam uit op een drukke A & P-parkeerplaats, waarover je op een parallel lopende hoofdstraat kon komen. Matlock reed naar een lege parkeerplaats, zette de motor af en zakte wat onderuit in zijn stoel. Hij zette zijn zijspiegel in een dusdanige stand, dat hij de ingang van het nauwe straatje kon zien. Een halve minuut later kwam de bruine sedan in zicht.

De man achter het stuur wist het kennelijk niet meer. Hij minderde vaart, keek naar de tientallen auto's. Opeens begon achter de bruine sedan een andere auto te toeteren. De bestuurder werd ongeduldig omdat de bruine sedan hem de weg versperde. Met tegenzin trok de bestuurder van de sedan weer op, maar eerst keek hij opzij, draaide zijn hoofd zover naar rechts, dat Matlock, die nu rechtstreeks naar de auto keek, hem herkende.

Het was de politieman. De politieman die na de avond bij Beeson in zijn vernielde huis was geweest, de man die twee dagen geleden een handdoek voor zijn gezicht had getrokken en snel was weggelopen door de gang van de squashbaan.

Greenbergs 'toeval'.

Matlock stond perplex. Hij was ook geschrokken.

De agent in burger reed langzaam naar een uitgang van de parkeerplaats, kennelijk nog steeds op zoek. Matlock zag, dat de auto zich in de verkeersstroom voegde en wegreed.

Het kantoor van Blackstone Bewakingsdienst N.V., Bond Street in Hartford, leek meer op een verzekeringsmaatschappij in goeden doen dan op een detectivebureau. De meubels waren zwaar en imposant, op de muren zat behang in een rustig, mannelijk streepdessin. Dure jachttaferelen boven de gloed van koperkleurige staande lampen. Het kantoor ademde een sfeer van kracht, mannelijkheid en welstand. Waarom ook niet?, dacht Matlock, terwijl hij in de hal op de stijlvolle tweezitsbank ging zitten. Met driehonderd dollar per dag voor één cliënt kon het Blackstone Bewakingsdienst N.V. nooit slecht gaan.

Toen hij eindelijk naar de kamer van Michael Blackstone werd gebracht, stond deze op van zijn stoel en liep om het kersehouten bureau heen om hem te begroeten. Blackstone was een korte, gedrongen man, stijlvol gekleed. Hij was begin vijftig, deed zo te zien veel aan lichaamsbeweging en was waarschijnlijk erg sterk.

'Goedemiddag', zei hij. 'U bent toch niet alleen voor het tekenen van de papieren hierheen gekomen? Dat kon best wachten. Dat *wij* nou zeven dagen per week werken betekent nog niet dat we dat van iedereen verwachten.'

'Ik moest toch in Hartford zijn. Geen enkele moeite.'

'Ga zitten, ga zitten. Kan ik u iets aanbieden? Een drankje? Koffie?'

'Nee, dank u.' Matlock ging in een reusachtige, zwartleren stoel zitten, het soort stoel dat alleen nog maar in de oudste, meest gezochte mannenclubs te vinden is. Blackstone ging weer aan zijn bureau zitten. Ik heb nogal haast, eerlijk gezegd. Ik zou graag onze overeenkomst tekenen, met u afrekenen en weer weggaan.'

'Zoals u wilt. Hier heb ik de papieren.' Blackstone trok een map naar zich toe en glimlachte. 'Zoals ik al zei door de telefoon, zijn er enige vragen waarop we graag een antwoord willen hebben, natuurlijk. Achtergrondinformatie. Dat zou ons kunnen helpen bij het uitvoeren van uw orders. Neemt maar een minuut of wat in beslag.'

Matlock had die vraag verwacht. Het maakte deel uit van zijn plan, de reden waarom hij Blackstone wilde ontmoeten. Hij rekende er min of meer op dat Blackstone – als hij tenminste wilde meewerken – hem een heleboel tijd zou kunnen besparen. Misschien met tegenzin, maar misschien ook was het alleen een kwestie van 'bijkomende kosten' ... Daarom moest hij Blackstone persoonlijk ontmoeten. Als Blackstone gekocht kon worden, kon er een heleboel tijd worden uitgespaard.

'Ik zal de vragen beantwoorden die ik kan. U hebt natuurlijk inmiddels al ontdekt dat het meisje ernstig is mishandeld.'

'Dat weten we, ja. Wat ons bezighoudt, is de tegenzin van iedereen om te vertellen waarom. Niemand wordt op die manier mishandeld alleen maar voor de kick. Oh, het gebeurt wel, maar zo'n soort geval wordt in het algemeen snel en efficiënt aangepakt door de politie. We hoeven dus niet ... Klaarblijkelijk beschikt u over informatie die de politie niet heeft.'

'Dat is inderdaad zo.'

'Mag ik vragen waarom u ze niet hebt ingelicht? Waarom u ons hebt ingeschakeld? ... De plaatselijke politie zorgt graag voor bescherming als daar voldoende reden voor is, en dat is veel minder duur.'

'Het lijkt wel alsof u eigenlijk liever geen zaken doet.'

'Dat is inderdaad vaak het geval.' Blackstone glimlachte. 'Dat kan ik u wel vertellen.'

'Maar waarom . . .'

'U bent een zeer aanbevolen cliënt', viel Blackstone hem in de rede, 'de zoon van een vooraanstaand man. We willen dat u weet welke mogelijkheden u nog meer hebt. Dat is onze redenatie. Wat is de uwe?'

'U bent in elk geval recht door zee. Dat waardeer ik. Ik neem aan dat uw woorden in feite betekenen, dat u niet wilt dat uw reputatie door het slijk wordt gehaald.'

'Daar komt het wel op neer, ja.'

'Goed. Dan is dat ook mijn redenatie. Alleen gaat het niet om *mijn* reputatie, maar om die van mijn vriendin. Van juffrouw Ballantyne . . . De eenvoudigste manier om het te zeggen is, dat ze zich vergist heeft in de keuze van haar vrienden. Het is een zeer intelligent meisje met vele toekomstmogelijkheden, maar jammer genoeg schiet die intelligentie op andere gebieden nog wel eens tekort.' Matlock zweeg met opzet en trok een pakje sigaretten te voorschijn. Ongehaast pakte hij er een uit en stak die aan. De pauze miste zijn uitwerking niet.

Blackstone zei: 'Had ze financieel voordeel van de omgang met die mensen?'

'Helemaal niet. Voor zover ik het kan bekijken, werd ze gebruikt. Maar ik snap wel waarom u dat vraagt. Er valt tegenwoordig in de universiteitsgemeenschappen flink wat geld te verdienen, nietwaar?

'Ik zou het niet weten. Universiteiten zijn ons terrein niet.' Blackstone glimlachte opnieuw en Matlock wist dat hij loog. Beroepsmatig, natuurlijk.

'Nee, dat zal wel niet.'

'Goed, meneer Matlock. Waarom is ze mishandeld? En wat bent u van plan eraan te doen?'

'Ik ben van mening dat ze werd mishandeld om haar te verhinderen informaties te verstrekken die ze niet heeft. Ik ben van plan de betrokken partijen op te sporen en ze dat te vertellen. Ze moeten haar met rust laten.'

'En als u naar de politie gaat, wordt de affaire met die kennissen

– ex-kennissen, neem ik aan – bekend en wordt die briljante toekomst van haar in gevaar gebracht.'

'Precies'.

'Dat is een waterdicht verhaal ... Wie zijn die betrokken partijen?'

'Ik weet hun namen niet ... Maar ik weet wel waar ze zich mee bezighouden. Hun voornaamste bezigheid schijnt gokken te zijn. Ik dacht dat u me op dat punt misschien zou kunnen helpen. Vanzelfsprekend zou ik in dat geval op extra kosten rekenen.'

'Juist, ja.' Blackstone stond op en liep om zijn stoel heen. Zonder speciale reden speelden zijn vingers met de draaischijven van het airconditioning-apparaat. 'U verwacht wel wat veel.'

'Ik hoef geen namen te hebben. Het zou mooi zijn, natuurlijk, en ik zou er goed voor betalen ... Maar ik zou al blij zijn met gelegenheden. Ik kan ze zelf ook opsporen, dat weet u. Maar u zou me tijd kunnen besparen.'

'Ik neem aan dat u geïnteresseerd bent in ... besloten clubs. *Besloten* gezelligheidsverenigingen, waar leden elkaar kunnen ontmoeten om activiteiten van hun keuze te verrichten.'

'Buiten het gezichtsveld van de wet. Waar particulieren hun aangeboren neigingen kunnen volgen om te wedden. Daar zou ik willen beginnen.'

'Zou ik u van gedachten kunnen doen veranderen? Zou ik u kunnen overhalen om in plaats daarvan naar de politie te gaan?'

'Nee.'

Blackstone liep naar een archiefkast tegen de linkermuur, pakte een sleutel uit zijn zak en maakte de kast open. 'Een waterdicht verhaal, zoals ik al zei. Zeer geloofwaardig. Maar ik geloof er geen woord van ... Maar u maakt een vastberaden indruk, en dat doet me toch wel iets.' Hij pakte een metalen koffertje uit de kast en nam dat mee terug naar het bureau. Daar zocht hij een andere sleutel van zijn bos uit, maakte het open en pakte er een enkel vel papier uit. 'Daar staat een Xerox-machine', zei hij, wijzend naar een groot, grijs kopieerapparaat in de hoek. 'Als je een kopie wilt maken, leg je een bladzij met de bedrukte kant naar beneden onder de metalen klapper en zet je die knop op het gewenste aantal kopieën. Het aantal kopieën wordt automatisch bijgehouden. We maken er bijna nooit meer dan één ... Als u me nu voor een minuut of twee wilt excuseren, meneer

Matlock, ik moet even in een ander kantoor een gesprek voeren.'
Blackstone hield het enkele vel papier omhoog en legde het toen
omgekeerd bovenop Matlocks dossiermap. Hij rechtte zijn rug
en trok met de vingers van beide handen de onderkant van zijn
jasje recht, als iemand die gewend is te laten zien dat hij dure
pakken draagt. Met een glimlach liep hij om zijn bureau heen
naar de deur. Daar draaide hij zich om.
'Misschien is dat wat u zoekt, maar misschien ook niet. Ik zou
het niet weten. Ik heb alleen een vertrouwelijk memorandum
op mijn bureau laten liggen. De onkosten zullen op uw rekening
worden omschreven als . . . extra bewaking.'
Hij liep het kantoor uit en deed de deur stevig achter zich dicht.
Matlock stond op uit de zwartleren stoel en liep naar het bureau.
Hij draaide het vel papier om en las het getypte hoofd.

Ter controle: streek Hartford – New Haven
Besloten clubs: Ontmoetingsplaatsen en contactpersonen
(managers)
Met ingang van 3-15. Niet voor gebruik buiten kantoor.

Onder de korte inhoudsopgave in hoofdletters stonden een stuk
of twintig namen en adressen.
Nimrod was nu niet meer zover weg.

19

Het Luxor-Elite Verhuurbedrijf in Asylum Street in Hartford
had zijn medewerking wel willen verlenen. Matlock reed nu in
een Cadillac met een linnen kap. De chef had de verklaring geaccepteerd, dat de Lincoln te begrafenisachtig was en aangezien
de registratiepapieren in orde waren, was er geen enkel bezwaar
tegen inruil.
Ook niet tegen de fooi van twintig dollar.
Matlock had Blackstones lijst zorgvuldig uitgepluisd. Hij besloot
zich te wijden aan de clubs ten noordwesten van Hartford, om
de eenvoudige reden dat ze dichter bij Carlyle lagen. Ze lagen
echter niet het dichtstbij. Hij had twee adressen binnen een

143

straal van respectievelijk zeven en tien kilometer – aan verschillende kanten – van Carlyle, maar daar wilde hij nog een dag of wat mee wachten. Tegen de tijd dat hij zich daar vertoonde, moesten de leidinggevende figuren weten dat hij een zware gokker was. Geen beroeps, maar gewoon een zware gokker. Dat gerucht zou snel genoeg de ronde doen – als hij het tenminste goed aanpakte.

Zijn eerste adres was een besloten zwemclub ten westen van Avon. De contactman was een zekere Jacopo Bartolozzi.

Om half tien reed Matlock de kronkelende oprit op naar een baldakijn dat boven de ingang van de Avon Zwemclub was gespannen. Een portier in uniform gaf een parkeerwachter een seintje, die uit het niet te voorschijn kwam en achter het stuur gleed op hetzelfde moment dat Matlock uitstapte. Kennelijk werden er geen parkeerkaarten uitgegeven.

Terwijl hij op de ingang toe liep, keek hij naar het clubgebouw. Het witstenen hoofdgebouw was groot en gelijkvloers, met aan weerszijden een hoge palissade, die in de duisternis verdween. Rechts van het hoofdgebouw, een heel eind achter het hek, was de iriserende gloed te zien van groenachtig blauw licht en weerklonk het gespetter van water. Links was een immens, tentachtig afdak waaronder het flikkerende licht van tientallen tuinfakkels te zien was. Hier was klaarblijkelijk een soort openluchtrestaurant, terwijl aan de andere kant een enorm zwembad lag. Er klonk zachte muziek.

De Avon Zwemclub bleek een uiterst luxueuze gelegenheid te zijn.

Het interieur versterkte die indruk nog. Er lag een dik tapijt in de foyer en de tafels en stoelen tegen de damasten wanden zagen er echt antiek uit. Links was een grote kleedkamer en wat verder naar achteren was aan de rechterkant een witmarmeren balie. Het enige element dat niet in de sfeer paste, was een zwart, gebeeldhouwd, smeedijzeren hek aan het einde van de smalle lobby en dat was dicht, waarschijnlijk ook op slot. Daarachter was een openluchtgalerij, zacht verlicht, met een uitgestrekt afdak boven rijen ranke Ionische zuilen. Een lange man in smoking stond kaarsrecht achter het ijzeren hek.

Matlock liep naar hem toe.

'Uw lidmaatschapskaart, alstublieft?'

'Die heb ik helaas niet.'

'Het spijt me, meneer, maar dit is een besloten zwemclub. Alleen voor leden.'

'Ik moest naar meneer Bartolozzi vragen.'

De man achter het hek staarde Matlock onderzoekend aan.

'Loopt u dan even naar de balie, meneer. Daarginds.'

Matlock liep terug naar de balie en werd begroet door een enigszins gezette receptionist van middelbare leeftijd, die er bij zijn binnenkomst niet was geweest.

'Kan ik u misschien helpen?'

'Ja, graag. Ik ben hier nog niet zo bekend, en ik zou graag lid willen worden.'

'Dat spijt me. We zitten helemaal vol op dit moment. Maar als u een aanmeldingsformulier invult, zullen we u graag bellen als er een plaats open komt. . . . Is het alleen voor u of ook voor uw gezin?' De receptionist bukte zich en bracht twee invulformulieren te voorschijn.

'Alleen voor mij zelf. Ik ben niet getrouwd . . . Maar ik moest speciaal naar meneer Bartolozzi vragen. Jacopo Bartolozzi.'

De receptionist gaf bij het horen van de naam nauwelijks blijk van herkenning. 'Alstublieft. Als u een formulier invult, zal ik het op het bureau van meneer Bartolozzi leggen. Dan ziet hij het morgen wel. Misschien belt hij u, maar ik weet niet of hij iets voor u kan doen. We zitten vol en we hebben zelfs een wachtlijst.'

'Is hij er nu niet? Op zo'n drukke avond?' Matlock legde een ongelovige klank in zijn stem.

'Dat denk ik niet, meneer.'

'Waarom kijkt u niet even? Zeg maar tegen hem dat we wederzijdse vrienden in San Juan hebben.' Matlock trok zijn portemonnaie uit zijn zak en pakte er een biljet van vijftig dollar uit. Hij legde het voor de receptionist neer, die hem strak aankeek en het geld langzaam oppakte.

'San Juan?'

'San Juan.'

Matlock leunde tegen de witmarmeren balie en zag dat de man achter het smeedijzeren hek hem stond op te nemen. Als het San Juan-verhaal succes had en hij dat hek door mocht, zou dat hem nog zo'n fiks biljet kosten, besefte hij. Het San Juan-verhaal *moest* succes hebben. Het was een onnozele smoes maar berustte wel op waarheid. Hij had twee jaar geleden een wintervakantie in Puerto Rico doorgebracht en hoewel hij geen gokker was, had hij met een gezelschap – en een meisje – opgetrokken dat 's avonds de casino's afging. Daar had hij een stel mensen uit de buurt van Hartford ontmoet, hoewel hij zich met de beste wil van de wereld geen enkele naam meer kon herinneren.

Er kwamen van binnen twee mannen en vrouwen naar het hek toe lopen, de vrouwen giechelend, de mannen met een berustende glimlach. Waarschijnlijk hadden de vrouwen twintig of dertig dollar gewonnen, dacht Matlock, terwijl de mannen er een paar honderd verloren hadden. Zo ging dat. Het hek sloot zich achter hen. Matlock kon de elektrische klik van het slot horen. Dat was een ijzeren hek waar je maar zo niet doorheen kwam.

'Meneer?' Dat was de gezette receptionist, en Matlock draaide zich om.

'Ja?'

'Gaat u maar naar binnen, meneer Bartolozzi is aanwezig.'

'Waar? Hoe?' Er was geen deur behalve de smeedijzeren poort en de receptionist had een gebaar met zijn linkerhand gemaakt, niet naar het hek.

'Hierheen, alstublieft.'

Plotseling zwaaide een deur zonder knop en zonder lijst rechts van de balie open. De omtrek van de open deur tegen de damasten wand was nauwelijks te onderscheiden en als de deur dicht was, was er helemaal niets te zien. Matlock liep naar binnen en de receptionist ging hem voor naar het kantoor van Jacopo Bartolozzi.

'Zo zo. Dus wij hebben wederzijdse vrienden?' De corpulente Italiaan had een hese stem en leunde achteruit in zijn bureaustoel. Hij maakte geen aanstalten om op te staan of om Matlock te begroeten. Jacopo Bartolozzi was een kort, gedrongen karikatuur van zich zelf. Matlock durfde erom te wedden dat zijn voeten niet op de grond kwamen.

'Ja, inderdaad, meneer Bartolozzi.'

'Hoezo? Wie dan in San Juan?'

'Oh, verschillende mensen. Een tandarts uit West Hartford, onder andere. En een accountant in de Constitution Plaza.'

'Oh ... Oh ja?' Bartolozzi probeerde zich de mensen te herinneren met de beroepen en woonplaatsen die Matlock beschreef.

'Hun namen? Zijn ze lid?'

'Dat zal wel. Ze hebben me *uw* naam gegeven.'

'Maar dit is een zwemclub. Besloten . . . Wie zijn het dan?'
'Luister, meneer Bartolozzi, het was een waanzinnige nacht in het Condado Casino. We hadden allemaal flink wat gedronken en . . .'
'Er wordt in de casino's van Puerto Rico niet gedronken. Dat is verboden!' De Italiaan had een scherpe klank in zijn stem en was kennelijk trots op zijn scherpe opmerking. Met zijn vette vinger wees hij naar Matlock.
'Er zijn maar weinig mensen die zich daar iets van aantrekken.'
'Wat?'
'Er werd flink gezopen, geloof dat maar. U begrijpt dus dat ik me hun namen niet meer kan herinneren . . . Hoor eens, ik kan maandag best naar de stad rijden en de hele dag bij de Plaza gaan staan, dan vind ik die accountant heus wel. Of ik kan naar West Hartford gaan en bij elke tandarts aanbellen. Maar wat maakt het uit? Ik wil graag spelen en ik heb er het geld voor.'
Bartolozzi glimlachte. 'Dit is een zwemclub. Ik snap verdomd niet waar u het over hebt.'
'Oké dan', zei Matlock met een ontevreden klank in zijn stem. 'Deze club kwam toevallig goed uit, maar als u zich van den domme blijft houden, nou, er zijn er nog meer. Mijn vrienden uit San Juan hebben me ook verteld over de club van Jimmy Lacata in Middletown en die van Sammy Sharpe in Windsor Shoals . . . Hou jij je fiches maar, lafaard.' Hij draaide zich om.
'Hé, wacht even!'
Matlock zag dat de dikke Italiaan opstond uit zijn stoel. Hij had gelijk gehad. Bartolozzi's voeten konden de grond niet hebben geraakt.
'Waarvoor? Misschien stelt het hier toch maar verdomd weinig voor.'
'Kent u Lacata? En Sharpe?'
'Niet persoonlijk, dat zei ik toch al? Ach, vergeet het nou maar. Ik snap best dat u moet uitkijken. Ik zal maandag op zoek gaan naar die kennis van me en dan komen we samen wel eens langs . . . Ik had alleen zin om vanavond te spelen.'
'Oké, oké. We moeten inderdaad uitkijken.' Bartolozzi trok de bovenste la van zijn bureau open en haalde er enkele papieren uit. 'Kom hier. Deze moeten worden ondertekend. Jij je zin. Misschien raak je je geld kwijt. Of ik het mijne.'
Matlock liep naar het bureau. 'Wat moet ik tekenen?'

147

'Alleen een paar formulieren. De inschrijving kost vijfhonderd. Contant. Heb je dat? Geen krediet, geen cheques.'

'Ja, dat heb ik. Wat zijn dat voor formulieren?'

'Het eerste is een verklaring, dat u weet dat dit een instelling zonder winstbejag is en dat de opbrengst van eventuele kansspelen bestemd is voor liefdadige doeleinden ... Waar lach je om? De Kerk van de Heilige Maagd in Hamden heb ík laten bouwen.'

'En het andere? Dat is een lang verhaal.'

'Dat is voor onze archieven. Een certificaat van algemene deelname. Voor die vijfhonderd ballen krijg je een prachtige titel. Deelgenoot. Iedereen is deelgenoot ... Je weet maar nooit.'

'Hoe bedoelt u?'

'Als het ons goed gaat, profiteert u daar ook van. Vooral als we de kranten halen.'

De Avon Zwemclub was werkelijk een zwemgelegenheid, geen twijfel aan. Het enorme, wulps gevormde bad was wel een meter of zestig lang en werd aan de verste zijde begrensd door kleine, elegante badhokjes. Overal stonden strandstoelen en tafeltjes op het gras langs de betegelde rand van het zwembad en de onderwaterschijnwerpers maakten het geheel nog uitnodigender. Dit alles lag rechts van de openluchtgalerij. Links ervan bevond zich inderdaad datgene waarnaar je buiten alleen maar kon raden. Een immens tentdoek in een groen met witte streep strekte zich uit boven tientallen tafeltjes. Op elk tafeltje stond een lantaarn met een kaars erin en de hele ruimte was afgezet met veilig geplaatste tuintoortsen. Helemaal achteraan stond een lange tafel, vol met gebraden vlees, salades en koude schotels. Aan de lange tafel grensde een bar; er liepen tientallen stelletjes rond.

De Avon Zwemclub was een plezierige gelegenheid om met vrouw en kinderen heen te gaan.

De galerij voerde naar het einde van het complex, waar nog een groot, witstenen gebouw stond, hetzelfde als het hoofdgebouw. Boven de hoge, zwartgelakte dubbele deuren hing een houten bord, waarop in krullerige letters geschilderd was:

De Bron van Avon

Dit gedeelte van de Avon Zwemclub was geen plezierige gelegenheid voor vrouw en kinderen.

Matlock waande zich terug in het casino van San Juan – zijn enige ervaring op roulettegebied. Het vaste tapijt was dik genoeg om elk geluid bijna volledig te dempen. De enige geluiden waren het klikken van de fiches en het ingehouden, maar intense gemompel van de spelers en de croupiers. De dobbeltafels stonden langs de wanden, en de kaarttafels in het midden. Ertussenin, met voldoende tussenruimte voor de stroom van toeschouwers, stonden de roulettetafels. In het midden van de grote ruimte, op een podium, was het hokje van de kassier. Alle werknemers van De Bron van Avon droegen smoking en maakten een keurig verzorgde, gedienstige indruk. De spelers zagen er minder formeel uit.

De man bij het hek, blij met Matlocks nieuwe biljet van vijftig dollar, bracht hem naar de halfronde tafel voor de verhoging waar de kassier zat. Tegen een man die stroken papier zat uit te tellen, zei hij: 'Dit is meneer Matlock. Zorg goed voor hem, het is een persoonlijke vriend.'

'Maar natuurlijk', zei de man met een glimlach.

'Het spijt me, meneer Matlock', zei de man van het hek gedempt, 'maar er wordt momenteel niet echt groot ingezet.'

'Nee, dat zal wel niet . . . Zeg, ik loop gewoon even wat rond.'

'Prima. Even de sfeer te pakken krijgen . . . Ik kan u wel vertellen dat dit geen Vegas is. Eerlijk gezegd stelt het meestal niet zoveel voor. Ik bedoel, voor een man als u, snapt u?'

Matlock snapte precies wat de man bedoelde. Een briefje van vijftig dollar was geen gewone fooi in Avon, Connecticut.

Hij had drie uur en twaalf minuten nodig om $ 4 175 te verliezen. Het enige moment dat hij paniek voelde, was toen hij geluk had met dobbelen en een winst van bijna $ 5 000 dollar had gemaakt. Hij was de avond goed begonnen – althans voor zijn doel. Hij had al snel in de gaten, dat er gemiddeld voor $ 200 tot $ 300 aan fiches werd gekocht. Maar voor hem geen kinderspel. Dus kocht hij eerst voor $ 1 500, de tweede keer voor $ 1 000 en de derde keer voor $ 2 000.

Tegen één uur 's nachts zat hij met Jacopo Bartolozzi aan de bar onder het groen met wit gestreepte zeildoek grapjes te maken.

'Jij bent nog eens een sportieve knaap. De meesten zouden

moord en brand schreeuwen, als ze zo'n hoop poen kwijtraakten als jij. Zou ik op dit moment in m'n kantoor zitten en ze met hun neus op de formulieren drukken.'

'Maak je maar niet ongerust. Ik krijg het wel terug. Dat is altijd zo . . . Ik was er te tuk op om te spelen. Misschien kom ik morgen wel terug.'

'Maandag dan. Morgen is alleen het zwembad open.'

'Waar is dat voor?'

'Zondag. Rustdag.'

'Hè, verdomme! Ik krijg morgen een vriend uit Londen op bezoek. Maandag is hij er niet meer. Dat is pas een grote speler.'

'Nou, luister. Ik zal Sharpe in Windsor Shoals voor je bellen. Dat is een jood. Die geeft geen reet om heilige dagen.'

'Oh, graag.'

'Misschien kom ik zelf ook nog wel even langs. De vrouw moet toch naar de Moeders van Madonna.'

Matlock keek op zijn horloge. Zijn eerste avond – het begin van zijn avontuur – was goed verlopen. Hij vroeg zich af of hij daar nu al van kon profiteren. 'Maar waar ik altijd echt mee zit als ik ergens nieuw kom, is dat het zoveel tijd kost om de adressen te pakken te krijgen.'

'Waar zit je dan mee?'

'Ik heb een vriendin in het motel. Ze slaapt, we hebben bijna de hele dag gereisd. Ze heeft geen stuff meer – geen hard stuff – alleen weed. Ik heb haar beloofd dat ik wat op de kop zou tikken.'

'Sorry, Matlock, daar kan ik je niet aan helpen. Overdag heb ik hier namelijk kinderen rondlopen. En het is niet goed voor de image, zie je? Een stuk of wat pillen, die heb ik wel. Maar geen spuittoestanden. Wil je een paar pillen?'

'Nee, alleen maar weed. Meer laat ik haar niet gebruiken.'

'Heel verstandig . . . Welke kant moet je op?'

'Terug naar Hartford.'

Bartolozzi knipte met zijn vingers. Een lange barkeeper sprong onmiddellijk in de houding. Matlock vond dat er iets grotesks was aan de kleine, dikke Italiaan die op een dergelijke manier de lakens uitdeelde. Bartolozzi vroeg de man om een stuk papier en een pen.

'Hier. Een adres. Ik zal voor je bellen. Het is een nachtclub vlak bij de hoofdstraat. Bij G. Fox sla je de hoek om. Eerste

150

verdieping. Vraag maar naar Rocco. Die heeft absoluut alles.'
'Je bent geweldig.' Dat meende hij. Hij stopte het adres in zijn
zak.
'Ach, dat mag ook wel, voor vierduizend direct al de eerste
avond . . . Hé, je hebt je inschrijvingsformulier nog niet eens
ingevuld! Is die even mooi!'
'Je hebt geen bankreferenties nodig. Ik speel met contant geld.'
'Waar bewaar je dat dan in godsnaam?'
'Op zevenendertig banken van hier tot Los Angeles.' Matlock
zette zijn glas neer en stak zijn hand naar Bartolozzi uit. 't Was
leuk. Zie ik je morgen?'
'Ja, ja. Ik loop met je mee naar de deur. En denk erom dat je
bij Sammy niet alles kwijtraakt. Je komt hier weer terug, hè?'
'Reken maar.'
De beide mannen liepen terug naar de openluchtgalerij. De gedrongen Italiaan legde zijn dikke hand in het midden van Matlocks rug, het gebaar van een nieuwe vriend. Wat ze geen van
beiden beseften, terwijl ze tussen de tafeltjes door liepen, was
dat een goedgeklede heer aan een tafel vlakbij hen, die almaar
een lege aansteker probeerde aan te krijgen, naar hen keek.
Toen de twee mannen langs zijn tafeltje liepen, deed hij de aansteker terug in zijn zak, terwijl de vrouw tegenover hem zijn
sigaret met een lucifer aanstak.
'Heb je ze?', vroeg de vrouw gedempt, met een glimlach.
De man lachte zachtjes. 'Karsh zou het me niet kunnen verbete-
ren. Ik heb zelfs close-ups.'

20

Als de Avon Zwemclub een gunstig startpunt was, dan was de
Hartford Jachtclub – onder de behoedzame leiding van Rocco
Aiello – een benijdenswaardig begin van de reis te noemen. Matlock beschouwde zijn reis naar Nimrod nu als een race, een
wedloop die binnen twee weken en een dag afgelopen zou zijn.
Wanneer de mensen van Nimrod en de Mafia-bonzen ergens in
de omgeving van Carlyle bijeen zouden komen. Voor hem zou

de reis afgelopen zijn, als iemand met nog een verzilverd Corsicaans document op de proppen kwam.

Bartolozzi's telefoontje had succes. Matlock stapte het oude, roodstenen gebouw binnen – eerst dacht hij dat hij het verkeerde adres had, want er scheen geen licht door de ramen en er was buiten niets te zien van wat er binnen gebeurde – en zag aan het eind van de gang een goederenlift met een eenzame neger-liftbediende, die in een stoel voor de deur zat. Hij was nog niet binnen, of de jongen ging staan en bracht hem naar de lift.

Boven kwam een man hem in de gang tegemoet. 'Prettig kennis met u te maken. Rocco is de naam. Rocco Aiello.' Hij stak zijn hand uit, die Matlock aannam.

'Ja, hallo ... Ik dacht al. Ik hoorde niets. Ik dacht dat ik misschien op het verkeerde adres was.'

'Als u wel iets had gehoord, zouden de verbouwers me voor de gek hebben gehouden. De muren zijn een halve meter dik en aan beide kanten op geluid geïsoleerd, en we hebben blinde ramen. Uiterst veilig.'

'Tjongejonge.'

Rocco trok een kleine, houten sigarettenkoker uit zijn zak te voorschijn. 'Ik heb een doosje joints voor u. Voor niks. Ik wil u met alle plezier de club laten zien, maar Jock-O zei dat u misschien haast had.'

'Dan vergist Jock-O zich. Ik wil graag iets drinken.'

'Mooi zo! Kom verder ... Alleen één ding, meneer Matlock. Ik heb keurige cliëntjes, snapt u wat ik bedoel? Erg rijk, erg keurig. Sommigen van hen weten wel iets van wat Jock-O uitvoert, maar de meesten niet. Snapt u wat ik bedoel?'

'Ik begrijp het. Ik ben trouwens nooit zo dol op zwemmen geweest.'

'Prima, prima ... Welkom in de chicste nachtclub van Hartford.' Hij trok de dikke, stalen deur open. 'Ik heb gehoord dat u flink geschoren bent vanavond.'

Matlock lachte terwijl hij de schaars verlichte zalen binnenging, vol met mensen die om tafeltjes zaten.

'Is dat de uitdrukking?'

'In Connecticut wel, ja ... Kijk. Ik heb twee dezelfde verdiepingen. Op elke verdieping zijn vijf grote zalen, met elk een bar. Zeer besloten, prima sfeer. Leuke gelegenheid om met de vrouw naartoe te gaan, of iemand anders, snapt u wat ik bedoel?'

'Dat denk ik wel. Niet gek, zeg.'

'De obers zijn voornamelijk studenten. Ik help ze graag een paar centen verdienen voor hun studie. Ik heb nikkers, Portoricanen, joden – we doen hier niet aan discriminatie. Alleen dat haar – lang haar, daar moet ik niks van hebben, snapt u wat ik bedoel?'

'Studenten! Is dat niet gevaarlijk? Die kletsen hun mond voorbij.'

'Welnee, wat denkt u wel?! Deze zaak is opgericht door zo'n jongen. Eigenlijk is het een soort studentenvereniging. Ik heb alleen maar bona-fide leden die keurig op tijd hun contributie betalen. Niks op aan te merken, hoor!'

'Nee, nee. Maar dat andere dan?'

'Wat bedoelt u?'

'Waar ik voor kwam.'

'Wat? Een beetje hasj? Dat kun je toch overal krijgen?'

Matlock lachte. Hij wilde het niet overdrijven. 'Alweer gelijk, Rocco ... Als ik je beter kende, had ik misschien wel een grotere handel met je willen doen. Bartolozzi zei dat je alles hebt wat er te koop is ... Maar vergeet het maar. Ik ben bekaf. Ik ga even een drankje halen en dan smeer ik 'm weer. M'n vriendin zal zich wel afvragen waar ik gezeten heb.'

'Soms praat Bartolozzi te veel.'

'Daar zou je wel eens gelijk in kunnen hebben. Tussen twee haakjes, hij gaat morgen met me mee naar Sharpe in Windsor Shoals. Ik krijg een vriend uit Londen over. Zin om ook te komen?'

Aiello was duidelijk onder de indruk. De gokkers uit Londen hadden zich de laatste tijd meer naam verworven dan de jongens uit Vegas en van de Caraïbische Eilanden. Zo bekend was Sammy Sharpe nou ook weer niet.

'Och ja, misschien wel ... Luister, als u iets nodig hebt, vraagt u er toch gewoon om, hè?'

'Ja, doe ik. Alleen moet me van 't hart, dat die studenten me zenuwachtig maken.'

Aiello pakte Matlocks elleboog met zijn linkerhand en duwde hem naar de bar. 'Dat ziet u verkeerd, heus. Die kinderen – dat zijn geen kinderen meer, snapt u wat ik bedoel?'

'Nee. Kinderen zijn kinderen. Ik timmer niet graag aan de weg. Dan hoef ik me ook niet druk te maken.' Matlock keek op naar de barkeeper en pakte wat hij nog aan geld over had. Hij zocht

er een biljet van twintig dollar tussenuit en legde dat op de bar.
'Old Fitz met water, alsjeblieft.'
'Doe dat geld maar weg', zei Rocco.
'Meneer Aiello?' Een jongeman in een kelnersjasje kwam naar
hen toe. Matlock schatte hem op een jaar of twee-, drieëntwin-
tig.
'Wilt u dit even aftekenen? Tafel elf. De Johnsons. Uit Canton.
Ze zijn oké.'
Aiello pakte het notabloc aan en krabbelde zijn initialen erop.
De jongeman liep terug naar de tafeltjes.
'Ziet u die jongen daar? Dat bedoel ik nou. Hij komt uit Yale.
Is een half jaar geleden uit Vietnam teruggekomen.'
'Nou, en?'
'Hij was luitenant. Een officier. Nu studeert hij voor accoun-
tant ... Hij werkt hier een keer of twee per week. Voorname-
lijk om contacten te leggen. Tegen de tijd dat hij hier weggaat, is
z'n kostje gekocht. Kan-ie een eigen zaak beginnen.'
'Wat?'
'Het is een handelaar ... Die studenten, dat bedoel ik nou. Je
zou hun verhalen moeten horen. Saigon, Da Nang, Hong Kong
zelfs. Echte, harde handel. Die kinderen zijn fantastisch tegenwoordig. Ze zitten middenin het leven. Zijn niet dom ook. U
hoeft zich echt geen zorgen te maken, geloof dat maar van me!'
'Ik geloof u wel.' Matlock slikte snel een slok whisky weg, niet
omdat hij dorst had, maar omdat hij zijn geschoktheid over Aiello's onthulling wilde verbergen. De jongens die uit Indochina
terugkwamen, waren zo anders dan de jonge, idealistische vete-
ranen met de roze wangen uit Armentières, Anzio of zelfs Pan-
moenjon. Ze waren anders, harder, droeviger, oneindig veel wijzer. In Indo-China was een soldaat pas een held als hij over contacten in de havens en in de warenhuizen beschikte. Dan stak
hij met kop en schouders boven zijn medesoldaten uit. En bijna
al die vroegrijpe mannen waren terug.
Matlock nam de laatste slok van zijn bourbon en liet zich door
Rocco rondleiden door de zalen van de tweede verdieping. Hij
reageerde met het beheerste enthousiasme dat Aiello van hem
verwachtte en beloofde terug te komen. Hij kwam niet meer
terug op de club van Sammy Sharpe in Windsor Shoals. Hij
wist dat dat niet nodig was. Aiello's belangstelling was al gewekt.

154

Twee gedachten hielden hem bezig, terwijl hij wegreed. Vóór de komende zondagavond moest hij twee dingen voor elkaar hebben. Ten eerste: hij moest een Engelsman te voorschijn toveren, ten tweede: hij moest zien dat hij nog een groot bedrag aan geld te pakken kreeg. Zonder die twee dingen kon hij zich de volgende avond niet in Sharpes club in Windsor Shoals vertonen.

De Engelsman die hij op het oog had, woonde in Webster en was hoogleraar wiskunde aan de kleine universiteit van Madison. Hij was nog geen twee jaar aan de universiteit verbonden en Matlock had hem – gek genoeg – bij een botententoonstelling in Saybrook ontmoet. Hij had het grootste deel van zijn leven aan de kust van Cornwall gewoond en was een enthousiast zeiler. Matlock en Pat hadden hem direct erg aardig gevonden. Nu hoopte Matlock bij God dat John Holden iets afwist van gokken. Het geld was een ernstiger probleem. Alex Anderson moest maar weer aangesproken worden, maar het was best mogelijk dat hij genoeg excuses zou bedenken om van Matlock af te komen. Anderson was een voorzichtig man, gauw bang. Aan de andere kant was hij niet ongevoelig voor beloningen. Op dat instinct moest Matlock maar weer spelen.
Holden had verbaasd, maar niet geërgerd gereageerd op Matlocks telefoontje. Deels uit vriendelijkheid, deels ook uit nieuwsgierigheid. Hij vertelde tweemaal de weg naar zijn huis en Matlock bedankte hem en zei dat hij het nog wel wist te vinden.
'Ik zal eerlijk tegen je zijn, Jim', zei Holden, terwijl hij Matlock binnenliet in zijn keurige driekamerflat. 'Ik barst van nieuwsgierigheid. Is er iets aan de hand? Maakt Patricia het goed?'
'De antwoorden zijn ja en nee. Ik zal je zoveel vertellen als ik kan, wat niet ontzettend veel is ... Maar eigenlijk wil ik je een gunst vragen. Of twee gunsten. De eerste is: kan ik hier vannacht blijven?'
'Natuurlijk – dat hoef je niet te vragen. Je ziet er moe uit. Kom zitten. Wil je iets drinken?'
'Nee, dank je wel.' Matlock ging op Holdens bank zitten. Hij herinnerde zich dat het zo'n bedbank was, en een comfortabele ook. Hij en Pat hadden er maanden geleden een gelukkige nacht met veel alcohol op doorgebracht. Het leek eeuwen geleden.

'Wat is de tweede gunst? Als je geld nodig hebt, ik heb iets meer dan een dollar of duizend voorhanden. Dat kun je krijgen, als je wilt.'

'Nee, geen geld, maar toch bedankt . . . Ik wilde je vragen een Engelsman voor me te spelen.'

Holden lachte. Hij was een niet grote, vrij magere man van veertig, maar hij lachte zoals oudere, dikkere mannen lachen.

'Dat is toch niet zo moeilijk? Ik heb vast nog wel een spoortje Cornwall-dialect. Nauwelijks merkbaar, natuurlijk.'

'Nauwelijks. Met een beetje oefening krijg je misschien zelfs die Amerikaanse neusklank wel weg . . . Er is nog iets, maar dat zou wel eens minder gemakkelijk kunnen zijn. Heb je weleens gegokt?'

'Gegokt? Op paarden, bedoel je, of bij rugbywedstrijden?'

'Kaarten, dobbelen, roulette?'

'Nauwelijks. Natuurlijk heb ik net als alle andere redelijk fantasierijke wiskundigen een stadium doorlopen, waarin ik dacht dat je met wiskundige uitgangspunten – logaritmische gemiddelden – kansspelen kon berekenen.'

'Had je daar succes mee?'

'Ik zei al dat het een stadium was, van voorbijgaande aard dus. Als er al een wiskundig systeem bestaat, is het me ontgaan. Ontgaat het me nog steeds.'

'Maar heb je wel gespeeld? Je weet dus hoe je spelen moet.'

'Ja, dat wel, tamelijk goed ook. Laboratoriumonderzoek, zou je het kunnen noemen. Maar waarom?'

Matlock herhaalde het verhaal dat hij Blackstone had verteld, maar hij maakte Pats verwondingen minder ernstig en zwakte de motieven van haar overvallers wat af. Toen hij klaar was, klopte de Engelsman zijn pijp, die hij inmiddels had opgestoken, uit in een grote, glazen asbak.

'Het lijkt wel een filmverhaal . . . Je zegt dat Patricia niet ernstig gewond is. Alleen geschrokken. Echt niet meer dan dat?'

'Nee. En als ik naar de politie zou gaan, zou het geld voor haar beurs daardoor in gevaar kunnen komen.'

'Ja, ja, ik begrijp het . . . hoewel, niet zo goed eigenlijk, maar laat maar. En je wilt dat ik morgenavond verlies.'

'Dat geeft niet. Als je maar flink zwaar gokt.'

'Maar je vindt het niet erg als ik veel verlies.'

'Nee.'

Holden stond op. 'Ik heb er geen enkel bezwaar tegen je spelletje mee te spelen. Best leuk, eigenlijk. Maar je verzwijgt een heleboel voor me, en dat vind ik niet zo prettig. Ik wil je niet uitvragen, hoor! Maar ik zal je wel vertellen dat er een grote inconsequentie in je verhaal zit.'

'Oh ja? Wat dan?'

'Als ik het goed begrijp, is de som geld die je bereid bent morgenavond te verliezen, veel en veel groter dan het bedrag dat Patricia als beurs kan krijgen. De meest logische conclusie is dus, dat je niet naar de politie wílt. Of niet kunt, misschien.'

Matlock keek op naar Holden en vroeg zich af hoe hij zo stom had kunnen zijn. Hij wist niet erg goed raad met zijn houding. 'Het spijt me ... Ik heb niet expres tegen je gelogen. Je hoeft er niet mee door te gaan, als je niet wilt. Misschien had ik het niet moeten vragen.'

'Ik heb niet gezegd dat je loog – dat doet er trouwens niet toe. Alleen dat je een heleboel voor me verzweeg. Natuurlijk ga ik er wel mee door. Ik wil alleen, dat je weet dat je in mij een gewillig gehoor zult vinden, als en wanneer je beslist me wel alles te vertellen ... Maar kom, het is laat en jij bent moe. Neem mijn kamer maar.'

'Nee, dank je. Ik plof hier wel neer. Dit bed heeft fijne herinneringen. Ik heb alleen maar een deken nodig. En ik moet nog even bellen.'

'Zoals je wilt. Ik zal een deken voor je halen. De telefoon weet je te staan.'

Toen Holden de kamer uitging, liep Matlock naar de telefoon. Het Tel-electronic-apparaat dat hij zou krijgen, zou pas maandagochtend klaar zijn.

'Blackstone.'

'Met James Matlock. Ik moest dit nummer bellen voor eventuele boodschappen.'

'Ja, meneer Matlock. Ik heb inderdaad een bericht. Als u even aan de lijn blijft, dan pak ik de kaart ... Hier heb ik hem. Van het Carlyle-team. Alles is in orde. De patiënt reageert goed op de behandeling. Er zijn drie bezoekers geweest. Een meneer Samuel Kressel, een zekere meneer Adrian Sealfont en juffrouw Lois Meyers. Er kwam tweemaal telefoon voor de patiënt, maar beide keren weigerde de arts te laten doorverbinden. Beide keren was het een zekere meneer Jason Greenberg. Hij belde uit

157

Wheeling, West Virginia. Het Carlyle-team heeft de patiënt geen moment uit het oog gelaten . . . U kunt rustig gaan slapen.' 'Dank u wel. Dat zal ik doen. U pakt het grondig aan. Welterusten.' Matlock haalde diep adem van opluchting en uitputting. Lois Meyers woonde in de kamer tegenover die van Pat in het studentenhuis. Het feit dat Greenberg had gebeld, was vertroostend. Hij miste Greenberg.

Hij stak zijn hand uit en knipte de staande lamp bij de bank uit. De heldere aprilmaan scheen door de ramen naar binnen. De man van bureau Blackstone had gelijk – hij kon rustig gaan slapen.

Maar dat betekende niet dat zijn aandacht kon verslappen voor wat er morgen -- en na morgen – zou gebeuren. Zijn hersens moesten op volle toeren blijven draaien. Echte rust kon hij zich nog niet veroorloven, of een gevoel van voldaanheid dat zijn opmars zou kunnen vertragen.

En na morgen. Na Sammy Sharpes club in Windsor Shoals. Als alles volgens zijn berekeningen verliep, dan zouden zijn adressen in de omgeving van Carlyle zelf aan de beurt zijn. Matlock sloot zijn ogen en zag in gedachten het getypte vel van Blackstone voor zich.

Carmount Sportclub – contactman: Howard Stockton

West Carlyle Zeil- en Ski-oord – contactman: Alan Cantor
Carmount lag ten oosten van Carlyle, vlakbij Mount Holly. Het zeil- en ski-oord lag westelijk, aan het Derron Meer – een recreatiegebied voor alle seizoenen.

Hij zou wel iets bedenken om zich door Bartolozzi of Aiello, of misschien door Sammy Sharpe, te laten introduceren. En als hij eenmaal zover was, zou hij zo terloops wat opmerkingen maken. Misschien wel meer dan alleen opmerkingen – hij zou bevelen geven, blijk geven van dringende behoeftes. Zo brutaal moest hij wel zijn; het was de enige manier om bij Nimrod te komen.

Zijn ogen bleven dicht, de spieren in zijn lichaam ontspanden en de zwarte mantel van de uitputtingsslaap ontvouwde zich over hem. Maar voordat hij in slaap viel, dacht hij weer aan het document. Het Corsicaanse document. Dat moest hij hebben. Hij zou het nodig hebben. Hij zou zijn uitnodiging voor Nimrod nodig hebben.

Het was nu zijn uitnodiging. Zijn document.

Het Matlock-document.

21

Als de ouderlingen in de kerk van de gemeente Windsor Shoals er ooit lucht van gekregen zouden hebben, dat Samuel Sharpe, de zeer intelligente joodse rechtsgeleerde die de kerkelijke financiën regelde, door het grootste deel van North Hartford en South Springfield in Massachusetts werd aangeduid als Sammy de Rakker, zouden er een maand lang geen vespers worden gehouden. Gelukkig had niemand het ze ooit verteld en de kerkgemeente keek met respect naar hem op. Hij had heel goeie dingen gedaan met het geld van de kerk en gaf zelf ook gul bij inzamelingen. De gemeente van Windsor Shoals, evenals trouwens het grootste deel van de stad, was best over Samuel Sharpe te spreken.

Matlock kreeg dit alles in Sharpes kantoor in de Windsor Valley Inn te horen. De ingelijste spreuken aan de wand vertelden de helft van het verhaal en Jacopo Bartolozzi, vriendelijk als hij was, zorgde voor de andere helft. Maar in feite beoogde Jacopo met zijn verhaal, dat Matlock en zijn Engelse vriend goed beseften dat de club van Sharpe, en Sharpe zelf trouwens ook, de verfijnde tradities van de Avon Zwemclub miste.

Holden overtrof Matlocks verwachtingen. Meermalen kon hij zijn lachen bijna niet inhouden, als hij zag hoe Holden biljetten van honderd dollar – die een gekwelde, zenuwachtige Alex Anderson persoonlijk naar Webster was komen brengen – te voorschijn trok en ze nonchalant voor een croupier neergooide. Hij nam niet éénmaal de moeite zijn fiches te tellen, maar wist iedereen aan zijn speeltafel er op de een of andere manier van te doordringen, dat hij tot op de cent wist wat hij kreeg. Holden speelde intelligent en voorzichtig en stond op een gegeven ogenblik zelfs op een winst van negenduizend dollar. Tegen het einde van de avond waren daar echter nog maar een paar honderd van over en de eigenaren van de Windsor Valley haalden dankbaar en opgelucht adem.

Voor Matlock was dit de tweede keer dat alles hem ontzettend meezat en hij nam zijn verlies van twaalfhonderd dollar dan ook voor wat het voor hem betekende – niets.

Om vier uur in de ochtend zaten Matlock en Holden, geflankeerd door Aiello, Bartolozzi, Sharpe en twee van hun vriendjes aan een grote eikehouten tafel in de statige eetzaal. Bijna 'al het personeel was weg. Een ober en twee assistent-kelners waren aan het opruimen; de speelzalen op de tweede verdieping van de gelegenheid waren dicht.

De potige Aiello en de korte, gezette Bartolozzi zaten op te scheppen over hun cliëntèle en probeerden elkaar te overtroeven met de status van hun klanten. 'Het zou leuk zijn' voor de ander om 'in contact te komen met' een zekere meneer en mevrouw Johnson uit Canton of een dr. Wadsworth. Maar Sharpe leek meer geïnteresseerd in Holden en de gelegenheden in Engeland. Hij vertelde grappige verhalen over zijn bezoeken aan Londense clubs en de onoverkomelijke moeite die hij in het vuur van het spel met de Engelse valuta had gehad.

Matlock zat Sharpe op te nemen en vond hem een zeer charmante man. Het was niet moeilijk te geloven, dat Sharpe in Windsor Shoals, Connecticut, als een goeie aanwinst werd beschouwd. Matlock vergeleek hem onwillekeurig met Jason Greenberg, maar stuitte daarbij toch op een essentieel verschil. Het kwam tot uitdrukking in de ogen. Die van Greenberg waren zacht en meelevend, zelfs als hij zich boos maakte. Sharpes ogen waren koud en hard en flitsten onophoudelijk heen en weer – wat een vreemde tegenstelling vormde met de rest van zijn ontspannen gezicht.

Hij hoorde Bartolozzi vragen waar Holden hierna naartoe ging. Holdens geïmproviseerde antwoord gaf hem de gelegenheid waar hij op uit was. Hij wachtte op het goede ogenblik.

'Ik vrees dat ik mijn reisplan niet vrijuit kan bespreken.'

'Hij bedoelt dat-ie niet kan zeggen waar hij heengaat', verduidelijkte Rocco Aiello.

Bartolozzi wierp Aiello een vernietigende blik toe. 'Ik dacht alleen dat het leuk zou zijn als u in Avon langskwam. Ik heb een prima tent waar u zich beslist zou amuseren.'

'Ik twijfel er niet aan. Misschien een andere keer.'

'Johnny belt me volgende week', zei Matlock. 'En dan ontmoeten we elkaar weer.' Hij schoof een asbak naar zich toe en drukte zijn sigaret uit. 'Ik moet in . . . Carlyle zijn, zo heet het, geloof ik.'

Er was een heel korte pauze in het gesprek. Sharpe, Aiello en een van de andere twee mannen keken elkaar aan. Maar Bartolozzi scheen er niets achter te zoeken.

160

'Waar die universiteit is'?, vroeg de gedrongen Italiaan.

'Inderdaad', antwoordde Matlock. 'Ik denk dat ik in Carmount ga logeren, of in het Zeil- en Ski-oord. Die kennen jullie natuurlijk wel.'

'Dat zou wel eens kunnen, ja.' Aiello lachte zachtjes.

'Wat moet je in Carlyle voor zaken doen? De onbekende man – niemand had de moeite genomen hem voor te stellen – nam een lange trek van zijn sigaar terwijl hij sprak.

'*Mijn* zaken', zei Matlock vriendelijk.

'Vraag 't alleen maar. Bedoel er niks mee.'

'Nee, nee, oké . . . Verrek, het is bij halfvijf! Jullie maken het ook veel te gezellig.' Matlock schoof zijn stoel achteruit om op te staan.

Maar de man met de sigaar had nog een vraag.

'Gaat je vriend met je mee naar Carlyle?'

Holden stak in gespeelde afweer zijn hand op. 'Sorry, maar mijn plannen blijven geheim. Ik ben gewoon een bezoeker in jullie aangename oorden, hou het daar maar op . . . We moeten echt weg.'

Ze stonden allebei op van de tafel. Sharpe ging ook staan. Voordat de anderen konden reageren, zei Sharpe: 'Ik loop even met de jongens mee naar hun auto, dan kan ik ze wijzen hoe ze moeten rijden. Jullie blijven even hier – we moeten nog afrekenen. Jij krijgt geld van mij, Rocco, en ik krijg van Frank. Wie weet speel ik wel quitte.'

De man met de sigaar die kennelijk Frank heette, lachte. Aiello keek heel even stombeduusd, maar begreep direct daarna wat Sharpes opmerking betekende. De mannen aan de tafel moesten wachten.

Matlock wist niet zeker of hij het wel zo goed had aangepakt. Hij had de discussie over Carlyle net lang genoeg willen rekken om iemand te laten aanbieden voor hem naar Carmount en het Zeil- en Ski-oord te bellen. Maar Holdens weigering om over zijn reisplannen te vertellen had dat belet, en Matlock was bang dat het zou worden opgevat alsof hij en Holden zo belangrijk waren, dat verdere introducties overbodig waren. Daarbij gaf hij zich er rekenschap van dat hij, naarmate zijn reis vorderde, steeds meer blind voer op de stellige bewering van Loring dat geen van de genodigden op de bijeenkomst in Carlyle over andere afgevaardigden zou durven praten. De betekenis van 'Omerta' werd zo serieus genomen, dat de zwijgplicht meer dan heilig was. En toch had Sharpe de anderen aan de tafel zojuist opgedragen te blijven.

Hij had het gevoel dat hij misschien te ver was gegaan met zijn weinige ervaring. Misschien moest hij contact met Greenberg opnemen – hoewel hij had willen wachten tot hij wat meer concrete gegevens had. Als hij Greenberg nu belde, zou de agent hem – welke idiote term was daar ook weer voor? – op nonactief kunnen stellen, en op een dergelijk probleem was hij niet voorbereid.

Sharpe liep met hen mee naar de bijna verlaten parkeerplaats. De Windsor Valley Inn had maar weinig hotelgasten.

'We zijn er niet zo dol op kamers te verhuren', legde Sharpe uit. 'We staan voornamelijk bekend om ons goeie restaurant.'

'Ja, dat kan ik wel begrijpen', zei Matlock.

'Heren', begon Sharpe aarzelend. 'Mag ik een misschien wat onbeleefd lijkende vraag stellen?'

'Ga je gang maar.'

'Kan ik u even spreken, meneer Matlock? Onder vier ogen?'

'Ik heb geen enkel bezwaar, hoor', zei Holden, terwijl hij zich verwijderde. 'Voel je maar niet bezwaard. Ik loop wel wat rond.'

'Een erg aardige kerel, uw Engelse vriend', zei Sharpe.

'Dat is-ie zeker. Wat is het, Sammy?'

'Verschillende adstructies, zoals we in de rechtszaal zeggen.'

'En wat zijn die dan wel?'

'Ik ben een voorzichtig man, maar ook erg nieuwsgierig. Ik heb een goeie zaak, zoals u kunt zien.'

'Ja, inderdaad.'

'We groeien – rustig aan, maar er zit groei in.'

'Dat wil ik wel aannemen.'

'Ik maak geen vergissingen. Ik heb niet voor niets rechten gestudeerd, en ik ben er trots op dat ik geen vergissingen maak.'

'Waar wil je naartoe?'

'Ik heb het gevoel – en mijn partner Frank en Rocco Aiello hadden dat ook, als ik eerlijk tegen u mag zijn – dat u misschien hierheen gestuurd bent om de zaken hier eens te bekijken.'

'Waarom denk je dat?'

'Waarom? . . . Een gokker als u die uit het niet opduikt. U hebt invloedrijke vrienden in San Juan. U kent onze zaken als

162

uw broekzak. Bovendien hebt u een heel rijke, heel aardige vriend uit de Londense gokwereld. Dat allemaal bij elkaar...
Maar het belangrijkste – en dat weet u natuurlijk – is dat u Carlyle ter sprake brengt. Laten we open kaart spelen. Dat is toch wel overduidelijk, niet waar?'

'Oh, ja.'

'Ik ben niet zomaar roekeloos. Ik zei u al dat ik een voorzichtig man ben. Ik hou me aan de regels en stel geen vragen die ik beter niet stellen kan, of praat niet over dingen die niet voor mijn oren bestemd zijn. ... Maar ik wil wel dat de generaals beseffen, dat ze enkele zeer verstandige en ambitieuze luitenants in hun organisatie hebben. Dat kan iedereen bevestigen. Ik zeg u rechtuit waar het op staat.'

'Vraag je van me dat ik een gunstig verslag over je uitbreng?'

'Daar komt het zo'n beetje op neer. Ik wil niet onderschat worden. Ik heb een goede naam als advocaat. M'n partner is een zeer geslaagde makelaar in assurantiën. We zijn er geknipt voor.'

'En Aiello? Je schijnt op goede voet met hem te staan.'

'Rocco is een goeie jongen. Misschien niet zo vlug van begrip, maar betrouwbaar. Hij is ook aardig. Maar ik geloof niet dat hij in onze liga zit.'

'En Bartolozzi?'

'Over Bartolozzi heb ik niks te vertellen. Dat moet u zelf maar uitmaken.'

'Door niets te zeggen, ben je eigenlijk verdomd veelzeggend, hè?'

'Ik vind dat hij te veel kletst. Maar misschien is dat juist zijn persoonlijkheid. Ik ben niet dol op hem. Maar Rocco mag hem wel.'

Matlock sloeg Sharpe in het vroege ochtendlicht van de parkeerplaats gade en begon te begrijpen wat er was gebeurd. Het lag voor de hand en hij had het zelf uitgedacht, maar nu het inderdaad gebeurde, voelde hij zich merkwaardig lijdzaam, een toeschouwer in plaats van de man die aan de touwtjes trok.

Hij was Nimrods wereld als vreemdeling binnengegaan, waarschijnlijk verdacht, maar zeker als vreemde eend in de bijt.

En nu opeens werd er juist om die redenen naar hem opgekeken. Omdat hij uit de hogere regionen afkomstig *moest* zijn. Hij was nu een afgezant van de allerhoogste bonzen. Ze waren bang voor hem.

Hoe had Greenberg het ook weer genoemd? De schaduwwereld. Onzichtbare legers die hun troepen in het duister opstellen en voortdurend bedacht zijn op ronddwalende patrouilles, vijandige spionnen.

Het smalle paadje dat hij moest begaan was vol gevaren. Maar hij maakte vorderingen.

'Je bent een beste vent, Sharpe. En vervloekt slim ook . . . Wat weet je van Carlyle?'

'Niets! Absoluut niets.'

'Nu lieg je, en dat is zeker niet slim.'

'Het is waar. Ik *weet niets*. Ik heb wel iets opgevangen. Maar bewijs uit de tweede hand is geen bewijs.' Sharpe stak twee vingers van zijn rechterhand op.

'Wat heb je opgevangen? Vertel op, man, 't is voor je eigen bestwil.'

'Alleen geruchten. Iets over een bijeenkomst van de clan. Een ontmoeting van zeer hoog geplaatste personen. Een overeenkomst die moet worden opgesteld tussen bepaalde mensen.'

'Nimrod?'

Sammy Sharpe sloot zijn ogen precies drie seconden. Gedurende die ogenblikken zei hij: 'Nu praat u over dingen waar ik niets over wil horen.'

'Dan doe je maar net alsof je het niet gehoord hebt.'

'U kunt van me aannemen dat ik dat onmiddellijk weer vergeet.'

'Goed zo, uitstekend. En misschien is het toch niet zo'n goed idee om met de anderen te praten over de geruchten die je gehoord hebt. Dat zou alleen iets zijn voor een stomme luitenant, denk je ook niet?'

'Niet alleen stom – krankzinnig.'

'Waarom wilde je ze dan laten blijven? Het is al laat.'

'Ik wilde weten wat ze van u en uw Engelse vriend dachten. Maar nu – omdat u een zekere naam hebt genoemd – kan ik u wel vertellen dat dat gesprekje niet doorgaat. Ik zei u al: ik houd me aan de regels.'

'Mooi. Ik geloof je. Je hebt inderdaad mogelijkheden. Je moest nu maar terug naar bi . . . Oh, nog één ding. Je moet voor me . . . voor *ons* naar Stockton in Carmount en Cantor van het Zeil- en Ski-oord bellen. Zeg maar dat ik een persoonlijke vriend ben die langs wil komen. Dat is alles. We willen niets overhoop halen. Dat is belangrijk, Sammy. Vertel ze niets meer dan dat.'

'Komt in orde. En zult u niet vergeten mijn groeten aan de anderen over te brengen?'

'Ik zal eraan denken. Je bent een beste vent.'

'Ik doe mijn best. Meer kan iemand niet doen . . .'

Precies op dat ogenblik werd de stilte van de vroege ochtend verscheurd door vijf harde knallen. Glas rinkelde. Van binnen het restaurant kwamen de geluiden van hollende en schreeuwende mensen en omvallende stoelen. Matlock liet zich op de grond vallen.

'John! John!'

'Hier! Bij de auto! Alles goed met je?'

'Ja. Blijf daar!'

Sharpe was naar de beschutting van het huis gevlucht. Hij kroop in een hoek en drukte zich tegen de muur aan. Matlock kon de omtrek van zijn figuur maar nauwelijks onderscheiden, maar hij kon wel zien dat Sharpe een revolver uit de binnenzak van zijn jasje te voorschijn trok.

Opnieuw weerklonk er een ratelend salvo van de achterkant van het gebouw, weer gevolgd door gegil van afgrijzen. Een assistent-kelner wierp zich door de glazen zijdeur en kroop op handen en knieën naar de rand van de parkeerplaats. Hij schreeuwde hysterisch in een taal die Matlock niet verstond.

Even later kwam een ander personeelslid in een wit jasje naar buiten rennen. Hij trok een man achter zich aan die kennelijk gewond was, want er stroomde bloed uit zijn schouder en zijn rechterarm bungelde langs zijn lichaam.

Er klonk weer een schot uit het niet en de kelner die zo schreeuwde, struikelde. De gewonde man achter hem sloeg voorover met zijn gezicht op het grind. Binnen klonken luide kreten.

'Ga mee! Naar *buiten!* Naar de *auto!*'

Matlock verwachtte dat er mannen door de zijdeur naar buiten zouden rennen, maar er kwam niemand. Wel hoorde hij uit een heel andere richting het aanslaan van een motor en even later het piepen van autobanden. En toen, links van hem, een meter of vijftig van hem af, reed een zwarte sedan pijlsnel van de oprit naar de weg. De auto moest onder een straatlantaarn door en Matlock kon hem duidelijk onderscheiden.

Het was dezelfde auto die uit de duisternis was komen aanrijden vlak na de moord op Ralph Loring.

Alles was weer stil. Het grijze ochtendlicht werd langzaam lichter.

'Jim! Jim, kom hierheen! Ik geloof dat ze weg zijn!'

Dat was Holden. Hij was van achter de auto te voorschijn gekomen en boog zich over de man in het witte jasje.

'Ik kom!', riep Matlock, terwijl hij overeind kwam.

'Deze jongen is dood. Hij is tussen de schouderbladen geraakt . . . Deze ademt nog. We moeten gauw een ambulance bellen.' Holden was naar de bewusteloze assistent-kelner gelopen met de bebloede, slappe arm.

'Ik hoor niets. Waar is Sharpe?'

'Die is net naar binnen gegaan. Die deur. Hij had een revolver.'

De twee mannen liepen behoedzaam naar de zijdeur van het restaurant. Matlock duwde langzaam de deur open en ging Holden voor naar de foyer. Stoelen en tafeltjes waren omgevallen, er lag bloed op de houten vloer.

'Sharpe? Waar ben je?', riep Matlock zachtjes. Het duurde even voordat hij antwoord kreeg en toen het kwam, was het nauwelijks verstaanbaar.

'Hier. In de eetzaal.'

Matlock en Holden liepen onder de met eikehout betimmerde toog door. En toen aanschouwden ze een diep schokkend tafereel.

De afgrijselijke aanblik van totaal met bloed bedekte lichamen. Wat er over was van Rocco Aiello lag op het met bloed doortrokken tafelkleed. Het grootste deel van zijn gezicht was onherkenbaar verminkt. Sharpes partner, de man die Frank heette, was op zijn knieën gezakt en zijn bovenlichaam hing over een stoelzitting. Er stroomde bloed uit zijn nek en zijn dode ogen waren wijdopen gesperd. Jacopo Bartolozzi lag op de grond, met zijn gedrongen lichaam om een tafelpoot gekromd. Zijn overhemd was van voren tot aan de kraag opengescheurd, waardoor zijn uitpuilende maag zichtbaar was. Het vlees was doorboord met zeker tien kogels en er druppelde nog bloed uit de kogelgaten over het ruwe, zwarte borsthaar. Bartolozzi had geprobeerd zijn overhemd van zijn gewonde borst af te trekken en hield een stuk van de stof in zijn dode hand geklemd. De vierde man lag achter Bartolozzi met zijn hoofd op Bartolozzi's rechtervoet, zijn armen en benen uitgespreid als de wieke.ı van een molen. Zijn hele rug was bedekt met een dikke laag bloed en gedeeltes van zijn ingewanden puilden door de huid naar buiten.

'Oh, mijn God!', mompelde Matlock, niet in staat te bevatten wat hij zag. John Holden zag eruit alsof hij moest overgeven.

Sharpe zei zacht, snel en met doffe stem: 'Gaan jullie maar. U en uw Engelse vriend kunnen maar beter vlug verdwijnen.'

'Je moet de politie bellen', zei Matlock ontdaan.

'Er ligt iemand buiten, een jongen. Die leeft nog', merkte Holden stotterend op.

Sharpe keek de twee mannen aan. Hij hield zijn hand met het pistool langs zijn lichaam. Zijn ogen verraadden niet meer dan een uiterst lichte graad van verdenking. 'De lijnen zijn natuurlijk doorgesneden. De dichtstbijzijnde huizen zijn boerderijen, honderden meters hiervandaan ... Ik zal overal wel voor zorgen. Maken jullie maar dat je hier wegkomt.'

'Wat vind jij ervan?', vroeg Holden met een blik naar Matlock.

Sharpe antwoordde. 'Luister, Engelsman, persoonlijk kan het me geen bliksem schelen wat jullie doen. Ik heb genoeg om over na te denken ... Maar voor jullie eigen bestwil: verdwijn. Hoe minder complicaties, hoe minder risico's. Waar of niet?'

'Ja, je hebt gelijk', zei Matlock.

'Als jullie opgepakt mochten worden: jullie gingen hier een halfuur geleden vandaan. Jullie waren vrienden van Bartolozzi, meer weet ik niet.'

'Goed.'

Sharpe kon de aanblik van de vermoorde mannen niet langer verdragen. Even dacht Matlock dat hij in tranen zou uitbarsten. Maar hij haalde diep adem en ging verder: 'Ik heb niet voor niets rechten gestudeerd, meneer Matlock. Ik wil niet onderschat worden. Zeg dat maar tegen ze.'

'Dat zal ik doen.'

'En zegt u ze ook dat ik bescherming nodig heb, bescherming *verdien*. Vertel ze dat ook maar.'

'Natuurlijk.'

'En verdwijn nu.' In een plotselinge opwelling van afkeer gooide Sharpe zijn revolver op de grond. En toen, terwijl de tranen in zijn ogen kwamen, schreeuwde hij: 'Verdwijn in Christusnaam! *Sodemieter op!*'

22

Matlock en Holden spraken af direct maar uit elkaar te gaan. Matlock zette zijn Engelse vriend af bij diens flat en reed zuidwaarts naar Fairfield. Hij wilde naar een motel langs de snelweg, dat ver genoeg van Windsor Shoals af was om wat rustiger te worden, maar dicht genoeg bij Hartford om de volgende middag om twee uur bij Blackstone te kunnen zijn.

Hij was te uitgeput, te geschokt om te kunnen denken. Hij vond een derderangs motel even ten westen van Stratford en verraste de nachtreceptionist door het feit dat hij alleen was.

Tijdens het inschrijven mompelde hij ontevreden opmerkingen over een achterdochtige vrouw in Westport en met behulp van een briefje van tien dollar wist hij de receptionist ertoe te bewegen zijn aankomsttijd op twee uur 's nachts te zetten. Tegen zevenen tolde hij zijn bed in, nadat hij had doorgegeven dat hij om half één gewekt wilde worden. Als hij vijf uur geslapen had, dacht hij, zou alles wel wat duidelijker zijn.

Matlock sliep vijf uur en twintig minuten, maar er was niet veel veranderd. In elk geval was er niets duidelijker geworden. De moord in Windsor Shoals leek eerder ongelooflijker en onbegrijpelijker dan ooit. Was het mogelijk dat hij het slachtoffer had moeten zijn? Of hadden de moordenaars stilletjes buiten gewacht tot hij wegging, voordat ze hun executies hadden voltrokken?

Vergissing of waarschuwing?

Tegen kwart over één was hij op de Merritt Parkway. Tegen halftwee reed hij de Berlin Turnpike op om binnendoor naar Hartford te rijden. Vijf minuten over twee wandelde hij het kantoor van Blackstone binnen.

'Luister', zei Michael Blackstone, over zijn bureau geleund en zijn blik op Matlock gevestigd, 'we stellen zo min mogelijk vragen, maar geloof vooral niet dat dat betekent dat we onze cliënten carte blanche geven!'

'U doet alsof u zou willen dat het andersom was.'

'Ga dan ergens anders heen met uw geld. Daar zullen we heus niet om treuren!'

'Wacht eens even! Ik heb jullie hulp ingeroepen om iemand te beschermen, meer niet! Daar betaal ik driehonderd dollar per dag voor! Alle andere dingen zijn maar bijkomstig. Maar daar zal ik ook wel voor moeten betalen.'

'Er zijn geen extra kosten. Ik snap niet waar u het over heeft.' Opeens boog Blackstone zijn ellebogen en leunde voorover. Hij fluisterde bijna: 'Christus, Matlock, *twee mensen!* Twee mannen van die vervloekte lijst zijn vannacht vermoord! Als je een getikte maniak bent, wil ik niets met je te maken hebben! Dat gaat alles te buiten. Dan kan het me niks verdommen wie je *vader* is of hoeveel *geld* je hebt!'

'Nu snap ik niet waar *u* het over hebt. Ik weet alleen wat ik in de kranten lees. Ik ben vannacht in een motel in Fairfield geweest. Daar ben ik om twee uur ingeschreven. Volgens de kranten werden die moorden om een uur of vijf gepleegd.'

Blackstone duwde zich van het bureau af en stond op, terwijl hij Matlock wantrouwend opnam. 'Is dat na te gaan?'

'Wilt u de naam en het nummer van het motel? Geef me een telefoonboek, dan zoek ik het voor u op.'

'Nee! . . . Nee. Ik wil niets weten. Dus u was in Fairfield?'

'Geef me het telefoonboek.'

'Goed. Goed, vergeet het maar. Volgens mij liegt u, maar u hebt een alibi. U betaalt ons inderdaad alleen maar om het meisje te beschermen.'

'Nog nieuws na zondagmiddag? Is alles in orde?'

'Jawel . . . Ja', zei Blackstone afwezig. 'Ik heb uw Tel-electronic. U kunt hem in gebruik nemen voor twintig dollar extra per dag.

'Oh. Speciale prijs zeker.'

'Ik heb nooit de indruk gewekt dat we goedkoop zijn.'

'Al zou u het willen.'

'Dat doen we niet.' Blackstone bleef staan, terwijl hij op een knop van zijn intercom-apparaat drukte en zei: 'Kom de Tel-electronic van meneer Matlock even brengen, als je wilt.'

Seconden later kwam een aantrekkelijk meisje binnen met een metalen apparaatje dat niet groter was dan een pakje sigaretten. Ze legde het op Blackstones bureau, met een indexkaart ernaast. Toen liep ze net zo snel de kamer weer uit.

'Dat is hem dan', zei Blackstone. 'Uw code is Cliënt Drie-nul. Afgeleid van: team van drie man, omgeving Carlyle. Het nummer dat u moet bellen is vijf, vijf, vijf, zes, acht, zes, acht. We hebben alleen maar gemakkelijk te onthouden nummers op onze lijst staan. De Tel-electronic seint met korte signalen. U kunt hem afzetten door op deze knop hier te drukken. Als u wordt opgeroepen, moet u het nummer bellen, dan krijgt u via een opname-apparaat de boodschap van het team door. Vaak zult u te horen krijgen dat u een ander nummer moet bellen om rechtstreeks contact op te nemen. Is het allemaal duidelijk? Het is echt erg eenvoudig.'

'Ja, ik snap het wel', zei Matlock. Hij pakte het metalen apparaatje. 'Ik begrijp alleen niet waarom jullie de mannen niet gewoon het kantoor laten bellen en dan contact met mij opnemen. Zou dat, los van eventuele voordelen, niet eenvoudiger zijn?'

'Nee. Te veel kans op fouten. We hebben een heleboel cliënten. We willen dat ze rechtstreeks in contact staan met de krachten waar ze voor betalen.'

'Ja, ja.'

'We houden zo ook rekening met de privacy van onze cliënten. We vinden het niet zo'n prettige gedachte dat gegevens door derden – of vierden – worden doorgegeven. U kunt het team trouwens op dezelfde manier bereiken. Ze hebben allemaal zo'n ding. U belt dan het nummer en geeft de boodschap door.'

'Prachtig.'

'We pakken onze zaken vakkundig aan.' En toen ging Blackstone, voor het eerst sinds Matlocks komst, achterover in zijn stoel zitten. 'Nu iets heel anders. Als u dit als een dreigement wilt opvatten, kan ik u niet helemaal ongelijk geven. We hebben er begrip voor als u, na wat ik u ga vertellen, geen gebruik meer wilt maken van onze diensten . . . We weten dat u intensief wordt gezocht door agenten van het Ministerie van Justitie. Maar er zijn geen klachten ingediend en er is geen arrestatiebevel uitgevaardigd. U hebt bepaalde rechten, die door mensen in overheidsdienst in hun ijver nogal eens over het hoofd worden gezien – dat is een van de redenen waarom wij er zijn. Maar – nogmaals – u moet begrijpen dat als er wel aanklachten komen of een arrestatiebevel, dan is ons dienstverband onmiddellijk geëindigd. We zullen dan ook niet aarzelen de autoriteiten behulpzaam te zijn met uw opsporing. De gegevens die we hebben blijven bewaard voor uw rechtskundige adviseurs – die zijn vertrouwelijk – maar uw verblijfplaats niet. *Capiche?*'

'Ja. Dat is niet onredelijk.'

'We zijn meer dan redelijk. Daarom verlang ik tien dagen voor-uitbetaling van u – te veel betaald honorarium wordt gesti-tueerd ... In het geval dat de situatie wijzigt en er een arresta-tiebevel komt, geven we u – *maar éénmaal* – de volgende bood-schap door via de recorder. Alleen *deze woorden*.'

Blackstone wachtte even om zijn woorden nog meer effect te geven.

'Welke woorden?'

'Cliënt Drie-nul vervalt'

Toen hij weer buiten stond, bekroop Matlock een gevoel waar-van hij wist dat hij dat zou houden totdat zijn reis, zijn wedloop achter de rug was. Het gevoel dat hij werd aangestaard, dat onbekenden hem in de gaten hielden. Onwillekeurig keek hij steeds achterom om de spiedende blikken te onderscheppen. Maar die waren er niet.

Tenminste niet zichtbaar.

Hij moest nu het Corsicaanse document uit zijn huis zien te krij-gen. En na wat Blackstone hem had verteld, was het zinloos dat zelf te proberen. Zijn huis werd natuurlijk in de gaten gehou-den – door beide partijen, de jagers en het wild.

Hij zou gebruik maken van een van Blackstones mensen. Dan moest hij er maar op gokken dat ze inlichtingen over hun cliën-ten inderdaad als vertrouwelijk beschouwden. Hij zou contact opnemen zodra hij een zeer belangrijk telefoongesprek had ge-voerd. Een gesprek dat hem duidelijk zou maken of de verzil-verde Corsicaanse uitnodiging al dan niet werkelijk nodig was. Een gesprek met Samuel Sharpe, Windsor Shoals, Connecticut. Matlock zou Sharpe een korte blik gunnen op een ander, men-selijker facet van zijn nieuw aangemeten persoonlijkheid. Shar-pe was zelf ook even zijn beheersing verloren. Matlock vond dit een geschikt moment om te laten merken dat zelfs mensen zoals hij zelf – mensen met invloedrijke vrienden in San Juan en Londen – niet altijd alleen maar aan hun eigen hachje dach-ten.

Hij liep de lobby van het Americana Hotel binnen en draaide het nummer. Sharpes secretaresse nam op.

'Is het goed als meneer Sharpe u straks terugbelt?'

'Ik sta in een telefooncel. Ik heb ook haast.'

171

Er klonk een klik en het bleef even stil. Maar dat duurde nog geen tien seconden.

'Wilt u me het nummer geven waar u vandaan belt, meneer Matlock? Meneer Sharpe belt u binnen vijf minuten terug.'

Matlock gaf het meisje het nummer en hing op.

Terwijl hij op de plastic kruk zat te wachten, dwaalden zijn gedachten terug naar een andere cel en een andere plastic kruk. En een zwarte sedan die hard langs was komen rijden, langs de dode man die in die cel hing met een kogelgat in zijn voorhoofd.

De telefoon ging, Matlock nam de hoorn op.

'Matlock?'

'Sharpe?'

'U kunt me niet op kantoor bellen. Dat zou u moeten weten. Ik moest hier in een hotellobby gaan bellen.'

'Ik dacht niet dat de telefoon van een gerespecteerde advocaat niet betrouwbaar zou zijn. Sorry.'

Het bleef even stil aan de andere kant van de lijn. Kennelijk had Sharpe geen excuus verwacht. 'Ik heb u al eerder verteld dat ik voorzichtig ben. Wat is er?'

'Ik wilde alleen informeren hoe het met je ging. Hoe alles gegaan was. Het was afgrijselijk, vannacht.'

'Ik heb nog geen tijd gehad erover na te denken. Er is zoveel te doen. De politie, regelingen voor de begrafenis, verslaggevers.'

'En wat heb je gezegd? Hoe heb je het aangepakt?'

'Ik zal heus geen belangrijke fouten maken. In het kort: ik ben een onschuldig slachtoffer. Frank ook, maar hij is dood ... Ik zal Frank missen. Het was een prima vent. Boven gaat het natuurlijk dicht. De politie is omgekocht. Door jullie, neem ik aan. U leest wel in de kranten wat het geweest is. Een stelletje Italiaanse herrieschoppers neergeschoten in een keurig plattelandsrestaurant.'

'Je blijft er koel onder.'

'Ik zei u al', antwoordde Sharpe droevig, 'dat ik een voorzichtig man ben. Ik ben voorbereid op noodgevallen.'

'Wie heeft het gedaan?'

Sharpe gaf geen antwoord, reageerde helemaal niet.

'Ik vroeg: wie heeft het volgens jou gedaan?'

'Dat zullen jullie wel eerder ontdekken dan ik ... Bartolozzi had wel vijanden, dat was een onplezierige man. Rocco ook, denk ik. Maar waarom Frank? Vertelt u me dat maar eens.'

'Ik weet het niet. Ik heb niemand gesproken.'
'Probeer erachter te komen. Alstublieft. Het was verkeerd.'
'Ik doe m'n best. Dat beloof ik . . . En, Sammy, vergeet niet naar Stockton en Cantor te bellen.'
'Nee. Ik heb ze voor vanmiddag op m'n agenda staan. Ik zei u al, ik ben behalve voorzichtig ook methodisch.'
'Oké, bedankt. Het spijt me, van Frank. Hij leek niet onaardig.'
'Het was een fantastische kerel.'
'Dat geloof ik graag . . . Ik bel je nog wel, Sammy. Ik ben niet vergeten wat ik beloofd had voor je te doen. Ik heb echt bewondering voor je. Ik zal . . .'
Hij werd onderbroken door het klikken van muntstukken in het toestel in Windsor Shoals. De tijd was op en het had geen zin het gesprek nog voort te zetten. Hij wist nu wat hij moest weten. Hij had het Corsicaanse document wel degelijk nodig. Ondanks de afgrijselijke moord van die ochtend was de methodische Sharpe niet vergeten de beloofde telefoontjes te plegen. Matlock vond het een wonder, maar het was echt zo. De man was niet in paniek geraakt. Hij was ijselijk koelbloedig.
Er hing een muffe, rokerige, onaangename lucht in de telefooncel. Hij duwde de deur open en liep snel door de lobby van het hotel naar de ingang. Hij sloeg de hoek om naar Asylum Street, op zoek naar een geschikt restaurant waar hij een hapje kon eten terwijl hij op bericht van Cliënt Drie-nul wachtte. Blackstone had hem gezegd een nummer op te geven, en wat was beter dan het nummer van een restaurant?
Hij zag een uithangbord: De Zeekreeft. Het soort restaurant waar zakenlui gingen eten.
Hij kreeg een box voor zich zelf. Het was tegen drieën; er waren niet zoveel eters meer. Hij ging zitten, bestelde een bourbon met ijs en informeerde of hij gebruik kon maken van de telefoon. Hij wilde juist zijn box uit lopen om nummer 555-6868 te bellen, toen hij het gedempte, maar doordringende gefluit van de Tel-electronic in zijn jasje hoorde. Eerst verlamde het hem. Het leek alsof een deel van zijn lichaam, een hysterisch orgaan of zo, gek was geworden en noodsignalen uitzond. Zijn hand trilde, toen hij het kleine, metalen apparaatje te voorschijn trok. Hij vond het af-knopje en drukte er zo hard mogelijk op. Daarna keek hij om zich heen om te zien of iemand het geluid had gehoord.

Kennelijk niet. Niemand keek naar hem. Niemand had iets gehoord. Hij stond op en liep snel naar de telefoon. Zijn enige gedachte was Pat – er moest iets gebeurd zijn, iets dat ernstig genoeg was om het afschuwelijke, verraderlijke apparaatje dat hem zo aan het schrikken had gemaakt in werking te laten treden.

Matlock trok de deur dicht en draaide 555-6868.

'Cliënt Drie-nul brengt verslag uit.' De stem kwam duidelijk van een bandopname. 'Bel vijf, vijf, vijf, één, negen, vijf, één. Er is geen reden tot ongerustheid, er is niets ernstigs. We zijn het komende uur onder dit nummer te bereiken. Ik herhaal: nummer vijf, vijf, vijf, één, negen, vijf, één. Dat was het.'

Het viel Matlock op dat Cliënt Drie-nul hem eerst geruststelde, misschien omdat dit zijn eerste ervaring met de Tel-electronic was. Hij had het gevoel dat, zelfs als de stad Carlyle in thermonucleaire rook zou opgaan, de boodschap van Cliënt Drie-nul nog op een geruststellende toon zou worden overgebracht. Een andere redenatie was misschien, dat iemand helderder kon nadenken als hij niet bang of geschrokken was. Hoe dan ook, Matlock wist nu dat het systeem werkte. Hij voelde zich rustiger. Hij pakte wat muntstukken uit zijn zak en bedacht dat hij wat papiergeld moest wisselen, zodat hij in elk geval altijd kon bellen. De openbare telefoon was een belangrijk stuk van zijn leven geworden.

'Met nummer vijf, vijf, vijf, negentien-éénenvijftig?'

'Inderdaad', zei dezelfde stem als op de bandrecorder. 'Met meneer Matlock?'

'Ja. Alles in orde met juffrouw Ballantyne?'

'Ze maakt het prima. M'n complimenten voor die dokter van u. Ze is vanmorgen op geweest. De zwellingen zijn al veel minder. De dokter is erg tevreden ... Ze heeft een paar maal naar u gevraagd.'

'Wat heeft u tegen haar gezegd?'

'De waarheid. Dat u ons hebt ingeschakeld om ervoor te zorgen dat niemand haar lastigvalt.'

'Ik bedoel over waar ik ben.'

'We hebben alleen gezegd dat u een paar dagen weg moest. Misschien zou het goed zijn als u haar belde. Ze mag met ingang van vanmiddag telefoongesprekken voeren. Natuurlijk houden wij er een oogje op.'

'Fijn zo. Was dat alles?'

'Nee. Er is nog iets. Een zekere Jason Greenberg. Hij belt steeds voor u. Hij zegt dat u hem moet bellen.'

'Wat zei hij? Wie heeft hem gesproken?'

'Ik. Tussen twee haakjes: ik heet Cliff.'

'Oké, Cliff, wat zei hij?'

'Dat ik u moest zeggen hem onmiddellijk te bellen. Dat het ontzettend dringend was. Ik heb het nummer doorgekregen. In Wheeling, West Virginia.'

'Geef het me maar.' Matlock pakte zijn balpen en schreef het nummer op de houten plank onder de telefoon.

'Meneer Matlock?'

'Ja?'

'Ik moest ook van Greenberg zeggen ... dat "de steden niet ten dode opgeschreven waren, maar morsdood." Dat zei hij letterlijk. "De steden waren morsdood." '

23

Cliff stemde er zonder commentaar in toe het Corsicaanse document uit Matlocks huis te halen. Daarna zouden ze telefonisch een afspraak maken. Als het document er niet was, zou Matlock onmiddellijk door Cliënt Drie-nul gewaarschuwd worden.

Matlock beperkte zich tot één glas whisky. Zonder trek at hij wat van zijn lunche en stapte tegen halfvier de Zeekreeft weer uit. Het was tijd zijn strijdkrachten te hergroeperen en zijn munitie aan te vullen. Hij had de Cadillac een paar honderd meter ten zuiden van Blackstones kantoor op Bond Street gezet, op een parkeerplaats met parkeermeters. Terwijl hij erheen liep, schoot het hem te binnen dat hij vergeten was de meter bij te vullen na zijn bezoek aan Blackstone. De parkeertijd was één uur en hij was bijna twee uur weggeweest. Hij vroeg zich af wat de auto-verhuurbedrijven deden met de massa's verkeersovertredingen die hun klanten natuurlijk regelmatig begingen. Hij liep de parkeerplaats op en zag dat hij er nu van de andere kant op

175

gekomen was. De Cadillac stond een eindje verderop. Hij liep zijdelings langs de dicht opeen geparkeerde auto's in de richting van de Cadillac, maar bleef toen staan.

Tussen de auto's door zag hij het blauw met witte strepen van een patrouillewagen, die vlak achter zijn Cadillac geparkeerd stond. Een agent probeerde de portiersloten van de Cadillac en een tweede stond tegen de politiewagen geleund in een mobilofoon te praten.

Ze hadden de auto gevonden. Hij schrok ervan, maar op de een of andere manier keek hij er toch niet zo van op.

Hij liep behoedzaam achteruit, klaar om het op een lopen te zetten als ze hem zagen. In gedachten probeerde hij een oplossing te vinden voor de nieuw gerezen problemen. Het eerste en meest dringende was dat hij zonder auto zat. Het tweede dat ze wisten dat hij in Hartford was. Dat maakte alle andere vervoermiddelen onmogelijk. Ze zouden de treinen en bussen controleren en zelfs de taxicentrales zouden worden gewaarschuwd. Nee, hij zou een andere auto moeten zien te vinden.

Maar was dat wel zo? Blackstone had duidelijk gezegd dat er geen arrestatiebevel was uitgevaardigd. Als dat wel zo was, zou hij de boodschap van 555-6868 hebben doorgekregen. Dan zou hij de woorden 'Cliënt Drie-nul vervalt' hebben gehoord.

En dat had hij niet. Even overwoog hij naar de patrouillewagen toe te stappen en dan maar een parkeerbon te krijgen.

Maar dat was toch niet zo'n goed idee. Die agenten bij de auto waren geen parkeerwachters. Hij dacht aan een andere parkeerplaats, aan het eind van een smal straatje, achter een groot warenhuis. En een agent – in burger – had hem gevolgd. Er klopte iets niet, al wist hij nog niet de verbanden te leggen.

Matlock liep snel Bond Street in, weg van de parkeerplaats. Hij sloeg de eerste zijstraat in en begon onwillekeurig te hollen. Hij ging direct weer langzamer lopen. Er is niets dat in een drukke straat zo opvalt als een hollende man – behalve natuurlijk een hollende vrouw. Hij probeerde in hetzelfde tempo te blijven als de winkelende mensen, om zoveel mogelijk op te gaan in de stroom. Hij bleef zelfs zo nu en dan even staan en staarde nietsziend naar de uitgestalde koopwaar in de etalages. En toen drong tot hem door wat er met hem gebeurde. De primitieve instincten van de opgejaagde waren opeens in werking getreden. De beschermende voelsprieten van het opgejaagde dier tastten verwoed om zich heen en als een kameleon probeerde het één te worden met zijn omgeving. Maar hij werd niet opgejaagd! Hij was de jager! Godverdomme, hij was de *jager!*

'Hé, Jim! Hoe is het met jou? Wat spook jij in de grote stad uit?' Van schrik verloor Matlock zijn evenwicht. *Verloor* hij waarachtig *zijn evenwicht* en wankelde. De man die hem had aangesproken trok hem overeind.

'Oh! Oh, hallo, Jeff! Jezus, wat liet je me schrikken. Dank je.' Matlock veegde zijn mouw af en keek rond wie er, behalve Jeff Kramer, nog meer naar hem keek.

'Te veel gedronken, kerel?', lachte Kramer. Hij had in Carlyle psychologie gestudeerd en was nu in dienst van een duur reclamebureau.

'God, nee! Ik was alleen in gedachten. Verstrooide professor.' En toen keek Matlock naar Jeff Kramer. Jeff Kramer werkte niet alleen bij een duur bureau, maar hij had ook een dure vrouw en twee heel dure kinderen die buitengewoon dure scholen bezochten. Matlock had het gevoel dat hij misschien iets aan hem zou hebben. 'Ik heb maar één glas whisky gehad, en dat heb ik niet eens leeg kunnen drinken.'

'Maar dat kunnen we goedmaken', zei Kramer. Hij wees naar een café aan de overkant van de straat. 'Ik heb je in maanden niet gezien, maar ik las in *The Courant* dat je beroofd bent.'

'Nou, en hoe! Die inbraak was niet zo vreselijk, maar hoe ze het huis hebben toegetakeld! En de *auto!*' Matlock liep met Jeff Kramer naar de overkant. 'Daarom ben ik in de stad. De Triumph is hier in de garage. Daar zit ik trouwens nogal mee.'

De opgejaagde had niet alleen voelsprieten om hem te waarschuwen voor de vijand, maar beschikte ook over het griezelige – zij het tijdelijke – vermogen om een onverwachte tegenvaller toch uit te buiten. Er een meevaller van te maken.

Matlock nipte van zijn bourbon met water, terwijl Kramer in een paar teugen de helft van zijn Scotch opdronk. 'Ik krijg het helemaal benauwd als ik aan de bus naar Scarsdale denk en het overstappen in New Haven en Bridgeport.'

'*Huur* dan in godsnaam een auto.'

'Ben net op twee adressen geweest. Bij het eerste hebben ze pas vanavond een wagen, bij de tweede niet voor morgen. Ik snap ook niet waarom.'

'Wacht dan tot vanavond.'

'Kan niet. Familie-aangelegenheid. Mijn vader heeft zijn financiële adviseurs opgetrommeld. Een etentje – en als je denkt dat ik zonder eigen auto naar Scarsdale ga, ben je niet goed wijs!' Hij lachte en bestelde nog een rondje. Hij pakte een vijftig-dollar-biljet uit zijn zak en legde dat op de bar. Dat moest Jeff Kramers aandacht wel trekken, die immers zo'n dure vrouw had. 'Ik had nooit gedacht dat jij het verschil wist tussen credit en debet, laat staan dat je een financieel adviseur kon zijn.'
'Ah, maar ik ben de kroonprins. Dat mogen we toch niet vergeten?'
'Een mazzelaar ben je. Een vuile mazzelaar.'
'Hé! Ik krijg ineens een geweldig idee! Heb jij je auto hier?'
'Zeg, wacht eens even, beste kerel . . .'
'Nee, luister.' Matlock trok zijn briefjes te voorschijn. 'De ouwe betaalt het wel . . . Laat me *jouw* auto huren. Voor een dag of vier, vijf . . . Hier. Dan geef ik jou twee, nee, driehonderd.'
'Je bent hartstikke gek!'
'Welnee, helemaal niet. Hij wil dat ik erbij ben, dan moet hij er ook maar wat voor over hebben.'
Matlock kon Kramer bijna *horen* rekenen. Hij rekende uit wat een goedkope huurauto voor één week kostte. Honderd voor de huur en een kwartje per kilometer voor per dag gemiddeld zo'n twintig, dertig kilometer. In geen geval meer dan 110 dollar voor de hele week.
'Dan betaal je veel te veel.
'*Ik* niet! Jezus, nee. *Hij.*'
'Nou, dan . . .'
'Wacht, ik schrijf een rekening en die duw ik hem gelijk onder zijn neus als ik aankom.' Matlock pakte een papieren servetje, legde de onbedrukte kant boven, pakte zijn balpen en begon te schrijven. 'Eenvoudig contractje . . . "Ik, James B. Matlock, betaal aan Jeffrey Kramer driehonderd" . . . ach wat, 't is toch zijn geld . . . "vierhonderd dollar voor het gebruik van zijn . . ." – wat is het merk?'
'Ford bestel. Een witte Squire. Jaar oud.' Kramers blik ging heen en weer van het servetje naar het rolletje bankbiljetten dat Matlock achteloos op de bar naast Kramers elleboog liet slingeren.
'Ford bestelwagen, gedurende een periode van . . . laten we zeggen een week, oké?'

178

'Prima.' Kramer sloeg zijn tweede glas Scotch achterover.
' "Eén week... Getekend: James B. Matlock!" Alsjeblieft, vriend. Zet je handtekening er maar bij. En hier heb je vierhonderd dollar. Met de beste wensen van Jonathan Munro. Waar staat de auto?'

De instincten van de opgejaagde waren onfeilbaar, dacht Matlock, terwijl Kramer de bankbiljetten in zijn zak stopte en zijn kin afveegde, waarop zweetdruppels parelden. Kramer trok de twee autosleuteltjes en het parkeerkaartje te voorschijn. Zoals Matlock had verwacht, zat hij te springen om weg te gaan. Met zijn vierhonderd dollar.

Matlock beloofde Kramer binnen een week op te bellen en de auto terug te brengen. Kramer wilde per se de drankjes betalen en verliet haastig het café. Matlock dronk rustig zijn glas leeg en dacht intussen na over zijn volgende stap.

De jager en de opgejaagde waren nu één.

24

Op snelweg 72 naar Mount Holly gaf hij vol gas in Kramers witte bestelwagen. Binnen het uur zou hij weer een publieke telefoon moeten opzoeken en weer een gesprek voeren. Ditmaal met een zekere Howard Stockton, eigenaar van de Carmount Sportclub. Hij keek op zijn horloge; het was bijna halfnegen. Als het goed was, had Samuel Sharpe Stockton al uren geleden gebeld. Hij vroeg zich af hoe Stockton had gereageerd. Wat Stockton voor een man zou zijn.

De koplampen van de stationcar zetten het bord in een wit licht.

MOUNT HOLLY, GESTICHT IN 1896

En vlak daarna stond nog een bord.

MOUNT HOLLY ROTARY
HARPER'S REST.
DINSDAGMIDDAG
1200 METER

Waarom ook niet?, dacht Matlock. Er was niets te verliezen. Misschien wel wat te winnen, of misschien wel te leren.

De jager.

De witgepleisterde gevel en de rode neonlichten in de raamkozijnen zeiden alles wat er te zeggen viel over de keuken van Harper's Restaurant. Matlock parkeerde naast een truck met oplegger, stapte uit en sloot de auto af. Zijn nieuwe koffer met de nieuwe kleren lag op de achterbank. Hij had flink wat geld uitgegeven in Hartford, want hij was niet van plan enig risico te nemen.

Hij liep over het grind naar het cafégedeelte van Harper's Restaurant.

'Ik moet naar Carmount', vertelde hij, nadat hij met een briefje van twintig dollar voor zijn borrel had betaald. 'Zou u me alstublieft kunnen zeggen waar ik dat in vredesnaam kan vinden?'

'Een kilometer of vier naar het westen. Bij de splitsing rechtsaf slaan. Hebt u niet kleiner? Ik heb maar twee briefjes van vijf en verder alleen maar losse dollars, en die heb ik hard nodig als wisselgeld.

'Geef me de vijfjes maar, dan gooien we kruis of munt voor de rest. Kruis is voor jou, munt is nog een whisky voor mij en de rest voor jou.' Matlock pakte een muntstuk uit zijn zak en gooide het op de formica-bar, met zijn hand eroverheen. Daarna tilde hij zijn hand op en pakte het geldstuk weg zonder het aan de ober te laten zien. 'Je hebt pech vanavond. Ik krijg nog een whisky van je – de rest mag je houden.'

De andere klanten – drie mannen met een glas bier – hadden het gesprek gevolgd. Dat kwam goed uit, dacht Matlock, terwijl hij zoekend rondkeek naar een telefoon.

'De w.c. is achteraan om de hoek', zei een van de mannen. Hij droeg een kiel en een baseballpet.

'Bedankt. Is er ook een telefoon?'

'Naast de w.c.'

'Mooi zo.' Matlock pakte een stuk papier uit zijn zak waarop hij geschreven had: Howard Stockton, Carmount C.C., tel. 203-421-1100. Hij gaf de ober een wenk met z'n ogen, die pijlsnel naar hem toe kwam.

'Ik moet deze meneer bellen', zei Matlock tegen hem, 'maar ik weet niet of de naam Stackton of Stockton moet zijn. Kent u hem misschien?'

180

De ober keek naar het stuk papier en Matlock zag de reflex van herkenning in zijn ogen. 'Jazeker. U hebt het goed, hoor! Het is Stockton. Meneer Stockton. Hij is nu vice-voorzitter van de Rotary. Hij is ook voorzitter geweest. Hè, jongens?' Dat was tot de andere klanten gericht.

'Zo is dat.'

'Ja. Stockton.'

'Goeie vent.'

De man in de kiel en met de baseballpet had wel zin in een praatje. 'Hij is eigenaar van de Country-club. Dat is een leuke tent. Echt verdomd leuk.'

'De Country-club?' Matlock legde een spoortje geamuseerde verbaasdheid in zijn stem.

'Ja. Er is een zwembad, golfbaan, en dansen in het weekend. Verdomd gezellig.' Dat was de ober.

'Hij heeft een goeie reputatie, dat weet ik wel. Die Stockton, bedoel ik.' Matlock dronk zijn glas leeg en keek in de richting van de telefoon en de w.c. 'Daar is de telefoon, hè?'

'Jawel, meneer. Om de hoek.'

Matlock zocht wat geldstukken in zijn zak en liep naar de smalle gang waar de telefoon en de toiletten waren. Hij sloeg de hoek om, bleef toen staan en drukte zich tegen de muur. Hij wilde het commentaar horen dat zeker zou loskomen.

'Rijke bink, hè?' Dat was de barkeeper.

'Zijn ze allemaal. Heb ik dat verteld? M'n zoon is daar een paar weken geleden caddy geweest – één van die kerels had mazzel met golfen en gaf dat kind een briefje van vijftig. Ke-ristus! Vijftig dollar!"

'De vrouw zegt dat al die mooie juffrouws daar *hoeren* zijn. Echte hoeren. Ze gaat er wel eens uit werken, die ouwe van mij. Echte hoeren . . .'

'Daar zou ik er best eens een paar van in m'n handen willen hebben. Allemachtig! Ik durf te zweren dat die wijven geen b.h. dragen!'

'Echte hoeren . . .'

'Wie kan het verdommen? Die Stockton is oké. Voor mij in elk geval wel. Weet je wat-ie gedaan heeft? De Kings. Je weet wel, Artie King die een hartaanval heeft gehad – bleef dood toen-ie daarginds gras aan 't maaien was. Stockton gaf de familie een hele hoop poen – maar bovendien krijgen ze elke maand een vast bedrag op de bank. Verdomd. Nee, Stockton is een reuze vent.'

'Echte hoeren. Die doen het voor geld . . .'

'Stockton heeft het meest betaald aan de nieuwbouw voor het gymnasium, vergeet dat niet. Je hebt groot gelijk, man, het is een goeie vent. Ik heb twee kinderen op die school!'

'En dat is nog niet alles. Hij heeft ook flink geschokt voor de picknick op Memorial Day.'

'Echte godverdomde hoeren . . .'

Matlock liep zachtjes langs de muur naar de telefoon. Langzaam en zo stil mogelijk deed hij de deur dicht. De mannen aan de bar waren steeds harder gaan praten in hun waardering over Howard Stockton, eigenaar van de Carmount Country Club. Hij hoefde niet bang te zijn dat ze zouden horen dat hij nu pas de telefooncel in stapte.

Waar hij merkwaardig genoeg wel bang voor was, was hij zelf. Als de *opgejaagde* instincten had – om hem te beschermen – had de *jager* die ook – jagersinstincten. Hij begreep nu dat het nodig was met alle zintuigen het spoor te volgen, een stelsel op te bouwen van alle mogelijke reacties. Het betekende dat de jager over abstracte hulpmiddelen beschikte om zijn wapenarsenaal te completeren. Hulpmiddelen om een val op te zetten waar de opgejaagde in gelokt kon worden.

Hij ging ze in gedachten na.

Howard Stockton: ex-voorzitter, huidige vice-voorzitter van de Rotary van Mount Holly. Een gulle, meelevende man. Een man die voor het gezin van een overleden werknemer zorgde die Artie King heette, die de uitbreiding van het gymnasium had gefinancierd. De eigenaar van een chique country-club waar bezoekers fooien van vijftig dollar gaven aan hun caddies en waar voor goedgesitueerde leden meisjes beschikbaar waren. Bovendien een patriot die de stad Mount Holly in de gelegenheid had gesteld een picknick te organiseren voor Memorial Day.

Het was genoeg om mee te beginnen. Genoeg om er Howard Stockton mee op te schrikken als dat nodig zou zijn. Howard Stockton was niet langer de vormeloze figuur die hij een kwartier geleden nog was. Matlock wist nog steeds niet hoe hij eruit zag, maar hij was nu op de hoogte van andere aspecten, andere factoren. Howard Stockton was *iets* geworden in Mount Holly, Connecticut.

Matlock duwde het geldstuk in de gleuf en draaide het nummer van de Carmount Country Club.

'Welkom, welkom, meneer Matlock!', riep Howard Stockton uit, die Matlock op de marmeren stoep van de Carmount Country Club kwam verwelkomen. 'De jongen zorgt wel voor uw auto. Hé daar! Jongen! In de benen, jij!'
De parkeerwachter, een neger, lachte om zijn slavendrijvers-uitdrukking. Stockton gooide een halve dollar op, die de man met een grijns opving.
'Bedankt, meneer!'
'Als je goed voor hen bent, zijn ze ook goed voor jou. Waar of niet, jongen? Ben ik goed voor jou?'
'Nou, meneer Howard!'
Even dacht Matlock dat hij meespeelde in een smakeloze reclamespot, maar toen zag hij dat Howard Stockton werkelijk zo was. Tot en met zijn grijzende blonde haar boven zijn bruinverbrande gezicht, extra geaccentueerd door zijn witte snor en diepblauwe ogen, met daaromheen de ontelbare fijne rimpeltjes van een man die een goed leven leidde.
'Welkom in Carmount, meneer Matlock. Het is Richmond niet, maar in elk geval heel wat beter dan Okefenokee.'
'Bedankt. En noem me maar Jim.'
'Jim? Leuke naam. Een goeie, eenvoudige naam! Mijn vrienden noemen me Howard. Doe jij dat ook maar.'
Wat hij van de Carmount Country Club kon zien, deed Matlock aan al die afbeeldingen van vroeg negentiende-eeuwse architectuur denken. Maar het paste perfect bij de eigenaar ervan. Er stonden tientallen palmen in potten en er hingen sierlijke kroonluchters en op de wanden zat lichtblauw satijnbehang met rococo-taferelen van opgesmukte figuren met gepoederde pruiken op. Howard Stockton was een vurig aanhanger van een plantage-levenswijze, die het in 1865 al had moeten afleggen, maar hij zou het nooit toegeven. Het personeel, hoofdzakelijk negers, droeg zelfs livrei – maar dan ook met alles erop en eraan. Zachte muziek kwam achteruit een immense eetzaal, waar een strijkorkest van een instrument of acht in een sierlijke, maar zeer verouderde stijl zat te spelen. Er was een monumentale wenteltrap in het midden van de centrale hal die Jefferson Davis – of David O. Selznick eer zou hebben aangedaan. Er

liepen aantrekkelijke vrouwen rond, in het gezelschap van minder aantrekkelijke mannen.

Het effect was ongelooflijk, dacht Matlock, terwijl hij met zijn gastheer meeliep naar wat deze bescheiden zijn privé-bibliotheek noemde.

Howard Stockton deed de zware paneeldeur dicht en liep met lange passen naar een goedgevulde, mahoniehouten bar. Zonder te informeren naar wat zijn gast wilde drinken, schonk hij in.

'Sam Sharpe vertelde dat je bourbon drinkt. Je bent een man met smaak, als je 't mij vraagt. Dat is het beste wat er is.' Met twee glazen kwam hij naar Matlock teruglopen. 'Maar ieder z'n meug, hoor! Een Virginiër zit tegenwoordig niet meer zo vol vooroordelen als vroeger.'

'Dank je', zei Matlock, terwijl hij een glas aanpakte en in de stoel ging zitten die Stockton hem aanbood.

'Deze Virginiër', ging Stockton verder, terwijl hij tegenover Matlock ging zitten, 'heeft bovendien de on-Virginische gewoonte direct terzake te komen. ... Ik weet niet of het wel verstandig is dat je hier bent. Ik zal eerlijk zijn. Daarom heb ik je mee hiernaartoe genomen.'

'Dat snap ik niet. Je had me door de telefoon ook kunnen zeggen dat ik niet moest komen. Waarom heb je dat dan niet gedaan?'

'Daar kun jij misschien beter antwoord op geven dan ik. Sammy zegt dat je een belangrijke jongen bent, wat ze ... *internationaal* noemen. Nou, dat vind ik geweldig. Ik hou wel van een intelligente jonge kerel die het ver schopt. Daar heb ik bewondering voor, echt ... Maar ik betaal m'n rekeningen. Ik betaal regelmatig elke maand. Ik heb de beste zaak ten noorden van Atlanta die aan beide kanten van de wet opereert. Ik wil geen moeilijkheden.'

'Die zul je door *mij* niet krijgen. Ik ben een vermoeide zakenman die wat vertier zoekt, meer niet.'

'Wat is er bij Sharpe gebeurd? De kranten staan er vol van! Daar moet ik hier niets van hebben!'

Matlock nam hem op. De bloedvaten in het gebruinde gezicht waren knalrood. Daarom deed de man waarschijnlijk zo zijn best om het hele jaar door bruin te zijn. Om zijn lelijke huid te verbergen.

'Ik geloof niet dat je het begrijpt', zei Matlock weloverwogen, terwijl hij het glas naar zijn lippen bracht. 'Ik heb een heel eind gereisd omdat ik hier *moet* zijn. Niet omdat ik zo graag wil. Om persoonlijke redenen ben ik wat vroeger, daarom kijk ik wat rond. Maar dat is het enige. Ik kijk wat rond... tot het tijd is voor m'n afspraak.'

'Wat voor afspraak?'

'Een afspraak in Carlyle, Connecticut.'

Stockton kneep zijn ogen samen en trok aan zijn zorgvuldig onderhouden witte snor. 'Moet je in Carlyle zijn?'

'Ja. Dat is vertrouwelijk, maar dat hoef ik jou niet te vertellen, hè?'

'Ik heb niets gehoord.' Stockton bleef Matlock aankijken en Matlock wist dat hij een onechte klank probeerde op te vangen, een verkeerd woord, of een aarzelende blik – iets dat in strijd was met zijn woorden.

'Goed... Zeg, heb jij toevallig ook een afspraak in Carlyle? Over een dag of tien?'

Stockton nipte genietend van zijn whisky en zette zijn glas op een bijzettafeltje alsof het een kostbaar kunstvoorwerp was. 'Ik ben maar een eenvoudige Virginiër die werkt voor z'n brood. Die wat verdient en het er goed van neemt. Dat is alles. Ik weet niets van afspraken in Carlyle af.'

'Sorry dat ik erover begon. Dat is een... ernstige fout van me. Voor jouw en mijn bestwil hoop ik dat je er niet over praat. Of over *mij*.'

'Dat is wel het *laatste* wat ik zou doen. Wat mij betreft, ben je een vriend van Sammy die afleiding zoekt... en wat gastvrijheid.' Plotseling leunde Stockton voorover in zijn stoel, met zijn ellebogen op zijn knieën en zijn handen gevouwen. Hij zag eruit als een ernstige pastoor die naar de biecht van een gemeentelid luistert. 'Wat is er in godsnaam in Windsor Shoals gebeurd? Wat kan dat toch geweest zijn?'

'Voor zover ik het kan bekijken, is er een vendetta uitgevochten. Bartolozzi had vijanden. Sommigen vonden dat-ie vervloekt veel kletste. Aiello ook, denk ik. Ze konden hun bek niet houden... En Frank zat er toevallig bij, volgens mij.'

'Vervloekte Italianen! Verpesten alles! Dát slag tenminste. Snap je wat ik bedoel?'

Daar was het weer. Het 'snap-je-wat-ik-bedoel'. Uit de mond van Stockton was het geen vraag, maar een constatering.

'Ik snap wat je bedoelt', antwoordde Matlock gelaten.

'Ik ben bang dat ik slecht nieuws voor je heb, Jim. Ik heb de tafels een dag of wat buiten gebruik gesteld. Ik ben doodsbenauwd na wat er in de Shoals is gebeurd.'

'Dat is niet zulk slecht nieuws voor mij. Niet na wat ik er de afgelopen dagen bij ingeschoten ben.'

'Ik heb het gehoord van Sammy. Maar we hebben hier nog wel meer amusement. Je zult van Carmount niet kunnen zeggen dat het niet gastvrij is, dat beloof ik je.'

De beide mannen dronken hun glazen leeg en een opgeluchte Stockton begeleidde zijn gast naar de drukke, fraaie eetzaal. Het eten was buitengewoon en werd geserveerd op een manier die op de meest verfijnde en welgestelde plantage uit de vorige eeuw niet zou hebben misstaan.

Hoewel het diner aangenaam was – en op een bepaalde manier zelfs ontspannend – had Matlock er verder niets aan. Howard Stockton wilde niet over zijn 'zaken' praten dan in de vaagste termen, en hij wees er voortdurend op dat zijn klanten uitsluitend tot 'de beste klasse noorderlingen' behoorden. Zijn woorden waren doorspekt met beschrijvende anachronismen, hij was absoluut niet van deze tijd. Halverwege de maaltijd excuseerde Stockton zich om een belangrijke gast gedag te gaan zeggen.

Het was de eerste gelegenheid die Matlock had om naar Stocktons 'beste klasse noorderlingen'-cliëntèle te kijken.

Een toepasselijke term, dacht Matlock, als het woord *klasse* hetzelfde was als *geld,* wat allerminst het geval was. Geld schreeuwde van elke tafel. Je hoefde maar naar de vele gebruinde gezichten te kijken, en dat begin mei in Connecticut. Dit waren mensen die van het ene zonovergoten oord naar het andere vlogen. Nog een kenmerk was het gemakkelijke, volle gelach dat door de zaal echode, en het schitteren van de sieraden. Bovendien de kleding – pakken van een dure snit, jasjes van ruwe zijde, Dior-dassen. En de flessen sprankelende keurwijn in echt zilveren standaards met kersehouten voeten.

Maar er klopte iets niet, dacht Matlock. Er ontbrak iets aan of het was juist te veel van het goede. Het duurde even voordat hij had ontdekt wat het precies was.

De gebruinde gezichten, het gelach, de gouden horloges, de jasjes, de Dior-dassen, het geld, de elegantie, de hele sfeer werd eigenlijk geheel door het *mannelijk* deel van de gasten bepaald.

Het waren de vrouwen, de meisjes, die eruitsprongen. Er waren er wel een paar die bij hun partner pasten, maar de meesten deden dat niet. Ze waren jonger. Veel, veel jonger. En anders. Hij besefte eerst niet goed wat het verschil was, maar toen opeens wel, zij het in abstracte zin. Voor het grootste deel hadden de meisjes – en het *waren* meisjes – iets in hun uiterlijk dat hij erg goed kende. Hij had er in het verleden altijd scherp op gelet. Het was het studentenuiterlijk – evenals het kantooruiterlijk en het secretaresse-uiterlijk een groepsaanduiding. Een iets intensere uitdrukking om de ogen, een aanzienlijk zorgelozere houding in gesprekken. Meisjes waaraan je kon zien dat ze niet in de tredmolen liepen, meisjes die zich niet ophielden met archiefkasten en typemachines. Het was definieerbaar omdat het echt was. Matlock kende dat uiterlijk al een jaar of tien van dichtbij – het was onmiskenbaar.

Toen drong het tot hem door dat er nog iets was. De kleding van de meisjes. Het was niet de achteloze kleding die hij verwachtte bij de meisjes met het studentenuiterlijk. Het was te verzorgd, te mooi van coupe, als dat de uitdrukking was. In deze tijd van uniseks gewoon te vrouwelijk. Ze droegen kostuums!

Plotseling, door een enkel zinnetje dat op hysterische toon een paar tafeltjes bij hem vandaan werd uitgesproken, wist hij dat hij gelijk had.

'Eerlijk, ik meen het – het is hélemaal het einde!'

Die stem! *Christus, hij kende die stem!*

Was het misschien de bedoeling dat hij die stem hoorde?

Hij bracht zijn hand naar zijn gezicht en draaide zijn hoofd langzaam in de richting van het giechelende meisje. Ze lachte en dronk champagne, terwijl haar begeleider – een veel oudere man – met voldoening naar haar enorme borsten staarde.

Het meisje was Virginia Beeson. Het 'absoluut het einde' - kindvrouwtje van Archer Beeson, geschiedenisdocent aan de universiteit van Carlyle.

De carrièremaker.

Matlock gaf de neger die zijn koffer de wenteltrap op droeg naar de grote, fraaie kamer die Stockton hem had aangeboden, een fooi. Er lag een dik, wijnrood tapijt op de vloer, er stond een hemelbed en de wanden waren wit met gegroefde kroonlijsten. Op het bureau stonden een ijsemmer, twee flessen Jack Daniels en een paar glazen. Hij maakte de koffer open, pakte zijn toiletartikelen uit en legde ze op het nachtkastje. Daarna haalde hij een pak uit de koffer, een lichtgewicht jasje en twee pantalons en hing die in de kast. Hij tilde de koffer van het bed en legde hem op de houten armleuningen van een van de stoelen.

Er werd zachtjes geklopt. Zijn eerste gedachte was dat het Howard Stockton moest zijn, maar dat was een vergissing.

Er stond een meisje in de deuropening. Ze droeg een uitdagende, donkerrode japon en glimlachte. Ze was rond de twintig en heel erg aantrekkelijk.

En haar glimlach was onecht.

'Ja?'

'Met de complimenten van meneer Stockton', zei ze, terwijl ze langs Matlock heen de kamer binnen liep.

Matlock deed de deur dicht en staarde haar aan, meer verrast dan geschokt. 'Dat is dan erg attent van meneer Stockton, moet ik zeggen.'

'Fijn dat u het waardeert. Er staan glazen op uw bureau, whisky en ijs. Ik lust best een glaasje. Tenzij u haast hebt.'

Matlock liep langzaam naar het bureau. 'Ik, haast? Nee hoor! Hoe wil je het hebben?'

'Met alleen wat ijs, alstublieft.'

'Goed.' Matlock schonk whisky voor het meisje in en bracht het glas naar haar toe. 'Wil je niet gaan zitten?'

'Op het bed?'

De enige andere stoel, naast die waarop de koffer stond, stond aan het andere eind van de kamer bij de openslaande deuren.

'Oh, sorry.' Hij haalde de koffer weg en het meisje ging zitten. Howard Stockton had een goede smaak, bedacht hij. Het was een beeldschoon meisje. 'Hoe heet je?'

'Jeannie.' Ze dronk het grootste deel van haar whisky in een paar slokken op. Ze wist hoe ze drinken moest. En toen, terwijl ze het glas van haar lippen nam, zag Matlock de ring aan haar rechter ringvinger.

Hij kende die ring maar al te goed. Ze werden verkocht in een universiteitsboekhandel niet ver van de flat van John Holden in Webster, Connecticut. Het was de ring van de universiteit van Madison.

'Hoe zou je reageren als ik je vertelde dat ik niet geïnteresseerd was?', vroeg Matlock, tegen de zware poot van de ouderwetse hemel van het bed geleund.

'Verrast. Je ziet er helemaal niet uit als een homo.'

'Ben ik ook niet.'

Het meisje keek naar hem op. Haar bleekblauwe ogen waren warm – maar alleen beroepsmatig – betekenisvol, maar toch zo leeg als wat. Haar lippen waren jong. En vol, en strak.

'Misschien heb je alleen een beetje aanmoediging nodig.'

'Kun je dat?'

'Ik ben goed.' Ze zei het met kalme arrogantie.

Ze was nog zo jong, dacht Matlock, maar ergens ook oud. En er was haat in haar. Gecamoufleerd, maar niet goed genoeg. Ze deed haar werk – met haar jurk, haar ogen, haar lippen. Misschien had ze een afschuw van haar rol, maar ze speelde hem toch.

Beroepsmatig.

'En als ik nou alleen maar wil praten?'

'Dat is iets heel anders. Daar zijn geen regels voor. Op dat gebied heb ik gelijke rechten. Quid pro, meneer Zondernaam.'

'Je schijnt er geen moeite mee te hebben. Moet ik daar soms iets uit opmaken?'

'Ik zou niet weten waarom.'

' "Quid pro quo" is niet het soort taal dat je gewoonlijk in je acht-tot-drie-baantje gebruikt.'

'We zijn hier ook niet – als dat je nog niet was opgevallen – op de Avenida de las Putas.'

'Tennessee Williams?'

'Wie weet?'

'Jij, waarschijnlijk.'

'Oké. Mooi. We kunnen in bed over Proust praten. Want dat is toch waar je me hebben wilt, hè?'

'Ik denk toch dat ik liever alleen maar praat.'

Opeens gealarmeerd fluisterde het meisje hees: 'Ben je van de politie?'

'Oh nee, verre van dat', lachte Matlock. 'Je zou zelfs kunnen zeggen dat een paar van de belangrijkste agenten in de streek me dolgraag zouden vinden. Hoewel ik geen misdadiger ben ... Of getikt, of zo.'

'Nu ben ík niet geïnteresseerd. Mag ik nog iets drinken?'

'Natuurlijk.' Matlock schonk haar in. Ze zeiden geen van beiden iets, totdat hij haar glas aanreikte.

'Mag ik hier nog even blijven? Net lang genoeg om door jou genaaid te kunnen zijn.'

'Je wilt het honorarium niet mislopen, bedoel je?'

'Het is vijftig dollar.'

'Daar moet je waarschijnlijk een gedeelte van gebruiken om er het hoofd van de slaapzaal mee om te kopen. De universiteit van Madison is een beetje ouderwets. Bij sommige studentenhuizen moet je je door de week 's avonds nog melden. En jij komt beslist te laat.'

De schrik was duidelijk van haar gezicht te lezen. 'Je bent wel van de politie. Je bent een vervloekte smeris!'

Ze wilde opstaan, maar Matlock ging vlug voor haar staan, pakte haar bij de schouders en duwde haar zacht terug in de stoel.

'Niet waar, dat heb ik al gezegd. Jij was niet geïnteresseerd, weet je nog? Maar ík wel. Heel erg zelfs, en jij gaat me vertellen wat ik wil weten.'

Het meisje probeerde op te staan en Matlock pakte haar armen. Ze verzette zich en hij duwde haar hardhandig terug. 'Laat je je altijd "naaien" met je ring om? Is dat om indruk te maken op je bedgenoten?'

'Oh, mijn God! Oh, Jezus!' Ze greep haar ring en draaide hem rond alsof hij daardoor onzichtbaar werd.

'Luister goed naar me! Als jij me niet vertelt wat ik weten wil, zit ik morgenochtend in Webster om daar m'n licht eens op te steken. Heb je dat soms liever?'

'Nee, toe! Alsjeblieft!' Er kwamen tranen in haar ogen. Haar handen trilden en ze hijgde.

'Hoe ben je hier terechtgekomen?'

'Nee! Nee . . .'

'*Hoe?*'

'Via anderen . . .'

'Wie dan?'

'Anderen . . . andere meisjes. Die het ook doen.'

'Met z'n hoevelen zijn jullie?'

'Niet veel. Niet zoveel . . . Het is rustig. Het moet niet te druk worden. . . . Laat me gaan, *alsjeblieft*. Ik wil hier *weg*.'

'Oh nee, nog niet. Ik wil weten met hoeveel jullie het doen en *waarom!*'

'Dat zei ik toch al! Een paar maar, een stuk of zeven, acht meisjes.'

'Er zijn er beneden minstens dertig!'

'Die *ken* ik helemaal niet! Die komen uit andere plaatsen. We vragen elkaars *namen* niet!'

'Maar je weet verdomd goed waar ze vandaan komen!'

'Van sommigen . . . Ja.'

'Andere universiteiten?'

'Ja . . .'

'*Waarom*, Jeannie? *Waarom*, in Jezusnaam?'

'Wat zou je *denken? Geld!*'

Haar jurk had lange mouwen. Hij pakte haar rechterarm en schoof de stof terug tot over de elleboog. Ze verzette zich uit alle macht, maar hij was sterker.

Er waren geen tekenen. Geen littekens.

Ze schopte naar hem en hij sloeg haar in het gezicht, hard genoeg om haar zo te laten schrikken dat ze zich even stilhield. Hij pakte haar linkerarm en trok de mouw omhoog.

Daar waren ze. Geen nieuwe. Maar ze waren er.

De kleine, paarse prikken van een naald.

'Ik ben er niet meer aan! Al *maanden* niet meer!'

'Waar heb je dat geld dan voor nodig? Je moet elke keer dat je hier komt vijftig of honderd dollar verdienen! . . . Waar ben je nu dan aan? Gele? Rooie? *LSD? Pep?* Wat is het *nu?* Voor hasj heb je zoveel geld niet nodig!'

Het meisje snikte. De tranen liepen over haar wangen. Ze sloeg haar handen voor haar gezicht en zei – kreunend – door haar snikken heen: 'Er is zoveel ellende! Zoveel . . . *ellende!* Laat me *gaan, alsjeblieft!*'

Matlock liet zich op zijn knieën zakken en wiegde haar hoofd zachtjes heen en weer, tegen zijn borst.

'Wat dan? Vertel het me maar. Wat voor ellende?'

'Ze *dwingen* je om het te doen . . . Je *moet* wel . . . Er zijn er zoveel die hulp nodig hebben. Ze willen niemand helpen als je het niet doet. Alsjeblieft, hoe je ook heet, laat me met rust. Laat me gaan. Hou je mond erover. Laat me *gaan! . . . Alsjeblieft!*'

'Goed, maar je moet eerst nog iets voor me ophelderen. Dan kun je gaan, en ik zal m'n mond houden . . . Ben je hier omdat ze je bedreigd hebben? De andere meisjes ook?'

Het meisje knikte, zwaar ademhalend. Matlock ging verder:

'Waarmee dan? Dat ze je zouden aangeven?... Vanwege je verslaving? Dat is het niet waard. Tegenwoordig niet meer...'
'Oh, je weet niet wat je zegt!', zei ze door haar tranen heen. 'Ze kunnen je ruïneren. Voor je hele leven. Je ouders, je studie, later misschien. Misschien... Een of andere vervloekte gevangenis. Overal mee. Verslaving, handel, noem maar op... een jongen die je kent zit in moeilijkheden en *zij* kunnen hem eruit helpen... Een meisje is in haar derde maand en heeft een dokter nodig... daar kunnen *zij* voor zorgen. Zonder problemen, zonder ophef.'
'Daar heb je *hen* niet voor nodig! Je bent toch niet *achterlijk?* Er zijn instanties genoeg, adviesbureaus!'
'Oh, Jezus Christus, man! *Jij* bent toch niet achterlijk?... De narcotica-politie, de doktoren, de rechters! Ze hebben ze *allemaal* in hun macht!... Daar kun *jij* niets aan veranderen. Daar kan *ik* niets aan veranderen. Dus laat me alsjeblieft met rust, laat *ons* met rust! Anders zijn de gevolgen niet te overzien!'
'En jullie blijven keurig in hun gareel lopen! Stelletje bange, laffe klootzakken dat jullie zijn. Bang om iets overhoop te halen, om er zelf iets bij in te schieten!' Hij gaf een woedende ruk aan haar linker elleboog.
Het meisje keek naar hem op, half angstig, half minachtend.
'Inderdaad', zei ze met een vreemd kalme stem. 'Maar dat kun jij natuurlijk niet begrijpen. Jij weet niet wat er allemaal op het spel staat... Wij zijn anders dan jij. Mijn vrienden zijn alles wat ik heb. Dat is voor ons allemaal zo. We helpen elkaar... Ik hoef geen held te zijn. Ik hoef alleen maar mijn vrienden. Ik heb geen nationalistisch embleem op mijn autoruit en ik heb de pest aan John Wayne. Ik vind hem een zak. Jullie allemaal, trouwens. Allemaal zakken.'
Matlock liet haar arm los. 'En hoelang denk je dat je hier mee door kunt gaan?'
'Oh, ik heb nog mazzel. Over een maand heb ik dat diploma in m'n zak, waar m'n ouders voor hebben gedokt, en dan ben ik eruit. Ze proberen bijna nooit je er daarna nog bij te krijgen. Ze zeggen van wel, maar dat doen ze bijna nooit... Je moet alleen blijven rondlopen met de mogelijkheid.'
Hij begreep de betekenis van haar woorden en wendde zich af. 'Het spijt me. Het spijt me heel, heel erg.'
'Laat maar. Ik heb nog mazzel. Twee weken nadat ik dat lul-

lige stuk papier heb dat mijn ouders zo belangrijk vinden, zit ik in een vliegtuig. Ik ga weg uit dit vervloekte kloteland. En ik kom nooit meer terug ook!'

25

Hij had niet kunnen slapen, maar daar had hij ook niet op gerekend. Hij had het meisje geld gegeven, omdat hij haar niets anders te geven had, ook geen hoop of moed. Ze konden zijn standpunt niet delen, want dat hield het risico van gevaar en pijn in voor ontelbare kinderen die voor elkaar op de bres stonden. Hij kon hen er niet bij betrekken; geen vertrouwen, geen bedreiging was zo groot als de last die zij droegen. Ze streden uiteindelijk hun eigen strijd. Ze wilden niet geholpen worden. Hij dacht terug aan de waarschuwing van Bagdhivi: *Ziet gij toe op de kinderen, ziet toe en aanschouwt. Ze worden groot en sterk en jagen op de tijger met grotere slimheid en sterkere zenuwen dan gij. Zij zullen de kuddes beter behoeden dan gij. Gij zijt oud en zwak. Ziet toe op de kinderen. Wacht u voor de kinderen.*

Maakten de kinderen beter jacht op de tijger? En als dat al zo was, wiens kuddes zouden ze dan behoeden? En wie was de tijger?

Was het 'dit vervloekte kloteland'?

Was het zover gekomen?

De vragen brandden in zijn gedachten. Hoeveel Jeannies waren er? Hoever ging Nimrod met het ronselen van mensen?

Daar moest hij achter zien te komen.

Het meisje had toegegeven, dat Carmount slechts één van de gelegenheden was. Er waren er nog meer, maar ze wist niet waar. Vriendinnen van haar waren naar New Haven gestuurd, anderen naar Boston, enkelen naar het noorden, naar de buitenwijken van Hanover.

Yale. Harvard. Dartmouth.

Het meest angstwekkende aspect was Nimrods bedreiging van duizenden toekomsten. Wat had ze ook weer gezegd?

'Ze zoeken je bijna nooit op ... Ze zeggen van wel ... Je moet leven met de mogelijkheid.'

Als dat het geval was, had Bagdhivi ongelijk. Dan waren de kinderen veel minder slim, hadden ze zwakkere zenuwen. Dan was er geen reden om voor ze op te passen. Alleen om medelijden te hebben.

Tenzij de kinderen geleid werden door andere, sterkere kinderen.

Matlock besloot naar New Haven te rijden. Misschien kon hij daar iets te weten komen. Hij had tientallen kennissen aan de universiteit van Yale. Het zou hem op een zijpad voeren, een onverwachte excursie zijn, maar toch belangrijk voor de reis zelf. Een deel van de Nimrod Odyssee.

Hij schrok op door korte, hoge fluittonen. Hij bleef als verlamd liggen, met uitpuilende ogen van schrik en al zijn spieren gespannen. Het duurde even voordat de oorzaak van het angstwekkende geluid tot hem doordrong. Het was de Tel-electronic, in de zak van zijn jasje. Maar waar had hij zijn jasje gelaten? Niet bij zijn bed.

Hij knipte de bedlamp aan en keek met kloppend hart – van het onafgebroken schrille geluid – de kamer rond. Het zweet stond op zijn voorhoofd. Toen zag hij zijn jasje. Hij had het op de stoel bij de openslaande deuren gehangen, bijna aan de andere kant van de kamer. Hij keek op zijn horloge. Vijf over halfvijf in de ochtend. Hij rende naar het jasje, trok het afschuwelijke apparaatje eruit en zette het af.

De paniek van de opgejaagde kwam terug. Hij pakte de telefoon op het nachtkastje. Het was een rechtstreeks uitgaande lijn.

De kiestoon klonk heel normaal voor een telefoon buiten de stad. Een beetje vaag, maar ononderbroken. En als hij afgetapt werd, zou Matlock dat toch niet kunnen onderkennen. Hij draaide 555-6868 en wachtte op de boodschap.

'Verslag van Cliënt Drie-nul', zei de stem van de band. 'Sorry dat ik u stoor. Er is geen wijziging in de toestand van de patiënt, alles is in orde. Maar uw vriend uit Wheeling houdt maar niet op. Hij belde om vier uur vijftien en zei dat u hem absoluut direct terug moest bellen. Misschien kunt u dat ook maar beter doen. Dat was alles.'

Matlock hing op en probeerde alles van zich af te zetten totdat hij een sigaret had gevonden en aangestoken. Hij moest even

194

de tijd hebben om zijn bonzende hart tot rust te laten komen.

Hij haatte dat vervloekte apparaat! Hij haatte de verlammende uitwerking die de schrille fluittonen op hem hadden.

Hij inhaleerde diep en besefte dat hij geen keus had. Hij moest weg uit de Country Club om naar een publieke cel te gaan. Greenberg zou niet om kwart over vier 's ochtends bellen als het geen noodgeval was. En hij kon niet het risico nemen Greenberg via de hoteltelefoon te bellen.

Hij smeet zijn kleren in de koffer en kleedde zich vlug aan.

Er zou wel een nachtwaker zijn, of een parkeerwachter, om zijn, Kramers, auto van de parkeerplaats te halen. Zo niet, dan zou hij iemand wakker maken, al was het Stockton in eigen persoon. Stockton was nog steeds bang voor moeilijkheden zoals in Windsor Shoals en zou niet het lef hebben hem tegen te houden. Elke smoes was goed genoeg voor de leverancier van jong, aanbiddelijk vlees. De gebruinde 'bloem van het zuiden' in de Connecticut Valley. De stank van Nimrod.

Matlock trok de deur zachtjes dicht en liep door de verlaten gang naar de enorme trap. Er brandden muurblakers, gedempt om ze het effect van kaarsen te geven. Zelfs in het holst van de nacht kon Howard Stockton zijn erfdeel niet vergeten. De Carmount Country Club leek van binnen meer dan ooit op de nu verlaten ontvangsthal in het huis van een plantagebezitter.

Hij liep naar de uitgang, maar toen hij bij de tochtdeuren kwam, was zijn stille aftocht ten einde. Althans voorlopig.

Uit een glazen deur naast de ingang kwam Howard Stockton, gekleed in een negentiende-eeuwse ochtendjas van soepel velours. Er was een lange, Italiaans-uitziende man bij hem, in wiens gitzwarte ogen generaties van de Zwarte Hand te lezen stonden. Stocktons metgezel was een beroepsmoordenaar.

'Nee maar, meneer Matlock! Gaat u ons verlaten?'

Matlock besloot tot de aanval.

'Aangezien je verdomme mijn telefoon hebt afgetapt, zul je wel weten dat ik moeilijkheden heb! Maar dat is *mijn zaak,* daar heb *jij* niks mee te maken! Bemoei je verdomme met je eigen zaken!'

Dat had effect. Hij schrok van Matlocks agressieve houding.

'Maak je nou maar niet kwaad ... Ik ben ook een zakenman, net als jij. Ik bemoei me alleen maar met je om je te beschermen. Verdomme! En dat is echt *waar, jongen!'*

'Ik zal je smoesje maar slikken. Zitten m'n sleutels in de auto?'

'Nee, niet in je auto. Mijn vriend Mario hier heeft ze. Hij is een echte eerste-klas Italiaan, dat kan ik je wel vertellen.'

'Ik twijfel er geen moment aan. Mag ik mijn sleutels terug?'

Mario keek wat hulpeloos naar Stockton.

'Luister nou eens', zei Stockton. 'Wacht even, Mario. Laten we niet te impulsief zijn ... Ik ben een redelijk mens. Een zeer redelijk mens die z'n hoofd gebruikt. Ik ben maar een eenvoudige ...'

'Virginiër die werkt voor z'n boterham!', viel Matlock hem in de rede. 'Best hoor, mij een zorg! Maar ga nu als de sodemieter uit de weg en geef me de sleutels!'

'Goeie God, jullie zijn ook *allemaal even doortrapt!* Echt *doortrapt!* Ga maar na! ... Een of andere idiote code als "Cliënt Drie-nul" en "terugbellen naar Wheeling". En dan gebruik je mijn goed functionerende telefoon niet, nee, dan moet je opeens als de sodemieter weg! Zeg nou zelf, Jim. Wat zou *jij* doen?!'

Matlock legde een ijzige klank in zijn stem. 'Ik zou proberen erachter te komen met *wie* ik te maken had ... We hebben een aantal informaties ingewonnen, Howard. Mijn superieuren maken zich zorgen over je.'

'Wat-bedoel-je-daarmee?', vroeg Stockton, zo vlug dat het één woord leek.

'Ze vinden ... wij vinden dat je te veel de aandacht op je zelf richt. Voorzitter en vice-voorzitter van een *Rotary Club!* Jezus! Een éénmansinzamelcomité voor nieuwe schoolgebouwen, de brede borst voor weduwen en wezen – inclusief bankrekening, picknicks voor Memorial Day! En dan roddelpraatjes over de meisjes laten verspreiden! De helft van de tijd lopen ze half-naakt rond. Dacht je heus dat de mensen hier niet kletsten! Christus nog aan toe, Howard!'

'Wie ben jij in godsnaam?'

'Alleen maar een vermoeide zakenman die de pest in krijgt als hij een andere zakenman zichzelf voor lul ziet zetten! Wie denk je wel dat je bent? Sinterklaas soms? Je weet niet half hoe die rooie mijter in de gaten loopt!'

'Goeie God, wat zit jij de zaken om te draaien! Ik heb de beste zaak ten noorden van Atlanta! Ik weet ook niet met wie jullie hebben gekletst, maar ik kan je wel vertellen dat ze hier in

196

Mount Holly zó voor me door het vuur zouden gaan! Die dingen waar je nou mee aan komt zetten – dat zijn *goeie* dingen. Alleen maar *goed!* ... Maar jij zit ze te verdraaien en maakt er iets smerigs van! Dat vind ik een *rotstreek!*'

Stockton pakte een zakdoek uit zijn zak en bette zijn rood aangelopen, transpirerende gezicht. Hij was zo van slag, dat zijn zinnen zonder pauzes in elkaar overliepen en zijn stem was schel van opwinding. Matlock probeerde snel na te denken. Hij moest voorzichtig blijven, maar misschien was dit het moment – met Stockton. Het moest toch zover komen. Hij moest zijn eigen uitnodiging uitsturen. Hij moest aan het laatste traject van zijn reis naar Nimrod beginnen.

'Rustig nou maar, Stockton. Hou je kalm. Misschien heb je wel gelijk ... Ik heb nu geen tijd om daarover na te denken. We zitten in een noodsituatie, wij allemaal. Die telefonische boodschap was geen grapje.' Matlock zweeg even, keek de nerveuze Stockton doordringend aan en zette toen zijn koffer op de marmeren vloer. 'Howard', zei hij langzaam en zijn woorden zorgvuldig kiezend, 'ik zal je in vertrouwen iets vertellen en ik hoop bij God dat dat geen vergissing van me is. Als je dat voor me kunt doen, zal niemand zich met je zaak bemoeien – nooit meer.'

'Wat dan?'

'Laat hem een eindje gaan wandelen. Voor mijn part alleen naar de andere kant van de hal.'

'Je hoort wat hij zegt. Ga een sigaar roken of zo.'

Mario keek zowel vijandig als verbaasd, terwijl hij langzaam naar de trap liep. Stockton vroeg: 'Wat moet ik voor je doen? Ik heb je gezegd dat ik geen moeilijkheden wilde.'

'We krijgen *allemaal* moeilijkheden, tenzij ik erin slaag een paar afgevaardigden te bereiken. Dat was de boodschap uit Wheeling.'

'Wat bedoel je ... afgevaardigden?'

'De bijeenkomst in Carlyle. De conferentie met onze mensen en de organisatie van Nimrod.'

'Daar heb ik niks mee te maken!' Stockton spuwde de woorden uit. 'Daar weet ik niks van!'

'Nee, dat weet ik, dat was ook niet de bedoeling. Maar nu gaat het ons allemaal aan ... Soms moeten we de regels breken, dat is nu het geval. Nimrod is te ver gegaan, dat is alles wat ik je kan vertellen.'

'Jij *mij* vertellen? Ik zit midden tussen die zedeprekers in! Ik moet met ze werken, en als ik klaag, weet je wat onze eigen mensen dan zeggen? Ze zeggen: "Zo gaat dat nou eenmaal, Howie, jongen, in het zakenleven!" Wat is dat voor geklets? Waarom moet *ik* zaken met *hen* doen?'

'Misschien hoeft dat ook niet erg veel langer. Daarom moet ik een paar van de anderen zien te bereiken. De afgevaardigden.'

'Ik kom nooit op dat soort bijeenkomsten. Ik ken niemand.'

'Natuurlijk niet. Nogmaals: dat is ook niet de bedoeling. Op deze conferentie komt alleen de top en het is zo geheim, dat wij ons zelf misschien al veel te veel hebben blootgegeven. We weten niet wie er hierheen zijn gekomen. Van welke organisatie, uit welk syndicaat? Maar ik heb mijn orders. We moeten er toch een of twee te pakken zien te krijgen.'

'Ik kan je niet helpen.'

Matlock keek hem grimmig aan. 'Ik denk van wel. Luister. Over een paar uur pak je de telefoon en geef je het door. *Voorzichtig!* We willen geen paniek. Zeg het tegen niemand die je niet kent en noem mijn naam niet! Je zegt alleen dat je iemand hebt ontmoet die het Corsicaanse document heeft, het verzilverde Corsicaanse document. Dat die iemand een andere afgevaardigde *moet* spreken met ook zo'n uitnodiging. We zullen voorlopig met één beginnen. Kun je dat onthouden?'

'Jawel, maar ik bemoei me er liever niet mee. Het zijn *mijn zaken niet!*'

'Zou je de tent liever sluiten? Zou je dit prachtige heiligdom van je er liever bij inschieten en voor een jaar of tien, twintig door een celraampje staren? Ik heb wel eens gehoord dat gevangenisbegrafenissen zeer ontroerend zijn.'

'Oké!... Oké. Ik zal m'n boodschappenjongen bellen. Ik zeg dat ik nergens iets van afweet! Dat ik alleen een boodschap doorgeef.'

'Je doet maar. Als je iemand te pakken krijgt, zeg hem dan dat ik vanavond of morgen in het Zeil-en Ski-oord ben. En dat hij het document bij zich moet hebben. Zonder het document praat ik met niemand!'

'Zonder het document ...'

'En zorg nou dat ik m'n sleutels terugkrijg.'

Stockton riep Mario terug. Matlock kreeg zijn sleutels.

Op snelweg 72, net voorbij Mount Holly, reed hij in zuidelijke richting. Hij wist niet precies meer waar het was, maar toen hij uit Hartford kwam was hij langs enige telefooncellen gekomen. Grappig dat hij daar nu zo op lette. Publieke telefoons waren zijn enige band met de realiteit. Verder was alles maar tijdelijk, een gok, onbekend en angstwekkend. Hij was wel van plan Greenberg te bellen, maar eerst wilde hij iemand van Blackstones mensen te pakken zien te krijgen.

Er moest zo snel mogelijk een ontmoeting worden gearrangeerd. Hij had het Corsicaanse document nu nodig. Hij had zijn nek uitgestoken en als hij zijn deel van de overeenkomst niet nakwam, zou hij niets te weten komen. *Als* Stocktons boodschap werd doorgegeven en *als* iemand contact met hem opnam, zou die iemand eerder doden of zelf gedood worden dan de eed van 'Omerta' te breken, tenzij Matlock het document kon laten zien. Of was het toch allemaal voor niets? Was hij inderdaad de amateur waarvoor Kressel en Greenberg hem hielden? Hij wist het niet. Hij deed vreselijk z'n best aan alles te denken, elke daad grondig te overwegen en goed gebruik te maken van zijn academisch getrainde geest. Maar was dat wel genoeg? Of was het mogelijk dat zijn volledige inzet, zijn diepe wraakgevoelens en zijn afgrijzen een romantische dwaas van hem maakten?

Als dat zo was, vooruit dan maar. Hij zou zich tot het uiterste geven, en meer kon hij ook niet. Hij had er goede redenen voor – David, zijn broer; Pat, zijn vriendin; Lucas, een zachtaardige, oude man; Loring, een sympathieke kerel; Jeannie, een gedesillusioneerde meisjesstudent uit Madison. Het hele misselijkmakende wereldje!

Matlock stopte bij een telefooncel op een verlaten stuk van snelweg 72 en belde de mechanische ontvanger aan het andere eind van 555-6868. Hij gaf het nummer van de cel door en wachtte totdat Cliënt Drie-nul hem zou terugbellen.

Er daverde een melkwagen voorbij. De chauffeur zat te zingen en zwaaide naar Matlock. Even later denderde een enorme transportauto langs en kort daarna een levensmiddelenwagen. Het liep tegen halfzes en het begon dag te worden. Een dofgrijze dag, want er hing regen in de lucht.

De telefoon ging.

'Hallo?'

'Wat is er aan de hand, meneer? Hebt u uw vriend in West Vir-

ginia gebeld? Het werd menens, zei hij.'
'Ik bel hem zometeen. Bent u Cliff?' Matlock wist dat het niet
zo was, deze man had een andere stem.
'Nee, meneer. Ik heet Jim. Net als u.'
'Oké, Jim. Zeg, heeft Cliff gedaan wat ik hem gevraagd heb?
Heeft hij het document voor me gehaald?'
'Jawel, meneer. Als het tenminste dat zilveren ding is, geschre-
ven in het Italiaans. Volgens mij, tenminste.'
'Ja, dat is het . . .'
Matlock maakte een afspraak voor over twee uur. De agent van
Blackstone die Cliff heette, zou hem ontmoeten bij een dag-en-
nachtrestaurant op Scofield Avenue aan de westkant van Hartford. Cliënt Drie-nul drong erop aan dat het snel zou gebeuren,
op de parkeerplaats. Matlock beschreef de auto die hij bestuurde
en hing de hoorn op de haak.
Het volgende gesprek moest met Jason Greenberg in Wheeling
zijn. En Greenberg was razend.
'Klootzak! Je breekt niet alleen je woord, maar moet ook nog
zo nodig je eigen leger erbij halen. Dacht je heus dat die idioten
beter zijn dan de regering van de Verenigde Staten?'
'Die idioten kosten me driehonderd dollar per dag, Jason. Daar
moeten ze verdomd goed voor zijn.'
'Waarom ben je ertussenuit gegaan? Je had me beloofd dat je
dat niet zou doen. Je hebt gezegd dat je met onze man zou samenwerken.'
'Jullie man stelde me een ultimatum waar ik me absoluut niet
mee kon verenigen. En als dat jouw idee was, zal ik hetzelfde
tegen jou zeggen als tegen Houston.'
'Wat bedoel je daarmee? Wat voor ultimatum?'
'Dat weet je verdomd goed! Je hoeft mij niet voor de gek te
houden. En luister jij eens goed . . .' Matlock wachtte even voordat hij, met al het gezag dat hij in zijn stem kon leggen, met zijn
leugen te voorschijn kwam. 'Er zit een advocaat in Hartford met
een door mij ondertekende brief. Net zo iets als de brief die ik
voor jou moest tekenen. Alleen de inhoud is een beetje anders:
de waarheid namelijk. Het is een gedetailleerde beschrijving van
hoe ik erbij betrokken ben geraakt, hoe jullie schoften me
erin hebben laten lopen en me toen hebben laten hangen. Hoe
jullie me dwongen m'n handtekening te zetten onder een leugen . . . Als jullie iets proberen uit te halen, zal hij het laten pu-

bliceren en dan zullen er heel wat hoge pieten op het Ministerie van Justitie flink in de puree zitten ... Jij hebt me op het idee gebracht, Jason. Het was een verdomd goed idee. Misschien reden genoeg voor een paar militanten om de universiteit te bezetten, als het meezit zelfs studentenopstanden over het hele land te ontketenen. Het wordt tijd dat de academische wereld wordt wakkergeschud, heeft Sealfont dat niet een keer gezegd? Alleen komt het ditmaal niet door de oorlog of de dienstplicht of de drugs. Ditmaal hebben ze een nog betere reden: infiltratie door regeringsmensen, politiestaat ... Gestapo-tactieken. Zijn jullie daarop voorbereid?'

'Oh God, hou toch op met die flauwekul! Daar bereik je heus niets mee. Zo belangrijk ben je nou ook weer niet ... Vertel me eerst eens waar je het eigenlijk over hebt? Ik heb Houston alles verteld. De enige voorwaarde was dat je hem op de hoogte hield van wat je deed.'

'Ga toch weg! Ik mocht niet van de campus af, ik mocht niet met mensen van de faculteit of de staf praten. Ik moest me beperken tot inlichtingen over studenten en die moesten dan natuurlijk *eerst* worden nagetrokken! Afgezien van die paar kleinigheden was ik zo vrij als een vogeltje in de lucht! Schei uit! Je hebt Pat *gezien*! Je hebt gezien wat ze met haar hebben gedaan. Je weet wat ze nog meer hebben gedaan – *verkrachting* noemen ze dat, Greenberg! Hadden jullie gedacht dat ik Houston zou *bedanken* voor zoveel *begrip*?'

'Geloof me', zei Greenberg met ingehouden woede, 'die voorwaarden zijn er pas na de overdracht aan toegevoegd. Ze hadden het me moeten vertellen, dat is zo. Maar ze hebben het gedaan om jou te beschermen. Dat zie je toch wel in?'

'Onze afspraak was heel anders!'

'Ja, inderdaad. En ze hadden het me moeten zeggen ...'

'Ik vraag me af wie ze ermee wilden beschermen. Mij of zich zelf.'

'Een goeie vraag. Ze hadden het me moeten vertellen. Ze kunnen niet eerst de verantwoordelijkheid afschuiven en dan alles weer intrekken. Dat is niet logisch.'

'Het is *immoreel*. Ik zal je eens iets vertellen. Door die odyssee van mij stuit ik steeds vaker op het onoplosbare vraagstuk van de moraal.'

'Dat is dan fijn voor je, maar ik vrees toch dat het afgelopen is met je odyssee.'

'Probeer maar eens me tegen te houden!'
'Dat zullen ze ook. Verklaringen bij advocaten maken geen flikker verschil. Ik heb gezegd dat ik het eerst zou proberen . . . Als je je binnen achtenveertig uur niet vrijwillig meldt, wordt er een arrestatiebevel uitgevaardigd.'
'Op wat voor gronden?'
'Je vormt een bedreiging. Je bent geestelijk labiel. Je bent getikt. Ze zullen je legerrapport erbij halen – tweemaal voor het gerecht, hechtenis, voortdurende labiliteit in gevechtssituaties. Je drugsgebruik. En alcohol – ze hebben getuigen. Je bent ook een racist – ze hebben dat rapport over Lumumba van Kressel. En ik heb begrepen, hoewel ik daar het fijne niet van weet, dat je nu ook met bekende misdadigers gesignaleerd bent. Ze hebben foto's – uit een gelegenheid in Avon . . . Geef je aan, Jim. Ze zullen je hele leven ruïneren.'

26

Achtenveertig uur! Waarom achtenveertig uur? Waarom niet vierentwintig of twaalf of nu direct? Wat een onzin! Toen begreep hij het en hij barstte in lachen uit. Om halfzes 's ochtends in een telefooncel langs een uitgestorven stuk snelweg in Mount Holly, Connecticut, stond hij hardop te lachen.
Die handige jongens gunden hem net genoeg tijd om iets te bereiken – als dat hem tenminste lukte. Als hij niets bereikte en er ging iets fout, dan zaten zij goed. Ze hadden zwart op wit dat ze hem als een labiele verslaafde met racistische neigingen beschouwden, die zich met bekende misdadigers afgaf, en ze hadden hem officieel gewaarschuwd. Omdat het om iemand ging die niet goed bij z'n hoofd was, gaven ze wat extra *tijd,* in de hoop dat het risico daardoor minder werd. Oh, Christus! Wat een manipulators!
Hij kwam om kwart voor zeven bij het restaurant in West Hartford aan en ontbeet uitgebreid, op de een of andere manier overtuigd dat het eten de plaats zou innemen van de slaap en hem de energie zou geven die hij nodig had. Hij keek voortdu-

rend op zijn horloge, omdat hij tegen halfacht op de parkeerplaats moest zijn.

Hoe zou de man van Cliënt Drie-nul er uitzien?

Het was een enorm lange man, en dat terwijl Matlock zich zelf nooit klein had gevonden. Cliff van Cliënt Drie-nul deed hem aan afbeeldingen van ouderwetse bodybuilders denken. Behalve het gezicht. Het gezicht was smal en intelligent en glimlachte breed.

'Stap maar niet uit, meneer Matlock.' Hij stak zijn hand door het autoraam naar binnen en schudde die van Matlock. 'Hier is het document, ik heb het in een envelop gestopt. Tussen twee haakjes: juffrouw Ballantyne heeft gisteravond gelachen. Ze voelt zich veel beter. Encefalogram is goed, stofwisseling is aan het normaliseren, pupilreflex wordt steeds beter. We dachten dat u dat wel graag zou horen.'

'Dat is goed nieuws.'

'Inderdaad. We kunnen het goed vinden met de dokter. En hij met ons ook.'

'Hoe reageert het ziekenhuis op jullie bewaking?'

'Meneer Blackstone lost die problemen van tevoren op. We hebben kamers aan weerszijden van de patiënte.'

'Die ongetwijfeld op mijn onkostenrekening komen te staan.'

'U weet hoe meneer Blackstone is.'

'Ik begin het te ontdekken. Hij heeft eersteklas prijzen in elk geval.'

'Maar ook eersteklas bewaking. Ik moet terug. Leuk dat ik u even gezien heb.' De agent van Blackstone liep snel weg en stapte in een vreemd model auto van jaren geleden.

Het was tijd voor Matlock om naar New Haven te gaan.

Hij had geen vaststaand plan, geen speciale mensen op het oog; hij leidde niet, hij werd geleid. Zijn gegevens waren op z'n zachtst gezegd vaag, schetsmatig, veel te onvolledig om vastomlijnde plannen te maken. Maar misschien was het genoeg om een verband te leggen. Maar dan moest degene die dat deed, of in staat was om dat te doen, iemand zijn die een totaalbeeld had van de universiteit. Iemand die, zoals Sam Kressel, te maken had met de algemene spanningen op de campus.

Maar Yale was vijfmaal zo groot als Carlyle. Het was veel minder een eenheid, maakte deel uit van de stad New Haven en was niet echt geïsoleerd van z'n omgeving, zoals de universiteit van Carlyle. Hij kon wel naar het Bureau voor Studentenzaken gaan, maar daar kende hij niemand. En om daar nou zo maar binnen te komen stappen met een onwaarschijnlijk verhaal van meisjesstudenten die een keten van prostitués vormden – of daartoe werden gedwongen – die zich in elk geval uitstrekte tot in Connecticut, Massachusetts en New Hampshire, dat zou alleen maar afschuwelijke toestanden tot gevolg hebben. Tenminste, als ze hem serieus namen. Als ze dat niet deden, wat net zo goed mogelijk was, zou hij er geen stap verder mee komen.

Er was een mogelijkheid, een mager vervangingsmiddel voor Studentenzaken, maar met een eigen overzicht van de campus: de studentenadministratie. Hij kende iemand die daar werkte, Peter Daniels. Hij en Daniels hadden samen een aantal lezingen gehouden tijdens een voorlichtingsprogramma voor scholieren. Hij durfde het wel aan Daniels de feiten voor te leggen. Daniels was er de man niet naar om zijn woorden in twijfel te trekken of om direct moord en brand te schreeuwen. Maar wel zou hij zijn verhaal beperken tot het meisje.

Hij parkeerde in Chappel Street vlakbij de kruising met de weg naar York. Aan de ene kant van de straat was een viaduct dat naar het binnenplein van Silliman College leidde, aan de andere kant een immens grasveld met betonpaden erdoorheen naar het administratiegebouw. Daniels had zijn kantoor op de eerste verdieping. Matlock stapte uit, sloot de auto af en liep naar het oude, stenen gebouw, waar de Amerikaanse vlag naast die van Yale wapperde.

'Dat is waanzinnig! Zoiets, en dat in het tijdperk van de Waterman? Seks is vrij, daar wordt niet meer voor betaald.'

'Ik heb het met m'n eigen ogen gezien. Bovendien weet ik wat het meisje me heeft verteld. Ze loog absoluut niet.'

'Nogmaals: dat weet je maar nooit.'

'Het is maar een onderdeel van nog een heleboel andere dingen. Die heb ik ook gezien.'

'Eerst even dit: waarom ga je niet naar de politie?'

'Dat ligt nogal voor de hand. De universiteiten hebben al genoeg moeilijkheden achter de rug. De feiten die ik heb, hangen als los zand aan elkaar. Ik heb meer gegevens nodig. Ik wil niet in het wilde weg beschuldigingen uiten, geen onnodige paniek zaaien, 'Dat is al vaak genoeg gebeurd.'

'Goed, dat wil ik wel aannemen. Maar ik kan niks voor je doen.'

'Geef me een stel namen. Studenten of docenten. Mensen waarvan je weet – zeker weet – dat ze in de puree zitten, tot hun nek in de puree. Niet te ver van het centrum. Daar kun je me wel aan helpen, ik weet dat je ze hebt, wij hebben ze ook. . . . Ik zweer je dat ze nooit zullen weten hoe ik eraan gekomen ben.'

Daniels stond op en stak zijn pijp aan. 'Kun je niet een wat nadere aanduiding geven? In welk opzicht in de puree? Met hun studie, politiek . . . door verdovende middelen, alcohol? Ik heb echt een nauwere omschrijving nodig.'

'Wacht even.' Daniels' woorden wekten een herinnering in hem, de herinnering aan een spaarzaam verlichte, rokerige zaal in een schijnbaar uitgestorven gebouw in Hartford. De Jachtclub van Rocco Aiello. En een lange, jonge man in een kelnersjasje die om een handtekening bij Aiello was gekomen. De veteraan uit Vietnam en Danang. De student uit Yale die *contacten legde, z'n toekomst verzekerde* . . . die voor accountant studeerde. 'Ik weet al wie ik moet hebben.'

'Hoe heet hij?'

'Weet ik niet . . . Maar hij heeft in Indo-China gezeten, is twee- of drieëntwintig, tamelijk lang, lichtbruin haar . . . studeert voor accountant.

'Een beschrijving die wel op vijfhonderd studenten kan slaan. Behalve kandidaats medicijnen, rechten en de technische vakken zit alles in één groot archief. Dan moeten we dat helemaal doorzoeken.'

'Inschrijvingsfoto's?'

'Dat mag niet meer, dat weet je.'

Matlock staarde peinzend naar buiten, zijn wenkbrauwen gefronst. Toen draaide hij zijn hoofd om. 'Pete, het is mei . . .'

'Nou, en? Al was het november, dan veranderde dat nog niks aan de wet op de bescherming van de privacy.'

'Er zijn doctoraalexamens over een maand . . . Ouderejaarsfoto's. Voor de jaarboeken.'

Daniels begreep het onmiddellijk. Hij nam zijn pijp uit zijn mond en liep naar de deur.

'Ga maar mee.'

Hij heette Alan Pace. Hij was ouderejaars en zijn hoofdvak was geen bedrijfsadministratie, maar begrotingstechnieken. Hij woonde extern, in Church Street in de buitenwijken van Hamden. Volgens de gegevens was Alan Pace een uitstekende student, haalde al z'n vakken cum laude en had een beurs in het verschiet voor de Maxwell School voor Politieke Wetenschappen in Syracuse. Hij had achtentwintig maanden in het leger gezeten, vier meer dan hij verplicht was. Hij had voor vier maanden bijgetekend voor het Saigon Corps – waarvan met nadruk melding werd gemaakt op zijn herinschrijvingsformulier. Alan Pace had vier maanden extra van zijn leven gegeven voor zijn vaderland. Alan Pace was dus een uitzonderlijke man in deze cynische tijd. Iemand die het wel zou maken, dacht Matlock.

Het autoritje naar Hamden gaf Matlock de kans zich op de ontmoeting in te stellen. Hij kon maar één ding tegelijk doen. Alles op z'n tijd. Hij kon zijn fantasie niet de vrije loop laten en verbanden leggen die er misschien niet waren. Het was best mogelijk dat deze Alan Pace zelfstandig opereerde. Vrij en onbelemmerd.

Maar logisch was het niet.

Het huis waar Pace woonde was een eenvoudig bruinstenen gebouw, dat je in de buitenwijken van alle steden tegenkomt. Eens – een jaar of veertig, vijftig geleden – was het het trotse symbool geweest van een middenklas in opkomst, die de vrije natuur boven de stenen stad prefereerde, maar het niet aandurfde de stad helemaal achter zich te laten. Het zag er niet best onderhouden, maar ook niet erg vervallen uit. Het meest in het oog springende aspect vond Matlock, dat het helemaal geen huis was voor een student.

Maar hij moest hier wel degelijk zijn; daarvan had Peter Daniels zich eerst goed overtuigd.

Pace wilde hem eerst niet binnenlaten. Pas nadat Matlock twee sterke argumenten had aangevoerd, gaf hij toe. Het eerste was dat hij niet van de politie was, en het tweede de naam van Rocco Aiello.

'Wat wilt u? Ik moet nog ontzettend veel doen, ik heb geen tijd om te praten. Ik heb morgen een tentamen.'

'Mag ik even gaan zitten?'

'Waarvoor? Ik zei al dat ik het druk heb.' De lange, donkerblonde student liep terug naar zijn bureau, dat vol lag met boeken en papieren. De ruimte was netjes – behalve het bureau – en heel groot. Er waren deuren en gangetjes die op andere deuren uitkwamen. Het was het soort ruimte dat gewoonlijk door vier of vijf studenten wordt gedeeld. Maar Alan Pace woonde alleen.

'Ik ga toch even zitten. Dat ben je Rocco wel schuldig.'

'Wat bedoelt u daarmee?'

'Alleen maar dat Rocco een vriend van me was. Ik was een dag of wat geleden bij hem, toen jij een nota kwam laten aftekenen. Weet je nog? En hij was goed voor je... Hij is dood.'

'Dat weet ik. Ik heb het gelezen. Het spijt me. Maar ik was hem niets schuldig.'

'Je was een afnemer van hem.'

'Ik begrijp niet waar u het over heeft.'

'Ach, kom nou, Pace. Voor die smoesjes hebben we het alletwee te druk. Ik weet dat je niets met Aiello's dood te maken hebt. Maar ik heb inlichtingen nodig en die moet jij me geven.'

'U hebt de verkeerde voor u. Ik ken u niet. Ik weet nergens iets van.'

'Ik ken jóu wel. Ik weet alles van je. Aiello en ik dachten erover om samen te gaan werken. Daar heb jij natuurlijk niets mee te maken, maar daarom hebben we elkaar gegevens over ons personeel verschaft... Ik kom bij jou omdat Rocco er nu niet meer is en ik voor bepaalde dingen nou eenmaal mensen nodig heb. Ik weet dat ik een gunst vraag, maar ik betaal er goed voor.'

'Nogmaals: u bent bij de verkeerde. Ik kende Aiello nauwelijks. Ik verdiende een kleinigheid bij met bedienen. Ik heb natuurlijk wel geruchten gehoord, maar meer ook niet. Ik weet niet wat u wilt, maar u kunt beter iemand anders opzoeken.'

Pace was slim, dacht Matlock. Hij gaf geen duimbreed toe, maar was wel zo slim om niet te doen alsof hij helemaal niets wist. Aan de andere kant vertelde hij misschien de waarheid wel. Er was maar één manier om daarachter te komen.

'Ik zal het nog eens proberen... Vijftien maanden Vietnam. Saigon, Da Nang, reisjes naar Hong Kong, Japan. Bevoorradingsofficier, het saaiste, vervelendste baantje voor een jongeman met genoeg capaciteiten om al z'n tentamens cum laude te halen.'

'Bevoorrading was lekker rustig, geen bloed en zweet. Iedereen maakte in z'n vrije tijd uitstapjes. Nogal logisch.'

'Vervolgens', ging Matlock verder zonder op zijn woorden in te gaan, 'komt de toegewijde officier terug in het burgerbestaan. Na een vrijwillige verlenging van vier maanden in Saigon – ik begrijp niet dat niemand dat door had – komt hij terug met genoeg geld om te investeren, en beslist niet van z'n soldij. Hij wordt een van de grootste handelaars in New Haven. Moet ik nog verder gaan?'

Pace, bij het bureau, leek op te houden met ademhalen. Met een wit gezicht staarde hij Matlock aan. Er klonk angst in zijn stem, toen hij zei: 'U kunt niks bewijzen. Ik heb niets gedaan. De rapporten over mij, uit het leger en van hier – die zijn allebei goed. Erg goed zelfs.'

'Beter kan niet. Smetteloos. Rapporten om trots op te zijn, dat meen ik oprecht. En ik zou ze niet graag voor je bederven, dat meen ik ook.'

'Dat zou u niet kunnen. U kunt me niets maken!'

'Oh ja, dat kan ik wel. Je zit er tot je beursstudente-nek in. Aiello wist er alles van en heeft het *zwart op wit* gezet.'

'U liegt!'

'Doe niet zo stom. Dacht je heus dat Aiello zaken deed met mensen van wie hij *niet* alles wist? Dacht je dat hij daar de kans toe kreeg? Hij hield uitgebreide verslagen bij, Pace, en die heb *ik* nu. Ik vertelde je al dat we samen zouden gaan werken. Je fuseert niet met iemand zonder uitvoerige opening van zaken, dat zou je moeten weten.'

Pace was nauwelijks verstaanbaar. 'Dat soort verslagen zijn er helemaal niet. Die zijn er nooit. Plaatsnamen, codes. Maar geen namen. Er zijn nooit namen.'

'Hoe denk je dan dat ik hier gekomen ben?'

'U hebt me in Hartford gezien en probeert iets los te krijgen.'

'Je weet wel beter. Doe niet zo dom.'

Matlocks snelle reactie was te veel voor de geschokte student. 'Waarom bent u bij mij gekomen? Zo belangrijk ben ik niet. Als u zoveel van me afweet, dan weet u ook dat ik onbelangrijk ben.'

'Ik heb je al verteld dat ik inlichtingen nodig heb. Ik voel er niet veel voor naar de hoge pieten te stappen, de mensen die de touwtjes in handen hebben. Ik wil niet in het nadeel zijn. Daarom wil ik er ook voor betalen, daarom ben ik bereid alles te verscheuren wat ik van jou heb.'

Het vooruitzicht van de greep van de vreemdeling bevrijd te

zijn, was kennelijk het enige dat telde voor Pace. Hij antwoordde snel.

'En als ik uw vragen niet kán beantwoorden? Dan gelooft u natuurlijk dat ik lieg.'

'Dat kun je maar beter niet proberen. Er staat nogal wat op het spel.'

'Vraag maar.'

'Ik heb een meisje ontmoet . . . van een universiteit in de buurt. Ik heb haar ontmoet onder omstandigheden die alleen met de term beroepsprostitutie omschreven kunnen worden. Beroeps in elke zin van het woord. Afspraken, vaste honoraria, onbekende cliënten, dat soort dingen . . . Wat weet jij daarvan?'

Pace deed een paar passen in Matlocks richting. 'Hoe bedoelt u? Ik weet dat het bestaat. Wat moet ik nog meer weten?'

'Komt het veel voor?'

'Overal. Al zolang.'

'Ik wist er niets van.'

'U kent dat wereldje niet. Kijk maar eens rond in universiteitssteden.'

Matlock slikte. Stond hij echt zover overal af? 'Stel dat ik je zou vertellen dat ik een heleboel . . . universiteitssteden goed ken?'

'Dan zou ik zeggen dat u blind bent of zo. En dat ik er niets mee te maken heb. Nog meer?'

'Laten we hier nog even op doorgaan . . . Waarom?'

'Hoezo waarom?'

'Waarom doen die meisjes dat?'

'Poen natuurlijk. Wat dacht u dan?'

'Je bent veel te intelligent om dat te geloven . . . Is het georganiseerd?'

'Dat zal wel. Ik zei u al dat ik erbuiten sta.'

'Denk erom! Ik heb een heleboel gegevens over jou . . .'

'Oké. Ja, het is georganiseerd. Alles is georganiseerd. Alles waar geld in zit.'

'Waar gebeuren die dingen precies?'

'Dat heb ik al gezegd! *Overal!*'

'In de universiteiten?'

'Nee, natuurlijk niet. Een paar kilometer ervandaan, meestal. Oude huizen, in de voorsteden. Of – in grote steden - hotels in het centrum, besloten clubs, flats. Maar niet *hier.*'

'We hebben het toch over Columbia, Harvard, Radcliffe, Smith en Holyoke, hè? En universiteiten verder zuidelijk?'

'Iedereen vergeet Princeton altijd', antwoordde Pace met een wrang glimlachje. 'Al die deftige, oude landgoederen langs wegen waar niemand komt ... Ja, dat zijn de plaatsen waar we het over hebben.'

'Het is werkelijk niet te geloven ...', zei Matlock evenzeer tegen zich zelf als tegen Pace. 'Maar *waarom* toch? Kom nou niet weer met dat smoesje over poen aandragen ...'

'Poen betekent *vrijheid,* man! Voor die studenten betekent het vrijheid. Het zijn geen geflipte freaks, ze lopen niet met zwarte baretten en vechtjasjes rond. Dat doen er maar heel weinig van ons. We zijn wel *wijzer.* Zorg dat je geld hebt, man, dan word je wel geaccepteerd ... Daar komt bij, maar misschien weet u dat niet zo, dat eerlijk geld verdienen lang niet meer zo gemakkelijk is als vroeger. En de meeste studenten hebben het gewoon nodig.'

'Dat meisje waar ik het net over had – ik kreeg de indruk dat ze ertoe gedwongen werd.'

'Oh, Jezus, *niemand* wordt gedwongen. Dat is gelul.'

'Zij wel. Ze noemde een paar dingen ... Er wordt gewoon pressie uitgeoefend. Justitie, doktoren, banen zelfs ook ...'

'Daar weet ik niets van.'

'En naderhand ook nog. Later – een paar jaar of zo – worden ze weer benaderd. Gewone, ordinaire chantage. Net zoals ik jou nu chanteer.'

'Dan moet ze moeilijkheden hebben gehad, dat meisje, bedoel ik. Anders kan ze de boot altijd afhouden. Behalve als ze bij iemand in het krijt staat en geen poen heeft om te betalen.'

'Wie is Nimrod?' Matlock vroeg het zachtjes, zonder nadruk. Maar toch draaide de jongen zich om en liep weg.

'Dat weet ik niet. Aan dat soort gegevens kan ik u niet helpen.'

Matlock stond op en bleef roerloos staan. 'Ik zal het je nog éénmaal vragen en als ik geen antwoord krijg, verdwijn ik en is het afgelopen met je. Het einde van een veelbelovende toekomst – als er tenminste nog een toekomst is ... Wie is Nimrod?'

De jongen draaide zich op zijn hielen om en Matlock zag de angst weer. De angst die hij op Lucas Herrons gezicht had gezien, in Lucas Herrons ogen.

'Ik zweer dat ik daar geen antwoord op kan geven!'

'Niet kan of niet wil?'
'Niet kan. *Ik weet het niet!*'
'Je weet het best. Maar ik heb gezegd dat ik het nog één keer zou vragen. Dus we zijn klaar.' Matlock liep naar de kamerdeur zonder de jongen aan te kijken.
'Nee! . . . Verdomme, *ik weet het niet!* . . . Hoe moet *ik* dat weten? Dat kunt u niet doen!' Pace kwam naar hem toe gerend.
'Wat kan ik niet doen?'
'Wat u daarnet zei . . . Luister naar me! Ik weet niet wie ze zijn! Ik heb geen . . .'
'Ze?'
Pace fronste zijn voorhoofd. 'Ja . . . Ja, dat denk ik wel. Ik weet het niet. Ik heb geen contact met ze. Anderen wel, ik niet. Ze hebben mij met rust gelaten.'
'Maar je weet dat ze er zijn.' Een constatering.
'Weten . . . Ja, dat weet ik. Maar wie, dat weet ik *eerlijk* niet!'
Matlock draaide zich om en keek hem aan. 'We zullen een compromis sluiten. Voorlopig, tenminste. Vertel me wat je *wel* weet.'
En dat deed de bange jongeman. En terwijl hij vertelde, werd Matlock ook door de angst aangestoken.
Nimrod was een onzichtbare manipulator. Niet te omschrijven, zonder gezicht, maar met een angstwekkend, tastbaar gezag. Het was geen *hij* of *ze* – het was een *macht,* volgens Alan Pace. Een veelomvattend, abstract iets met ongrijpbare tentakels in elke redelijk grote universiteit in het noordoosten, elke gemeente die zich in dienst stelde van de academische wereld, alle financiële piramides die de ingewikkelde structuren van het hoger onderwijs in New England van de nodige gelden voorzagen. 'En uitvloeit naar het zuiden' als de geruchten op waarheid berustten.
Verdovende middelen vormden slechts één aspect, de nagel aan de doodkist van de misdaadorganisaties – de directe aanleiding voor de conferentie in mei, voor het Corsicaanse document.
Afgezien van de handel in drugs oefende Nimrod invloed uit op tientallen universiteitsbesturen. Pace geloofde stellig dat de organisatie van Nimrod besliste over tentamenregelingen en een stem in het kapittel had bij beursuitreikingen en personeelsbeleid.
Matlocks gedachten flitsten terug naar Carlyle. Naar de adjunct-directeur van de administratie – volgens de dode Loring door Nimrod aangesteld. Naar Archer Beeson, die snel op-

klom in de geschiedenisfaculteit, naar een trainer van de roei-ploeg, naar een stuk of tien namen op Lorings lijst van docenten en hoogleraren.

Hoeveel meer zouden er zijn? Hoe diep waren ze doorgedrongen?

Waarom?

De ketens van prostituées speelden een bijkomstige rol. De meisjes wierven elkaar aan, waarna er adressen werden doorgespeeld en honoraria vastgesteld. Jonge, aantrekkelijke vrouwen met bepaalde talenten konden hun weg naar Nimrod vinden en de overeenkomst sluiten. En de overeenkomst met Nimrod betekende 'vrijheid', betekende 'poen'.

En 'iedereen was er tevreden mee', het was een misdaad zonder slachtoffers.

'Helemaal geen misdaad, alleen vrijheid, man. Niemand doet iets tegen z'n zin. Iedereen krijgt wat hij hebben wil.'

Alan Pace zag een heleboel goeds in de ongrijpbare, maar praktische Nimrod.

'Dacht u heus dat het allemaal zo anders is dan de wereld daarbuiten? Dat die eerlijk is? Vergeet het maar, man! Het is Amerika in het klein: georganiseerd door een computer en met een duidelijke ondernemingsstructuur. Het is notabene geënt op het Amerikaanse syndroom, het is *beleidsvoering* van de grote ondernemingen, man! Denk maar aan de grote bedrijven – alleen is er in dit geval iemand slim genoeg geweest om het neusje van de zalm op wetenschapsgebied te organiseren. En het breidt zich enorm uit. Het is zinloos ertegen te vechten. Je kunt beter zorgen dat je erbij komt.'

'Is dat wat jij van plan bent?', vroeg Matlock.

'Het is de enige manier om het te maken, man! Natuurlijk. U zit er toch ook in? Misschien wel als ronselaar. Jullie zitten overal, ik verwachtte u ook al vroeg of laat.'

'En stel dat je ernaast zit?'

'Dan bent u niet goed wijs. Dan bent u hartstikke gek.'

27

Eventuele toeschouwers van de witte bestelwagen en de bestuurder ervan, op weg naar het centrum van New Haven, zouden misschien denken – als ze tenminste dachten – dat het een dure auto was die in een rijke voorstad niet uit de toon viel en dat de man aan het stuur bij de auto paste.

Dergelijke toeschouwers konden niet weten dat de bestuurder zich nauwelijks bewust was van het verkeer, verdoofd als hij was door de onthullingen van het afgelopen uur; een uitgeputte man die in achtenveertig uur niet had geslapen, die het gevoel had dat hij aan een dun touw boven een bodemloze kloof bungelde, dat het elk ogenblik gedaan kon zijn met zijn leven, dat de oneindige duisternis hem dan voor altijd zou opslokken.

Matlock deed zijn uiterste best alles van zich af te zetten. De jaren, en vooral de maanden dat hij voor zijn studie een wedloop tegen zelfopgelegde schema's had gehouden, hadden hem geleerd dat de geest – *zijn* geest – niet normaal kon functioneren als hij uitgeput was en te veel onder spanning stond.

En het was noodzaak dat hij bleef functioneren.

Hij was in onbekende wateren. Zeeën waarin kleine eilandjes werden bevolkt door groteske bewoners. Mensen als Julian Dunois, Lucas Herron, Bartolozzi, Aiello, Sharpe, Stockton en Pace. De gifmengers en hun slachtoffers.

Nimrod.

Onbekende wateren?

Nee, niet voor al die andere reizigers, dacht Matlock.

Het waren juist drukbevaren wateren. En de reizigers waren de meest cynische wezens van deze aarde.

Hij reed naar het Sheraton Hotel en nam een kamer.

Op de rand van het hotelbed draaide hij het nummer van Howard Stockton in Carmount. Stockton was er niet.

Op harde, bevelende toon zei hij tegen de telefoniste in Carmount dat Stockton hem terug moest bellen over – hij keek op zijn horloge, het was tien voor twee – vier uur. Om zes uur. Hij gaf het nummer van het hotel door en hing op.

Hij had minstens vier uur slaap nodig. Hij kon helemaal niet bekijken wanneer hij weer zou kunnen slapen.

Hij nam de hoorn nogmaals van de haak en droeg de receptie op hem om kwart voor zes te wekken.

Terwijl hij zijn hoofd in het kussen liet zakken, bracht hij zijn arm omhoog naar zijn ogen. Door de stof van zijn overhemd voelde hij zijn baardstoppels. Hij zou naar een kapper moeten, want hij had zijn koffer in de witte bestelwagen laten staan. Hij was te moe, te gespannen geweest om eraan te denken het ding mee te nemen naar zijn kamer.

De korte, doordringende bel van de telefoon ging driemaal over. Dat betekende dat Sheraton zijn instructies had opgevolgd. Het was precies kwart voor zes. Een kwartier later werd er weer gebeld. Het was precies zes uur en het was Howard Stockton.

'Ik maak het kort, Matlock. Er komt iemand naar je toe. Hij wil je alleen niet *in* het Zeil- en Ski-oord ontmoeten. Ga naar de oostelijke berghelling – die wordt in het voorjaar en 's zomers door toeristen gebruikt als uitkijkpunt – en neem de lift naar boven. Zorg dat je er vanavond om halfnegen bent, dan word je opgewacht. Dat is alles wat ik te zeggen heb. Ik wil er verder *niks mee te maken* hebben!'

Stockton gooide de hoorn op de haak en de klap echode in Matlocks oren.

Maar het was hem gelukt! *Het was hem gelukt!* Hij had contact gelegd met Nimrod! Met de bijeenkomst.

Hij liep het donkere pad op naar de skilift. Met tien dollar had de parkeerwachter van het Zeil- en Ski-oord alle begrip voor zijn probleem: die aardige vent in de witte Ford had een afspraakje. De echtgenoot zou pas later komen – en nou ja, wat zou dat? Zo was het leven nou eenmaal. De parkeerwachter wilde alle medewerking verlenen.

Toen Matlock op de oostelijke helling kwam, begon de regen, die de hele dag in de lucht had gehangen, eindelijk te vallen. In Connecticut hadden aprilbuitjes op de een of andere manier altijd meer van maartse onweersbuien weg, en hij nam het zichzelf kwalijk dat hij er niet aan had gedacht een regenjas te kopen. Hij keek om zich heen en zag de verlaten lift, waarvan de hoge kabels zich tegen de donkere lucht aftekenden, glimmend als dikke strengen scheepstouw in een mistige haven. Er scheen een klein, bijna onzichtbaar lichtje in de keet voor de ingewikkelde, logge machines die de kabels in beweging brachten. Matlock

214

liep naar de deur toe en klopte. Een kleine, magere man deed open en keek hem met samengeknepen ogen aan.

'Ben jij de man die naar boven moet?'

'Dat denk ik wel.'

'Hoe heet je?'

'Matlock.'

'Dat zal dan wel, ja. Weet je hoe de lift werkt?'

'Ik heb geskied. Arm gebogen, achterste op de stang, voeten op de buis.'

'Je kunt het alleen wel af. Ik zal hem aanzetten.'

'Mooi zo.'

'Je wordt wel nat.'

'Weet ik.'

Matlock ging aan de rechterkant van de lift staan toen er beweging in het trage apparaat kwam. De kabels knarsten langgerekt terwijl ze zich schokkerig in beweging zetten, en er kwam een lift aan. Matlock liet zich erop glijden, drukte zijn voeten tegen de voetstang en klikte de ketting voor zijn middel dicht. Toen werd hij door de kabels van de grond gezwaaid.

Hij was op weg naar de top, op weg naar zijn ontmoeting met Nimrod. Terwijl hij naar boven zweefde, een meter of drie boven de grond, ging hij de regen als plezierig ervaren. Hij naderde het eind van zijn reis, van zijn wedloop. De man die hij daarboven zou ontmoeten, zou danig van zijn stuk zijn. Daar rekende hij op, dat had hij zo uitgedacht. Als alles wat de vermoorde Loring en de springlevende Greenberg hem hadden verteld waar was, kon het niet anders gaan. De absolute geheimhouding van de bijeenkomst, de afgevaardigden die niets van elkaar afwisten, de eed van 'Omerta', het vasthouden aan codes door de organisaties om hun leden te beschermen – dat alles *was* waar. Hij had het bewijs ervan gezien. En dergelijke ingewikkelde ordeningen leidden onvermijdelijk – als ze plotseling werden verstoord – tot verdenking en angst en uiteindelijk ook tot verwarring. En dat was waar Matlock op rekende.

Lucas Herron had hem ervan beschuldigd, dat hij zich liet beïnvloeden door listen en lagen. Welnu, hij liet zich er niet door *beïnvloeden* – hij *begreep* ze alleen goed. Dat was iets heel anders. Met dat begrip was hij toch maar vlakbij Nimrod gekomen. De regen viel nu harder, opgezwiept door de wind die boven de grond veel sterker was. Matlocks lift zwaaide en schommelde, steeds heviger naarmate hij hoger kwam. Het lichtje in de machinekeet was nu nauwelijks meer te zien in de duisternis en de regen. Hij schatte dat hij bijna halverwege de top was.

Hij voelde een ruk, de lift stond stil. Matlock greep de veiligheidsketting en staarde omhoog door de regen om te zien waardoor het kabelrad werd belemmerd. Er was niets bijzonders.

Hij draaide zich zo goed en zo kwaad als dat in het nauwe stoeltje mogelijk was om en tuurde naar de keet. Er was nu helemaal geen licht meer te zien. Hij hield zijn hand boven zijn ogen tegen de regen. Hij moest zich vergissen, het kwam natuurlijk door de regen, of anders stond er misschien net een paal voor. Hij leunde naar rechts, toen naar links. Maar hij zag nog steeds geen licht aan de voet van de helling.

Misschien waren de stoppen doorgeslagen. Dan brandde het licht in de keet natuurlijk ook niet. Of er was kortsluiting. Het regende, en skiliften waren niet op regen gebouwd.

Hij keek naar beneden. De grond was misschien een meter of vijf onder hem. Als hij aan de voetstang ging hangen, zou hij niet meer dan tweeënhalf, drie meter hoeven te springen. Dat durfde hij wel aan. Dan zou hij het laatste stuk naar boven wel lopen. Als het maar niet te lang duurde. Misschien kostte het hem wel twintig minuten om boven te komen, dat kon hij niet bekijken. Hij mocht niet het risico lopen dat zijn contactman in paniek raakte en wegging voordat hij hem had gesproken.

'Blijf waar je bent! Laat die ketting dicht!'

De stem sneed uit de duisternis, door de regen en de wind. De snijdende beveltoon verlamde Matlock. Hij was zowel geschrokken als bang. De man stond onder hem, rechts van de kabels. Hij droeg een regenjas en had iets op zijn hoofd. Het was onmogelijk zijn gezicht te zien of zijn lengte zelfs maar te schatten.

'Wie bent u? Wat wilt u?'

'Ik ben de man waarvoor u gekomen bent. Ik wil dat document in uw zak zien. Gooi het naar beneden.'

'Ik zal het u laten zien als ik het *uwe* ook zie. Dat is de afspraak! Dat heb ik bedongen!'

'Je snapt het niet, Matlock. Het enige wat je moet doen is het document naar beneden gooien.'

'Waar heb je het in godsnaam over?'

Het schijnsel van een sterke zaklantaarn verblindde hem. Hij tastte naar het slot van de veiligheidsketting.

'Afblijven! Hou je handen recht voor je uit, anders ben je er geweest!'

De helle lichtbundel gleed van zijn gezicht naar zijn borst, en even zag Matlock niets anders dan ontelbare dansende vlekjes aan de binnenkant van zijn ogen. Toen hij weer kon kijken, zag hij dat de man onder hem dichter naar de kabels toe liep en met de lantaarn op de grond scheen. In het schijnsel van de lichtbundel zag hij ook dat de man een groot, dreigend pistool in zijn rechterhand hield. Het verblindende licht kwam weer omhoog, scheen nu vlak onder hem.

'Hou op met je dreigementen, klootzak!', schreeuwde Matlock, die terugdacht aan de uitwerking die zijn woede die ochtend om vier uur op Stockton had gehad. 'Doe dat vervloekte pistool weg en help me eruit! We hebben niet veel tijd en ik hou niet van geintjes!'

Maar het pakte nu heel anders uit. De man onder hem begon te lachen, met een misselijkmakende lach. Maar het was vooral een echte lach. De man op de helling amuseerde zich werkelijk. 'Grappenmaker! Je ziet er grappig uit, daar op je reet in de lucht. Weet je waar je me aan doet denken? Aan zo'n bewegende aap die ze in een schiettent als schietschijven gebruiken! *Snap je 'em?* Hou nou maar op met je gelul en gooi het document naar beneden!'

Hij lachte weer, en toen werd het Matlock opeens allemaal duidelijk. Hij had helemaal geen contact gelegd. Hij had niemand in verwarring gebracht. Al zijn zorgvuldig uitgedachte plannen en daden waren voor niets. Hij was geen stap dichter bij Nimrod dan toen hij nog niet eens van diens bestaan afwist.

Hij was in de val gelopen.

Toch moest hij de kans wagen. Dat was het enige wat hij nu nog kon doen.

'Je maakt de grootste vergissing van je hele leven!'

'Oh, in godsnaam, hou toch op! Geef dat document hier! We hebben een week naar dat rotding gezocht! Ik heb de opdracht om het nu *wel* mee te brengen.'

'Ik kan het je niet geven.'

'Dan schiet ik je overhoop!'

'Ik zei dat ik niet *kan!* Niet dat ik niet *wil!*'

'Je hoeft mij niet te verneuken! Je hebt het wél bij je! Zonder zou je hier niet gekomen zijn!'

'Het zit in een gordel op mijn rug.'

'Haal het er dan uit!'

'Dat kan ik niet, dat zeg ik toch al! Ik zit op een smalle lat met mijn voeten op een stang en ik hang minstens zes meter in de lucht!'

Zijn woorden gingen half verloren in de opzwiepende regen. De man beneden was kwaad en ongeduldig.

'Ik zei pak het dan!'

'Ik zal eruit moeten springen. Ik kan niet bij de gesp komen!' Matlock moest schreeuwen om zich verstaanbaar te maken. 'Ik kan heus niks doen. Ik heb geen wapen!'

De man met het grote, dreigende pistool liep een eindje achteruit en richtte toen zowel zijn wapen als zijn sterke zaklantaarn op Matlock.

'Oké, kom er maar uit! Eén verkeerde beweging en ik knal je overhoop!'

Matlock maakte de ketting los. Hij voelde zich als een klein jongetje bovenin een reuzenrad, dat bang was dat het rad voor altijd zou blijven stilstaan en dat de veiligheidsketting eraf zou vallen. Hij ging aan zijn handen aan de voetstang hangen. Zo bungelde hij in de lucht, doornat van de regen, verblind door de zaklantaarn. Hij moest nu iets bedenken, met iets op de proppen komen. Zijn leven was veel minder waard voor mensen als de man op de grond dan de levens die in Windsor Shoals waren opgeofferd.

'Schijn naar beneden met dat licht. Ik zie niks!'

'Hou je bek! Spring!'

Hij sprong.

En op hetzelfde moment dat hij op de grond kwam, schreeuwde hij het uit van de pijn en tastte naar zijn been.

'Aaaahhh! M'n enkel, m'n voet! Ik heb verdomme m'n enkel gebroken!' Hij wrong zich op de natte bergbegroeiing in allerlei bochten van de pijn.

'Bek dicht! Pak dat document! *Nu!'*

'Jezus Christus! Je weet niet wat je zegt! Mijn enkel is helemaal verdraaid! Gebroken!'

'Kan me geen moer schelen! Hier met dat document!'

Matlock lag languit op de grond. Zijn hoofd zwaaide heen en weer en hij spande zijn nek om de pijn te kunnen verdragen. Tussen het hijgen door bracht hij uit: 'Hier zit het. Maak de riem zelf maar los.' Hij trok zijn hemd uit zijn broek, waardoor een stuk van de canvasgordel zichtbaar werd.

'Doe het zelf maar. Maar schiet op!'

De man kwam dichterbij. Hij vertrouwde het niet. Steeds dichterbij. De lichtbundel was nu vlak boven Matlock en bewoog naar zijn middel, en Matlock kon de lange loop van het zwarte pistool zien.

Dat was het moment, de seconde waarop hij had gewacht.

Hij zwiepte zijn rechterhand omhoog naar het wapen en veerde tegelijkertijd met zijn hele lichaam tegen de benen van de man in de regenjas. Hij greep de loop van het pistool en drukte die uit alle macht naar de grond. De man vuurde tweemaal en door de explosies werd Matlocks hand bijna verpletterd. De knallen werden gedempt door de natte aarde en de striemende regen. De man lag nu onder hem, draaide zich op zijn zij en beukte met zijn benen en vrije arm tegen de zwaardere Matlock. Matlock richtte zich op de arm die hij vast had en begroef zijn tanden in de pols van de hand die het wapen vasthield. Hij beet in het vlees totdat het bloed eruit spoot, vermengd met de koude regen.

De man liet het pistool los, schreeuwend van pijn. Matlock greep het en beukte het steeds weer in zijn gezicht. De zaklantaarn lag in het hoge gras, de sterke lichtstraal op het druipende struikgewas gericht.

Matlock kroop over het halfbewusteloze, bloedende gezicht van zijn belager heen. Hij was buiten adem en hij proefde de misselijkmakende smaak van het bloed van de man nog in zijn mond. Hij spuugde enige malen om de smaak uit zijn mond en keel te krijgen.

'Oké!' Hij pakte de man bij de kraag en rukte zijn hoofd omhoog. 'En nou vertel je me precies hoe het in elkaar zit! Dit was een valstrik, hè?'

'Het document! Ik moet het document hebben.' Zijn stem was nauwelijks verstaanbaar.

'Jullie hebben me in de val laten lopen, hè? De hele afgelopen week was een valstrik!'

'Ja . . . Ja. Het document.'

'Dat document is nogal belangrijk, is het niet?'

'Ze vermoorden je . . . ze zullen je vermoorden om het te krijgen. Je hebt geen schijn van kans, man . . . Geen schijn . . .'

'Wie *ze?*'

'Weet ik niet . . . weet ik niet!'
'Wie is Nimrod?'
'Weet ik niet . . . 'Omerta'! . . . 'Omerta!'
De man sperde zijn ogen wijdopen en in de zwakke weerschijn van de gevallen zaklantaarn zag Matlock dat er iets met zijn slachtoffer was gebeurd. Iets in zijn gedachten kreeg de overhand op zijn gekwelde fantasie. Het was pijnlijk om te zien, omdat het dezelfde indruk maakte als de panische Lucas Herron, de doodsbange Alan Pace.
'Kom, ik zal zien dat ik je beneden krijg . . .'
Verder kwam hij niet. Vanuit het diepst van zijn radeloosheid dook de man met het bebloede gezicht voorover, in een laatste, wanhopige poging om het pistool in Matlocks rechterhand te pakken te krijgen. Matlock deinsde terug en vuurde instinctief. Bloed en stukken vlees vlogen in het rond. De helft van de nek van de man was weggeschoten.
Langzaam stond Matlock op. De rook van het pistool bleef boven de dode man hangen, maar werd door de regen naar de aarde gedreven.
Hij boog zich voorover naar de zaklantaarn en begon over te geven.

28

Tien minuten later zat hij op de stam van een grote esdoorn een meter of vijftig boven het parkeerterrein naar beneden te kijken. De jonge bladeren beschermden hem enigszins tegen de stromende regen, maar zijn kleren waren smerig, zaten onder het bloed en de modder. Hij zag de witte Ford vooraan het terrein staan, naast de stenen poort die de ingang vormde van het Zeil- en Ski-oord. Er gebeurde nu niet veel. Er kwamen geen nieuwe auto's bij en de mensen die binnen zaten, wachtten natuurlijk tot de plensbui wat minder werd voordat ze zich naar buiten waagden. De parkeerwachter die hij tien dollar had gegeven stond te praten met een portier in uniform onder het afdak boven de ingang van het restaurant. Matlock wilde het liefst naar de auto rennen en zo hard als hij maar kon wegrijden, maar hij wist dat zijn kleren de twee mannen zouden alarmeren, dat ze zich daardoor zouden afvragen wat er op de oostelijke helling was gebeurd. Hij kon alleen maar wachten, wachten totdat er iemand naar buiten kwam en hen bezighield, of totdat ze allebei naar binnen gingen.

Hij vond het wachten afschuwelijk. Meer nog, het maakte hem bang. Hij had niemand meer bij de machinekeet gehoord of gezien, maar dat betekende niet dat er niemand was. De dode contactman van Nimrod had waarschijnlijk ergens een metgezel die nu, evenals Matlock, zat te wachten. Als de dode man werd gevonden, zouden ze hem tegenhouden, vermoorden – als het niet uit wraak was, dan toch zeker om het Corsicaanse document.

Hij had geen keus meer. Hij had meer gedaan dan in zijn vermogen lag. Hij was gemanipuleerd door Nimrod, net zoals door de mensen op Justitie. Hij zou Jason Greenberg bellen en doen wat Jason hem aanried te doen.

Aan de ene kant was hij blij dat zijn rol was uitgespeeld, of bijna. Hij voelde zich nog steeds gedreven, maar hij kon niets meer doen. Hij had gefaald.

Ginds, aan de voet van de helling, ging de deur van het restaurant open en een dienstertje gebaarde naar de portier, die samen met de parkeerwachter de stoep op liep om met het meisje te praten.

Matlock rende naar het parkeerterrein en langs de neuzen van de auto's die aan de rand geparkeerd stonden. Tussen de wagens door hield hij een oogje op de deur van het restaurant. Het dienstertje had de portier een beker koffie gegeven. Ze stonden met z'n drieën een sigaret te roken en grapjes te maken.

Hij sloeg de bocht om en kroop voorlangs de bestelwagen naar het linker portier. Tot zijn opluchting zag hij dat de sleutels nog in het contact zaten. Hij haalde diep adem, deed het portier zo zachtjes mogelijk open en schoof naar binnen. Hij sloeg het portier niet dicht, maar liet het heel voorzichtig in het slot klikken, zodat het interieurlichtje uitging zonder dat het geluid iemands aandacht kon trekken. De twee mannen en het dienstertje stonden nog steeds te praten en te lachen en merkten niets.

Hij zette het contact aan, schakelde de versnelling in z'n achteruit en schoot naar achteren tot aan de poort. Daarna reed hij vooruit tussen de stenen paaltjes door en begon de lange afdaling naar de grote weg.

De drie mensen onder het afdak boven de ingang schrokken op. Maar al gauw ging hun schrik over in verbazing – en zelfs ook nieuwschierigheid. Want van achteraan het parkeerterrein konden ze het zware razen van een tweede, krachtige motor horen. Helle koplampen flitsten aan, vervormd door de neerstromende regen, en een lange, zwarte limousine schoot naar voren. De banden piepten terwijl de donkere auto naar de stenen paaltjes zwenkte.

Met vol gas schoot hij de witte Ford achterna.

Er was niet veel verkeer op de weg, maar toch had Matlock het gevoel dat hij beter via secundaire wegen terug naar Carlyle kon rijden. Hij besloot direct naar Kressels huis te gaan, ondanks diens hysterische neigingen. Dan konden ze samen Greenberg opbellen. Hij had zojuist meedogenloos iemand gedood, en of dat nu gerechtvaardigd was of niet, de schok zat hem nog steeds in de benen. Hij had het gevoel dat dat zijn hele leven niet meer over zou gaan.

Waarschijnlijk was Kressel niet zo'n beste keus. Maar er was niemand anders. Hij kon natuurlijk ook naar zijn eigen huis teruggaan en daar blijven tot hij werd gearresteerd. Bovendien was het best mogelijk dat er, in plaats van de politie, iemand van Nimrod zou komen.

Er werd een Z-bocht aangegeven. Hij herinnerde zich dat er daarna een recht, vlak stuk weg kwam waar hij flink kon doorrijden. De grote weg was rechter, maar de secundaire wegen waren korter, als er tenminste geen noemenswaardig verkeer was. Terwijl hij de tweede bocht nam, merkte hij dat hij het stuur zo vast omknelde, dat zijn bovenarmen pijn deden. Zijn spieren namen de controle over zijn trillende ledematen over en zorgden ervoor dat de auto op de weg bleef.

Het rechte stuk weg lag voor hem, de regen was opgehouden. Hij drukte het gaspedaal diep in en de auto schoot naar voren. Tweemaal, toen nog een derde keer, keek hij door zijn achteruitkijkspiegel of er geen politie achter hem aan kwam. Hij zag koplampen die dichterbij kwamen. Hij keek op zijn snelheidsmeter. Honderdtwintig, en nog steeds liepen de lichten in de spiegel op hem in.

De instincten van de opgejaagde kwamen direct weer boven; hij wist dat de auto achter hem geen politiewagen was. Er was geen sirene die door de natte stilte loeide, geen gezagwekkend zwaai-licht.

Hij drukte het gaspedaal zo diep in als hij maar kon. Zijn snel-heidsmeter liep uit naar de honderdveertig – harder kon de bestelwagen niet.

De koplampen waren nu vlak achter hem. De onbekende ach-tervolger zat bijna tegen zijn achterbumper aan. Plotseling zwenkten de lichten naar links en de auto kwam naast de witte Ford rijden.

Het was dezelfde zwarte limousine die hij na de moord op Lo-ring had gezien! Dezelfde wagen die vlak na de slachting in Windsor Shoals uit de donkere oprit was geschoten! Matlock probeerde zijn aandacht gedeeltelijk op de weg voor hem te hou-den en gedeeltelijk op de bestuurder van de auto, die hem hele-maal naar rechts van de weg drong. De bestelwagen trilde door de enorme snelheid; het kostte hem steeds meer moeite het stuur in bedwang te houden.

En toen zag hij de loop van het pistool op zich gericht door het raampje van de auto naast hem. Hij zag de alles-of-niets-blik in de ogen achter de gestrekte arm die het pistool op hem probeer-de te richten.

Hij hoorde de schoten en voelde het versplinterende glas in zijn gezicht. Uit alle macht trapte hij op de rem en trok het stuur naar rechts, de berm in, door een prikkeldraadhek heen een steenachtig weiland op. De auto hobbelde over het gras, mis-schien een meter of vijftig, en beukte toen tegen een stapel keien op, die de begrenzing van het weiland vormde. De koplampen gingen met veel gerinkel uit, de grill deukte ver in. Hij werd te-gen het dashboard gesmeten en alleen omdat hij zijn armen om-hoogbracht, sloeg hij niet met zijn hoofd door de voorruit.

Maar hij was bij bewustzijn, en de instincten van de opgejaagde werkten nog steeds op volle toeren.

Hij hoorde een portier open- en dichtgaan en wist dat de moor-denaar het veld op kwam om zijn opdracht te voltooien. Om het Corsicaanse document te halen. Hij voelde bloed over zijn voor-hoofd druppelen – of het door een schampschot kwam of door het versplinterde glas wist hij niet – maar hij was er blij mee. Dat was precies wat hij nu nodig had, bloed op zijn voorhoofd. Hij bleef bewegingloos over het stuur hangen.

En onder zijn jasje hield hij het zwarte pistool van de dode man in de regenjas op de berghelling. Het was onder zijn linkerarm door op het portier gericht.

Hij kon het zachte knarsen van voetstappen op de vochtige aarde horen. En hij voelde letterlijk – zoals een blinde voelt – de turende ogen door het versplinterde glas op zich gevestigd. Hij hoorde dat de portierknop werd ingedrukt en dat de scharnieren kraakten, toen het zware portier werd opengetrokken.

Een hand greep zijn schouder. Matlock vuurde.

De knal was oorverdovend en de schreeuw van de gewonde man doorboorde de duisternis. Matlock veerde omhoog en wierp al zijn lichaamsgewicht tegen de moordenaar aan, die zich van de pijn aan zijn linkerarm vastklemde. Woest en onbeheerst sloeg Matlock de man op zijn gezicht en nek totdat hij tegen de grond ging. Het pistool van de man was nergens te zien, zijn handen waren leeg. Matlock zette zijn voet op de keel van de moordenaar en drukte.

'Ik houd pas op als je gebaart dat je wilt praten, smerige schoft! Anders ga ik *door!*'

De man kreunde, zijn ogen puilden uit. Smekend bracht hij zijn rechterhand omhoog.

Matlock trok zijn voet terug en boog zich over de man op de grond heen. Hij was zwaargebouwd, had zwart haar en de afgestompte trekken van een brute moordenaar.

'Wie heeft je achter me aan gestuurd? Hoe wist je dat ik deze auto had?'

De man tilde zijn hoofd een klein stukje op, alsof hij wilde antwoorden. Maar in plaats daarvan schoot zijn rechterhand naar zijn middel en trok een mes te voorschijn. Hij draaide op zijn linkerzij en stootte zijn knie in Matlocks kruis. Het mes doorboorde Matlocks overhemd en terwijl hij de stalen punt zijn vlees voelde binnendringen, wist hij dat hij de dood nabij was. Hij beukte de loop van het zware pistool tegen de slaap van de man. Dat was genoeg. Zijn hoofd knikte achterover en er welde bloed op. Matlock stond op en zette zijn voet op de hand met het mes. Even later gingen de ogen van de moordenaar open. En gedurende de volgende vijf minuten deed Matlock waartoe hij zich zelf nooit in staat zou hebben geacht – hij martelde een ander mens. Hij martelde de moordenaar met diens eigen mes, in de huid rondom de ogen en de lippen, met dezelfde stalen punt die hij in zijn vlees had gevoeld. En wanneer de man het uitschreeuwde, sloeg Matlock de loop van het pistool tegen zijn mond, waardoor stukken van zijn tanden afbraken.

Het duurde niet lang.

'Het document!'

'Wat nog meer?'

De van pijn kronkelende moordenaar kreunde en spuwde bloed, maar zei niets. Matlock sprak uit heilige overtuiging en meende elk woord, toen hij langzaam zei: 'Als je geen antwoord geeft, steek ik dit mes dwars door je ogen. Het kan me niets meer schelen. Geloof me maar.'

'De oude man!' De woorden kwamen diep uit de keel van de man. 'Hij heeft het opgeschreven, zei hij . . . Niemand weet het. . . . Jij hebt met hem gepraat . . .'

'Welke oude . . .' Matlock zweeg toen een afschuwelijke gedachte bij hem opkwam. *'Lucas Herron?! Bedoel je die?'*

'Hij zei dat hij het opgeschreven heeft. Ze denken dat je het weet. Misschien heeft hij gelogen . . . Hij kan best gelogen hebben . . .'

De moordenaar verloor het bewustzijn.

Matlock stond langzaam op. Zijn handen trilden, hij huiverde over zijn hele lichaam. Hij keek naar de weg, waar de grote, zwarte limousine in de afnemende regen stond. Het zou zijn laatste gok zijn, zijn uiterste poging.

Maar er zat iets in zijn hoofd, iets dat nu nog ongrijpbaar was. Op dat gevoel moest hij vertrouwen, zoals hij was gaan vertrouwen op de instincten van de jager en de opgejaagde.

De oude man!

Het antwoord lag ergens in het huis van Lucas Herron.

29

Hij parkeerde de limousine een meter of vijfhonderd van Herrons Nest af en liep langs de kant van de weg verder, klaar om de aangrenzende bossen in te duiken voor het geval er auto's aankwamen. Er kwam niets.

Hij kwam bij een huis, even later nog eens, en allebei de keren rende hij erlangs, met een schuin oog op de verlichte vensters om te zien of er iemand naar buiten stond te kijken.

Er stond niemand.

Hij kwam bij het begin van Herrons tuin en liet zich op de grond zakken. Langzaam, zachtjes en behoedzaam kroop hij naar de oprit. Het huis was donker, er waren geen auto's te zien, geen mensen, geen tekenen van leven. Alleen maar van dood.

Hij liep het pad van flagstones op. Bij de voordeur viel zijn oog op een officieel uitziend document, nauwelijks zichtbaar in het donker. Hij liep erheen en streek een lucifer aan. Het huis was verzegeld door de politie.

Nog een misdaad, dacht Matlock.

Hij liep naar de achterkant van het huis en terwijl hij voor de terrasdeur stond, zag hij weer duidelijk voor zich hoe Herron over zijn goedonderhouden gazon naar de schijnbaar ondoordringbare muur van groen was gerend en helemaal was verdwenen.

Op de achterdeur zat ook een politiezegel. Deze zat op een glazen ruitje geplakt.

Matlock trok het pistool uit zijn riem en sloeg zo voorzichtig mogelijk het glazen ruitje links van het zegel in. Toen knipte hij de deur open en ging naar binnen.

Het eerste dat hem opviel was de duisternis. Licht en donker waren maar betrekkelijke begrippen, dat had hij de afgelopen week wel ontdekt. Er was licht in de nacht waarop de ogen zich konden instellen, terwijl het daglicht vaak bedrieglijk was, vol schaduwen en wazige of blinde vlekken. Maar in het huis van Herron was het volkomen donker. Hij streek een lucifer aan en begreep toen waarom.

De ramen in de kleine keuken waren bedekt met blinden. Het waren alleen geen gewone blinden, maar speciaal op maat gemaakte. De stof was dik en met verticale latjes aan het frame bevestigd, dat weer met aluminium beugels aan de zijkanten van de ramen was vastgemaakt. Hij boog zich over het aanrecht naar het raam toe en stak nog een lucifer aan. Niet alleen was de stof dikker dan normaal, maar bovendien zorgden de dwarslatjes en de veersluiting aan de onderkant ervoor dat de blinden helemaal vlak in de lijsten bleven. Het was niet waarschijnlijk dat er door de ramen licht naar buiten of naar binnen kon schijnen.

Herrons verlangen naar - of behoefte aan - ongestoorde rust

was buitengewoon groot geweest. Als alle ramen in alle kamers op deze manier afgesloten waren, werd zijn taak daar alleen maar gemakkelijker door.

Hij stak een derde lucifer aan en liep de zitkamer binnen. Wat hij in het flikkerende licht voor hem zag, deed hem met ingehouden adem stilstaan.

De kamer was één grote puinhoop. Er lagen overal boeken op de grond, stoelen waren omgegooid en opengesneden, kleden lagen ondersteboven en zelfs kasten waren aan diggels geslagen. Het was alsof hij na de avond bij de Beesons weer zijn eigen huis binnenkwam. Herrons zitkamer was grondig, wanhopig doorzocht. Hij liep terug naar de keuken om te kijken of hij daar, omdat hij alleen maar op de blinden en de duisternis had gelet, iets over het hoofd had gezien. Dat was inderdaad zo. Alle laden stonden open, alle kasten waren overhoop gehaald. En toen zag hij op de grond van een werkkast twee zaklantaarns liggen. De eerste deed het niet, de tweede wel.

Hij liep vlug weer naar de kamer en probeerde zich te oriënteren, nadat hij de ramen met de lichtbundel van de lantaarn had gecontroleerd. Voor alle ramen zaten de speciale blinden.

Aan de andere kant van de smalle gang, voor de nog smallere trap, stond een deur open. Die was van Herrons werkkamer, waar het zo mogelijk een nog grotere puinhoop was dan in de zitkamer. Twee archiefkasten lagen omver met opengebroken achterkanten; het grote bureau met het met leer beklede blad was van de muur getrokken en aan gruzelementen geslagen. Evenals in de woonkamer waren er gaten in de muur geslagen. Matlock veronderstelde dat die plekken hol hadden geklonken.

Boven was het met de twee kleine slaapkamers en de badkamer al precies zo gesteld.

Hij ging de trap weer af. Zelfs de treden waren opengebroken. Lucas Herrons huis was door beroepslui doorzocht. Maakte hij dan wel een kans om iets te vinden? Hij liep terug naar de woonkamer en ging zitten op de restanten van een armstoel. Hij had het sombere voorgevoel dat ook zijn laatste poging op een mislukking zou uitlopen. Hij stak een sigaret op en probeerde zijn gedachten te ordenen.

De mensen die het huis hadden doorzocht, hadden niet gevonden wat ze zochten. Of wel? Dat was eigenlijk niet vast te stellen. Behalve dat de brute moordenaar op het weiland had uitgeschreeuwd dat de oude man 'het had opgeschreven'. Alsof dat bijna net zo belangrijk was als het wanhopig begeerde Corsicaanse document. Maar hij had erbij gezegd: '. . . misschien heeft hij gelogen, hij kan best gelogen hebben'. *Gelogen*? Waarom zou een man in doodsangst dat hebben toegevoegd aan iets wat hij eerst niet over zijn lippen had kunnen krijgen?

Hij moest wel concluderen, dat in de verwarde overgevoeligheid van een geest op de rand van de waanzin het allerergste werd verworpen. Verworpen móést worden, om niet over die rand heen getrokken te worden.

Nee . . . Nee. Ze hadden niet gevonden wat ze hadden *moeten* vinden. En omdat ze het niet gevonden hadden na het uitgebreide, inspannende speurwerk dat ze hadden verricht - kon het niet *bestaan*.

Maar hij wist dat er wel iets moest zijn.

Herron was dan misschien betrokken bij de wereld van Nimrod, maar hij hoorde er niet in thuis. Het was geen betrokkenheid op basis van vrijwilligheid, maar van kwellende dwang. Ergens had hij een aanklacht achtergelaten. Dat kon niet anders. Lucas Herron was een uiterst rechtschapen man geweest. Ergens . . .

Maar waar?

Hij stond op en liep in de donkere kamer op en neer terwijl hij de zaklantaarn aan en uit knipte, meer uit nervositeit dan om licht te hebben.

Nauwkeurig ging hij elk woord, elk gebaar van Herron na van die namiddag van vier dagen geleden. Hij was opeens weer de jager die het spoor volgde met alle zintuigen die hij had. En hij was er zo dichtbij. Hij was er godverdomme zo dichtbij! . . . Herron had vanaf het moment dat hij de deur opendeed *geweten* wat Matlock kwam doen. Dat ene, vluchtige ogenblik van herkenning had in zijn ogen gelegen. Matlock had er niet aan getwijfeld. Hij had het zelfs ook nog tegen Herron gezegd, en de oude man had gelachen en hem ervan beschuldigd dat hij zich liet beïnvloeden door listen en lagen.

Maar er was nog iets anders geweest. Vóór de listen en lagen . . . *Binnen*. In deze kamer. Voordat Herron voorstelde om buiten te gaan zitten . . . Nee, hij had het niet voorgesteld, maar gezegd, opgedragen.

En vlak voordat hij Matlock had opgedragen mee te gaan naar het terras, was hij *onhoorbaar* binnengekomen, waardoor hij Mat-

228

lock had laten schrikken. Hij was *met twee volle glazen* door de klapdeur gekomen en Matlock *had hem niet gehoord*. Matlock knipte de lantaarn aan en richtte de lichtstraal naar de onderkant van de keukendeur. Er lag geen kleed dat zijn voetstappen kon hebben gedempt – de vloer was van hardhout. Hij liep naar de openstaande klapdeur, ging de keuken binnen en deed de deur dicht. Toen duwde hij hem open in dezelfde richting als Lucas Herron had gedaan met de twee glazen. De scharnieren piepten, zoals dergelijke scharnieren altijd doen wanneer ze oud zijn en de deur snel wordt opengeduwd – heel normaal. Hij liet de deur terugveren en duwde hem toen weer open. Heel langzaam. Centimeter voor centimeter.

Het bleef stil.

Lucas Herron had de cocktails klaargemaakt en was toen *expres* heel zachtjes teruggelopen naar de woonkamer, zodat hij Matlock kon gadeslaan zonder dat deze het wist. En vervolgens had hij gezegd dat ze buiten moesten gaan zitten.

Matlock pijnigde zijn hersens om zich precies te herinneren wat Herron op dat *precieze* ogenblik had gezegd en gedaan.

'. . . laten we op het terras gaan zitten. Het is een veel te mooie dag om binnen te blijven. Kom maar mee'.

Toen, *zonder een antwoord af te wachten* of zelfs maar een gebaar van instemming, was Herron *gauw* teruggelopen door de keukendeur. Niet erg beleefd, helemaal niet zoals je van de hoffelijke Herron zou verwachten. Hij had een order uitgevaardigd, op een manier die een weigering onmogelijk maakte.

Maar dat was het! Matlock richtte de lichtbundel boven het bureau.

De foto! De foto van de marineofficier met de kaart en het geweer, ergens in de jungle op een onbetekenend eiland in de Stille Zuidzee.

'Ik heb die ouwe foto bewaard om me eraan te herinneren dat het leven niet altijd zo'n lolletje was.'

Op het moment dat Herron uit de keuken kwam, had Matlock naar de foto staan kijken! En dat had de oude man uit zijn evenwicht gebracht, zelfs dusdanig dat hij had voorgesteld naar buiten te gaan. Op een korte, abrupte toon, die zo slecht bij hem paste.

Matlock liep snel naar het bureau. Het fotootje onder het cellofaan hing nog steeds op dezelfde plek – laag rechts boven het bureau. Enige grotere, achter glas ingelijste foto's waren kapotgegooid; deze was intact gebleven. Het was een klein, onopvallend fotootje.

Hij pakte het kartonnen lijstje en trok de punaise los waarmee het op de muur zat geprikt. Hij nam het van alle kanten nauwkeurig op en inspecteerde de dunne randen.

In het felle licht van de zaklantaarn waren krassen aan de bovenhoek van het karton zichtbaar. Van nagels? Wie weet. Hij richtte de lantaarn op het bureau. Er lagen potloden zonder punt, blaadjes aantekenpapier en een schaar. Hij pakte de schaar en prikte met een punt ervan door het dunne karton heen, totdat hij de foto uit het lijstje kon trekken.

En zo vond hij het.

Achterop het fotootje stond een schetsje, getekend met een dikke vulpen. Het was in de vorm van een rechthoek, waarvan de bovenste en onderste lijn gestippeld waren. Aan de bovenkant waren twee pijltjes getekend, de ene recht, de andere afbuigend naar rechts. Boven beide pijltjes stond het getal 30. Tweemaal 30. Dertig.

Aan de zijkanten naast de lijnen waren op een kinderlijke manier bomen getekend.

Bovenaan, nog boven de cijfers, was nog een tekeningetje. Golvende halve cirkeltjes, met elkaar verbonden door een gegolfde lijn eronder. Een wolk. Daaronder nog meer bomen.

Het was een plattegrond, en het was overduidelijk waarvan. Het was Herrons achtertuin. De lijnen aan drie kanten duidden op de ondoordringbare muur van groen.

De cijfers, tweemaal 30, waren maten – maar ook nog iets anders. Het waren ook symbolen.

Want Lucas Herron, die tientallen jaren voorzitter van Romaanse Talen was geweest, koesterde een onverzadigbare liefde voor woorden en de meest ongebruikelijke toepassingen ervan. Wat was passender dan het symbool '30' om beëindiging aan te duiden?

Elke leerling-journalist kon je vertellen dat het cijfer 30 onderaan een stuk kopij betekende dat dat het einde van het verhaal was. Dat het was afgelopen.

Dat alles gezegd was wat er gezegd moest worden.

Matlock hield de foto ondersteboven in zijn linkerhand en met zijn rechter omklemde hij de lantaarn. Hij liep vanuit het midden van de tuin – iets naar links – de struiken in, zoals op de tekening was aangegeven. Het cijfer 30 betekende natuurlijk een maat, 30 meter, 30 voet, of 30 passen misschien – in geen geval 30 centimeter.

Hij zette dertig voet naar voren uit en dertig voet naar rechts. Niets.

Niets dan de druipende bomen met hun weelderig gebladerte en het struikgewas waar zijn voeten achter bleven haken.

Hij liep terug naar zijn uitgangspunt en besloot dertig passen te proberen, hoewel hij besefte dat passen nogal uiteen konden lopen in een dichtbegroeide omgeving als deze.

Hij telde dertig passen naar voren uit, draaide negentig graden naar rechts en deed hetzelfde nog een keer.

Weer niets. Er stond een oude, verrotte esdoorn aan het einde van zijn dertig passen. Maar verder was er niets ongewoons. Hij moest het opnieuw proberen. Met passen die zo dicht mogelijk bij de meter lagen.

Dertig meter vooruit. Het konden er ook negenentwintig of eenendertig zijn. Toen de volgende dertig meter door het doorweekte struikgewas. Bij elkaar zestig meter. Tenminste ongeveer.

Hij kwam nu langzamer vooruit, de struiken waren dichter, leek het wel. Matlock wou dat hij een kapmes had, of iets anders om de natte takken opzij te houden. Eenmaal raakte hij de tel kwijt – waren het nu eenentwintig of drieëntwintig lange passen? Maar maakte dat eigenlijk wel iets uit?

Eindelijk had hij zijn dertig passen achter de rug. Of achtentwintig. In elk geval was hij dichtbij de plek waar hij zijn moest, als er tenminste iets was. Hij scheen met de lantaarn op de grond en bewoog de straal langzaam heen en weer.

Niets. Alleen een weelderig kleed van glinsterend onkruid en de diepbruine kleur van natte aarde. Hij bleef met de lichtbundel heen en weer schijnen en bewoog centimeter voor centimeter naar voren. Zijn ogen tuurden ingespannen naar de grond en hij vroeg zich voortdurend af of hij niets over het hoofd zag – onder deze omstandigheden leek alles hetzelfde.

Hij had nu nog maar weinig kansen om te slagen. Misschien moest hij teruggaan en opnieuw beginnen. Misschien duidden de cijfers 30 op een andere maateenheid. Centimeters, of decimeters, of misschien moesten ze vermenigvuldigd worden met een ander getal dat ergens in het tekeningetje lag verborgen. De puntjes? Moest hij de puntjes onder en boven de rechthoek tellen? Waarom stonden die puntjes daar? Hij had nu zéker dertig lange passen afgelegd, misschien nog wel meer.

Niets.

Hij dacht weer aan de puntjes en trok het fotootje uit zijn binnenzak. Juist toen hij zich wilde oprichten om de spieren onderin zijn rug te strekken – die pijn deden van het kruipen op zijn hurken – stootte zijn voet op een stukje harde bodem. Eerst dacht hij dat het een boomstronk was, of een stuk steen.

En toen besefte hij dat het geen van beide was.

Hij kon het niet zien, want het lag onder een dichte dot onkruid. Maar hij kon de omtrek ervan met zijn voet voelen. Het was te recht, te vierkant om natuurlijk te zijn. Hij hield het licht boven de pol onkruid en zag dat het helemaal geen onkruid was. Het was een bloem met kleine knopjes die gedeeltelijk in bloei stond. Een bloem die geen zonlicht en geen diepe aarde nodig had.

Een oerwoudbloem. Een gekweekte soort die hier niet thuishoorde.

Hij duwde de knoppen opzij en ging op zijn hurken zitten. Eronder lag een zorgvuldig gelakt stuk hout van zo'n veertig bij zestig centimeter. Het lag een centimeter of vijf onder de grond en de bovenkant was zo vaak met een conserveringsmiddel behandeld, dat er een diepe glans over lag, die de lichtbundel van de zaklantaarn weerkaatste als glas.

Matlock groef met zijn vingers in de aarde en trok het stuk hout omhoog. Eronder lag een verweerde, metalen plaat, misschien van brons.

Voor Majoor Lucas N. Herron, USMCR
Uit Dankbaarheid van de Officieren en Manschappen
van de B-Compagnie
Veertiende Bataljon, Eerste Mariniers Divisie
Salomons Eilanden - Stille Zuidzee
Mei 1943

Zoals de plaat daar in de grond lag in het schijnsel van de lantaarn, had Matlock het gevoel dat hij naar een graf keek.

Hij veegde de modder eromheen weg en groef een gootje om het metaal heen. Op handen en knieën wist hij de plaat moeizaam omhoog te krijgen en zette hem voorzichtig op een zijkant.

Hij had het gevonden, na moeizaam zoeken.

In de aarde lag een metalen kistje – zoals ze in bibliotheekarchieven worden gebruikt voor waardevolle manuscripten. Waterdicht, weervast, luchtledig, onaantastbaar door de tand des tijds. Een lijkkist, dacht Matlock.

Hij tilde het uit de grond en drukte zijn koude, natte vingers tegen de onderkant van het ronde palletje aan. Het kostte ontzettende kracht om het omhoog te trekken, maar eindelijk lukte het hem. Met een zucht die je ook hoort als je een blik koffie openmaakt, gingen de rubber randen vaneen. Matlock zag een in zeildoek gewikkeld pakje in de vorm van een notitieboek.

Hij wist dat hij de aanklacht had gevonden.

30

Het was een dik notitieboek, meer dan driehonderd bladzijden, en elk woord was met de hand in inkt geschreven. Het was in de vorm van een dagboek, maar de lengte van de geschreven stukken liep enorm uiteen en de data sloten niet op elkaar aan. Vaak was het dagen achtereen beschreven, andere keren zaten er weken of zelfs maanden tussen. De inhoud was ook heel uiteenlopend. Er waren stukken bij in een heldere stijl, direct gevolgd door onsamenhangend, verward geklets. In die gedeelten had Herrons hand zo getrild, dat de woorden vaak onleesbaar waren. Lucas Herrons dagboek was een noodkreet, een uitlaatklep voor zijn ellende. Een bekentenis van een man die geen hoop meer had.

Terwijl hij op de koude, natte grond zat, in de ban van Herrons woorden, begon Matlock de motieven voor Herrons Nest, de afwerende muur van groen, de blinden voor de ramen, de totale afzondering, te begrijpen.

Lucas Herron was al een kwarteeuw aan drugs verslaafd. Zonder verdovende middelen was zijn pijn onverdraaglijk. En er was absoluut niets dat iemand voor hem kon doen, behalve hem de rest van zijn onnatuurlijke leven op een afdeling van een Veteranenziekenhuis laten slijten. Omdat hij die levende dood verwierp,

233

was hij in een andere terechtgekomen.

Majoor Lucas Nathaniel Herron, USMCR, ingedeeld bij de Mariniers in de Stille Oceaan, had ontelbare compagnieën van het Veertiende Bataljon, Eerste Mariniers Divisie, geleid bij landings- aanvallen op eilanden van de door Japan bezette Salomons- en Carolina Eilanden.

En majoor Lucas Herron was van het kleine eilandje Peleliu afgedragen op een brancard, nadat hij twee compagnies door de vuurlijn heen had teruggebracht naar het strand. Niemand dacht dat hij het zou overleven.

Majoor Lucas Herron had een Japanse kogel in de onderkant van zijn nek, in een gedeelte van zijn zenuwstelsel. Hij was afge- schreven. De artsen, eerst in Brisbane, later in San Diego en uit- eindelijk in Bethesda, achtten verdere operaties onuitvoerbaar. De patiënt zou ze niet kunnen overleven, bij de geringste compli- catie zou zijn leven alleen nog maar kunstmatig kunnen worden gerekt. Daar wilde niemand de verantwoording voor nemen.

De patiënt kreeg zware medicijnen om de pijn van zijn wonden te verlichten. En zo lag hij meer dan twee jaar in een ziekenhuis in Maryland.

De herstelstadia – naar gedeeltelijk herstel – verliepen langzaam en met veel pijn. Eerst kwamen de nekbeugels en de pillen, toen de beugels en de ijzeren looptoestellen, en nog steeds de pillen. Tenslotte de krukken, samen met de beugels en de pillen. Lucas Herron keerde terug naar het land van de levenden – maar niet zonder de pillen. En als de pijn ondraaglijk was – 's avonds de morfinespuit.

Er waren honderden, misschien wel duizenden, gevallen als Lu- cas Herron, maar weinigen waren zo geschikt als hij – voor de- genen die hem uitzochten. Een authentieke held uit de oorlog in de Zuidzee, een briljant geleerde, een man waar niets op aan te merken viel.

Hij was perfect. Perfect voor hun doeleinden.

Aan de ene kant kon hij niet leven, kon hij het niet harden zon- der de verlichting die de verdovende middelen hem schonken – de pillen en steeds vaker de naald. Aan de andere kant, als de artsen te weten kwamen hoe afhankelijk hij was, zou hij weer in een ziekenhuis worden opgenomen.

Deze alternatieven werden hem geleidelijk, op subtiele wijze dui- delijk gemaakt. Geleidelijk in die zin dat hem te verstaan werd gegeven dat de mensen die hem van zijn middelen voorzagen daar zo nu en dan iets voor terugverlangden – een contact dat in Boston gelegd moest worden, mannen in New York die geld moesten hebben. Op subtiele wijze omdat Herron, toen hij vragen ging stellen, te horen kreeg dat het werkelijk allemaal erg onschuldig was. Onschuldig maar *noodzakelijk*.

Naarmate de jaren verstreken, werd hij enorm waardevol voor de mensen die hij zo hard nodig had. Het kwam steeds vaker voor dat er een contact moest worden gelegd of dat er iemand moest worden betaald, het werd steeds harder *noodzakelijk*. Toen werd Lucas er steeds verder op uit gestuurd. Kerst-, paas- en zomervakanties: Canada, Mexico, Frankrijk . . . Noord-Afrika.

Hij werd koerier.

En altijd drukte het vooruitzicht van het ziekenhuis op zijn gekwelde lichaam en geest.

Ze hadden hem precies waar ze hem hebben wilden. Hij kreeg niets te zien van de gevolgen van zijn werk. Hij besefte eigenlijk helemaal niets van het groeiende netwerk van verderf waaraan hij meebouwde. En toen het hem uiteindelijk wel ter ore kwam, was het te laat. Het netwerk was er.

Nimrod zat in het zadel.

22 april, 1951. Met Pasen moet ik weer naar Mexico. Ik breng een bezoek aan de U. van M. – zoals gewoonlijk – en op de terugweg ga ik langs Baylor. Ironisch genoeg moest ik hier op de administratie komen en kreeg te horen dat Carlyle me graag wilde helpen mijn 'onderzoeksonkosten' te bestrijden. Ik heb het van de hand gewezen en heb ze gezegd dat mijn *invaliditeitsuitkering* toereikend was. Misschien had ik het moeten aannemen. . .

13 juni, 1956. Drie weken naar Lissabon. Voor een route via de Azoren en Cuba (een bende!) naar Panama. Het gaat om een klein schip, hebben ze me verteld. Voor mij betekent dat bezoeken aan de Sorbonne, U. van Toledo, U. van Madrid. Ik begin eraan gewend te raken. Ik ben niet gelukkig met de manier waarop – wie zou dat wel zijn? – maar ik ben evenmin verantwoordelijk voor de verouderde wetten. Er zijn er zoveel die geholpen kunnen worden. Ze hebben hulp nodig! Ik heb een heleboel mensen aan de lijn gehad – ze krijgen mijn telefoonnummer door – mensen die net als ik niet verder kunnen leven zonder hulp . . . Toch maak ik me zorgen . . . Maar wat kan ik doen? Als ik het niet deed, waren er wel anderen . . .

24 februari, 1957. Ik ben verontrust, maar kalm en redelijk (hoop ik!) over wat me bezighoudt. Als ik ergens contacten moet leggen, doe ik dat als de *boodschapper* van *'Nimrod'*! De naam is een code – verder niet van betekenis, zeggen ze – die van nu af aan wordt gebruikt. Het is allemaal zo dwaas – net als de inlichtingen die we op de Salomons van de geheime diensten door kregen. Eén en al code, maar nuttige gegevens, ho maar . . . De pijn is erger, dat hebben de artsen ook voorspeld. Maar 'Nimrod' houdt er rekening mee . . . Net als ik . . .

10 maart, 1957. Ze waren kwaad op me! Ze hebben twee dagen mijn dosis ingehouden – ik dacht dat ik gek werd! Ik ben in mijn auto gestapt om naar het Virginia-ziekenhuis in Hartford te rijden, maar ze hielden me tegen op de autoweg. In de *politieauto* van Carlyle – ik had moeten weten dat de politie hier erbij zat! . . . Ik moest me óf *schikken* óf me voorgoed laten wegbergen. . . . Ze hadden gelijk! . . . Ik moet naar Canada om een Noordafrikaan mee terug de grens over te nemen . . . Ik *moet* het doen! Ik word voortdurend gebeld. Vanavond door een man – een oorlogsslachtoffer – uit East Orange, N.J., die zei dat hij en nog zes anderen van mij *afhankelijk* waren! Er zijn er zoveel zoals wij! Waarom toch? Waarom worden we toch veracht? We hebben *hulp* nodig en het enige wat ze voor ons doen is ons opbergen . . .

19 augustus, 1960. Ik heb ze gezegd hoe ik erover denk! Ze gaan te ver! . . . 'Nimrod' is niet alleen een codenaam voor een locatie, het is ook een *man*! De locatie verandert niet, maar de man wel. Ze helpen mensen zoals ik niet meer – hoewel, misschien nog wel – maar ze gaan veel verder! Ze trekken zelfs mensen *aan* – voor een heleboel geld! . . .

20 augustus, 1960. Nu bedreigen ze me. Ze zeggen dat ik niet meer krijg wanneer mijn voorraad op is . . . Het kan me niet meer schelen. Ik heb genoeg voor een week, of – als het meezit – anderhalve week . . . Ik wou dat ik meer van alcohol hield, of dat ik er niet ziek van werd . . .

28 augustus, 1960. Ik trilde als een espeblad, maar ik ben naar het politiebureau van Carlyle gegaan. Zonder erbij na te denken. Ik zei dat ik de hoogste chef wilde spreken, maar het was al na vijven – hij was naar huis. Toen zei ik dat ik inlichtingen over verdovende middelen had, en binnen tien minuten was de com-

236

missaris er . . . Ik kon het nu niet meer verbergen – ik had geen beheersing meer over mijn lichaam en deed het in mijn broek. De commissaris bracht me naar een klein kamertje, deed zijn tas open en gaf me een spuit. Hij was van Nimrod! . . .

7 oktober, 1965. Deze Nimrod is niet tevreden over mij. Ik heb het altijd best met de Nimrods kunnen vinden – de twee die ik gekend heb, maar deze is strenger, eist meer van me. Ik weiger er *studenten* bij te betrekken en dat accepteert hij, maar volgens hem gedraag ik me idioot in mijn colleges. Ik ben niet autoritair genoeg. Hij vindt dat ik me wat conservatiever zou moeten opstellen . . . Vreemd genoeg. Hij heet Matthew Orton en hij is een onbetekenend assistent van de plaatsvervangend gouverneur in Hartford. Maar hij is Nimrod. En ik heb maar te gehoorzamen . . .

14 november, 1967. Ik hou het niet uit met die rug – de artsen hadden gezegd dat hij zou *desintegreren* – dat was *hun* woord – maar niet *zo!* Ik kan het bij een college veertig minuten volhouden en dan *moet* ik even weg! . . . Ik vraag me steeds af: is het het wel waard? . . . Dat zal wel, anders zou ik niet doorgaan . . . Of ben ik gewoon een te grote egoïst – of een te grote lafaard – om uit het leven te stappen? . . . Vanavond moet ik naar Nimrod. Volgende week is het *Thanksgiving* – waar zullen ze me nu weer heensturen? . . .

27 januari, 1970. Dit *moet* het einde zijn. Om het met de mooie woorden van C. Fry te zeggen: 'de engelachtige aardbei die ons toelacht vanuit zijn bed', moet zijn stekels maar eens laten zien. Ik heb niets meer te winnen en Nimrod heeft te veel mensen besmet, te onherstelbaar. Ik zal mijn leven nemen – zo pijnloos mogelijk – ik heb al zoveel pijn gehad . . .

28 januari, 1970. Ik heb geprobeerd zelfmoord te plegen! Ik kan het niet. Ik houd het pistool klaar, of het mes, maar het *gaat* gewoon niet! Zit ik er werkelijk zo diep in dat ik niet kan volbrengen wat het beste is? . . . Nimrod zal me doden. Dat weet ik, en hij weet het nog beter.

29 januari, 1970. Nimrod – is nu *Arthur Latona!* Ongelooflijk! Dezelfde Arthur Latona die de Arbeiderswoningen in Mount Holly heeft laten bouwen! Maar goed – hij heeft me een onaanvaardbare opdracht gegeven. Dat heb ik ook tegen hem gezegd. Ik ben veel te waardevol om opzijgezet te worden en dat heb ik hem *ook* verteld . . . Ik moet een heleboel geld naar Toros Daglari in Turkije brengen! . . . Waarom, oh, waarom komt er toch geen *einde* aan mijn leven? . . .

18 april, 1971. Het is een wonderbaarlijke wereld. Om te overleven, om te bestaan, adem te halen, doe je zoveel dat tegen je karakter indruist. Het is allemaal zo angstwekkend . . . de excuses, de argumenten worden steeds zwakker . . . Dan opeens gebeurt er iets waardoor het niet langer urgent is – tenminste niet erg urgent – om te oordelen . . . De pijn is van de nek en de ruggegraat naar de lendenen gezakt. Ik wist dat er iets anders moest zijn. *Iets meer* . . . Ik ben naar Nimrods dokter gegaan, waar ik altijd heen moet. Ik ben afgevallen, mijn reflexen zijn bedroevend. Hij maakt zich zorgen en morgen word ik in de kliniek in Southbury opgenomen. Voor een uitgebreid onderzoek . . . Ik weet dat ze hun best voor me zullen doen. Ze hebben nog meer opdrachten – erg belangrijke opdrachten, zegt Nimrod. Ik zal het grootste deel van de zomer op reis zijn. . . . Als ik het niet was, zou het iemand anders zijn. De pijn is verschrikkelijk.

22 mei, 1971. De vermoeide oud-soldaat is thuis. Herrons Nest is mijn redding! Ik heb een nier minder. Over de andere valt nog weinig te zeggen, zegt de dokter. Maar ik weet wel beter. Ik ben stervende . . . Oh, God, wat heerlijk! Geen opdrachten meer, geen dreigementen. Nimrod kan me niet meer aan het werk zetten . . . Ze zullen me ook in leven houden. Zolang ze kunnen. *Dat moeten ze nu wel!* . . . Ik heb de dokter laten doorschemeren dat ik van al die jaren een verslag heb gemaakt. Hij staarde me sprakeloos aan. Ik heb nog nooit iemand zo bang gezien . . .

23 mei, 1971. Latona – Nimrod – kwam vanmorgen langs. Voordat hij ergens over kon beginnen, zei ik dat ik wist dat ik stervende ben. Dat niets me nu nog iets kon schelen – omdat ik toch dood zou gaan. Ik vertelde hem zelfs ook dat ik ernaar uitkeek, dat ik tevergeefs had geprobeerd er zelf een einde aan te maken. Hij vroeg naar *'wat u tegen de dokter zei'*. Hij kon de *woorden* niet eens over z'n lippen krijgen! Zijn *angst* hing als een dikke mist in de woonkamer . . . Ik gaf heel kalm antwoord, met veel overwicht, geloof ik. Ik zei dat de verslagen die er waren aan hem gegeven zouden worden – *mits mijn laatste dagen of maanden gemakkelijker voor me gemaakt zouden worden.* Hij was razend, maar besefte dat hij er niets tegen kon doen. Wat kun je nog doen met een oude man die pijn lijdt en weet dat hij op sterven ligt? Wat voor argumenten kun je dan nog aanvoeren?

14 augustus, 1971. Nimrod is dood! Latona is aan een hartaanval overleden. Nimrod eerder dan ik – wie had dat gedacht ... Maar toch gaan de zaken ongewijzigd door. Ik krijg nog steeds elke week mijn voorraadje en elke week stellen de angstige boodschappers dezelfde vragen – waar zijn ze? Waar zijn de verslagen? – Ze bedreigen me bijna, maar dan breng ik ze in herinnering dat Nimrod het woord heeft van een oude, stervende man. Waarom zou ik dat veranderen? ... Ze houden zich in door hun angst ... Er zal gauw een nieuwe Nimrod worden gekozen ... Ik heb gezegd dat ik niet wilde weten wie – en dat is ook zo!

20 september, 1971. Een nieuw jaar breekt aan voor Carlyle. Mijn laatste jaar, dat weet ik – wat ik daar tenminste nog van kan opbrengen ... Nimrods dood heeft me moed geschonken. Of is het de nabijheid van mijn eigen dood? God weet dat ik niet veel ongedaan kan maken, maar ik kan het proberen! ... Ik wil helpen, ik probeer mensen te zoeken die het erg moeilijk hebben en die probeer ik te helpen. Ik kan wel niet veel meer doen dan troost en raad geven, maar alleen al de wetenschap *dat ik weet wat het is* schijnt een hele troost te zijn. Het is altijd zo'n schok voor degenen met wie ik praat! Stel je ook voor. De 'ouwe rots'! De pijn en de stijfheid zijn bijna niet uit te houden. Misschien heb ik niet veel tijd meer ...

23 december, 1971. Twee dagen voor mijn laatste Kerstmis. Tegen de vele mensen die me hebben uitgenodigd, heb ik gezegd dat ik naar New York ging. Natuurlijk is dat niet zo. Ik wil hier in het Nest blijven ... Verontrustend nieuws. De boodschappers zeggen dat de nieuwe Nimrod de strengste, sterkste van allemaal is. Dat hij meedogenloos is. Hij voert net zo lichtvaardig executies uit als zijn voorgangers om onbelangrijke diensten verzochten. Of vertellen ze me dit soort dingen om me bang te maken? Daar maken ze mij heus niet bang mee!

18 februari, 1972. De dokter zei me dat hij een sterkere 'medicatie' zou voorschrijven, maar waarschuwde me niet te veel te gebruiken. Hij had het ook over de nieuwe Nimrod. Zelfs hij is ongerust – zinspeelde erop dat de man gek was. Ik zei hem dat ik niets wilde weten. Dat ik er niets meer mee te maken had.

26 februari, 1972. Het is niet te geloven! Nimrod is *inderdaad* een *monster!* Hij *moet* wel gek zijn! Hij heeft uitgevaardigd dat iedereen die hier langer dan drie jaar heeft gewerkt afgesneden wordt – het land uitgezet. Anders – als ze dat weigeren – worden ze vermoord! De dokter vertrekt volgende week. Vrouw, gezin, praktijk ... De weduwe van Latona heeft zogenaamd een 'auto-ongeluk' gehad! Een van de boodschappers – Pollizzi – is in New Haven doodgeschoten. Een andere – Capalbo – is gestorven aan een overdosis en er wordt beweerd dat hij dat niet zelf heeft gedaan!

5 april, 1972. Ik moet van Nimrod alle verslagen die er zijn aan de boodschappers overhandigen, anders krijg ik geen voorraad meer. Mijn huis zal vierentwintig uur per dag worden bewaakt en ik word overal gevolgd. Ik krijg geen enkele medische verzorging. De pijn door zowel de kanker als de morfine-onthouding zal onvoorstelbaar zijn. Wat Nimrod echter niet weet, is dat de dokter me genoeg heeft gegeven voor een paar maanden, voordat hij wegging. Hij had niet gedacht dat ik het zolang zou uithouden ... Voor het eerst in dit verschrikkelijke, afschuwelijke leven verkeer ik in een sterke positie. Door de dood sta ik sterker in het leven dan ooit.

10 april, 1972. Nimrod is ten einde raad met mij. Hij heeft gedreigd me aan te geven – wat me koud laat. Dat heb ik hem ook via de boodschappers laten weten. Hij heeft gezegd dat hij de hele universiteit van Carlyle zal vernietigen, maar dan vernietigt hij tegelijk zich zelf. Het gerucht gaat dat hij een bijeenkomst belegt. Een belangrijke vergadering van machtige figuren ... Mijn huis wordt nu inderdaad vierentwintig uur per dag bewaakt. Door de politie van Carlyle natuurlijk. Nimrods privé-leger!

22 april, 1972. Nimrod heeft gewonnen! Het is afgrijselijk, maar hij heeft gewonnen! Ik kreeg twee kranteknipsels van hem. In elk werd de dood van een student door een overdosis beschreven. De eerste een meisje in Cambridge, de tweede een jongen van Trinity. Hij zegt dat er elke week een bij komt, als ik m'n verslagen niet geef ... Gijzelaars die geëxecuteerd worden! – Hij moet *tegengehouden* worden! Maar hoe? Wat kan ik *doen?* ... Ik heb een plan, maar ik weet niet of het uitvoerbaar is – ik ga proberen verslagen te *maken.* Het zal wel moeilijk zijn – soms trillen mijn handen zo! Zal ik het kunnen volbrengen? Ik moet wel. Ik heb gezegd dat ik er elke keer *een paar* zal inleveren. Om me zelf te beschermen. Zal hij daar wel genoegen mee nemen?

24 april, 1972. Nimrod is ongelooflijk kwaadaardig, maar realistisch is hij wel. Hij weet dat hij geen kant op kan! Het is een wedloop met de dood. Schaakmat! Ik gebruik om beurten een typemachine en verschillende vulpennen en uiteenlopende soorten papier. De executies zijn stopgezet, maar ze gaan ermee door als ik ook maar één keer oversla. Nimrods gijzelaars zijn in mijn handen! Ik ben de enige die hun dood kan voorkomen!

27 april, 1972. Er is iets vreemds aan de hand! Die jongen Beeson belde onze contactman op de administratie. Jim Matlock was bij hem en Beeson vertrouwt hem niet. Hij wilde van alles weten, stelde zich als een idioot aan met Beesons vrouw ... Maar Matlock staat toch overal buiten? Hij hoort niet bij de Nimrod-groep en is ook geen gebruiker. Hij heeft nooit gekocht, nooit verhandeld ... De politiewagens rijden nu voortdurend rond. Nimrods leger is extra waakzaam. Wat zou er zijn?

27 april, 1972 – 's middags. De boodschappers zijn geweest – met z'n tweeën – en wat ze me hebben verteld is zo ongelooflijk, dat ik het niet kan neerschrijven ... Ik heb nooit naar de identiteit van Nimrod gevraagd, die heb ik nooit willen weten. Maar iedereen schijnt momenteel in paniek te zijn, er gebeurt iets waar zelfs Nimrod geen greep op heeft. En de boodschappers vertelden me wie Nimrod is ... Ze *liegen! Ik kan en wil het niet geloven!* Als het waar is, zijn we allemaal ten dode opgeschreven!

Matlock staarde hulpeloos naar het laatste stuk. Het handschrift was nauwelijks leesbaar, de meeste woorden waren aan elkaar vast geschreven, alsof Herron zich niet de tijd had gegund de pen van het papier te nemen.

28 april. Matlock is hier geweest. Hij weet het! En anderen ook! Hij zegt dat er nu ook regeringsmensen bij betrokken zijn ... Het is afgelopen! Maar ze begrijpen niet wat het gevolg zal zijn – een bloedbad, moordpartijen – executies! Dat *moet* Nimrod nu wel! Er zal zoveel *pijn* zijn. Massale slachtpartijen – en dat allemaal door een onbetekenende docent in Engelse letterkunde ... Er belde een boodschapper op. Nimrod komt *zelf* hierheen. Dat is de confrontatie. Nu zal ik de waarheid weten – wie hij werkelijk is ... Als hij inderdaad degene is die ze me hebben verteld ... zal ik op de een of andere manier dit verslag het huis uit zien te krijgen – hoe dan ook. Dat is het enige dat me rest. Het is mijn beurt om te dreigen ... Het is voorbij. De pijn zal ook gauw voorbij zijn ... Ik heb al zoveel pijn gehad ... Ik zal nog één keer in dit boek schrijven, als ik het zeker weet ...

Matlock sloeg het aantekenboek dicht. Wat had het meisje Jean-

nie ook weer gezegd? Ze hebben de rechters, de politie, de doktoren, iedereen in hun greep. En Alan Pace had gezegd dat alle grote universiteiten in het noord-oosten er deel van uitmaakten. De hele beleidsvoering op de universiteiten, aanstellingen, ontslagen, studieprogramma's – daar waren enorme bedragen mee gemoeid. En *zij* hadden alles en iedereen in hun macht.
Maar Matlock had het bewijs.
Het was genoeg. Genoeg om Nimrod – wie hij ook was – tegen te houden. Genoeg om het bloedbad, de executies tegen te houden.
Nu *moest* hij Jason Greenberg te pakken zien te krijgen.
Alleen.

31

Met het in zeildoek gewikkelde boek liep hij in de richting van Carlyle. Hij koos alleen wegen waar 's nachts bijna nooit verkeer kwam. Hij wist dat het te gevaarlijk was om met de auto te gaan. De man in het weiland was waarschijnlijk alweer genoeg opgeknapt om contact met iemand – met Nimrod – op te nemen. De onzichtbare legers zouden worden gealarmeerd en achter hem aan gestuurd. Zijn enige kans was Greenberg te bereiken. Jason Greenberg zou wel weten wat hij moest doen.
Er zat bloed op zijn hemd en aangekoekte modder op zijn broek en jasje. Door zijn uiterlijk werd hij herinnerd aan Bill's Bar & Grill bij de spoorwegopslagplaats. Het was bijna halfdrie 's nachts, maar dergelijke gelegenheden bleven het grootste deel van de nacht open. Die hielden zich alleen aan de sluitingstijden als dat zo uitkwam. Hij kwam bij College Parkway en liep de heuvel af naar het emplacement.
Zo goed als hij kon veegde hij zijn natte kleren af en trok het jasje over zijn met bloed bevlekte overhemd. Hij ging de bar binnen, waar de lucht boven de late bezoekers één grote rookwolk was. Uit een jukebox kwam zigeunermuziek, mannen brulden, er werd lawaaierig gebruik gemaakt van een sjoelbak. Matlock wist dat hij met de sfeer versmolt. Hij zou hier tenminste even vrij

kunnen ademhalen.

Hij ging in een van de achterste boxen zitten.

'Wat is er in godsnaam met *u* gebeurd?'

Het was de barkeeper, dezelfde wantrouwende barkeeper met wie hij tenslotte bevriend was geraakt een paar dagen geleden. Jaren ... eeuwen geleden.

'Werd door die plensbui overvallen. Ik ben een paar keer in de modder gevallen. Slechte whisky, zie je ... Heb je iets te eten?'

'Broodjes met kaas. Die met ham zou ik u niet aanraden. Het brood is trouwens ook niet zo vers meer.'

'Kan me niet schelen. Breng me maar een paar broodjes. En een glas bier. Zou dat kunnen?'

'Tuurlijk. Tuurlijk, meneer ... Maar weet u zeker dat u niet liever ergens anders gaat eten? Ik bedoel, ik kan wel zien dat u hier niet thuishoort. Snapt u wat ik bedoel?'

Daar was het weer. Dat betekenisloze, eindeloos herhaalde achtervoegsel. *Snapt u wat ik bedoel ...?* Op vragende toon, maar helemaal geen vraag. Zelfs in zijn schaarse momenten van ontspanning kreeg hij het te horen.

'Ik snap wat je bedoelt ... maar ik weet het zeker, ja.'

'U moet het zelf weten.' De barkeeper slofte terug naar de bar.

Matlock zocht Greenbergs nummer op en liep naar de vies ruikende telefoon aan de muur. Hij stopte er een muntstuk in en draaide het nummer.

'Het spijt me, meneer', zei de telefoniste, 'maar ik kan geen aansluiting krijgen. Kan ik het misschien op een ander nummer proberen?'

'Nee. U moet zich vergissen. Wilt u het nog een keer proberen?'

Dat deed ze, en ze had zich niet vergist. De centrale in Wheeling, West Virginia, deelde de telefoniste in Carlyle, Connecticut, uiteindelijk mee dat een zekere meneer Greenberg alleen via Washington kon worden bereikt. Er werd van uitgegaan dat degene die voor hem belde wel zou weten waar in Washington.

'Maar meneer Greenberg is waarschijnlijk niet voor vanochtend op het nummer in Washington te bereiken', zei ze. 'Wilt u dat doorgeven aan degene die hem belt?'

Hij probeerde na te denken. Kon hij de Afdeling Verdovende Middelen van het Ministerie van Justitie in Washington bellen? Zou Washington onder deze omstandigheden dan niet – om tijd te winnen – een agent uit de omgeving van Hartford naar hem

243

toesturen? En Greenberg had duidelijk laten merken dat hij de agenten uit Hartford niet vertrouwde.

Hij begreep Greenbergs bezorgdheid nu veel beter. Hij moest er alleen voor zorgen de politie van Carlyle – Nimrods privé-leger – uit de weg te gaan.

Nee, hij zou Washington niet bellen. Hij zou Sealfont bellen. De rector magnificus was zijn laatste hoop. Hij draaide Sealfonts nummer.

'James! Goeie God, James! Alles in orde met je? Waar heb je in vredesnaam *gezeten?*'

'Op plaatsen waarvan ik het bestaan niet eens vermoedde.'

'Maar is alles goed met je? Dat is het enige belangrijke! Alles goed?'

'Jawel, meneer. En ik heb alles. Ik weet alles. Herron heeft het allemaal opgeschreven, drieëntwintig jaar lang.'

'Hoorde hij er dan echt bij?'

'Ja, nou en of.'

'Arme, *zieke* man . . . Ik begrijp er niets van. Maar dat doet er nu niet toe. Dat zoeken de autoriteiten maar uit. Waar zit je? Ik zal een auto sturen . . . Nee, ik kom zelf wel. We hebben allemaal zo in angst gezeten. Ik heb voortdurend contact met het Ministerie van Justitie gehad.'

'Blijf maar waar u bent', zei Matlock vlug. 'Ik kom zelf wel naar u toe. Iedereen kent uw auto. Zo is het minder riskant. Ik weet dat ik gezocht word. Ik zal iemand hier een taxi voor me laten bellen. Ik wilde er alleen zeker van zijn dat u thuis was.'

'Zoals je wilt. Hè, wat een opluchting! Ik zal Kressel bellen. Hij moet ook horen wat je te vertellen hebt. Dat moet nou eenmaal.'

'Inderdaad, meneer. Tot straks.'

Hij liep terug naar de box en begon de onaantrekkelijk uitziende broodjes op te eten. Hij had de helft van zijn bier op, toen uit de binnenkant van zijn vochtige jasje de korte, hysterische fluittonen van Blackstones Tel-electronic in zijn oren klonken. Hij pakte het apparaatje en drukte op de knop. Met als enige gedachte het nummer *555-6868* in zijn hoofd, sprong hij van zijn stoel en liep snel terug naar de telefoon. Zijn hand trilde, terwijl hij het muntstuk in de gleuf stopte en draaide.

De woorden op de band waren als een zweepslag in zijn gezicht.

'Cliënt Drie-nul vervalt.'

Toen was het stil. Zoals Blackstone had gezegd, was er alleen maar dit ene zinnetje – éénmaal. Er was niemand om tegen te praten, om het uit te leggen. Niets.

Maar hij *moest* iemand spreken. Hij wilde, *kon* zich niet zo op deze manier laten afsnijden! Als Blackstone hem liet vallen, had hij het recht te weten *waarom!* Hij had het recht, te weten dat Pat *veilig* was!

Het kostte hem geruime tijd en een flink aantal dreigementen, voordat hij Blackstone zelf aan de lijn kreeg.

'Ik hoef niet met u te praten!' De slaperige stem klonk toch strijdlustig. 'Dat heb ik van tevoren uitgelegd! . . . Maar ik vind het niet zo erg, want als ik laat nagaan waar dit telefoontje vandaan komt, kan ik ze op hetzelfde moment dat u ophangt vertellen waar ze u kunnen vinden.'

'Hou op met die dreigementen! U hebt te veel van mijn geld aangenomen om me te bedreigen . . . Waarom bent u eruitgestapt? Ik heb het recht dat te weten.'

'Omdat u stinkt! U stinkt op een ontzettende manier!'

'Dat is geen reden! Dat heeft niets te *betekenen!*'

'Oké, dan zal ik het u vertellen. Er is een arrestatiebevel voor u uitgevaardigd, getekend door een openbare aanklager en . . .'

'Op grond *waarvan*, godverdomme?! *Preventieve hechtenis?!*'

'Wegens *moord*, Matlock! Wegens deelname in de verspreiding van *verdovende middelen!* Voor het samenwerken met bekende drugshandelaars! . . . Je hebt iedereen *omgekocht!* U stinkt, zoals ik al zei. En ik heb ontzettend de pest aan dat soort smerige zaakjes!'

Matlock was sprakeloos. Moord? Drugshandel? Waar had de man het over?

'Ik weet niet wat ze u hebben wijsgemaakt, maar het is in elk geval niet waar. Er is *niets* van waar! Ik heb mijn leven op het spel gezet, mijn *leven, hoort* u dat! Om te vinden wat ik heb gevonden . . .'

'U kunt aardig kletsen', ging Blackstone verder, 'maar hier draait u zich niet uit. U bent een vervloekte schoft. Buiten Carlyle ligt er een vent in een weiland met een doorgesneden keel. De recherche had nog geen tien minuten nodig om erachter te komen van wie die Ford-bestelwagen was.'

'Ik heb die man niet *vermoord!* Ik zweer bij God dat ik hem *niet heb vermoord!*'

'Nee, natuurlijk niet! En die man in Mount Holly op de berg,

245

wiens hoofd u eraf hebt geschoten, die hebt u zeker helemaal niet *gezien,* hè? Toevallig zijn er een paar mensen, waaronder een parkeerwachter, die u hebben gesignaleerd! . . . Oh ja, dat is waar ook. U bent bovendien nog stom. U hebt het parkeerkaartje onder uw ruitewisser laten zitten!'

'Wacht nou eens even! *Wacht eens even!* Dit is pure *waanzin!* De man op de berg wilde dat ik hem daar ontmoette! Hij probeerde me te *vermoorden!'*

'Vertel dat maar aan uw advocaat. We hebben alles – uit de eerste hand – van de mensen van Justitie! Daar heb ik op gestaan. Ik heb een verdomd goeie reputatie . . . Oh ja, nog even dit: je hebt je er duur voor laten betalen. Meer dan zestigduizend dollar op je rekening-courant. Zoals ik al zei, Matlock, je stinkt!'

Hij was zo geschokt, dat hij geen woord kon uitbrengen. Eindelijk zei hij ademloos, nauwelijks verstaanbaar: 'Luister naar me. U *moet* naar me luisteren. Alles wat u zegt . . . er zijn verklaringen voor. Behalve voor de man in het weiland. Dat begrijp ik niet. Maar het kan me niet schelen of u me gelooft of niet. Het doet er niet toe. Ik heb hier alle rechtvaardiging die ik ooit nodig zal hebben . . . Maar wat er *wel* toe doet, is dat u *het meisje* bewaakt! Laat me niet vallen! *Pas op het meisje!'*

'Kennelijk verstaat u niet goed Engels. We doen *niets* meer voor u! Cliënt Drie-nul is vervallen!'

'Maar het meisje dan?'

'Zo onverantwoordelijk zijn we nou ook weer niet', zei Blackstone bitter.

'Ze is zo veilig als het maar kan. Ze staat onder bescherming van de politie van Carlyle.'

De mannen om de bar waren in beweging gekomen. De barkeeper ging sluiten en zijn klanten voelden er niets voor om weg te gaan. Scheldwoorden vlogen heen en weer over de met plassen bier bedekte bar, terwijl de massa nuchtere en dronken bezoekers zich langzaam naar de uitgang bewoog.

Matlock bleef als verlamd bij de telefoon staan. Het lawaai bij de bar bereikte een hoogtepunt, maar hij hoorde niets en zag alleen maar wazige omtrekken. Hij voelde zich misselijk, en daarom drukte hij zijn handen tegen zijn maag, op de plaats waar het boek van Lucas Herron tussen zijn riem zat. Hij dacht dat hij moest overgeven, net als op de berghelling naast het lijk.

Maar – hij had geen tijd. Pat was in handen van Nimrods privé-
leger. Hij moest *nu* in actie komen. En alles wat hij nu ging doen
was onherroepelijk, onherroepelijk en onherstelbaar.

De afschuwelijke waarheid was, dat hij niet wist waar hij moest
beginnen.

'Wat is er aan de hand, meneer? De broodjes?'

'Wat?'

'U ziet eruit alsof u moet overgeven.'

'Oh ja? . . . Nee hoor!' Het drong nu tot hem door dat bijna
iedereen weg was.

Het aantekenboek! Dat moest als losgeld dienst doen. De plastic
mannen konden fluiten naar hun bewijsmateriaal. De mannen die
aan de touwtjes trokken! Nimrod kon het aantekenboek krijgen.
De aanklacht.

Maar dan? Zou Nimrod haar in leven laten? En hem ook? . . .
Wat had Lucas Herron ook weer geschreven? 'De nieuwe Nimrod is een monster . . . meedogenloos. Hij vaardigt executies
uit . . .'

Nimrod had aan veel minder motief genoeg om te doden dan zijn
kennis van Lucas Herrons dagboeken.

'Hoor eens, meneer, het spijt me, maar ik moet sluiten.'

'Wilt u alstublieft een taxi voor me bellen?'

'Een taxi? Het is drie uur geweest. Zelfs als er nog een taxi was,
dan zou die om drie uur 's nachts nog niet *hierheen* komen.'

'Hebt u een auto?'

'Ja, zeg, hoor nou eens. Ik moet nog schoonmaken en afsluiten
ook. Ik heb vanavond genoeg te doen gehad. De kas controleren
kost me nog minstens twintig minuten.'

Matlock trok zijn bankbiljetten te voorschijn. Kleiner dan honderd had hij niet. 'Ik moet een auto hebben – nu direct. Hoeveel
moet u ervoor hebben? Ik breng hem binnen een uur terug – misschien zelfs eerder.'

De barkeeper keek naar het geld. Zoveel tegelijk zag hij niet elke
dag. 'Het is een ouwe brik, hoor! Kunt u daar wel in rijden?'

'Ik kan *overal* in rijden! Hier! Honderd! Als ik 'm de vernieling
in rijd, kun je de hele rol krijgen. Hier! Pak aan, in godsnaam!'

'Oké. Oké, meneer.' De barkeeper stak zijn hand onder zijn
schort en pakte zijn autosleuteltjes. 'Die vierkante is van het contact. Hij staat achter. 'n Chevy van tweeënzestig. Neem de achterdeur maar.'

'Ja, goed.' Matlock liep naar de deur die de barkeeper aanwees.
'Hé, meneer!'
'Ja?'
'Hoe heette u ook alweer? . . . Iets met "rock", hè? Ik ben het alweer vergeten. Ja, Jezus, ik kan u de auto toch niet meegeven als ik zelfs uw naam niet weet?'
Matlock dacht heel kort na. 'Rod. Nimrod. Nimrod heet ik.'
'Dat is geen naam, meneer.' De gezette man deed een paar passen in Matlocks richting. 'Dat is een draaiende vlieg om forel mee te vangen. Nee, zeg op, hoe heet u? U krijgt m'n wagen mee, dus ik moet het weten.'
Matlock stond nog steeds met het geld in zijn hand. Hij trok nog drie briefjes van honderd uit het rolletje en gooide die op de grond. Dat leek hem eerlijk. Hij had Kramer vierhonderd dollar voor de stationcar gegeven. Er moest ergens gelijkheid zijn. Of in elk geval een soort logica, al betekende dat verder nog zo weinig. 'Dat is vierhonderd dollar. Zoveel krijg je nooit voor een Chevy uit '62. Ik breng hem terug!' Hij rende naar de deur. Hij hoorde nog net de woorden van de dankbare, maar niet-begrijpende barkeeper van Bill's Bar & Grill.
'Nimrod. Maffe idioot!'

De auto was inderdaad een ouwe brik. Maar hij reed, en dat was het enige waar het op aan kwam. Sealfont zou hem helpen de feiten, de alternatieven, tegen elkaar af te wegen. Twee wisten meer dan één – hij deinsde ervoor terug de verantwoordelijkheid helemaal alleen te dragen, daar was hij niet toe in staat. En Sealfont kende genoeg hooggeplaatste personen die hij kon inschakelen. Sam Kressel, de tussenpersoon, zou luisteren en tegensputteren en zich dodelijk ongerust maken over zijn universiteit. Maar dat gaf niet, hij deed niet terzake. Het ging alleen om Pats veiligheid. Dat zou Sealfont ook wel inzien.
Misschien was het tijd zijn tanden te laten zien – zoals Herron uiteindelijk ook had gedaan. Nimrod had Pat, hij had Herrons aanklacht. Het leven van één mens in ruil voor de bescherming van honderden, misschien zelfs wel duizenden. Zelfs Nimrod zou hun onderhandelingspositie moeten erkennen. Zij waren onweerlegbaar in het voordeel.
Terwijl hij de spoorwegopslag naderde, realiseerde hij zich dat deze manier van denken hem ook tot een manipulator maakte.

Pat was niet meer dan *aspect X,* Herrons dagboeken waren *aspect Y.* Die aspecten zouden op waarde worden geschat en vervolgens zouden de wiskundige waarnemers hun beslissingen nemen op grond van de voorgelegde feiten. Het was de ijskoude logica om te overleven, emotionele factoren telden niet mee, werden bewust opzijgezet.

Griezelig!

Bij het station sloeg hij rechtsaf en reed College Parkway op. Het huis van Sealfont stond aan het einde. Hij reed zo hard als de Chevy '62 kon, wat tegen de heuvel op niet veel meer was dan een kilometer of vijftig. De straten waren verlaten, schoongewassen door de regen. De winkeletalages, de huizen en tenslotte de universiteitsgebouwen waren donker en stil.

Het schoot hem te binnen, dat het huis van Kressel in de High Street vlakbij de College Parkway lag. Als hij erlangs reed, zou hem dat niet meer dan een halve minuut extra kosten. Het was het waard, vond hij. Als Kressel nog niet weg was, zou hij hem oppikken en dan konden ze onderweg al praten. Matlock *moest* erover praten, kon de gedwongen eenzaamheid niet langer verdragen.

Hij zwenkte de auto naar links op de hoek van High Street. Kressels huis was groot, grijs en statig, met een weids gazon ervoor, omzoomd met rododendrons. Er brandde licht beneden. Best kans dat Kressel er nog was. Er stonden twee auto's, één op de oprit. Matlock minderde snelheid.

Zijn blik werd getrokken door iets achteraan de oprit. Het licht in de keuken was aan en viel op de motorkap van een derde auto. De Kressels hadden er twee.

Hij keek nog eens naar de auto voor het huis. Het was een politiewagen! De politie van Carlyle was bij Kressel thuis!

Nimrods privé-leger was bij *Kressel!*

Of was Nimrod's privé-leger bij *Nimrod?*

Hij zwaaide naar links, waarbij hij de politiewagen maar net ontweek, en reed door tot de volgende bocht. Daar sloeg hij rechtsaf en gaf toen vol gas. Hij was in de war, geschrokken, verbijsterd. Als Sealfont Kressel had gebeld – wat hij kennelijk had gedaan – en Kressel werkte met Nimrod samen of *was* Nimrod, dan zouden er nog meer politiewagens, nog meer soldaten van het privé-leger op hem wachten.

Hij dacht terug aan het politiebureau in Carlyle – een eeuw geleden, samengeperst in iets meer dan een week – de nacht dat Loring werd vermoord. Kressel had toen vreemd gereageerd. En zelfs voor die tijd met Loring en later ook met Greenberg – Kressels vijandigheid tegenover de agenten was alle redelijkheid te buiten gegaan.

O, Christus! Het was nu allemaal zo duidelijk! Zijn instincten hadden hem niet bedrogen. De instincten die hem als de *opgejaagde* en als de *jager* hadden gediend, hadden gelijk gekregen. Hij was al die tijd *te* goed bewaakt, ze waren hem ook steeds een stap vóór geweest. Kressel de tussenpersoon was in werkelijkheid Kressel de jager, de speurder, de oppermachtige moordenaar.

Alles was altijd anders dan het leek – je moest door de schijn heenkijken en op je gevoel afgaan.

Op de een of andere manier moest hij Sealfont zien te bereiken, Sealfont waarschuwen dat Kressel de judas was. Nu moesten ze zich *allebei* beschermen, een basis vormen vanwaar ze terug konden slaan.

Anders was het meisje waarvan hij hield verloren.

Hij had geen seconde te verliezen. Sealfont had Kressel natuurlijk verteld dat hij, Matlock, de dagboeken van Lucas Herron had, en dat was de enige wetenschap die Kressel nog nodig had. Die Nimrod nodig had.

Nimrod moest zowel het Corsicaanse document als de dagboeken in zijn bezit hebben, en nu wist hij waar die waren. Hij zou zijn privé-leger laten weten dat het nu erop of eronder was. Ze zouden hem bij Sealfont opwachten, Sealfonts huis was de val waar ze hem in wilden laten lopen.

Bij de volgende hoek reed Matlock in westelijke richting. In zijn broekzak zaten zijn sleutels, waaronder die van Pats kamer. Voor zover hij wist, was niemand ervan op de hoogte dat hij die sleutel had, en niemand zou verwachten dat hij daarheen ging. Hij moest de kans wagen. Hij kon het niet riskeren naar een telefooncel te gaan, riskeren onder een straatlantaarn gezien te worden. De politieauto's zouden overal zoeken.

Hij hoorde motorgeraas achter zich en voelde de scherpe pijn in zijn maag weer. Hij werd gevolgd – ingehaald. En de Chevrolet '62 kon het tegen geen enkele auto opnemen. De spieren van zijn rechterbeen deden pijn van de kracht die hij op het gaspedaal uitoefende. Zijn handen klemden zich om het stuur, terwijl hij een woeste bocht nam naar een zijstraat. Nog een bocht. Hij trok het stuur naar links en sneed de hoek helemaal af. De auto achter hem bleef volgen, geen moment meer dan een paar meter achter hem, de koplampen verblindend in zijn achteruitkijkspiegel.

Zijn achtervolger maakte echter geen aanstalten dichterbij te komen. Hij had hem allang kunnen inhalen, maar hij wachtte. Wachtte ergens op.

Waarop?

Er was *zoveel* dat hij niet kon begrijpen! Zoveel dat hij verkeerd opvatte, verkeerd taxeerde. Hij had zich bij alles wat hij deed in de luren laten leggen. Een amateur – dat was hij inderdaad! Vanaf het begin had hij te hoog gegrepen. En nu, aan het eind, liep zijn laatste aanval stuk op een hinderlaag. Ze zouden hem vermoorden en het Corsicaanse document en de belastende dagboeken vinden. Ze zouden het meisje doden waarvan hij hield, het onschuldige meisje met wiens leven hij zo onverschillig was omgesprongen. Sealfont zou eraan gaan – die wist nu te veel! God wist hoeveel anderen er nog vernietigd zouden worden.

Het was niet anders.

Als het dan zo moest zijn, als er werkelijk geen greintje hoop meer was, dan moest hij zich overgeven. Maar niet zonder slag of stoot. Hij trok het pistool uit zijn riem.

De straten waar ze nu doorheen reden – de achtervolger en de achtervolgde – lagen aan de buitenkant van de campus waar alleen laboratoria en een aantal grote parkeerplaatsen waren. Er stonden bijna geen huizen.

Hij stuurde de Chevrolet zover mogelijk naar rechts, boog zijn rechterarm voor zijn borst langs en richtte de loop van het wapen door het raampje heen naar de achtervolgende auto.

Hij vuurde tweemaal. De auto achter hem kwam dichterbij. Hij voelde het schuren van metaal tegen metaal, toen de auto tegen de linkerachterkant van de Chevrolet opbotste. Opnieuw haalde hij de trekker over. In plaats van een harde knal hoorde en voelde hij alleen maar het klikken van de slagpin tegen een lege kamer.

Zelfs zijn laatste gebaar was nutteloos.

Zijn achtervolger beukte opnieuw tegen hem aan. Hij verloor de beheersing over het stuur, dat zijn arm bijna uit de kom trok. De Chevrolet schoot de weg af. Hij klemde zich aan de portierhandel vast, in een wanhopige poging de auto weer onder con-

251

trole te krijgen en desnoods bereid om te springen.

Toen viel opeens alles van hem af, alle overlevingsinstincten in hem doofden uit. In die onderdelen van seconden bleef de tijd stilstaan. Want de achtervolgende auto was naast hem komen rijden en achter het raam zag hij een gezicht.

Er zaten pleisters om de ogen, onder de bril, maar die konden het gezicht van de negerrevolutionair, Julian Dunois, niet verbergen.

Dat was het laatste wat hij zich herinnerde, voordat de Chevrolet in een slip raakte.

Duisternis.

32

Hij werd wakker door de pijn, die door de hele linkerkant van zijn lichaam leek te trekken. Hij draaide zijn hoofd heen en weer en voelde dat hij in bed lag.

De kamer was spaarzaam verlicht; er brandde alleen een staande lamp aan de andere kant. Hij draaide zijn hoofd opzij en probeerde zich met zijn rechterschouder op te richten. Hij drukte zijn elleboog in de matras en zijn slappe linkerarm draaide met zijn lichaam mee als een levenloos ding.

Midden in zijn beweging bleef hij steken.

Aan de andere kant van de kamer, recht tegenover het voeteneind, zat een man in een stoel. Eerst kon Matlock zijn gezicht niet onderscheiden. Er was weinig licht en door de pijn en uitputting hing er een waas voor zijn ogen.

Toen zag hij wie het was. Hij was zwart en zijn donkere ogen staarden Matlock aan van onder een perfect rondgeknipte haarboog. Het was Adam Williams, de grote man van de Zwarte Radicalen aan de Universiteit van Carlyle.

Er klonk medeleven in Williams stem – als Matlock zich tenminste niet wéér vergiste – toen hij met zachte stem zei: 'Ik zal broeder Julian gaan zeggen dat u wakker bent. Dan komt hij naar u toe.' Williams stond op en liep naar de deur. 'Uw linkerschouder heeft nogal een klap gehad. Probeer niet uit bed te komen. Er zijn hier geen ramen en de deur wordt bewaakt. Probeer u maar te ontspannen. U hebt rust nodig.'

'Ik heb geen *tijd* om te rusten, jij *vervloekte idioot!*' Matlock probeerde verder omhoog te komen, maar de pijn was te hevig. Het ging te snel.

'U hebt geen keus.' Williams deed de deur open, liep vlug de gang in en trok de deur weer dicht.

Matlock viel terug in het kussen ... Broeder Julian ... Nu wist hij het weer. Het verbonden gezicht van Julian Dunois dat hem door het raam van de langsrijdende auto aankeek, naar zijn gevoel vlak bij hem. En zijn oren hadden Dunois' woorden opgevangen, het bevel tegen zijn chauffeur. Geschreeuwd in zijn Caraïbische dialect.

'Ertegenaan, mon! Vooruit, nog een keer! Jaag hem van de weg af, mon!'

Daarna was alles donker geworden, een duisternis die vervuld was van hevig tumult, scheurend metaal, en toen was hij de zwarte leegte ingewerveld.

O, God! Hoelang geleden was dat? Hij probeerde zijn linkerhand op te tillen om op zijn horloge te kijken, maar hij kreeg nauwelijks beweging in de arm en de pijn was hevig en werkte nog lang na. Hij tastte met zijn rechterhand naar zijn linkerpols om het horloge van zijn pols af te trekken, maar het was er niet. Zijn horloge was weg.

Hij spande zich tot het uiterste in om overeind te komen en slaagde er eindelijk in op de rand van het bed te gaan zitten, met zijn voeten op de grond. Hij drukte zijn voeten tegen de houten vloer, dankbaar dat hij in elk geval kon zitten ... Hij moest de stukken aan elkaar passen, reconstrueren wat er was gebeurd, waar hij heen ging.

Hij was op weg naar Pats huis geweest. Om op een veilige plek Adrian Sealfont te kunnen opbellen. Om hem te waarschuwen dat Kressel de vijand was, dat Kressel Nimrod was. En hij had besloten dat Herrons dagboeken dienst zouden doen als losgeld voor Pat. Toen was de jacht begonnen, alleen was het geen jacht geweest. De auto achter hem met Julian Dunois erin had een smerig, angstaanjagend spelletje gespeeld. Zoals een luipaard met een gewonde geit kan spelen. Uiteindelijk was hij tot de aanval overgegaan – staal tegen staal – en had hem de duisternis in gedreven.

Matlock wist dat hij moest zien te ontsnappen. Maar *waarvandaan* eigenlijk, en *waarheen?*

De deur van de raamloze kamer ging open. Dunois kwam binnen, gevolgd door Williams.

'Goeiemorgen', zei Dunois. 'Dus je hebt het klaargespeeld om te gaan zitten. Uitstekend. Dat pleit voor je conditie. Je hebt het toch behoorlijk zwaar te verduren gehad.'

'Hoe laat is het? Waar ben ik?'

'Het is bijna halfvijf. Je bent in een kamer in Lumumba Hall. Zie je wel? Ik verzwijg niets voor je . . . Nu is het jouw beurt. Verzwijg jij nou ook niets voor mij, hè?'

'Hoor eens!' Matlock probeerde zijn stem kalm te laten klinken. 'Ik vecht niet tegen *jullie,* met *niemand* van jullie! Ik moet . . .'

'Oh nee, dat is niet waar', zei Dunois glimlachend. 'Kijk maar naar m'n *gezicht.* Ik heb alleen maar vreselijk veel geluk gehad dat jij me niet blind hebt gemaakt. Je probeerde de glazen van mijn bril in m'n ogen te drukken. Enig idee hoe mijn werk eronder zou lijden, als ik blind was?'

'Wel godverdomme! Jullie hadden me volgestopt met LSD!'

'Dat was je eigen schuld! Je was bezig met iets wat onze broeders alleen maar schade zou kunnen berokkenen! Je had geen recht je ermee te bemoeien! Maar dit is een zinloze discussie. Die brengt ons nergens . . . We zijn erg blij met wat je voor ons hebt meegebracht. Meer dan we hadden durven dromen.'

'Jullie hebben het aantekenboek . . .'

'*En* het Corsicaanse document. We waren op de hoogte van het bestaan daarvan. Het aantekenboek was maar een gerucht. Een gerucht dat we bijna naar het rijk der fabelen hadden verwezen – tot vanochtend. Je kunt trots op je zelf zijn. Je hebt voor elkaar gekregen wat tientallen betere en meer ervaren mannen niet is gelukt. Je hebt de schat gevonden. De *echte* schat.'

'Ik moet het terughebben!'

'Vergeet het maar!', zei Williams, die tegen de muur geleund stond toe te kijken.

'Als ik het boek niet terugkrijg, wordt er een meisje *vermoord!* Doe met mij wat jullie maar willen, maar laat mij dat boek gebruiken om haar terug te krijgen. Ik smeek het! Alsjeblieft! *Alsjeblieft!'*

'Je gevoelens gaan nogal diep, hè? Ik zie zelfs tranen in je ogen . . .'

'Oh, *Jezus!* Jij bent een *ontwikkeld man!* Dit kun je niet *doen!* ...
Luister! Haal alle gegevens eruit die je nodig hebt, maar geef het
dan aan mij terug en laat me gaan! ... Ik zweer dat ik terugkom.
Geef haar een kans. Geef haar alleen maar een *kans!*'

Dunois liep langzaam naar de stoel tegen de muur, de stoel waar
Adam Williams in had gezeten toen Matlock bijkwam. Hij trok
hem naar voren, dichter bij het bed, ging zitten en sloeg met
een gracieus gebaar zijn benen over elkaar. 'Je voelt je hulpeloos,
geloof ik, hè? Misschien zelfs ... hopeloos.'

'Ik heb zo ontzettend veel meegemaakt!'

'Daar twijfel ik niet aan. En je doet een beroep op mijn verstand ... als *ontwikkeld man.* Je beseft dat ik het in mijn macht
heb je te helpen en daarom sta ik boven je. Als dat niet zo was,
zou je mijn hulp niet hebben ingeroepen.'

'Oh, Christus! Hou toch op met die onzin!'

'Nu weet jij ook eens wat het is hulpeloos te zijn. Geen hoop te
hebben. Je bent bang dat je verzoek tot dovemans oren is gericht ... Geloof je werkelijk ook maar één seconde, dat ik me
druk maak om het leven van juffrouw Ballantyne? Denk je echt
dat ik haar zou laten voorgaan? Denk je dat ze ook maar *iets*
meer voor mij betekent dan de levens van onze kinderen, onze
geliefde kinderen, voor jou betekenen?!'

Matlock wist dat hij Dunois moest antwoorden. Als hij zich ervan
afmaakte, zou Dunois hem laten zitten. Het was weer een spel –
en hij moest het meespelen, al was het maar voor even.

'Ik verdien dit niet, dat weet jij ook wel. Ik verafschuw de
mensen die nooit iets voor ze doen. Je kent me – dat zei je tenminste. Dan moet je dat ook weten.'

'Ah, maar dat weet ik juist niet! Je hebt voor de hoge pieten gekozen. Daar werk je voor. Voor de jongens uit Washington! Jarenlang, twee eeuwen lang, hebben *mijn* mensen een beroep gedaan op de *hoge pieten uit Washington!* "Help ons", roepen ze.
"Ontneem ons niet alle hoop", schreeuwen ze. Maar niemand
luistert. En nu verwacht jij dat ik wel naar jou luister?'

'Ja, *inderdaad!* Omdat ik jullie vijand niet ben. Ik ben misschien
niet alles wat je graag in me zou zien, maar ik ben niet jullie
vijand. Als jullie mij – en anderen zoals ik – tegen jullie opzetten,
is het *afgelopen* met jullie. Jullie zijn in de minderheid, Dunois,
vergeet dat niet. Misschien rennen we niet de barricades op elke
keer dat jullie om rechtvaardigheid schreeuwen, maar we horen

jullie wel. We zijn best bereid te helpen, willen zelfs graag helpen.'

Dunois keek hem koud aan. 'Bewijs het maar.'

Matlock beantwoordde zijn blik. 'Gebruik me maar als lokaas, als gijzelaar. Dood me desnoods. Maar haal het meisje daar weg.'

'Dat kunnen we – jou gijzelen en doden, bedoel ik – ook zonder jouw toestemming. Dapper hoor, maar het is geen bewijs.'

Matlock hield Dunois' blik gevangen en zei zacht: 'Ik zal een verklaring voor jullie afleggen. Geschreven, of mondeling op de band, maar helemaal uit vrije wil, zonder druk of dwang. Woord voor woord. Hoe ze me gebruikt hebben, wat ik heb gedaan. Alles. Dan kun je zowel je jongens uit Washington als Nimrod te grazen nemen.'

Dunois vouwde zijn armen over elkaar en antwoordde even zachtjes: 'Je beseft toch wel dat je daarmee een einde zou maken aan je baan hier, aan het leven waar je zo op gesteld bent. Geen enkele universiteit zou je dan nog als hoogleraar willen hebben. Niemand zou je meer vertrouwen. Geen van alle betrokkenen. Je zou een paria worden.'

'Je wilde toch bewijs hebben? Dit is alles wat ik je te bieden heb.'

Dunois bleef onbeweeglijk zitten. Williams was overeind gekomen uit zijn gebogen houding tegen de muur. Het bleef geruime tijd stil. Eindelijk glimlachte Dunois breed. Zijn ogen, temidden van het verband, drukten sympathie uit.

'Je bent een goeie vent. Een dwaas misschien, maar wel een doorzetter. Je krijgt de hulp die je nodig hebt. We zullen jou niet alle hoop ontnemen. Ben je het ermee eens, Adam?'

'Oké.'

Dunois stond op en liep naar Matlock toe.

'Je kent het oude cliché natuurlijk ook, dat om politieke redenen vreemde vriendschappen ontstaan. Andersom kun je ook stellen dat gemeenschappelijke doeleinden vaak vreemde politieke bondgenootschappen tot gevolg hebben. Dat heeft de geschiedenis al zovaak bewezen . . . Wij willen Nimrod net zo graag als jij. En we willen de Mafia-bonzen met wie hij vrede probeert te sluiten ook. Zij zijn het die onze kinderen bedreigen. Er moet een voorbeeld worden gesteld. Een voorbeeld dat andere Nimrods, andere Mafia-bonzen zal afschrikken . . . Je krijgt je hulp, maar dit is de voorwaarde die we moeten stellen.'

'Wat bedoel je?'

'Nimrod en de anderen moeten aan ons overgelaten worden. We vertrouwen jullie rechters en jullie juries niet. Jullie rechtbanken zijn corrupt, jullie hanteren de wet als financieel machtsmiddel ... Arme mensen hebben in jullie systeem geen schijn van kans. Rijke misdadigers kopen zich gewoon vrij ... Nee, de afrekening moet aan ons worden overgelaten.'

'Dat kan me niet schelen. Wat mij betreft gaan jullie je gang maar.'

'Het is niet voldoende dat het je niet kan schelen. We moeten een garantie van je hebben.'

'Hoe kan ik een dergelijke garantie geven?'

'Door te zwijgen. Door ons helemaal niet te noemen. Wij nemen het Corsicaanse document en op de een of andere manier zullen we de conferentie weten te vinden en zorgen dat we toegelaten worden. We halen uit de dagboeken wat we nodig hebben – daar zijn we al mee bezig, tussen twee haakjes ... Maar het belangrijkste is dat jij *zwijgt als het graf*. We zullen je nu helpen – zo goed als we maar kunnen, natuurlijk – maar niemand mag ooit weten dat wij hierin betrokken zijn geweest. Wat er ook gebeurt, je mag absoluut nooit, direct of indirect, zelfs maar iéts laten doorschemeren van ons aandeel hierin. Mocht je dat toch doen, dan nemen we jouw leven en het leven van het meisje. Is dat duidelijk?'

'Ja.'

'En je stemt erin toe?'

'Ja.'

'Dank je', zei Dunois met een glimlach.

33

Terwijl Julian Dunois hun mogelijkheden schetste en een strategie opbouwde, begreep Matlock steeds beter waarom ze zich zo fervent op hem hadden geconcentreerd – en waarom Dunois bereid was hem te helpen. Hij, Matlock, had de basisgegevens die zij nodig hadden. Wie waren zijn contacten? Zowel binnen als buiten de universiteit? Wie en waar waren de FBI-agenten? Hoe werden er berichten doorgegeven?

Met andere woorden – wie moest Julian Dunois *mijden* in zijn opmars naar Nimrod?

'Ik moet zeggen dat je buitengewoon slecht op noodgevallen voorbereid was', zei Dunois. 'Tamelijk slordig.'

'Ja, dat vind ik zelf ook. Maar ik geloof dat dat maar gedeeltelijk mijn schuld was.'

'Dat geloof ik zeker!' Dunois lachte, bijgevallen door Williams. De drie mannen zaten nog steeds in het vertrek zonder ramen. Er was een kaarttafel gebracht, met verschillende gele blocnotes. Dunois had vanaf het begin alles wat Matlock vertelde opgeschreven. Hij controleerde de spelling van namen, de juistheid van adressen – hij ging zeer grondig te werk. Matlock had weer hetzelfde gevoel van onbekwaamheid dat hij had gehad als hij met Greenberg sprak.

Dunois niette een paar velletjes papier aan elkaar en begon op een nieuw bloc.

'Waarom doe je dat?', informeerde Matlock.

'Hier worden beneden fotokopieën van gemaakt. De gegevens worden doorgestuurd naar mijn kantoor in New York ... Evenals een kopie van elke bladzij uit het notitieboek van professor Herron.'

'Je neemt geen enkel risico, hè?'

'In één woord: nee.'

'Dit is alles wat ik je te geven heb. Wat moeten we doen? Wat moet *ik* doen? Ik ben bang, dat hoef ik je niet te vertellen. Ik moet er niet aan denken wat er met haar zou kunnen gebeuren.'

'Er gebeurt *niets* met haar. Neem dat maar rustig van me aan. Op dit ogenblik is jouw juffrouw Ballantyne even veilig als in de armen van haar moeder. Of die van jou. Zij is het lokaas, jij niet. Ze houden hun lokaas heus wel fris en onbedorven. Want jij hebt wat zij willen hebben. Wat zij moeten hebben om te kunnen blijven bestaan.'

'Laten we het ze dan aanbieden. Hoe eerder hoe beter.'

'Maak je niet ongerust. Dat doen we ook. Maar we moeten zorgvuldig bedenken hóé we het doen. We mogen niets over het hoofd zien. Tot zover hebben we twee mogelijkheden, daar waren we het over eens. De eerste is Kressel zelf. De directe confrontatie. De tweede is, gebruik te maken van de politie, je boodschap voor Nimrod via hen door te geven.'

'Waarom zouden we dat doen? De politie erbij halen?'

'Ik bekijk alleen de mogelijkheden . . . Waarom? Ik weet het niet. Misschien omdat duidelijk in Herrons dagboeken staat dat Nimrod in het verleden wel eens is vervangen. De huidige Nimrod is toch de derde, hè, als ik het wel heb?'

'Ja. De eerste was een zekere Orton, een assistent van de gouverneur. De tweede was Angelo Latona, een aannemer. De derde is klaarblijkelijk Kressel. Maar probeer het eens uit te leggen?'

'Het is maar een gok. Degene die de positie van Nimrod bekleedt, beschikt over een heleboel gezag. Het gaat daarom om de positie, niet om de man zelf. Hoewel de man dat natuurlijk aardig kan uitbuiten.'

'Maar die positie', viel Williams in de rede, 'wordt gegeven en afgenomen. Nimrod heeft dus niet de laatste stem.'

'Precies. Daarom zou het in Matlocks voordeel kunnen zijn als hij met nadruk liet doorschemeren dat *hij* degene is die het wapen in handen heeft. Dat Kressel – Nimrod – zeer voorzichtig te werk moet gaan. In het belang van iedereen.'

'Zou dat niet betekenen dat ik nog meer mensen achter me aan krijg?'

'Misschien wel, ja. Maar het zou ook kunnen betekenen, dat je door een schare van bezorgde misdadigers wordt beschermd. Totdat je geen bedreiging meer voor ze vormt. Niemand zal overhaast handelen totdat die bedreiging is weggenomen. Niemand zal willen, dat Nimrod overhaast handelt.'

Matlock stak een sigaret op en luisterde gespannen. 'Dus eigenlijk probeer je een wig te drijven tussen Nimrod en zijn eigen organisatie?'

Dunois knipte met de vingers van beide handen, ten teken van bijval. Glimlachend zei hij: 'Je bent een vlugge leerling. Het is de eerste les in oproertechnieken. Een van de belangrijkste doeleinden van infiltratie. Verdeel en heers!'

De deur ging open en er kwam een jongen binnen met een opgewonden gezicht. Zonder een woord gaf hij Dunois een briefje. Dunois las het en deed toen geruime tijd zijn ogen dicht. Dat was zijn manier om uiting te geven aan zijn verslagenheid. Daarna bedankte hij de zwarte boodschapper met kalme stem en zei dat hij weer kon gaan. Met zijn blik op Matlock gevestigd, overhandigde hij het briefje aan Williams.

'Al hebben onze krijgslisten hun waarde in de geschiedenis bewezen – ik ben toch bang dat het voor ons holle woorden zijn. Kressel en zijn vrouw zijn dood. Dr. Sealfont is onder dwang uit zijn huis weggevoerd. Ze hebben hem meegenomen in een politiewagen.'

'Wat? Kressel! Dat kan niet waar zijn! Dat bestaat niet!'

'Ik ben bang van wel. Onze mannen rapporteren, dat de twee lijken niet meer dan een kwartier geleden naar buiten werden gedragen. Moord en zelfmoord, naar het heet. Natuurlijk. Dat past perfect.'

'Oh, Christus! Oh, Jezus Christus! Het is mijn schuld! Het komt door mij! Ik heb ze ertoe aangezet! Sealfont! Waar hebben ze hem heen gebracht?'

'Weten we niet. De broeders op de uitkijk durfden de patrouillewagen niet achterna te gaan.'

Hij was sprakeloos. Als verlamd van schrik en angst. Nietsziend wankelde hij naar het bed en liet zich erop neervallen. Het gevoel van nutteloosheid, van onbekwaamheid, van verslagenheid verstikte hem bijna. Hij had zoveel pijn, zoveel dood veroorzaakt.

'Dit is een ernstige complicatie', zei Dunois, met zijn ellebogen op de kaarttafel. 'Nimrod heeft je enige contactpersonen uit de weg geruimd. Daarmee heeft hij een zeer belangrijke vraag beantwoord, heeft hij ons ervan weerhouden een enorme blunder te maken – daar bedoel ik Kressel mee, natuurlijk. Aan de andere kant heeft hij ook onze mogelijkheden beperkt. Je hebt nu geen keus meer. Je moet via zijn privé-leger, de politie van Carlyle, je onderhandelingen voeren.'

Matlock keek Julian Dunois verdwaasd aan. 'Is dat je enige reactie? Rustig blijven zitten en ijskoud de volgende stap uitdenken? . . . Kressel is *dood*. Zijn *vrouw* is *dood*. Adrian Sealfont op dit moment waarschijnlijk ook. Dat waren *vrienden* van me!'

'Het spijt me ontzettend voor je, maar laat ik eerlijk zijn: ik treur niet om het verlies van drie personen. Eerlijk gezegd is Adrian Sealfont het enige gemis – we hadden met hem kunnen samenwerken, hij was briljant – maar mijn hart breekt er niet van. Wij verliezen elke maand duizenden mensen in de sloppen. Voor hen zou ik eerder tranen vergieten . . . Maar kom, terzake. Je hebt werkelijk geen keus. Je moet je contact leggen via de politie.'

'Daar vergis je je in.' Matlock voelde zich plotseling sterker. 'Ik heb *wel* keus . . . Greenberg is vanochtend vroeg uit West Virginia weggegaan. Hij moet nu zo ongeveer in Washington zijn. Ik heb een nummer in New York waar ze me met hem kunnen doorverbinden. Ik haal Greenberg erbij.' Hij had al genoeg op zijn geweten, genoeg angst en pijn veroorzaakt. Hij kon Pats leven niet op het spel zetten. Nu niet meer. Hij kon het niet meer.

Dunois ging achterover zitten en trok zijn armen van de kaarttafel. Hij staarde Matlock aan. 'Ik zei een tijdje terug dat je een vlugge leerling was. Daar moet ik iets aan toevoegen. Je bent wel vlug, maar kennelijk ook vluchtig ... Je haalt Greenberg er *niet* bij. Greenberg hoorde niet bij onze afspraak en jij hebt je aan die afspraak te houden. Als je dat niet doet, stel je je bloot aan de maatregelen die ik heb genoemd.'

'Godverdomme, hou op met je dreigementen! Ik ben ziek van dreigementen!' Matlock stond op. Dunois stak zijn hand in zijn jasje en trok een pistool. Matlock zag dat het het wapen was dat hij de dode man op de berghelling had afgenomen. Dunois ging ook staan.

'Er zal ongetwijfeld in het lijkschouwersrapport staan, dat de dood vroeg in de ochtend is ingetreden.'

'In Godsnaam! Het meisje is in handen van moordenaars!'

'Jij ook', merkte Dunois rustig op. *'Begrijp* je dat dan niet? Onze motieven zijn verschillend, maar vergis je niet. We zijn *moordenaars.* Dat *moeten* we wel zijn.'

'Je zou nooit zover gaan!'

'Oh, zeker wel. Dat hebben we wel meer gedaan. Nog veel verder ook. We zouden je onbetekenende lijk voor het politiebureau neerleggen met een briefje op je met bloed bevlekte hemd. We zouden de dood van het meisje als *voorwaarde* stellen voor eventuele onderhandelingen. Reken maar dat ze daar gauw voor zouden zorgen, want we kunnen geen van beiden het risico lopen dat ze in leven blijft. En als zij ook dood is, kunnen de twee reuzen het samen uitvechten.'

'Je bent een monster.'

'Ik ben wat ik zijn moet.'

Het bleef geruime tijd stil. Toen zei Matlock fluisterend, met gesloten ogen: 'Wat moet ik doen?'

'Zo mag ik het horen.' Dunois ging zitten en keek op naar de zenuwachtige Adam Williams. Even voelde Matlock zich verbonden met de negerradicaal. Hij was ook bang en onzeker. Evenmin als Matlock was hij erop voorbereid een rol te spelen in de wereld van Julian Dunois of Nimrod.

Dunois scheen zijn gedachten te raden.

'Je moet wat meer vertrouwen in je zelf hebben. Vergeet niet dat je veel meer bereikt hebt dan wie ook. Met veel minder hulpmiddelen. En je bent ongelooflijk dapper.'

'Zo voel ik me anders helemaal niet.'

'Dat is nooit zo. Gek hè? Kom, ga zitten.' Matlock gehoorzaamde. 'Weet je, jij en ik zijn niet zo erg verschillend. In andere tijden zouden we zelfs bondgenoten kunnen zijn. Hoewel ik, zoals vele broeders hebben opgemerkt, erg hoge eisen stel, waar alleen heiligen maar aan voldoen.'

'Die bestaan niet', zei Matlock.

'Misschien niet. Hoewel, wie weet... We zullen er een andere keer over discussiëren. Nu moeten we bedenken hoe we het zullen aanpakken. Nimrod verwacht je natuurlijk. We kunnen hem niet teleurstellen. Maar we moeten ervoor zorgen dat we aan alle kanten gedekt zijn.' Hij boog zich voorover naar de tafel met een flauwe glimlach om zijn lippen en glinsterende ogen.

De tactiek waar hij mee kwam was een complex van zetten die er in elk geval op gericht waren Matlock en zijn vriendin te beschermen. Dat moest Matlock met tegenzin toegeven.

'Ik heb een tweeledig motief', legde Dunois uit. 'Eerlijk gezegd is het tweede nog belangrijker voor me. Nimrod steekt zijn nek niet uit tenzij hij geen andere keus heeft, en ik wil Nimrod. Ik neem geen genoegen met een plaatsvervanger, we moeten Nimrod zelf hebben.'

Het plan draaide om de dagboeken van Herron, de laatste stukken die hij erin geschreven had.

De identiteit van Nimrod.

'Herron vermeldt nadrukkelijk, dat hij de naam die de boodschappers hem hadden toevertrouwd niet *wilde* opschrijven. Hij had het wel degelijk *gekund*. Hij vond kennelijk dat hij die man de verdenking niet kon aandoen, omdat het misschien niet waar was wat hij had gehoord. Net als jij zelf, Matlock, jij weigerde ook Herron te verdenken op grond van een hysterisch telefoongesprek. Hij wist dat hij elk ogenblik kon sterven, zijn lichaam had al te veel moeten verdragen... Hij moest er zeker van zijn.'

Dunois zat nu willekeurige geometrische figuren op een leeg vel geel papier te tekenen.

'En toen werd hij vermoord', voegde Matlock eraan toe. 'Op een manier die op zelfmoord moest lijken.'

'Ja. Die conclusie kun je ook uit de dagboeken trekken. Op het moment dat het voor Herron vaststond wie Nimrod was, zou hij hemel en aarde hebben bewogen om dat nog in zijn notitieboek te schrijven. Onze vijand kan niet weten dat hij dat niet heeft gedaan. Dat is ons zwaard van Damocles.'

Matlocks eerste stap zou zijn, de hoofdcommissaris van Carlyle duidelijk te maken dat hij de identiteit van Nimrod wist. Dat hij alleen met Nimrod zelf tot een vergelijk wilde komen. Voor hem betekende die schikking de minste van twee kwaden. Hij was een opgejaagd man. Er was een arrestatiebevel tegen hem uitgevaardigd, waar de politie van Carlyle natuurlijk van op de hoogte was. Misschien zouden de minder belangrijke aanklachten worden ingetrokken, maar hij zou in elk geval wegens moord terecht moeten staan. Misschien wel wegens twee moorden. Want hij had iemand gedood. Dat stond als een paal boven water, en hij had geen alibi. Hij kende de mannen die hij gedood had niet. Er waren geen getuigen die konden bevestigen dat het zelfverdediging was en de manier waarop hij had gedood wees ook bepaald niet in die richting. Het beste waar hij op kon hopen was een aantal jaren gevangenis.

En dan zou hij zijn voorwaarden voor een schikking met Nimrod uiteenzetten. De dagboeken van Lucas Herron voor zijn leven – en dat van zijn vriendin. En de dagboeken waren zeker ook een bedrag aan geld waard waarmee ze allebei ergens anders opnieuw konden beginnen.

Dat kon Nimrod best doen. Nimrod *moest* het wel doen.

'Waar het in ... laten we het maar fase één noemen ... om draait, is de overtuiging die je ten toon weet te spreiden.' Dunois koos zorgvuldig zijn woorden. 'Vergeet niet dat je in paniek bent. Je hebt gedood, de levens van andere menselijke wezens genomen. Je bent geen gewelddadig man, maar je werd gedwongen tot die schrikwekkende misdaden.'

'Dat is inderdaad waar. Meer dan je weet.'

'Goed. Probeer dat gevoel over te brengen. Het enige dat iemand in paniek echt wil, is zich zo gauw mogelijk uit de voeten maken. Dat moet Nimrod ook geloven. Dat is de directe garantie voor jullie veiligheid.'

Vervolgens zou Matlock nog een keer bellen – om te horen of Nimrod met een ontmoeting akkoord ging. De plaats mocht Nimrod bepalen. Matlock zou daarover nog een keer contact opnemen. In elk geval moest de ontmoeting plaatsvinden vóór tien uur in de ochtend.

'Maar nu voel jij, de vluchteling, met de vrijheid in het vooruitzicht, opeens allerlei twijfels opkomen', zei Dunois. 'En in je groeiende nervositeit heb je een extra garantie nodig.'

'En die is?'

'Een buitenstaander, een verzonnen buitenstaander . . .'

Matlock moest de contactpersoon op het hoofdbureau van politie vertellen, dat hij een volledige verklaring over de Nimrod-operatie had geschreven, over Herrons dagboeken, identiteiten, alles. Die verklaring had hij in een envelop aan een vriend gegeven, die hem om tien uur de volgende ochtend naar het Ministerie van Justitie zou sturen, tenzij die instructie door Matlock werd herroepen.

'In fase twee moet je het ook weer van je overtuigingskracht hebben, maar dan van een andere soort. Denk maar aan een gekooid dier, dat opeens de kooi ziet opengaan. Hij is wantrouwend, op z'n hoede, hij ontsnapt niet zo maar in het wilde weg. Zo moet onze vluchteling ook te werk gaan. Dat verwachten ze. Je bent de afgelopen week ontzettend vindingrijk geweest. Normaal zou je dood moeten zijn, maar je leeft nog. Met die slimheid moet je doorgaan.'

'Ik snap het.'

In de laatste fase ging het vooral om een garantie voor de terugvordering van het meisje en Matlocks veiligheid, dat wil zeggen, zo goed en zo kwaad als mogelijk was. Matlock zou voor de derde en laatste keer opbellen naar Nimrods contactpersoon, met als doel de precieze plaats en de precieze tijd van de ontmoeting vast te stellen.

Die moest Matlock zonder aarzeling accepteren.

Althans eerst.

Maar even later – schijnbaar met als enige reden zijn uiterste paniek en wantrouwen – moest hij Nimrods keus verwerpen.

Niet de tijd – maar de plaats.

Hij moest aarzelen, stotteren, zich zo irrationeel gedragen als hij maar kon. En dan, opeens, moest hij zelf een plaats opperen. Alsof die hem net spontaan te binnen was geschoten. Vervolgens moest hij nog eens melding maken van de niet-bestaande verklaring die zijn niet-bestaande vriend om tien uur 's ochtends naar Washington zou sturen. Daarna moest hij zonder nog te luisteren de hoorn op de haak gooien.

'De belangrijkste factor in fase drie is de duidelijk herkenbare panieksituatie waarin je verkeert. Nimrod moet begrijpen, dat je reacties nu alleen nog maar primitief zijn. Nu komt het grote ogenblik. Je slaat om je heen, deinst terug, treft maatregelen om niet in zijn val te lopen, als er een val mocht zijn. In je toestand van hysterie ben je net zo gevaarlijk voor hem als een gewonde cobra dodelijk is voor de tijger. Want redelijkheid speelt geen rol, het gaat erom dat je de dans ontspringt. Nu moet hij zelf wel naar je toe komen, met het meisje. Natuurlijk komt hij niet zonder zijn paleiswacht. Zijn bedoelingen veranderen niet. Hij pakt de dagboeken aan, begint misschien zelfs een gesprek over waar jij heen zult gaan, en als hij hoort dat er geen geschreven verklaring bestaat en geen vriend om die te versturen, zal hij jullie allebei willen doden. . . . Maar daar wordt een stokje voor gestoken. Want dan zitten wij voor hem klaar.'

'Maar hoe? Hoe wou je dat aanpakken?'

'Met mijn eigen paleiswacht . . . We zullen nu, jij en ik, beslissen wat die door jou geopperde ontmoetingsplaats moet worden. Het moet ergens zijn waar je goed de weg weet, waar je misschien vaak komt. Niet te ver weg, want ze denken dat je geen auto hebt. Niet gemakkelijk te vinden, want de wet zit je op de hielen. Toch goed bereikbaar, omdat je er snel, waarschijnlijk via secundaire wegen, moet kunnen komen.'

'Je geeft een beschrijving van Herrons Nest. Het huis van Herron.'

'Kan wel zijn, maar dat kunnen we niet gebruiken. Dat is psychologisch inconsequent. Dat zou niet in het gedragspatroon van onze vluchteling passen. Herrons Nest is de wortel van zijn angst. Daar gaat hij absoluut niet naar terug . . . Andere plaats.'

Williams deed zijn mond open. Hij was nog steeds onzeker, nog steeds bang om de wereld van Dunois binnen te gaan. 'Wat misschien zou kunnen . . .'

'Ja, broeder Williams? Zeg eens wat je denkt?'

'Professor Matlock gaat vaak in een restaurant eten dat de Cheshire Cat heet.'

Matlock keek met een ruk op naar de negerradicaal. 'Jullie ook al? Jullie hebben me dus ook laten schaduwen.'

'Regelmatig, ja. Maar we komen niet in dat soort gelegenheden. Daar vallen we alleen maar op.'

'Ga verder, broeder', viel Dunois hem in de rede.

'De Cheshire Cat ligt een kilometer of zes buiten Carlyle. Het ligt een eindje van de grote weg af, wat de normale manier is om er te komen, zo'n zeven-, achthonderd meter, maar je kunt er ook via allerlei kleine weggetjes komen. Achter en aan weerszijden van het restaurant zijn terrassen en tuinen die 's zomers voor de gasten worden gebruikt. Daarachter zijn bossen.'

'En lopen daar geen mensen rond?'

'Alleen een nachtwaker, geloof ik. Ze gaan pas om één uur open. Ik denk niet dat de schoonmaakploeg of de mensen die in de keuken werken er vóór halftien of tien uur zijn.'

'Prachtig.' Dunois keek op zijn horloge. 'Het is nu tien over vijf. Als we vijftien minuten nemen tussen fase één, twee en drie en nog eens twintig minuten voor het op en neer rijden, dan zitten we ongeveer op kwart over zes. Zeg voor alle zekerheid half-zeven. We zullen de ontmoeting op zeven uur zetten. Achter de Cheshire Cat. Haal de dagboeken, broeder. Ik zal de mannen waarschuwen.'

Williams stond op en liep naar de deur. Daar draaide hij zich om en vroeg aan Dunois: 'Blijf je erbij? Weet je zeker dat ik niet met jullie mee mag?'

Dunois nam niet de moeite op te kijken. Hij antwoordde kortaf: 'Schiet op. Ik moet nog over een heleboel dingen nadenken.'

Williams ging snel de kamer uit.

Matlock nam Dunois op. Hij zat nog steeds willekeurige figuren op de gele blocnote te tekenen, maar nu drukte hij zo hard op zijn pen, dat er diepe voren in het papier kwamen. Matlock zag nu wat het moest voorstellen. Het waren hoekige lijnen, die allemaal bij elkaar kwamen. Het waren bliksemschichten.

'Luister naar me', zei hij. 'Het is nog niet te laat. Haal de federale politie erbij. Besef toch in godsnaam, dat je het leven van die kinderen niet op het spel kunt zetten.'

Van achter zijn brilleglazen, omgeven door de pleisters, boorden Dunois' ogen zich in die van Matlock. Zijn stem klonk minachtend. 'Dacht je werkelijk ook maar één minuut dat ik deze kinderen iets zou laten doen waarvan ik niet eens weet of *ik* het er zelf wel levend van af zal brengen? We zijn jullie College van

Chefs van Staven niet, Matlock. Wij hebben meer respect, meer liefde voor onze jonge mensen.'

Matlock dacht aan het protest van Adam Williams bij de deur.

'Dus dat bedoelde Williams? Over met je meegaan.'

'Kom mee.'

Dunois liep voor Matlock uit de kleine kamer zonder ramen uit en door de gang naar een trap. Er liepen wel wat studenten rond, maar heel weinig. De rest van Lumumba Hall sliep. Ze gingen twee trappen af en kwamen bij een deur waarvan Matlock zich herinnerde dat hij naar de kelder leidde, naar de oude zaal met de hoge zoldering, waar hij het griezelige stamritueel had bijgewoond. Inderdaad liepen ze door de keldervertrekken naar achteren, naar de dikke, eikehouten deur van de sociëteitszaal. Dunois had geen woord meer gezegd, nadat hij Matlock had gevraagd hem te volgen.

In de sociëteitszaal zaten acht negers, allemaal zeer fors gebouwd. Ze droegen dezelfde kleding: donkere, strakzittende kakipakken met open overhemden en korte, zwarte laarzen van zacht leer met dikke rubberzolen. Een paar waren aan het kaarten, de anderen zaten te lezen of zachtjes met elkaar te praten. Matlock zag dat enkelen van hen hun mouwen hadden opgerold, waardoor zeer gespierde, dooraderde armen zichtbaar werden. Ze reageerden alleen met een hoofdknikje op Dunois en zijn gast. Twee of drie van hen glimlachten begrijpend naar Matlock, als om hem op zijn gemak te stellen.

'De paleiswacht', zei Dunois zachtjes.

'Goeie God!'

'Het elitekorps. Ze hebben allemaal een training van ruim drie jaar achter de rug. Ze kunnen elk wapen hanteren, alle mogelijke voertuigen repareren . . . discussiëren over alle filosofieën. Ze zijn vertrouwd met de meest wrede gevechtstechnieken en ook met de moderne guerrilla-tactieken. Ze hebben trouw gezworen tot in de dood.'

'De terreurbrigade, is dat het? Dat is niet nieuw, weet je.'

'Nee, inderdaad, niet als je die term gebruikt. Vergeet niet dat ik ben opgegroeid met zulke honden op mijn hielen. De Ton Ton Macoute van Duvalier was een stel hyena's, daar heb ik staaltjes van meegemaakt. Maar deze mannen zijn niet zulke beesten.'

'Ik dacht niet aan Duvalier.'

'Aan de andere kant ben ik Papa Doc toch ook wel iets ver-

schuldigd. Het idee van de Ton Ton sprak me erg aan. Ik besefte alleen dat het geherstructureerd moest worden. Elite-eenheden als deze schieten in het hele land als paddestoelen uit de grond.'
'Dat is al eens eerder gebeurd', zei Matlock. 'Toen werden ze ook "élite" genoemd. Ze werden ook "eenheden" genoemd – SS-eenheden.'
Dunois keek hem aan en Matlock zag de gekwetstheid in zijn ogen. 'Dat soort vergelijkingen doet pijn. Ze zijn bovendien niet gerechtvaardigd. We doen wat we moeten doen. Wat goed is om te doen.'
'*Ein Volk, ein Reich, ein Führer*', zei Matlock zachtjes.

34

Alles ging vreselijk vlug. Hij kreeg twee van Dunois' elite-wacht-posten toegewezen, de rest moest zich voorbereiden op de ont-moeting met Nimrod, met een andere elite-lijfwacht – de paar al-lerbesten van Nimrods privéleger die hem ongetwijfeld zouden vergezellen. Matlock werd door de twee enorme negers over het universiteitsterrein geleid, nadat ze van verkenners hadden door-gekregen dat de kust veilig was. Ze brachten hem naar een tele-fooncel in het souterrain van een studentenhuis voor eerstejaars, waar hij zijn eerste gesprek voerde.
Hij kwam tot de ontdekking, dat zijn angst, zijn diepgewortelde angst, het hem gemakkelijker maakte de indruk over te brengen die Dunois wilde. Het was helemaal niet moeilijk om zijn gevoe-lens van paniek uit te storten, terwijl hij een pleidooi hield voor hun veiligheid, want die gevoelens van paniek waren *echt*. Hij wist zelf niet zeker meer wat realiteit en wat fantasie was. Hij wilde vrij zijn. Hij wilde dat Pat bleef leven om die vrijheid met hem te delen. Als Nimrod hem dat allemaal kon geven, waarom zou hij dan niet in goed vertrouwen met Nimrod onderhandelen? Het was een nachtmerrie voor hem. Hij was bang dat hij de waar-heid zou uitschreeuwen en zich daarmee aan Nimrods genade zou overleveren.
Maar de aanblik van Dunois' eigen Ton Ton Macoute hield hem

bij zijn verzwakkende positieven en het eerste gesprek bracht hij feilloos ten einde. De 'hoofdcommissaris' van de politie van Carlyle zou zijn voorstel doorgeven, een antwoord krijgen en op Matlocks volgende telefoontje wachten.

De negers kregen van hun verkenners te horen, dat de tweede openbare telefooncel niet veilig was. Die lag op een straathoek en er was een politieauto gesignaleerd. Dunois wist, dat zelfs gesprekken uit telefooncellen konden worden nagetrokken, al duurde dat iets langer, en daarom liet hij de gesprekken vanuit verschillende plaatsen voeren, het laatste langs de snelweg. Matlock werd haastig naar een andere telefooncel gebracht, bij de achteruitgang van de Studentenbond.

Het tweede gesprek ging hem gemakkelijker af, maar het was niet duidelijk of dat wel een voordeel was. Matlock maakte nadrukkelijk melding van de verzonnen verklaring die om tien uur 's morgens zou worden gepost. Zijn overtuiging werkte, en daar was hij dankbaar voor. De 'hoofdcommissaris' was nu geschrokken, en deed geen moeite om dat te verbergen. Begon Nimrods privé-leger te twijfelen? Misschien hadden de soldaten visioenen van hun eigen lichamen, doorboord met vijandelijke kogels. Daarom moesten de generaals beter op hun hoede zijn, zich beter bewust van het gevaar.

Hij werd in de looppas naar een wachtende auto gebracht. Het was een oude Buick, zwartgeverfd, gedeukt, onopvallend. Maar het interieur was allerminst in overeenstemming met het uiterlijk. Van binnen zag de auto eruit als een tank. Onder het dashboard zat een sterke zender, de ruiten waren minstens een centimeter dik en waarschijnlijk van kogelvrij glas. Aan de zijkanten waren machtige pistolen met korte lopen bevestigd en op verschillende plaatsen in de carrosserie zaten gaten met rubber flappen ervoor, waar de lopen doorheen gestoken konden worden. Maar ook het geluid van de motor verraste Matlock. Zo'n zware motor had hij nog nooit gehoord.

Met matige snelheid volgden ze een auto die voor hen reed en Matlock zag dat er nog een auto achter hen was komen rijden. Dunois had het gemeend, toen hij zei dat ze zich aan alle kanten moesten dekken. Dunois was inderdaad een beroeps.

En James Matlock maakte zich zorgen als hij aan Dunois' beroep dacht.

Het was zwart. Het was ook *ein Volk, ein Reich, ein Führer.*
Net als Nimrod en alles wat hij vertegenwoordigde.

De woorden schoten hem weer te binnen.

' . . . *Ik ga mooi dit vervloekte land uit . . .'*

Was het zover gekomen?

En: ' . . . *Dacht u heus dat het allemaal zo anders is? . . . Het is Amerika in het klein! . . . Het is beleidsvoering van de grote ondernemingen, man!'*

Het land was ziek. Was het een ongeneeslijke ziekte?

'We zijn er. Fase drie.' De negercommando die het bevel voerde klopte hem licht op de arm en glimlachte hem geruststellend toe. Matlock stapte uit. Ze zaten op de snelweg ten zuiden van Carlyle. De auto voor hen was een meter of honderd verderop gestopt en stond met gedoofde lichten langs de weg. De auto achter hen had hetzelfde gedaan.

Voor hem stonden twee glazen telefooncellen in aluminium frames op een verhoging van beton. De tweede neger liep naar de rechter cel, duwde de deur open – waardoor de plafondlamp ging branden – en schoof snel het glazen paneeltje onder de lamp opzij. Haastig draaide hij de lamp los, zodat de duisternis in de cel terugkeerde. Het viel Matlock op – maakte indruk op hem – dat de reusachtige neger op deze manier het licht uitschakelde. Het zou gemakkelijker en sneller zijn geweest het glas gewoon kapot te gooien.

Het doel van het derde en laatste gesprek, volgens de instructies van Dunois, was Nimrods voorstel voor een ontmoetingsplaats te verwerpen. Op een manier die Nimrod geen andere keus liet dan de plaats te accepteren die Matlock in zijn paniek voorstelde: de Cheshire Cat.

De stem aan de andere kant van de lijn van de politieman klonk voorzichtig en nauwkeurig.

'Onze wederzijdse vriend begrijpt uw bezorgdheid, Matlock. Hij kan het zich erg goed indenken. Hij zal u met het meisje bij de zuidelijke ingang van het sportveld ontmoeten, links achter de tribunes. Het is maar een klein stadion, niet ver van het sportgebouw en de studentenhuizen. Er lopen nachtwakers rond, er kan u niets overkomen . . .'

'In orde. In orde, prima.' Matlock probeerde zijn stem nerveus te laten klinken om de basis te leggen voor zijn uiteindelijke weigering. 'Daar zijn overal mensen. Als een van jullie iets zou proberen, zou ik alles bij elkaar kunnen schreeuwen. Reken maar dat ik dat ook *doe!*'

'Natuurlijk. Maar dat zal niet nodig zijn. Niemand wil dat u iets overkomt. Het is een eenvoudige transactie, dat moest ik van onze vriend tegen u zeggen. Hij heeft bewondering voor u . . .'

'Hoe kan ik er zeker van zijn dat hij Pat meebrengt? Ik moet het zeker weten!'

'*De transactie, Matlock.*' De stem klonk zalvend, met een ondertoon van wanhoop. De 'cobra' van Dunois was onberekenbaar. 'Daar draait alles om. Onze vriend wil hebben wat u gevonden hebt, weet u nog?'

'Natuurlijk, ja . . .' Matlocks hersenen draaiden op volle toeren. Hij moest zijn hysterie, zijn onvoorspelbaarheid volhouden. Maar hij moest ook met een andere ontmoetingsplaats komen. Zonder hun wantrouwen op te wekken. Als Nimrod achterdochtig werd, had Pat geen schijn van kans. 'En herinner jij onze *vriend* nog maar eens aan die verklaring in een envelop gericht aan zekere personen in Washington!'

'Dat weet hij allang, Godallemachtig. Ik bedoel . . . hij maakt zich zorgen, snapt u wat ik bedoel? Dus we zien u in het stadion, hè? Over een uur, oké?'

Dit was het ogenblik. Misschien kwam er niet nog één.

'Nee! Wacht even . . . Ik ga de campus niet op! Die mensen uit Washington, die laten de hele universiteit bewaken! Ze zijn overal! Ze zullen me arresteren!'

'Welnee, dat doen ze heus niet . . .'

'Hoe weet jij dat, verdomme?'

'Er is niemand. Geloof me nou maar, alles is in *orde*. Rustig nou.'

'Dat kun jij gemakkelijk zeggen! Nee, wacht eens, ik zal je zeggen waar . . .'

Hij sprak snel, onsamenhangend, alsof hij onderwijl pas bedacht wat hij zei. Eerst noemde hij het huis van Herron, maar voordat de stem af- of goedkeurend kon reageren, verwierp hij het zelf weer. Daarna had hij het over de vrachtopslagplaats en voerde zelf onmiddellijk verwarde redenen aan waarom hij ook daar niet heen kon gaan.

'Wind u toch niet zo op', zei de stem. 'Het is maar een eenvoudige transactie . . .'

'Dat restaurant! Buiten de stad. De Cheshire Cat! Achter het restaurant is een tuin . . .'

De stem deed moeizame pogingen om hem te volgen en Matlock wist dat hij het voor elkaar had. Hij noemde de dagboeken nog eens en de beschuldigende verklaring en gooide daarna de hoorn op de haak.

Uitgeput bleef hij in de cel staan. De zweetdruppels stonden op zijn gezicht, hoewel de ochtendlucht toch koel was.

'Dat heeft u uitstekend aangepakt', zei de bevelvoerende neger. Uw tegenstander had natuurlijk een plaats op de campus gekozen. Slim van hem. Maar u hebt het prima aangepakt.'

Matlock keek hem aan, dankbaar voor zijn lof en niet weinig verbaasd over zijn eigen vindingrijkheid. 'Ik geloof nooit dat ik het weer zou kunnen.'

'Natuurlijk wel', antwoordde de commando, terwijl ze terugliepen naar de auto. 'Extreme spanning activeert de geest, je kunt het met een computer vergelijken. Natuurlijk niet in een paniektoestand. Er zijn interessante studies in de maak over de uiteenlopende tolerantiedrempels.'

'Oh ja?', vroeg Matlock. Ze waren bij het portier gekomen en de neger hield het voor hem open. De auto schoot weg en geflankeerd door de twee andere auto's joegen ze over de snelweg.

'We zullen omrijden naar de achterkant van het restaurant, via kleine landweggetjes', zei de neger achter het stuur. 'We zetten u af op een meter of honderd afstand van een paadje dat door het personeel wordt gebruikt. We zullen het u wel wijzen. Loop rechtstreeks naar dat deel van de tuin waar een groot, wit prieel is en een terras van flagstones rondom een goudvisvijver. Weet u waar dat is?'

'Jawel. Ik vraag me alleen af hoe *jullie* dat weten.'

De chauffeur glimlachte. 'Ik ben geen helderziende. Terwijl u aan het bellen was, heb ik via de zender contact gehad met onze mannen. Alles is gereed. We zijn klaar. Denk eraan: het witte prieel en de goudvissenvijver . . . Oh ja, hier. Het aantekenboek en het document.' De chauffeur trok het in zeildoek gewikkelde pakje uit een stoffen zijvak in het portier. Het document zat er met een brede elastieken band aan vast.

'Wij zijn er binnen tien minuten', zei de aanvoerder, die wat gemakkelijker ging zitten. Matlock keek naar hem. Om zijn been gegespt – nee, in de nauwsluitende kakibroek genaaid – zat een leren schede. Die had hij niet eerder gezien, en hij begreep waarom. Het mes met het benen heft was er nog maar net ingestopt.

In de schede zat een lemmet van minstens vijfentwintig centimeter.

Het elitekorps van Dunois was inderdaad in gereedheid gebracht.

35

Hij stond naast het hoge, witte prieel. In het oosten was de zon opgekomen en de bossen achter hem waren nog in een dichte nevel gehuld, die het licht van de vroege ochtend flauw weerkaatste. Voor hem spreidden de nog maar pas uitgelopen bomen hun takken uit boven de paadjes van oude klinkers die samenkwamen bij het ronde flagstone-terras. Er stonden een paar marmeren banken omheen, glinsterend van de dauw. Vanuit het midden van het grote terras weerklonken de ononderbroken eentonige bubbelgeluiden van de aangelegde goudvissenvijver. De vogels lieten zich in alle toonaarden horen, ze begroetten de zon en begonnen met hun dagelijkse voedselvoorziening.

Matlocks gedachten dwaalden terug naar Herrons Nest, naar de ondoordringbare muur van groen die de oude man van de buitenwereld afscheidde. Er waren overeenkomsten, dacht hij. Misschien was het wel heel toepasselijk dat alles op zo'n plek ten einde kwam.

Hij stak een sigaret op, maar maakte die na twee trekken weer uit. Hij klemde het dagboek tegen zijn borst alsof het een ondoordringbaar schild was en zijn hoofd bewoog in alle richtingen vanwaaruit hij iets hoorde. Bij elk geluid leek zijn hart even stil te staan. Hij vroeg zich af waar de mannen van Dunois zaten. Waar zou het elitekorps zich hebben verborgen? Zaten ze naar hem te kijken, stilletjes lachend over zijn nerveuze gebaren – de angst die hij uitstraalde? Of hadden ze zich, zoals guerrilla's, verspreid? Lagen ze plat op de grond of zaten ze op overhangende boomtakken, klaar om te springen, gereed om te doden?

En wie zouden ze doden? Hoe talrijk en hoe zwaar bewapend zou Nimrods strijdkracht zijn? Zou Nimrod wel komen? Zou Nimrod het meisje waarvan hij hield veilig bij hem terugbrengen? En als dat gebeurde, als hij Pat eindelijk weer zag, zouden ze dan

allebei worden gedood in de slachting die zeker zou volgen?
Wie *was* Nimrod?

Zijn ademhaling stokte. De spieren in zijn armen en benen verkrampten, verstijfden van angst. Hij kneep zijn ogen dicht, om te luisteren of om te bidden, dat zou hij nooit zeker weten, hoewel hij niet in het bestaan van God geloofde. En zo luisterde hij met gesloten ogen naar wat er gebeurde.

Eerst was er één, daarna een tweede auto de snelweg af gekomen, de weg op die naar de ingang van de Cheshire Cat leidde. Ze reden allebei enorm hard, hun banden piepten terwijl ze de bocht namen naar het parkeerterrein van het restaurant.

En toen was alles weer stil. Zelfs de vogels zwegen, er was helemaal niets meer te horen.

Matlock ging onder het prieel staan en drukte zich tegen het latwerk aan. Hij luisterde gespannen. Stilte – nee, toch niet. Hoewel – een geluid dat eigenlijk geen geluid is, net als het zachte ritselen van een blad.

Het was geschuifel. Zacht, aarzelend geschuifel op een van de paadjes voor hem, een van de paadjes die verborgen waren tussen de bomen en die naar het terras van flagstones leidden.

Eerst was het nauwelijks hoorbaar. Eigenlijk was het geen geluid. Toen werd het iets duidelijker, minder aarzelend, minder onzeker.

Toen hoorde hij de zachte, gekwelde kreun, die diep in zijn ziel sneed.

'Jamie . . . Jamie? Alsjeblieft, Jamie . . .'

De kreun, de smeekbede, ging over in een snik. Hij voelde een razernij die hij nog nooit eerder in zijn leven had gevoeld. Hij smeet het zeildoek pakje op de grond, zijn ogen verblind door tranen en woede. In één sprong was hij uit de bescherming van het witte prieel en hij schreeuwde, brulde, zo hard dat de vogels met schelle schrikgeluiden opvlogen uit de bomen, uit hun stille heiligdom.

'Pat! Pat! Waar ben je? Pat, mijn God, waar? *Waar!*'

Het snikken – half van opluchting, half van pijn – werd luider.

'Hier . . . Hier, Jamie! Kan niet zien.'

Op het gehoor rende hij het middelste klinkerpaadje op. Halverwege het restaurant zag hij haar, op haar knieën tegen een boomstam, haar verbonden hoofd op de grond. Ze was gevallen. Er liepen bloedsporen over haar nek, de hechtingen in haar hoofd waren losgegaan.

Hij rende naar haar toe en tilde voorzichtig haar hoofd op.

Onder het verband op haar voorhoofd was een dikke laag breed pleister hardhandig over haar oogleden geplakt, strak naar haar slapen toe – even trefzeker en onbeweegbaar als een ijzeren schild voor haar gezicht. Elke poging om de pleisters te verwijderen zou een helse kwelling zijn.

Hij drukte haar tegen zich aan en zei steeds, steeds weer haar naam.

'Alles komt nu in orde . . . Alles komt goed . . .'

Hij tilde haar behoedzaam van de grond en drukte haar gezicht tegen het zijne, terwijl hij maar steeds de woorden van troost bleef herhalen die door zijn razernij heen bij hem opkwamen.

Plotseling, zonder enige waarschuwing, schreeuwde het nietsziende meisje het uit, terwijl ze haar gekneusde lichaam strekte en haar hoofd achterover wierp.

'Geef het aan ze, in godsnaam! Wat het ook is, *geef het aan ze!*'

Hij strompelde over het stenen paadje terug naar het flagstone-terras. 'Dat doe ik, dat doe ik ook, mijn lieveling . . .'

'Alsjeblieft, Jamie! Laat ze nooit meer aan me komen! *Nooit meer!*'

'Nee, lieveling. Nooit, nooit meer . . .'

Langzaam liet hij het meisje op de grond zakken, op de zachte aarde om het terras heen.

'Haal de pleister eraf! Haal alsjeblieft de pleisters weg.'

'Dat kan ik niet, lieveling. Dat doet veel te veel pijn. Als je nog heel even . . .'

'Dat kan me niet *schelen!* Ik word er gek van!'

Wat moest hij doen? Wat *kon* hij doen? Oh, God! Oh, God, jij vervloekte God! *Zeg het me! Zeg het me toch!*

Hij keek naar het prieel. Het pakje in zeildoek lag nog op de plek waar hij het had neergegooid.

Hij had geen keus meer. Maar nu kon het hem niet meer schelen. '*Nimrod! . . . Nimrod! Kom hier als je durft, Nimrod! Samen met je verdomde leger! Kom het halen, Nimrod! Ik heb het hier!*'

In de stilte die volgde, hoorde hij de voetstappen.

Heel nadrukkelijk, stap voor stap.

Op het middelste paadje verscheen Nimrod.

Adrian Sealfont stond op de rand van het flagstone-terras.

'Het spijt me, James.'

Matlock liet Pats hoofd op de grond zakken. Zijn hersenen weigerden te functioneren. De schok was zo overweldigend, dat hij geen woorden kon vinden, de afschuwelijke, ongelooflijke waarheid niet kon verwerken. Langzaam kwam hij overeind.

'Geef maar hier, James. Afspraak is afspraak. We zorgen wel voor jou.'

'Nee . . . Nee. Nee, ik *kan* niet geloven dat u het bent. Ik wil het ook niet. Dit kan niet, dit bestaat gewoonweg niet . . .'

'Ik vrees toch van wel.' Sealfont knipte met de vingers van zijn rechterhand. Het was een teken.

'Nee . . . Nee! Nee! Nee!' Tot zijn eigen verbazing schreeuwde Matlock het uit. Pat huilde hardop. Hij wendde zich tot Sealfont.

'Ze zeiden dat u weggebracht was! Ik dacht dat u dood was! Daar gaf ik me zelf de schuld van!'

'Ik werd niet weggebracht, maar begeleid. Geef me de dagboeken.' Sealfont, geïrriteerd, knipte opnieuw met zijn vingers. 'En het Corsicaanse document. Dat heb je toch ook bij je?'

Iemand hoestte gedempt en schraapte zijn keel. Er klonk een onderbroken uitroep. Sealfont keek achter zich en sprak zijn onzichtbare manschappen met scherpe stem toe.

'Kom te voorschijn!'

'Waarom toch?'

'We moesten wel. *Ik* moest wel. Er was geen alternatief.'

'Geen alternatief?' Matlock kon zijn oren niet geloven. 'Geen alternatief *waarvoor?*'

'Voor een totale ineenstorting! We waren financieel aan het einde. Onze laatste reserves waren uitgeput en er was niemand meer op wie we nog een beroep konden doen. De morele verrotting was volledig. Overal waar we aanklopten met ons pleidooi voor universitaire opleidingen werden we met de nek aangekeken. Er was geen andere mogelijkheid dan zelf het leiderschap over te nemen . . . over de verrotte massa. Dat hebben we gedaan, en met succes!'

Op dat angstaanjagende, verbijsterende ogenblik vielen de stukjes van de puzzel voor Matlock op hun plaats. De toverspreuk was uitgesproken en de deur in de stenen rotswand zwaaide open . . . De enorme bijdragen die Carlyle ontving . . . Maar er was meer in het geding dan alleen Carlyle, dat had Sealfont zojuist gezegd. Ze werden met de nek aangekeken! Het was subtiel, maar het was er wel!

Overal!

Het bijeenbrengen van gelden voor alle universiteiten was gebleven, maar er klonken geen noodkreten meer, er dreigden geen financiële debâcles meer, die vroeger altijd aanleiding waren tot vele inzamelingsacties op tientallen universiteiten.

En algemeen trok men de conclusie – voorzover er tenminste over nagedacht werd – dat de noodsituaties voorbij waren. Dat alles weer normaal was. Maar dat was *niet* zo. De in het systeem ingebouwde verrotting had monsterachtige vormen aangenomen.

'Oh, mijn God', zei Matlock zachtjes, hevig ontsteld.

'Ik kan je verzekeren dat God niets voor ons heeft gedaan', reageerde Sealfont. 'We hebben hard gewerkt voor wat we hebben bereikt. Kijk nu maar eens. *Onafhankelijk!* We worden nog steeds sterker. Binnen vijf jaar maakt elke grote universiteit in het noordoosten deel uit van een zelfstandige federatie!'

'Jullie zijn verziekt! . . . Jullie zijn een *kankergezwel!*'

'We *overleven!* De keus is nooit echt moeilijk geweest. Niemand bracht verandering in de bestaande toestanden. Wij zelf al helemaal niet. . . . We hebben gewoon tien jaar geleden besloten de voornaamste spelers te vervangen.'

'Maar *u*, juist *u* . . .'

'Ja. Ik was een goede keus, hè?' Sealfont wendde zich opnieuw in de richting van het restaurant, naar de slapende heuvel met de paadjes van oude klinkers. Hij riep: 'Ik zei dat jullie hier moesten komen! Je hoeft nergens bang voor te zijn. Het kan onze vriend niet schelen wie jullie zijn. Hij blijft toch niet lang meer bij ons . . . Niet waar, James?'

'U bent *krankzinnig*. U bent . . .'

'Allerminst. Integendeel. Alleen maar praktisch. . . . De geschiedenis herhaalt zich, dat zou je moeten weten. De maatschappij is verscheurd, verdeeld in kampen die elkaar uit alle macht bestrijden. Laat je niet voor de gek houden door het slaperige uiterlijk; je hoeft maar even te krabben en het bloed stroomt eruit.'

'Jullie maken het aan het bloeden!', schreeuwde Matlock. Er was niets meer over, de veer was gesprongen.

'Hoe kom je erbij! Jij eigenwijze, zelfverzekerde klootzak!' Sealfonts ogen staarden hem in koude woede aan en zijn stem was als een zweepslag.

'Wie heeft jou het recht gegeven dit soort oordelen te vellen? Waar zat jij toen mannen als ik – overal – werden geconfronteerd met het zeer reële uitzicht onze deuren te moeten sluiten! Jij was veilig, beschut door ons ... En naar onze noodkreten werd niet geluisterd. Er was geen plaats voor onze noden ...'

'Jullie hebben het niet geprobeerd! Niet hard genoeg ...'

'Leugenaar! *Dwaas!*' Sealfont brulde nu. Hij was een bezeten man, dacht Matlock. Of een gekweld mens. 'Wat bleef er *over?* Schenkingen? Steeds minder! Er zijn wel andere belastingaftrekposten die beter van pas komen! ... Stichtingen? Kleinzielige tirannen – met nog kleinzieliger bedragen! ... De regering? *Blind! Corrupt!* Ze worden betaald voor hun gunsten! Of krijgen geld in hun herverkiezingsfondsen! Wij hadden geen geld, wij konden geen stemmen kopen! Voor ons had het systeem gefaald, was het waardeloos! ... En niemand besefte dat beter dan ik. Jarenlang ... bedelen, smeken, je hand ophouden voor de nietsnutten en hun gewichtige *comités* ... Het was hopeloos, we gingen eraan kapot. Maar nog steeds luisterde er niemand. En altijd ... *altijd* was er wel iets van minachting – achter de excuses en de vertragingen – een bedekte toespeling op onze minderwaardigheid. Tenslotte ... waren we *leraren*. En verder *niets* ...'

Sealfonts stem klonk plotseling laag. En hard. En uitermate overtuigend, toen hij verderging: 'Welnu, jongeman, we zijn nu nog *wel iets meer ook*. Het systeem is terecht ten dode opgeschreven. De leiders leren het nooit. Kijk maar naar de kinderen. Die hebben het wel gezien. En begrepen ... Ze werken voor ons. Ons bondgenootschap is geen toeval.'

Matlock staarde Sealfont sprakeloos aan. Sealfont had het gezegd: *Kijk naar de kinderen ... Kijk, en aanschouw. Kijk, en pas op.* De leiders leren het nooit ... Oh, God! Was het echt waar? Was dat werkelijk zoals alles ging? De Nimrods en de Dunois'. De 'federaties', de 'elitekorpsen'. Gebeurde het allemaal opnieuw?

'Komaan, James. Waar is de brief waar je het over had? Wie heeft die?'

'Brief? Wat?'

'De brief die vanmorgen gepost wordt. Die zullen we maar tegenhouden, hè?'

'Ik begrijp het niet.' Matlock probeerde wanhopig uit die wezenloosheid te komen.

'Wie heeft de brief!'

'De brief?' Hij wist dat hij de verkeerde woorden zei, maar hij kon er niets aan doen. Hij kon niet nadenken, kon zich niet concentreren.

'De brief! ... *Er is geen brief, hè?* Er is ... geen getypte "beschuldigende verklaring" die om tien uur vanochtend wordt gepost! Je hebt gelogen!'

'Ik heb gelogen ... Gelogen.' Zijn reserves waren opgebruikt. Alles ging nu helemaal buiten hem om.

Sealfont lachte zachtjes. Het was niet de lach die Matlock van hem gewend was. Er lag een wreedheid in die hij niet eerder had gehoord.

'De slimme Matlock! Maar als het erop aankomt, ben je niets meer. Dat wist ik al direct. De regering had geen betere kunnen uitzoeken, want jij hebt geen echte idealen waar je naar leeft. Ze noemden het mobiliteit. Maar je waait met alle winden mee. Je praat alleen maar met je mond, je woorden zijn hol, leeg ... Je bent erg representatief, weet je.' Sealfont draaide zijn hoofd naar de paadjes. 'Vooruit, *allemaal!* Dr. Matlock zal geen namen kunnen onthullen, geen identiteiten. Kom te voorschijn, stelletje wezels!'

'Augh ...'

Een kort, rochelend geluid dat de stilte doorbrak. Sealfont draaide zich met een ruk om.

Toen klonk er nog een reutel, het onmiskenbare geluid van iemand die zijn laatste adem uitblaast.

En nog één, voorafgegaan door een gesmoorde kreet.

'Wie is dat? Wie is daar?' Sealfont rende naar het paadje waar de laatste kreet vandaan kwam.

Hij bleef staan toen er een ijselijke gil klonk – afgebroken – aan de andere kant van het terras. Hij rende terug; zijn zelfvertrouwen was aan het wankelen gebracht door een beginnende paniek.

'Wie is daar? Waar zitten jullie allemaal? *Kom hier!*'

De stilte keerde terug. Sealfont staarde naar Matlock.

'Wat heb je gedaan? Wat heb je gedaan, jij onbetekenend mannetje? Wie heb je meegebracht? *Wie is daar? Geef antwoord!*'

Zelfs als hij had kunnen antwoorden, werd het hem nu bespaard. Van een paadje aan het eind van de tuin kwam Julian Dunois aanlopen.

'Goeiemorgen, Nimrod.'

Sealfonts ogen puilden uit hun kassen. 'Wie ben *jij?* Waar zijn mijn mannen?!'

279

'De naam is Jacques Devereaux, Heysoú Daumier, Julian Dunois – u mag kiezen. Uw mannen waren geen partij voor ons. Ze waren met z'n tienen, ik had er acht. Geen schijn van kans. Uw mannen zijn dood en wat er met hun lijken gebeurt gaat u niets aan.'

'Wie *ben jij?*'

'Uw vijand.'

Sealfont rukte met zijn linkerhand zijn jas open en schoof zijn rechter eronder. Dunois schreeuwde een waarschuwing. Matlock dook als in een reflex naar voren, naar de man die hij jarenlang had bewonderd. Sprong hem naar de keel met maar één gedachte, één einddoel, al moest dat hem zijn eigen leven kosten.

Om te doden.

Het gezicht was naast het zijne, het Lincoln-gezicht, nu vertrokken van angst en paniek. Hij klauwde ernaar als een dodelijk verschrikt dier. Zijn vingers boorden zich in het vlees en hij voelde het bloed uit de verwrongen mond spatten.

Er volgde een oorverdovende knal en er schoot een vlijmende pijn door zijn linkerschouder. Maar nog steeds kon hij niet ophouden.

'Laat los, Matlock! Godallemachtig, laat los!'

Hij werd weggetrokken. Weggetrokken door gespierde, zwarte armen, die hem neerdrukten en tegen de grond hielden. En door alles heen hoorde hij de kreten, de verschrikkelijke kreten van pijn, en zijn naam die steeds weer werd herhaald.

'Jamie . . . Jamie . . . Jamie . . .'

Hij zwaaide omhoog, met elk vezeltje kracht dat hij door pure wilskracht nog kon opbrengen. De gespierde armen werden bij verrassing genomen. Hij trok zijn benen op en trapte uit alle macht tegen de ribben boven hem.

Enkele korte seconden lang was hij vrij.

Hij wierp zich naar voren en bewoog zich op handen en knieën voort op de harde tegels. Wat er ook met hem gebeurd was, wat de stekende pijn ook te betekenen had, die nu door de hele linkerkant van zijn lichaam trok, hij moest naar het meisje op de grond toe. Het meisje dat voor hem zoveel had moeten doormaken.

'Pat!'

De pijn was erger dan hij kon verdragen. Hij viel nog een keer, maar hij kon haar hand pakken. In een wanhopige poging om el-

280

kaar troost en steun te geven, hielden ze elkaars handen vast, zich er volledig van bewust dat elk ogenblik voor hen allebei het laatste kon zijn.

Plotseling werd Matlocks hand gevoelloos.

Alles werd zwart voor zijn ogen.

Hij deed zijn ogen open en zag de grote neger voor hem op zijn knieën zitten. Ze hadden hem overeind gezet tegen de zijkant van een van de marmeren banken. Zijn overhemd was uit; zijn linkerschouder bonsde ontzettend.

'De pijn is waarschijnlijk veel ernstiger dan de wond,' zei de neger. 'Het linker bovengedeelte van uw lichaam was al flink gekneusd in de auto, en nu is de kogel onder het linker schouderblad binnengedrongen. Dat veroorzaakt bij elkaar natuurlijk heel wat pijn.'

'We hebben je een plaatselijke verdoving gegeven. Dat zal wel helpen.' Dat was Julian Dunois, die rechts naast hem stond. 'Miss Ballantyne is op weg naar een dokter die de pleisters eraf zal halen. Het is een neger die met ons sympathiseert, maar hij zal toch niet zonder meer een man met een kogelwond onder behandeling nemen. We hebben onze eigen arts in Torrington opgeroepen. Die zal hier met een minuut of twintig wel zijn.

'Waarom heb je Pat niet op hem laten wachten?'

'Eerlijk gezegd omdat ik even wil praten. Niet lang, maar wel onder vier ogen. Ten tweede was het in haar eigen belang dat die pleisters er zo gauw mogelijk afgingen.'

'Waar is Sealfont?'

'Verdwenen. Dat is het enige wat jij weet, wat je ooit zult weten. Het is belangrijk dat je dat begrijpt. Want zie je, als het nodig is, zullen we de voorwaarde die we jou en juffrouw Ballantyne hebben gesteld ook ten uitvoer brengen. Niet dat we dat graag doen . . . Jij en ik, wij zijn geen vijanden.'

'Daar vergis je je in. Dat zijn we wel.'

'Misschien als het erop aankomt. Dat zal wel onvermijdelijk zijn. Maar nu zijn we elkaar in een ogenblik van grote nood van dienst geweest. Dat vinden wij tenminste. Jij ook, hopen we.'

'Ja, ik ook.'

'Misschien hebben we zelfs wel van elkaar geleerd.'

Matlock keek hem aan. 'Ik ben veel dingen beter gaan begrijpen. Maar ik zou niet weten wat jij van mij zou hebben kunnen leren.'

Dunois lachte zachtjes. 'Dat een individu door zijn daden – zijn moed, zou je kunnen zeggen – uitstijgt boven het stigma van etikettering.'

'Dat begrijp ik niet.'

'Denk er maar over na. Dat komt nog wel.'

'Wat gaat er nu gebeuren? Met Pat? En met mij? Ik word natuurlijk onmiddellijk gearresteerd als ik te voorschijn kom.'

'Dat betwijfel ik ten sterkste. Binnen het uur krijgt Greenberg een document onder ogen dat mijn organisatie heeft opgesteld. Om precies te zijn: ik zelf. Het zal wel met een dossier in de archieven verdwijnen. Het kan ze namelijk nogal in moeilijkheden brengen. Moreel, wettelijk en zeker politiek. Ze hebben té veel onherstelbare fouten gemaakt . . . We treden vanochtend als jouw tussenpersoon op. Misschien is dit wel een geschikt ogenblik om wat van dat geld uit te geven, waar je zo mee hebt rondgestrooid, om met juffrouw Ballantyne eens goed op vakantie te gaan en weer op krachten te komen . . . Ik geloof zeker dat ze daar bereidwillig in zullen toestemmen.'

'En Sealfont? Wat gebeurt er met hem? Zijn jullie van plan hem te doden?

'Verdient Nimrod te sterven? Ach, laat maar, daar gaan we niet over discussiëren. Ik kan je alleen wel zeggen dat hij in leven blijft totdat bepaalde vragen beantwoord zijn.'

'Heb je enig idee wat er gaat gebeuren als ze ontdekken dat hij weg is?

'Er zullen uitbarstingen zijn, boosaardige roddelpraatjes. Over een heleboel dingen. Een beeldenstorm zaait nou eenmaal paniek onder de gelovigen. Niets aan te doen. Carlyle zal ermee moeten leren leven . . . Probeer nu wat te rusten. De dokter zal zo wel komen.' Dunois wendde zich tot een neger in uniform die naast hem was komen staan en hem iets had toegefluisterd. De man die zijn wond had verbonden, stond op. Matlock sloeg de lange, magere Julian Dunois gade, die rustig en op overtuigende wijze orders gaf, en voelde de pijn van dankbaarheid. Die pijn werd nog erger omdat hij Dunois opeens met andere ogen zag.

Hij droeg het stempel van de dood.

'Dunois?'

'Ja?'

'Wees voorzichtig.'

Epiloog

Het blauwgroene water van de Caraïbische Zee weerspiegelde de late namiddagzon in talloze duizenden deinende, verblindende reflecties. Het zand voelde warm aan en was zacht onder de voeten. Dit verlaten stuk van het eiland was in harmonie met zich zelf en de wereld erbuiten telde hier eigenlijk helemaal niet mee. Matlock liep naar de vloedlijn en liet de kleine golfjes over zijn enkels spoelen. Evenals het zand op het strand was het water warm.

Hij had een krant bij zich die Greenberg hem had gestuurd. Of liever, een stuk uit een krant.

GEVECHTEN IN CARLYLE, CONN.
23 DODEN, BLANK EN ZWART, IN
VERBIJSTERDE UNIVERSITEITSSTAD,
NA VERDWIJNING RECTOR-MAGNIFICUS

CARLYLE, 10 mei – In de buitenwijken van dit kleine universiteitsstadje, in een gedeelte waar voornamelijk grote, oude landhuizen staan, heeft gisteren een bizarre massamoord plaatsgevonden. Drieëntwintig mensen kwamen om het leven. Volgens de federale autoriteiten als gevolg van een hinderlaag die velen het leven kostte, van beide betrokken partijen ...

Er volgde een koele opsomming van identiteiten en korte samenvattingen uit politiedossiers.

Julian Dunois was een van de slachtoffers.

Het visioen van de dood was uitgekomen, Dunois was de dans niet ontsprongen. Het geweld dat hij predikte, was zijn eigen ondergang geworden.

In de rest van het artikel stonden ingewikkelde speculaties over de betekenis en de motieven van de vreemde mengeling van slachtoffers. En het mogelijke verband met de verdwijning van Adrian Sealfont.

Alleen maar speculaties. Nergens iets over Nimrod, niets over hem zelf, geen woord over een onderzoek waar de federale recherche al enige tijd mee bezig was. Niet de waarheid, alles behalve de waarheid.

Matlock hoorde de deur van het zomerhuisje opengaan en hij draaide zich om. Pat stond op de smalle veranda van het huisje in de duinen, vijftig meter van de zee. Ze zwaaide en kwam het trapje af naar hem toe.

Ze droeg een short en een lichte zijden blouse, liep op blote voeten en glimlachte. Het verband was van haar armen en benen af en door de Caraïbische zon had haar huid een prachtige bruine tint gekregen. Ze droeg een brede, oranje haarband om de wonden boven haar voorhoofd te verbergen.

Ze wilde niet met hem trouwen. Ze had gezegd dat ze niet getrouwd wilde worden uit medelijden of schuldgevoel – of dat nou echt of denkbeeldig was. Maar Matlock wist dat er wel degelijk een trouwerij zou komen. Of ze zouden geen van beiden trouwen. Dat was door Julian Dunois gekomen.

'Heb je sigaretten meegebracht?', vroeg hij.

'Nee. Geen sigaretten', antwoordde ze. 'Wel lucifers.'

'Dat is cryptisch.'

'Dat woord – cryptisch – heb ik toen met Jason gebruikt. Weet je nog?'

'Nou en of. Je was ontzettend kwaad.'

'En jij wist je geen raad met je houding. Laten we naar de pier lopen.'

'Waarom heb je lucifers meegebracht?' Hij stopte de krant onder zijn arm en pakte haar hand.

'Voor de brandstapel. Archeologen hechten grote waarde aan brandstapels.'

'Wat?'

'Je loopt al de hele dag met die rotkrant rond. Ik wil hem verbranden.' Ze lachte lief naar hem op.

'Door hem te verbranden verander je niet wat erin staat.'

Daar ging Pat niet op in. 'Waarom denk je dat Jason je die krant gestuurd heeft? Ik dacht dat we een paar weken lang alles zouden vergeten. Geen kranten, geen radio's, geen mensen. Alleen het warme water en het witte zand. Dat was zijn voorschrift, en nu houdt hij zich er zelf niet aan.'

'Dat was zijn *advies*, maar hij wist dat het moeilijk was om het op te volgen.'

'Hij had zich er *zelf* in elk geval wel aan moeten houden. Het is toch niet zo'n goede vriend als ik gedacht had.'

'Misschien juist wel een betere.'

'Nou draai je de zaken om.' Ze kneep in zijn hand. Een enkele, lange golf spoelde over hun blote voeten. Een zeemeeuw dook geluidloos uit de lucht in het zeewater, zijn vleugels klapperden op het wateroppervlak en zijn kop schudde heftig heen en weer. Maar hij kwam krijsend weer boven, zonder prooi in zijn snavel. 'Greenberg weet dat ik een moeilijke beslissing moet nemen.'

'Die heb je al genomen. Dat weet hij best.'

Matlock keek naar haar. Natuurlijk wist Greenberg het, zij trouwens ook, dacht hij. 'Er zal nog zoveel meer pijn zijn, misschien wel meer dan gerechtvaardigd is.'

'Dat zullen ze je proberen aan te praten. En dan zeggen ze dat zij het beter op hun eigen manier kunnen doen. Onopvallend, efficiënt. Op een manier die het iedereen zo gemakkelijk mogelijk maakt.'

'Misschien is dat wel het beste, misschien hebben ze gelijk.'

'Daar geloof je zelf helemaal niets van.'

'Nee, dat is zo.'

Ze liepen een tijdje zwijgend naast elkaar. Voor hen lag de pier, die daar tientallen jaren, misschien zelfs wel honderden jaren geleden was gebouwd om een langvergeten stroming in bedwang te houden. Nu was hij geïntegreerd in de natuur, was er niet meer uit weg te denken.

Net zoals Nimrod was geïntegreerd in de maatschappij, zich bestaansrecht had verworven als een logisch uitvloeisel van het systeem. Een onwenselijke, maar voor de hand liggende, consequentie. Die niet openbaar bestreden mocht worden.

Amerika in het klein . . . Vlak achter het slaperige uiterlijk.

Beleidsvoering door de grote concerns, man!

Overal.

De jagers, bouwers. De roofdieren en hun prooi werden bondgenoten.

Kijk naar de kinderen. Zij begrijpen het wel . . . Ze werken voor ons. De leiders zullen het nooit leren.

Een microkosmos van het onvermijdelijke? Onvermijdelijk gemaakt omdat de noden echt waren, al jarenlang?

En toch werden de leiders niet wijzer.

'Jason zei een keer dat de waarheid niet goed of slecht is, maar gewoon de waarheid. Daarom heeft hij me dit gestuurd.' Matlock ging op een groot, plat rotsblok zitten, Pat bleef naast hem staan. Het was vloed en de nevels van de golven verstoven in de lucht.

Pat stak haar hand uit en pakte de twee krantenpagina's.

'Dus dit is de waarheid.' Een constatering.

'Hun waarheid. Hun oordeel. Ze verdelen de rollen en gaan verder met het spel. De rechtschapen cowboys en de bandieten en de achtervolgers komen heus wel op tijd bij de bergpas aan. Precies op tijd. Deze keer in elk geval wel.'

'Wat is jouw waarheid?'

'Teruggaan en alles vertellen. Maar dan ook alles.'

'Dat willen zij niet. Ze zullen honderden redenen aanvoeren waarom je dat beter niet kunt doen.'

'Daar overtuigen ze me niet mee.'

'Dan zullen ze zich tegen je keren. Ze hebben je duidelijk gemaakt dat ze geen inmenging accepteren. Dat wil Jason je hiermee vertellen.'

'Hij wil me erover na laten denken.'

Pat hield de krantenpagina's voor zich uit en streek een lucifer aan op een droog rotsblok.

Het papier brandde moeizaam, vochtig door de Caraïbische waternevel.

Maar het brandde.

'Het is niet bepaald een indrukwekkende brandstapel', zei Matlock.

'We kunnen het er best mee doen tot we weer thuis zijn.'